Ullstein

ÜBER DAS BUCH:

Packende Gefechtsszenen, historische Authentizität und eine Absage an falsches Heldentum sind kennzeichnend für Kents Seekriegsromane. In diesem Roman führt er den Leser auf den Kriegsschauplatz Schwarzes Meer, das neue Einsatzgebiet für eine Flottille von fünf britischen Motortorpedobooten (MTB), die England als Geste guten Willens den sowjetischen Verbündeten unterstellt hat. Die 23 m langen, schwerbewaffneten Boote bringen es auf eine Höchstgeschwindigkeit von 39 Knoten und sind für eine Crew von 17 Mann gedacht. Flottillenchef John Devane ist stolz auf seine 4000 PS starken MTBs, doch er weiß, die Seeherrschaft im Schwarzen Meer gehört den deutschen Schnellbooten. Seine Aufgabe ist es, dies zu ändern und die zahlenmäßig weit überlegene russische Marine bei der Rückeroberung der Krim zu unterstützen. Von jeder Versorgung abgeschnitten und völlig auf sich allein gestellt, von den russischen Kampfgenossen mißtrauisch beobachtet, führt Devane in direkter Konfrontation mit seinem Gegner bald einen Krieg, wie er an der ganzen Ostfront nicht persönlicher und erbitterter sein könnte.

DER AUTOR:

Alexander Kent kämpfte im Zweiten Weltkrieg als Marineoffizier im Atlantik und im Mittelmeer und erwarb sich danach einen weltweiten Ruf als Verfasser spannender Seekriegsromane. Seine marinehistorische Romanserie um Richard Bolitho machte ihn zum meistgelesenen Autor dieses Genres neben C. S. Forester. Seit 1958 sein erstes Buch erschien *(Schnellbootpatrouille)*, hat er über vierzig Titel veröffentlicht, von denen die meisten bei Ullstein vorliegen. Sie erreichten eine Gesamtauflage von 15 Millionen und wurden in 14 Sprachen übersetzt. – Alexander Kent, dessen wirklicher Name Douglas Reeman lautet, lebt in Surrey, ist Mitglied der Royal Navy Sailing Association und Governor der Fregatte *Foudroyant* in Portsmouth, des ältesten noch schwimmenden britischen Kriegsschiffs.

Alexander Kent

Torpedo läuft!

Roman

Ullstein

maritim
Ullstein Buch Nr. 23688
im Verlag Ullstein GmbH,
Frankfurt/M – Berlin
Titel der Originalausgabe:
Torpedo Run
Aus dem Englischen
von Walter Klemm

Neuauflage der
deutschen Erstausgabe

Umschlaggestaltung:
Hansbernd Lindemann
Umschlagillustration:
Chris Mayger
Alle Rechte vorbehalten
© 1981 by Highseas Authors Ltd.
Übersetzung © 1987 by
Verlag Ullstein GmbH,
Frankfurt/M – Berlin
Printed in Germany 1995
Gesamtherstellung:
Ebner Ulm
ISBN 3 548 23688 X

Mai 1995
Gedruckt auf alterungs-
beständigem Papier mit
chlorfrei gebleichtem Zellstoff

Vom selben Autor
in der Reihe
der Ullstein Bücher:

Kanonenboot (23318)
Rendezvous im Südatlantik (20318)
Finale mit Granaten (23691)
Aus der Tiefe kommen wir (23619)
Freiwillige vor! (20765)
Feindpeilung steht! (20857)
Der Eiserne Pirat (23695)
H.M.S. Saracen (20937)
Feuer aus der See (22043)
Mittelmeerpartisanen (22081)
Atlantikwölfe (22151)
Die Zerstörer (22219)
Insel im Taifun (23692)
Die weißen Kanonen (22403)
In der Stunde der Gefahr (22509)
Das Wasser am Hals (22647)
Das Netz im Meer (22680)
Die U-Boot-Jäger (22900)

Außerdem 21 marinehistorische
Seekriegsromane um Richard Bolitho

Die Deutsche Bibliothek –
CIP-Einheitsaufnahme

Kent, Alexander:
Torpedo läuft! : Roman / Alexander
Kent. [Aus dem Engl. von Walter
Klemm]. – Dt. Erstausg., Neuaufl. –
Frankfurt/M ; Berlin : Ullstein, 1995
   (Ullstein-Buch ; Nr. 23688 : Maritim)
   ISBN 3-548-23688-X
NE: GT
Vw: Reeman, Douglas [Wirkl. Name]
→ Kent, Alexander

Für George,
einen der »Glory-Boys«

Inhalt

1 Rückruf

Kapitänleutnant John Devane saß auf einer einfachen Holzbank und betrachtete die gegenüberliegende Wand aus rohem, grauem Beton. Man konnte sehen, wo die erste Schicht festgestampft worden war. Doch sein kurzes berufliches Interesse erlosch ebenso rasch, wie es erwacht war, und er ließ sich wieder zurücksinken. Äußerlich wirkte er entspannt; innerlich jedoch war er erregt und lauschte nervös den Geräuschen, die von draußen hereindrangen.

Das Zimmer war kaum mehr als eine durch einen Vorhang abgeteilte Kammer, die an einem der zahlreichen Korridore unter dem Gebäude der Admiralität lag. Ein ständiges fernes Raunen erinnerte ihn an das Rauschen der Brandung. In Wirklichkeit war es jedoch der Londoner Verkehrslärm, verursacht von den roten Linienbussen, die noch immer dem eintönigen Grau der zerbombten Stadt fröhliche Farbtupfer aufsetzten, sowie von den Taxis, die einen nie zu sehen schienen, wenn man sie dringend brauchte; und dann natürlich von den Menschenmassen, die ständig in Bewegung waren: eine endlose, ruhelose Menge; viele darunter trugen die Uniformen der feindbesetzten Länder.

Devane warf einen raschen Blick auf seine Uhr. Es war elf Uhr vormittags, an einem Tag im Mai 1943. Hier unten verlor man jedes Zeitgefühl.

Er dachte an seinen Urlaub, den ersten seit vielen Monaten, und an sein Gefühl der Erleichterung, als dieser bereits nach vier Tagen durch die Aufforderung, sich bei der Admiralität zu melden, unterbrochen worden war. Vielleicht waren die vier Tage gerade das, was er nach dem blutigen Krieg im Mittelmeer brauchte. Nach einer zu langen Unterbrechung hätte er möglicherweise nicht mehr den Mut zur Rückkehr gehabt.

Im Gegensatz zu London und den anderen Großstädten schien in Dorchester, Devanes Heimat, die Zeit stillzustehen. Sein Vater führte noch immer den Familienbetrieb, in dem er selbst, John, einst als frischgebackener Architekt gearbeitet hatte. Jetzt gab es allerdings wenig zu tun, da die Bautätigkeit ruhte. Seine Mutter war älter geworden, aber nicht so auffällig, daß es Anlaß zur Sorge gegeben hätte.

Der Vorhang wurde beiseite geschoben, und Devane sah eine zierliche Wren*, die ihn aufmerksam anblickte. Ihr Haar leuchtete hell im Schein der Korridorlampe.

»Kapitän Whitcombe möchte Sie jetzt sprechen, Sir.«

* Women's Royal Naval Service – Marinehelferin

Devane griff nach seiner Mütze und stand auf. Er kannte Whitcombe von früher: ein geradliniger, rotgesichtiger Kapitän, der vor dem Krieg schon im Ruhestand gelebt hatte und jetzt an einen Schreibtischposten geschleust worden war, um einen Jüngeren für ein Bordkommando freizumachen. Im Gegensatz zu vielen anderen schien Whitcombe mit dieser Lösung durchaus einverstanden.

Devane ging neben der kleinen Wren her und fragte sich, ob sie ihren unterirdischen Job mochte, ob sie wohl einen Freund hatte und was sie wohl sagen würde, wenn er sie in den Arm nähme und...

Vor einer Stahltür mit der Aufschrift SPECIAL OPERATIONS blieb sie stehen und wartete, bis Devane sie geöffnet hatte. Die Tür wog mindestens eine Tonne, und er vermutete, daß diese zierliche Person dies meist selbst tun mußte.

Ein kastenartiger Betonraum wurde sichtbar, in dem unter lebhaftem Schreibmaschinengeklapper und bei greller Beleuchtung weitere Wrens eifrig mit Funksprüchen und Ordnern beschäftigt waren, als ob Devane völlig unsichtbar sei.

Endlich blickte eine Marinehelferin im Offiziersrang von ihrem Schreibtisch auf und sagte: »Warten Sie hier, bitte. Ich werde Kapitän Whitcombe melden, daß Sie da sind.«

Er nickte und fuhr sich mit den Fingern durch das Haar. Es war so widerspenstig wie immer, auch vier Jahre aktiven Dienstes hatten daran nichts ändern können. Er dachte einen Augenblick an sein früheres Kommando, sah die nordafrikanische Küste vor sich, Sonnenschein und verwaschenen blauen Himmel, aber auch die heftigen ablandigen Winde, die einem den Sand der Wüste ins Gesicht bliesen.

Was sie wohl mit ihm vorhatten? Sie schickten ihn doch nicht etwa zurück ins Mittelmeer? Vielleicht in den Kanal, zur Basis der Motortorpedoboote in Felixstowe, wo alles angefangen hatte?

Er straffte sich, als er Schritte und gedämpfte Stimmen im Nebenraum hörte. Zu seiner Verblüffung merkte er, daß die Schreibmaschinen wie auf Kommando schwiegen und die meisten Mädchen ihn anstarrten. Marineoffiziere, ob mit geraden oder wellenförmigen* Ärmelstreifen, waren hier doch wirklich keine Seltenheit. Sein Blick fiel auf eine Zeitung älteren Datums, die eine der Wrens auf ihrem Schreibtisch liegen hatte. Es war dieselbe Ausgabe, die seine Eltern zu Hause so sorgfältig aufbewahrten.

War dies wirklich sein Foto? Die in die Kamera blinzelnden Augen, die verbeulte, schiefsitzende Mütze? Im Hintergrund sah man undeut-

---

* Ärmelstreifen der Reserveoffiziere

10

lich ein paar grinsende Gesichter: die Bedienungsmannschaft der alten Flakbatterie auf Malta. Die grell leuchtende Schlagzeile überraschte ihn noch immer: DEVANES KAMPFGESCHWADER VERBREITET FURCHT UND SCHRECKEN IN DEN REIHEN DES ZURÜCKFLUTENDEN AFRIKACORPS! DIE LETZTEN DEUTSCHEN FLIEHEN AUS TUNIS! Da stand noch eine ganze Menge mehr, aber in seine Gedanken hinein hörte er die Stimme des Mädchens: »Bitte hier entlang, Sir.« Selbst die ernste Wren im Offiziersrang sah ihn jetzt mit anderen Augen an.

Devane kannte diesen Blick, auch auf den Gesichtern der neuen Offiziere und Mannschaften. Er schien zu fragen: Wie war das alles? Was ist es für ein Gefühl, mit dem Feind Auge in Auge zu kämpfen?

Devane fand sich in dem Nebenraum wieder, ohne zu merken, daß sich die Tür leise hinter ihm geschlossen hatte. Whitcombe schritt ihm entgegen, um ihn zu begrüßen. Gott sei Dank, er ist noch immer derselbe, dachte Devane. Der gute alte Tubby. Der zweite Mann trug Zivil, sah aber aus wie ein Marineoffizier.

Whitcombe strahlte. »Fein, Sie wiederzusehen, John.« Mit einer Kopfbewegung wies er auf den anderen. »Dies ist Commander Kinross von unserer Operationsabteilung.«

Kinross reichte ihm nicht die Hand, sondern nickte nur steif. Er wirkte kalt wie ein Fisch, machte jedoch einen äußerst fähigen Eindruck. Von diesen beiden Männern, die kaum jemand kannte, wurden die Spezialunternehmungen im Mittelmeer geplant. Aber bestimmt auch auf anderen Kriegsschauplätzen, dachte Devane. Alle Welt wartete darauf, was sich demnächst ereignen würde. Die Deutschen waren aus Nordafrika vertrieben und befanden sich zum ersten Mal in der Defensive. In diesem Jahr würde ihnen der Wind härter ins Gesicht blasen. Italien und Sizilien, möglicherweise auch Griechenland würden bald alliierte Brückenköpfe sein. Wenn dann der Feind an mehreren Fronten zu kämpfen hatte, konnte die eigentliche Invasion im nördlichen Europa stattfinden, was noch vor wenigen Monaten wie ein undurchführbarer Wunschtraum erschienen war.

Devane hörte Whitcombe sagen: »Tut mir leid um Ihren Urlaub.« Dann warf er einen Blick auf Devanes Jacke und lächelte. »Ein weiteres Band zu Ihrem DSC.* Was ist es für ein Gefühl, ein Held und Publikumsliebling zu sein?«

Devane blickte an ihm vorbei auf die riesige Wandkarte, die bedeckt war mit Kreuzchen und kleinen Flaggen, punktierten Geleitwegen, eingezeichneten Minenfeldern, Positionen von bekannten

* Distinguished Service Cross – britische Tapferkeitsauszeichnung

Versenkungen und anderen Markierungen, wo Schiffe einfach verschwunden waren. Was für ein Gefühl? Devane war siebenundzwanzig Jahre alt und seit Kriegsausbruch in der Marine, also bereits ein Veteran, ja sogar ein Überlebender, was im brüllenden Kampf der Torpedoboote keineswegs selbstverständlich war, in einem Krieg, bei dem man das Gesicht des Feindes, die Furcht darin, erkennen konnte, wenn die Leuchtspurgeschosse ihn niedermähten und sein Boot in ein Inferno verwandelten.

»Ich fühle mich ziemlich alt, Sir.« Devane grinste jungenhaft.

Sie setzten sich an den mit Papieren bedeckten Tisch, und Commander Kinross sagte abrupt: »Ich kenne natürlich Ihre Personalakte. Ihren Aufstieg vom Wachoffizier auf einem Ausbildungsboot in Felixstowe bis zum Flottillenchef im Mittelmeer.« Er lächelte frostig. »Allerdings hatte ich erst Anlaß, mich eingehender mit Ihren Erfolgen zu beschäftigen, als Sie mit Ihrer Flottille zu uns versetzt wurden.«

Mit *uns* meinte Kinross die Spezialabteilung für Sonderaufgaben, genauer die Flottille für Sondereinsätze, die immer das Unmögliche auszuführen hatte. Mal mußten sie Geschütze an Titos Partisanen liefern, dann Agenten hinter den feindlichen Linien absetzen. Dann wieder überfielen sie die deutschen Geleitzüge und störten deren Verbindungslinien von der Ägäis nach Tobruk, vom hartbedrängten Malta bis zur Adria.

Jetzt waren nur noch zwei dieser MTB* übrig, und die waren kaum mehr als ein Schrotthaufen. Viele gute Leute waren gefallen, andere lagen in Lazaretten. Es war der übliche Preis für solche Einsätze.

Whitcombe sagte: »Tatsache ist, John, daß wir Sie dringend benötigen. Sonst...« Er warf einen beinahe vorwurfsvollen Blick auf den eleganten, weltmännischen Commander Kinross. »Sie haben weiß Gott Urlaub verdient, aber wir brauchen dringender als je zuvor erfahrene Offiziere.«

Kinross wirkte ungeduldig. *Sein* Krieg wartete im Raum nebenan. Er sagte: »Dieses Jahr bringt die Wende, muß sie bringen. Wo unsere Invasion auch stattfinden wird, ob im südlichen Italien oder dem umgebenden Territorium, auf alle Fälle muß es bald geschehen – und erfolgreich. Eine einzige Fehlunternehmung, und wir werden keine Gelegenheit zur Wiederholung mehr haben.« Er stand auf und trat an die große Wandkarte. »Wir haben die gesamte nordafrikanische Küste und die Geleitzugwege über See und in der Luft unter

---

* Motortorpedoboote

Kontrolle. Nächstes Jahr kommt Frankreich dran, auf keinen Fall später, und dann folgt der lange, hart erkämpfte Weg nach Berlin.« Er wandte sich um und blickte Devane ruhig an. »Natürlich wird nicht alles nach unseren Wünschen gehen. Entscheidende Feldzüge beruhen oft auf vorherigen kleinen, gewagten Operationen, die vielfach erst nach dem Ende des Krieges bekannt werden. Doch wen kümmert das dann noch? Und wer würde glauben, daß die Wetterbedingungen oft ebenso wichtig waren wie Treibstoff und Munition?«

Whitcombe unterbrach ihn. »Komm zur Sache, William.«

Kinross blieb ungerührt. »Letzten Winter zum Beispiel dachten unsere russischen Verbündeten, sie hätten die Wende geschafft, die deutschen Armeen an der Ostfront würden in Schnee und Eis zusammenbrechen. Aber das taten sie nicht. Irgendwie hielten sie dem ungeheuren Druck stand, aber beide Seiten erlitten unglaubliche Verluste.«

Devane wurde es so kalt, als sei der sibirische Frost plötzlich in den dickwandigen Bunker eingedrungen. Fasziniert beobachtete er Kinross' Finger auf der Karte, bis dieser am Schwarzen Meer auf der Halbinsel Krim zur Ruhe kam.

Kinross sagte geistesabwesend: »Die Krim. Das weckt Erinnerungen an alte Jugendbücher, nicht wahr? *Der Angriff der leichten Brigade* oder *Florence Nightingale* und viele andere.« Dann wurde sein Ton schärfer. »Und jetzt ist die Krim wieder Angelpunkt der ganzen Front. Die Deutschen haben sie den Russen weggenommen, und solange sie besetzt ist, haben die Russen keine Möglichkeit, so weit in das westliche Europa vorzudringen, wie es zu unserer Entlastung notwendig ist. Wenn Hitlers Generale einen weiteren Winter der russischen Dampfwalze standhalten, muß Stalin wieder ganz von vorn anfangen, und wir können uns von der geplanten Invasion in Nordfrankreich verabschieden.«

Schrecken durchfuhr Devane. Sie wollten ihm offensichtlich einen Posten beim Stab andrehen, hier unter der Erde eingesperrt, zwischen Karten und Aktenregalen. Ihm wurde übel.

Jetzt sprach Whitcombe: »Die Küstenflottillen, und zwar sowohl die MGBs* wie auch Ihre MTBs, sind ziemlich dezimiert worden, so daß eine Neugruppierung vordringlich ist.« Lächelnd fuhr er fort: »Sie werden es früher oder später ja doch erfahren, John: Die Invasion Siziliens ist bereits für Juli angesetzt, somit haben wir wenig Zeit. Eine Spezialflottille, bestehend aus fünf neuen Booten, ist zusammenge-

* Motorkanonenboote

stellt, ausgebildet und vor ein paar Wochen ins Mittelmeer geschickt worden.«

»Flottillenchef ist Kapitänleutnant Don Richie, stimmt's?« Devane sah ihren überraschten Blickwechsel. »Nichts bleibt lange geheim, Sir.«

Kinross sagte schneidend: »Das werden wir ändern, und zwar rasch.«

Whitcombe zog sein Etui heraus und zündete sich sorgfältig eine Zigarette an. »Natürlich, John. Sie und Richie waren ja damals bei der Ausbildung im Kanal zusammen.«

»Stimmt. Ich kenne auch seine Frau.« Devane wandte den Blick ab. Warum hatte er das gesagt?

»Richies Flottille wurde mitsamt den Besatzungen bei Nacht und Nebel auf einige schnelle Handelsschiffe, ehemalige Passagierdampfer, verladen; dazu die gesamte Ausrüstung und Bewaffnung, wie Torpedos und Munition. Es ging zunächst durch den Suezkanal bis nach Kuweit. Mit den Iranern haben wir jetzt wenig Mühe, nachdem wir und die Russen sie überredet haben, ihren deutschfreundlichen Schah* loszuwerden.« Whitcombe und Kinross blickten sich lächelnd an wie Verschwörer.

Die ganze Angelegenheit wurde Devane immer unklarer, nichts schien einen Sinn zu ergeben. Richie war der beste Flottillenchef, über den die Navy verfügte. Auch er war Reserveoffizier, hatte vor dem Krieg einen Zivilberuf ausgeübt. Jetzt galt er fast als Legende in der Waffengattung, die er befehligte. Warum aber forderten sie *ihn* an, Devane?

Whitcombe warf einen Blick auf die Wanduhr. »Es ist gleich Lunchzeit, denke ich. Bitten Sie Mary, uns einen Tisch zu reservieren. Sie weiß schon, welchen.«

Kinross verließ den Raum so zögernd, als sei er durch einen unsichtbaren Draht an den Tisch gefesselt.

Whitcombe betrachtete Devane verständnisvoll. »Ich komme jetzt zum springenden Punkt, John. Diese fünf Boote wurden von Kuweit aus über Land transportiert und im Kaspischen Meer zu Wasser gelassen. Jetzt ist ein Weitertransport der Flottille über Land vorgesehen, ins Schwarze Meer. Dort sollen sie mit den Russen zusammen gegen die Flanke des Feindes vorgehen. Fünf Boote – das ist alles, was wir entbehren können. Aber die Schwäche der Russen ist ihre Marine. Was sie auch tun, die Deutschen sind ihnen da immer überlegen.

* den Vater des späteren Schah Mohamed Reza Pahlewi

14

Natürlich würden die Russen es niemals zugeben, aber sie benötigen dringend unsere Unterstützung und hoffen bestimmt auf mehr Hilfe, als wir ihnen anbieten können.«

Devane sah die Karte nun mit anderen Augen an. Der Kriegsschauplatz Schwarzes Meer mußte ziemlich wichtig sein. Jetzt waren also diese fünf Boote erst im Kaspischen Meer und mußten etwa vierhundert Meilen über Land transportiert werden.

»Ich möchte, daß Sie die Flottille übernehmen, John. Der Zeitpunkt ist ein wenig unglücklich, und es ist Ihnen gegenüber unfair, aber wir brauchen jemanden, der den Besatzungen bekannt ist und von ihnen genauso respektiert wird wie Richie.«

Das war es also: Don Richie war tot. Whitcombe brauchte es ihm nicht mehr ausdrücklich zu sagen.

Langsam fügte der Kapitän hinzu: »Weil Sie vorhin erwähnten, daß Sie seine Frau kennen – sie war heute morgen hier, unmittelbar vor Ihnen. Richies Tod war ihr bereits auf dem üblichen Weg mitgeteilt worden, aber wir waren der Auffassung, daß wir ihr mehr schuldeten als die Floskel ›gefallen auf See‹.« Er sah sich um. »Tatsache ist, er hat sich erschossen.« Rasch warf er Devane einen warnenden Blick zu. »Im Augenblick ist das alles. Wir können später weitersprechen.«

Devane folgte den beiden zu Tisch und grübelte über das soeben Gehörte nach. Richie war tot . . . Sie alle rechneten damit zu sterben, aber doch nicht auf diese Weise! Warum zum Teufel hatte er das getan?

Als sich die Tür hinter dem ungleichen Trio geschlossen hatte, sagte die kleine Wren spontan: »Dieser Devane sieht aber sympathisch aus.« Sie schwieg jedoch sofort, als sie die spöttischen Blicke der anderen spürte. Die Wren im Offiziersrang hatte es gehört, sagte aber nichts. Die Kleine war neu und mußte noch eine Menge lernen. Aber sie ertappte sich selbst dabei, daß sie an den jungen Kapitänleutnant mit dem sonnengebräunten Gesicht und dem beinahe schüchternen Lächeln dachte: einer der *Glory Boys*, wie Kinross sie nannte. Sie hatte schon zu viele davon durch diese Tür gehen sehen, die dann nie zurückgekehrt waren; besser, man beschäftigte sich nicht allzu eingehend mit ihnen.

Ein Bote brachte eine umfangreiche Akte herein, auf deren Deckel Richies Name stand. Sie warf einen Blick auf das große Aktenregal in der Ecke, das scherzhaft »der Sarg« genannt wurde. Hielt man die Akte eines Mannes in der Hand, der nicht mehr lebte, erschien dieser Name plötzlich nicht mehr ganz so witzig.

Überraschenderweise fühlte sich Devane wie ausgetrocknet. Dabei hatten sie vor, während und nach dem Lunch eine ganze Menge getrunken, und zwar in einem kleinen Klub auf der Rückseite von St. James, der trotz der vielen Uniformen in Bar und Speisesaal den Krieg zu ignorieren schien.

Den Rest des Tages hatten sie wieder im Admiralitätsbunker verbracht. Sowohl Whitcombe in seiner geraden Art als auch Kinross mit seinen sorgfältigen Formulierungen hatten ihn über die Flottille ins Bild gesetzt. Die Besatzungen waren aus den Resten der Mittelmeerflottille zusammengestellt und Devane fast alle bekannt.

Ein Kommandant war George »Red« Mackay von einer kanadischen Flottille, die in Alexandria stationiert war. In der Erinnerung lächelte Devane: Red hatte eine laute, rauhe Stimme und wirkte geradezu furchteinflößend. Ein anderer Kommandant war Willy Walker, der aussah und auch so ging wie ein arroganter Fischreiher. Gesichter und Namen tauchten vor ihm auf, Augenblicke ungestümen Draufgängertums und andere knieschlotternder Angst. Dazwischen sah er nächtliche Leuchtspurgeschosse oder ein deutsches Schnellboot, das durch die See jagte, mit einer Bugwelle wie der Niagara; dazu fluchende und feuernde Männer, das tödliche Glitzern der Torpedos, die aus den Rohren sprangen...

Leise fragte Whitcombe: »Einverstanden?«

Devane antwortete nicht direkt. »Ich stelle fest, daß je Boot fünf zusätzliche Besatzungsmitglieder vorgesehen sind?«

Whitcombe begegnete seinem Blick. Devanes Augen sind noch genauso, wie man sie in Erinnerung behält, wenn man ihn erst kennengelernt hat, dachte er: blaugrau wie die See. Es war sinnlos, ihm etwas vormachen zu wollen.

»Richtig. Sobald Sie im Schwarzen Meer auf sich allein gestellt sind, wird es schwierig sein, Ersatz zu bekommen. Wir haben daher sichergestellt, daß jede Besatzung zusätzlich einen Offizier und vier Mann Fachpersonal über die normale Sollstärke hinaus erhält. Es wird ein wenig eng an Bord werden, aber das ist nicht zu ändern.«

Devane dachte sich sein Teil. »Wann soll ich abreisen, Sir?«

»In ein paar Tagen, Sie werden rechtzeitig verständigt. Aber die Sache ist streng geheim, John, denken Sie daran. Ich habe ein Zimmer für Sie bestellt, lassen Sie es ruhig angehen und melden Sie sich täglich bei mir.«

Alle drei blickten jetzt den blauen Schnellhefter auf Devanes Schoß an.

»Sie werden mit Kapitänleutnant Beresford zusammenarbeiten, aber das haben Sie ja schon früher getan.«

Ein weiteres Gesicht: intelligent, aber launisch und manchmal intrigant.

»Ja. Ein recht guter Offizier.« Grinsend fügte er den alten Witz hinzu: »Für einen Aktiven, heißt das.«

Whitcombe schien mit Devanes Reaktion zufrieden. »Denken Sie daran, John, dies ist ein unabhängiges Kommando. Sie werden sich meist nur auf Ihr eigenes Urteil verlassen müssen. Beresford ist dort, um Ihnen die Russen vom Hals zu halten. Dafür ist er gut geeignet.«

Alle erhoben sich. Die Besprechung war, zumindest für den Augenblick, beendet.

Devane sagte: »Ich muß mir irgendeine Geschichte ausdenken, die ich meinen Eltern auftischen kann.«

Kinross nickte. »Da kann ich Ihnen helfen.«

Darin hatte er bestimmt genügend Erfahrung, dachte Devane grimmig. Laut fügte er hinzu: »Außerdem könnte ich noch einen Drink gebrauchen.«

Die Royal Navy hatte vorsorglich ein Haus mit kleinen, aber eleganten Wohnungen requiriert, das an einem einst ruhigen Platz lag. »Hübsch und dicht bei Harrods*«, wie der Verwaltungsunteroffizier des Hauses sich ausdrückte.

Devane stand am Fenster seines Appartments und blickte hinunter auf den Platz. Sein Kopf dröhnte wie ein leeres Ölfaß. Nach dem gestrigen Essen mit Whitcombe und Kinross hätte er es genug sein lassen und zu Bett gehen sollen. Er schlief nicht gut in diesen Tagen, aber die bis auf ein Drittel geleerte Ginflasche neben seinem Bett verriet ihm, daß auch Alkohol kein Heilmittel war. Er trank zuviel und hoffte nur, daß diese Tatsache seinen Eltern verborgen geblieben war. Trotzdem machte er sich Sorgen. Er hatte diese Entwicklung nur allzuoft bei anderen gesehen, etwa nach einem Angriff oder wenn sie einem Hinterhalt entkommen waren.

Das kleine grüne Rasenviereck auf dem Platz hatte Gemüsebeeten weichen müssen. Selbst das eiserne Gitter war entfernt und vermutlich eingeschmolzen worden. Ein paar Zivilisten schritten über das Pflaster: klein, schäbig, Mitleid erregend von hier oben. Aber Devane wußte, daß es sich anders verhielt. Ohne ihre verbis-

* das eleganteste Kaufhaus in London

sene Zähigkeit und ihren Kampfgeist hätte schon längst die Haken-
kreuzflagge über Buckingham Palace geweht.

Undeutlich hatte Devane während der Nacht zweimal das Heulen
der Alarmsirenen gehört, war aber nicht in den Luftschutzbunker
gegangen. Beim Frühstück hatte er nochmals den Ordner mit den
Berichten des Nachrichtendienstes durchgelesen. Das Schwarze Meer
war ein Kriegsschauplatz, den er bisher nur aus der Wochenschau
kannte. Der Feind war für ihn die See, der Himmel, die U-Boote und
Flugzeuge im Atlantik oder im Mittelmeer. Dort hatte er gelernt, die
Angst bei sich selbst und auch bei anderen zu kanalisieren, zu
verwandeln in Haß und den Drang, so hart wie möglich zurückzuschlagen.

Die Nachrichtenleute erklärten auch die technische Seite der fünf
Boote, alles Neubauten. Sie entsprachen der letzten britischen
Schnellbootkonstruktion mit gewissen Extras wie automatischen Ge-
schützen und Torpedozwillingsrohren. Sie hatten viertausendfünfzig
PS und damit eine Spitzengeschwindigkeit von neunundreißig Kno-
ten. Wahrlich beeindruckend.

Devane hoffte sehr, daß für die Besatzungen eine Unterbringung an
Land vorgesehen war, wenn die Boote im Hafen lagen. In *Rußland*.
Denn so ein einundsiebzig Fuß* langes Motortorpedoboot mit seiner
zusätzlichen Ausrüstung und Munition bot kaum Platz für die normale
Besatzung von siebzehn Mann. Jetzt würden sie zweiundzwanzig sein!
Er hörte sie bereits stöhnen.

Dieser Bootstyp war der größte und stärkste seiner Art, der auch
den Überlandtransport aushalten würde, ohne vorher von der Brücke
bis zum Kiel demontiert zu werden oder während des Transports
auseinanderzubrechen.

Devanes Erster Wachoffizier war ein Mann namens Dundas, mit
einer hervorragenden Führung: ehemals Handelsmarine, sechsund-
zwanzig Jahre alt, Reserveoffizier. Der zusätzliche Offizier, also der
dritte Mann, war ein Oberleutnant der Reserve namens Seymour. Mit
seinen zweiundzwanzig Jahren hatte er bereits zwei Jahre bei den
Küstenstreitkräften Dienst getan. Das einzige, was über sein Vorle-
ben Auskunft gab, war das Wort *Journalist*. In diesem jugendlichen
Alter konnte das eigentlich nur Mitarbeit an einem örtlichen Kirchen-
blatt bedeuten.

Den Gefechtsrudergänger kannte Devane bereits: Unteroffizier
Tom Pellegrine, DSM** mit Spange, von Anfang an Richies Gefechts-

* 21,64 m
** Distinguished Service Medal – Tapferkeitsmedaille

18

rudergänger. Er war aktiver Soldat, was bei den Küstenstreitkräften selten vorkam. Die Berufssoldaten wurden normalerweise auf wertvolleren Einheiten als auf den hölzernen MTBs eingesetzt. Aber ein guter Gefechtsrudergänger war lebenswichtig, ein Bindeglied zwischen Offizieren und Mannschaften. Auf einem so kleinen Fahrzeug hatte er die Aufgabe des Friedensstifters.

Es würde ihm seltsam vorkommen, das Kommando über ein neues Boot, eine neue Flottille zu übernehmen. Die Besatzung hatte sich schon während der Aufstellung und während des Einfahrens kennengelernt. Er selbst trat als Neuling dazu.

Viel stand nicht in dem Ordner über die deutschen Seestreitkräfte in diesem Gebiet; lediglich, daß sie sich aus verschiedenen Kleinfahrzeugen zusammensetzten, daß sie ebenfalls über Land transportiert worden waren und dann die Donau abwärts ihren neuen Einsatzort erreicht hatten.

Die Informationen über die Russen waren noch dürftiger. Ihre Seestreitkräfte, die sogenannte Asow-Flottille, wurde befehligt von einem Offizier namens Sergej Gorschkow, aber der Mann, der als das wirkliche Bindeglied zwischen Briten und Russen galt, war ein Kapitän zur See namens Nikolai Sorokin, der bereits in der Ostsee gegen die Deutschen gekämpft hatte.

Der britische Verbindungsoffizier war Ralph Beresford. Devane hatte viele Stunden mit ihm zusammen im östlichen Mittelmeer verbracht, meistens bei Spezialeinsätzen zwischen den griechischen Inseln. Er war der Prototyp des aktiven Offiziers, schneidig, gut aussehend, aber auch zäh und verbissen, beinahe fanatisch. Devane mochte Beresford, wenigstens soweit er ihn kannte, und so sollte es auch bleiben. Eins war sicher: Beresford war nicht nur tapfer, er genoß geradezu die Gefahr und ging dabei bis an die äußerste Grenze.

Devane musterte sich selbst im Spiegel wie einen Soldaten beim Divisionsappell.

An den Mundwinkeln entdeckte er Falten, aber seine Augen schienen noch vollkommen ruhig. Er fuhr mit dem Kamm durch sein borstiges, dunkelbraunes Haar und seufzte. Es war zwecklos. Niemals würde er ein Gentleman wie Kinross werden.

Bei diesem Gedanken mußte er lachen, und sofort verschwanden Müdigkeit und Anspannung aus seinem Gesicht.

Das Telefon schnarrte, und er fuhr herum wie ein Boxer. In diesem Bruchteil einer Sekunde war alles wieder da: der nächtliche Alarm, das irrsinnige Getrampel der auf ihre Gefechtsstationen eilenden Leute, das blitzartige Übernehmen des Kommandos.

Devane setzte sich hin und nahm den Hörer. Er mußte seine Nervosität überwinden, sonst würden seine neuen Besatzungen annehmen, ein schießwütiger Verrückter solle über ihre Zukunft entscheiden.

»Ja?«

»Wachhabender Unteroffizier, Sir, am Empfang. Hier ist eine Dame, die Sie sprechen möchte.« Das klang vorwurfsvoll.

Devane setzte sich kerzengerade. »Können Sie mir die Dame geben?«

Er hörte ein Gemurmel, dann sagte der Mann: »Damenbesuch ist zwar nicht erlaubt, Sir, aber wenn Sie meinen?«

Devane wartete. Im Grunde hatte er damit gerechnet.

»John? Hier spricht Claudia.«

Er sah sie so deutlich vor sich, als stünde sie neben ihm: entzückend, lebhaft, dunkelhaarig. Sie war immer so gefaßt und zuversichtlich gewesen, und der Gedanke schockierte ihn, daß sie nicht wußte, wie ihr Mann umgekommen war.

»Hallo, Claudia. Ich komme hinunter. Ich – ich habe gehört, daß du in London bist.« Eine halbe Lüge war besser als eine ganze. »Das mit Don tut mir schrecklich leid. Wirklich.«

»Ja. Ich verstehe.« Es klang, als habe sie sich vom Telefon weggedreht. »Ich muß mit dir sprechen, John. Du bist der einzige, mit dem ich . . .« Das Gespräch war unterbrochen.

Devane wählte Whitcombes Geheimnummer und erfuhr von einer lebhaften Frauenstimme, daß er sich nicht vor fünfzehn Uhr zu melden brauche. Er zog sein Jackett an, setzte die Mütze auf und klopfte noch einmal seine Taschen ab, ob er alles bei sich hatte. Dann warf er einen Blick in den Spiegel und sagte laut: »Du bist ein ausgewachsener Vollidiot, John, das weißt du selbst! Mach gleich wieder Schluß.« Dann trat er auf den Flur und lief rasch die Treppen zur Halle hinunter.

Claudia Richie saß auf einer Polsterbank dicht bei der Eingangstür, hatte die Beine übereinandergeschlagen und eine Zigarette in der Hand.

Als sie ihn kommen hörte, wandte sie sich um und sah ihn an. Schon die Bewegung ihres Kopfes und des weißen Halses genügte, daß er sich plump und ungeschickt vorkam.

Er ergriff sie am Arm. »Wie hast du dieses Haus hier gefunden?«

Sie ließ die Zigarette in einen großen Aschenbecher fallen. »Schon vor langer Zeit. Mit Don.« Ruhig sah sie ihn an. »Können wir irgendwo hingehen?«

Sie traten ins warme Sonnenlicht und gingen hinüber zur Sloane Street. Zu jeder anderen Zeit hätte Devane seine Umgebung eingehend gemustert, die Menschen, die hier lebten und arbeiteten, trotz der täglichen Bombenangriffe, der kümmerlichen Rationen und der endlosen Schlangen vor den Lebensmittelläden. Aber jetzt sah er nur sie, allenfalls bemerkte er die Art und Weise, wie die vorbeikommenden Männer sie anstarrten. Claudia hatte sich nicht im geringsten verändert, er konnte sich auch nicht vorstellen, daß sie ihrem Kummer nachgab.

»Du hast gehört, daß ich bei der Admiralität war?« Sie schob ihre Hand durch seinen Arm, als wolle sie die Vorübergehenden ausschließen.

»Natürlich«, sagte Devane. »Wo lebst du, noch immer auf dem Gut?«

Sie nickte. »Noch immer.« Sie konnte die Bitterkeit in ihrem Ton nicht verbergen. »Dort arbeiten jetzt Kriegsdienstverweigerer und italienische Kriegsgefangene. Kannst du dir das vorstellen?« Sie wandte ihm den Kopf zu, und Devane bemerkte den Schmerz in ihren braunen Augen. Augen, so groß und so dunkel, daß sie ihr Gesicht auszufüllen schienen.

Sie fügte hinzu: »Aber der Gutsbetrieb läuft wirklich wie von selbst. England braucht alle Nahrungsmittel, die wir produzieren können.«

Devane dachte über sie nach. Claudia war ebenso alt wie er, Don zwei Jahre älter gewesen. Devane hatte in ihm immer den typischen Gutsherrn gesehen, wie es in Dorset eine ganze Menge gab.

Sie schien seine Gedanken zu erraten. »Don hatte nie viel Interesse an der Landwirtschaft.«

Verwirrt schüttelte er den Kopf. »Das wußte ich nicht.«

»Nein. Dein Don und mein Don waren zwei völlig verschiedene Menschen. Er wollte *immer* gewinnen, beim Rennen, beim Segeln, was es auch war. Ihm bedeuteten die MTBs lediglich eine Chance zu noch größeren Siegen.«

Besorgt blickte Devane sie an. Sie trug ein dünnes blaues Kleid, und ihre Schuhe waren kaum für längere Wege geeignet. So wirkte sie verloren und ruhelos, und er fühlte sich auf seltsame Weise für sie verantwortlich.

»Wo wohnst du hier in London?« fragte er.

Abrupt blieb sie stehen und entzog ihm ihre Hand. »Warum? Warum fragst du danach?«

Devane dämpfte seine Stimme. »Tut mir leid, Claudia. Ich dachte, ich könnte dich vielleicht hinbringen. Ich kann mir vorstellen, was du durchgemacht hast.«

Ihre Lippen bebten ein wenig. »Das bezweifle ich, John.« Ungestüm streckte sie die Hand aus. »Aber sei so lieb und versuche, uns ein Taxi zu rufen. Rasch.«

Devane sah sich nach einem Taxi um. Claudia schien plötzlich dem Zusammenbruch nahe, und aus irgendeinem Grund wollte sie mit ihm und mit niemandem sonst zusammen sein.

Ein Wagen rollte an den Rinnstein, und der Fahrer, ein sehr alter Mann mit Walroßbart, grinste sie an. »Im Urlaub, Skipper? Na, denn viel Spaß!«

Seine beiläufige Annahme schien die junge Frau zu irritieren. Kühl sagte sie: »Ins Richmond Hotel, Chelsea, bitte.«

Devane öffnete die Tür und machte Anstalten, ihr in den Wagen zu folgen. Sie wandte sich ihm zu, wobei ihr Gesicht beinahe seines berührte, und sagte: »Nein. Tut mir leid, daß ich dich dort rausgeholt habe, das war dumm von mir. Sicher hast du viel zu tun.« Sie zog die Tür zu, als wolle sie ihren kurzen Kontakt abrupt unterbrechen.

Devane sagte: »Geh noch nicht. Ich würde gern mir dir sprechen. Es ist zwei Jahre her, seit wir uns gesehen haben.« Die Worte sprudelten von seinen Lippen, aber er war sich nur der Tatsache bewußt, daß Claudia fort wollte, daß sie plötzlich ihre Meinung geändert hatte.

Der alte Taxifahrer pfiff leise vor sich hin und ließ merken, daß er dem Drama in seinem Rücken folgte.

Verzweifelt fragte Devane: »Kann ich dich anrufen?«

Ihr Blick ruhte auf seinem Gesicht, und zum ersten Mal hoben sich ihre Mundwinkel zur Andeutung eines Lächelns.

»Wenn du willst. Aber was hätte das für einen Sinn? Es ist vorüber.« Sie beugte sich vor und klopfte gegen die Trennscheibe. »Also los, Fahrer!«

Devane trat zurück. Claudia hatte ihm irgend etwas sagen wollen, aber im letzten Augenblick ihre Meinung geändert oder den Mut dazu verloren. Warum? Die Frage dröhnte in seinem Hirn wie eine Glocke.

Es stimmte, sie hatten sich seit fast zwei Jahren nicht mehr gesehen, das letzte Mal bei irgendeiner Marineparty in Ipswich. Und bis dahin hatte er Don nur als allseits beliebten Gutsherren und Sportsmann gekannt. Sie hatten sich oft bei Reserveübungen oder Regatten getroffen.

Devane warf einen Blick auf die Uhr. Die Chance war verspielt.

Aber was, um Gottes willen, hatte er denn erwartet? Claudia fragte sich wahrscheinlich, warum ein Mann wie Don tot, er dagegen noch immer springlebendig war.

Mit einem Lachen versuchte er, den verletzten Stolz und seine Einsamkeit zu überwinden. Er hatte schon immer ein Auge auf Claudia geworfen, das war nur natürlich. Wer hätte das nicht? Sie war eine hinreißend schöne Frau.

Devane sah sich nach einem Pub um. Ein Drink vor dem Lunch und ein wenig Geschwätz würden ihm vielleicht helfen. Eins war sicher: Er würde es nicht mehr bei ihr versuchen.

Noch während er dies dachte, war ihm klar, daß er sich täuschte. Er würde im Richmond anrufen, sobald er mit Whitcombe gesprochen hatte.

Er versuchte, die Tür einer kleinen Kneipe aufzustoßen, aber sie öffnete sich nur einen Spalt. Ein säuerlich dreinblickender Mann musterte ihn von Kopf bis Fuß.

»Wir öffnen erst in einer Stunde«, raunzte er. »Sie haben wohl vergessen, daß Krieg ist.«

2 Eine andere Art Krieg

Devane knöpfte sein frisches Hemd zu und blickte sich dann ein wenig verloren im Raum um. Die Verdunklungsvorhänge waren geschlossen, obwohl es noch hell genug war, die Umrisse des kleinen Platzes unten zu erkennen. Der Himmel war bewölkt. Der Unteroffizier am Empfang hatte gewarnt: »Heute nacht kommen sie, Sir. Gute Wolkendeckung für die Halunken.«

Devane warf einen Blick auf das Telefon, wie schon so oft seit seiner Rückkehr von der Admiralität. Whitcombe hatte ihm lediglich ein paar Einzelheiten über die Maschinenwartung der Boote nach ihrem Eintreffen am Schwarzen Meer eingeschärft und etwas über die Luftsicherung, die, wie er hoffte, die Russen während ihres Transportes übernehmen würden. Dabei hatte er ausgesehen, als hätte er die ganze Nacht in seinem Zimmer gearbeitet. Vielleicht ging er nie nach Hause.

Plötzlich hatte er gesagt: »Sie haben heute morgen Richies Witwe gesprochen. Was wollte sie?«

Daß er überwacht wurde, überraschte und ärgerte Devane, auch wenn Whitcombe hinzugefügt hatte: »Das ist reine Routine, John. Alle Telefongespräche im Haus werden registriert. Und Sie übernehmen jetzt eine neue Spezialflottille. Es ist kein Geheimnis, daß alle taktischen Nummern der Boote entfernt worden sind und daß die Flottille für uns unter dem Decknamen *Parthian** existiert. Ihnen unterstehen fünf Boote und etwa hundertzehn Offiziere und Mannschaften, ganz zu schweigen von Beresfords Gruppe und deren Ausrüstung. Nur eine Unbesonnenheit, und der Feind könnte *Parthian* gleich bei Ihrer Ankunft vernichten.«

Devane saß auf der Bettkante und spielte mit seiner Krawatte. Whitcombe hatte wortlos zugehört, als er ihm erzählte, was Claudia Richie gesagt oder vielmehr nicht gesagt hatte.

Dann schlug Whitcombe überraschenderweise vor: »Besuchen Sie sie, John. Es wird sie vielleicht ein wenig beruhigen, das arme Ding. Uns hilft es nicht weiter, wenn sie anderswo Nachforschungen anstellt. Irgendein Idiot an höherer Stelle könnte in den Akten nachsehen und ihr dann von Richies Selbstmord erzählen.«

Devane fragte sich, ob er ihm nur helfen wollte. Whitcombe schien zu vermuten, daß er die junge Frau auf jeden Fall wiedersehen wollte.

»Verdammt!« Er stand auf und griff nach seinem Jackett. Vielleicht hatte Claudia ihm ein Schnippchen geschlagen und war längst nach Devonshire zurückgekehrt.

Als er durch die Halle kam, sah er den Unteroffizier mit einem Feuerwehrmann der Marine am Radioapparat sitzen und bemerkte, daß beide Stahlhelme trugen.

Der Unteroffizier kam um sein Pult herum. »Sie werden kein Taxi bekommen, Sir. Die nehmen jetzt keine Fahrgäste an, sondern sind auf Ambulanzfahrten und Feuerlöschdienst eingerichtet.« Ein wenig hilflos setzte er hinzu: »Heute nacht gibt es einen Großangriff – so sicher wie das Amen in der Kirche.«

Devane trat hinaus in die kühle Abendluft und blieb einen Augenblick stehen, bis sich seine Augen an die Dunkelheit gewöhnt hatten. Ein paar Leute waren noch unterwegs, aber die Verdunklungsvorhänge und geschlossenen Fensterläden ließen den Platz ausgestorben wirken.

Der Unteroffizier hatte recht, weit und breit war kein Taxi zu sehen. Aber dann entdeckte er einen Bus, und eingezwängt zwischen einer dicken Frau mit einer Deckenrolle unter dem Arm und einem mageren Jungen im Overall schaffte es Devane, zur Schaffnerin vorzudringen. Die Fensterritzen waren mit Papierstreifen verklebt.

Die Busfahrt brachte Devane diese andere Art Krieg näher, als er

* Parther, Angehöriger eines nordpersischen Volksstammes

für möglich gehalten hätte. Die dicke Frau neben ihm fuhr wahrscheinlich zu irgendeiner zugigen U-Bahnstation oder einem besonders sicheren Luftschutzkeller, um sich für die Nacht einen guten Platz zu sichern. Der Junge war vermutlich auf dem Weg zur Nachtschicht in irgendeiner Munitionsfabrik. Sie arbeiteten trotz der Bombenangriffe, um etwas fertigzustellen, was Devane und seine Leute für selbstverständlich nahmen.

Die Schaffnerin rief: »Hier ist das Richmond, Sir!« Der Bus rumpelte gegen den Randstein, und Devane sprang hinaus.

Ein paar wäßrige Scheinwerferstrahlen bohrten sich durch die Wolken, auf der Suche nach Feindmaschinen. Devane sah ihr reflektiertes Glitzern auf dem Wasser, das Hotel lag also direkt an der Themse. Er hatte sich öfter gewünscht, in Chelsea zu wohnen, die altmodische Firma seines Vaters zu verlassen und in London ein modernes Unternehmen aufzubauen.

Ärgerlich schüttelte sich Devane. Es war immer dasselbe mit ihm, wenn er zu lange allein war: Er wurde sentimental. Auf See war er viel zu sehr eingespannt, um alten Erinnerungen nachzuhängen. Und an Land wartete er im Unterbewußtsein nur darauf, daß er wieder an Bord mußte. Es war verrückt. Vielleicht hatte Richie genauso empfunden? Dessen Zeit war ohnehin abgelaufen gewesen. Alle sagten, wenn man die ersten Gefechte lebend überstehe, komme man zu der Überzeugung, daß nichts einen umbringen könne. Aber genau dann passiere es. Vielleicht hatte Richie nicht länger darauf warten können und Schluß gemacht, bevor seine Verzweiflung auch Untergebene in Gefahr brachte.

Whitcombe hatte die Sache so einfach ausgedrückt: fünf Boote mit zusammen hundertzehn Mann Besatzung. Es war ein Jammer, daß Leute wie der Journalist, der diesen Sensationsartikel über ihn geschrieben hatte, nicht sehen konnte, was sich wirklich abspielte, wenn ein Mann im Kampf fiel, ohne Hoffnung und jeder menschlichen Würde beraubt.

Devane tastete nach dem Griff der Hoteltür, dann schob er sich durch schwere Vorhänge, die nach kaltem Tabak rochen.

Die Lichter in der Halle blendeten ihn. Neben einer kleinen Rezeption führte eine geschwungene Treppe nach oben, und die Tapete sah aus, als wäre sie aus dunkelrotem Samt. Einige Topfpflanzen standen herum, und Devane konnte sich vorstellen, wie hier in Friedenszeiten ein Trio leichte Musik zum Tee gespielt hatte.

Jetzt erst fiel ihm auf, daß die sechs oder sieben Menschen an den kleinen Tischen alles Frauen waren.

»Kann ich Ihnen helfen, Sir?«

Devane wandte sich um und sah eine schwarzgekleidete Frau, die ihn von der Rezeption beobachtete.

»Ich möchte Mrs. Richie besuchen.«

Er wartete, aber nichts geschah. Die Stimmen an den Tischen murmelten eintönig weiter, aus einer anderen Richtung hörte er Geschirr klappern und jemanden singen.

»Sind Sie ein Freund von ihr?«

Devane starrte sie an. »Warum? Brauche ich eine Voranmeldung?«

Sie wich ein wenig zurück. »Wir haben hier öfter seltsame Besucher. Einige Männer – nun, Sie wissen, wie das ist.« Plötzlich schien ihre Stimmung umzuschlagen. »Aber ich muß mich entschuldigen. Jetzt erkenne ich Sie erst, aus der Zeitung und der Wochenschau.« Leise fügte sie hinzu: »Diese Damen sind in London, um die Auszeichnungen ihrer gefallenen Ehemänner in Empfang zu nehmen.«

Devane wandte sich um und musterte sie. Das erklärt alles: die Stille, die hier herrschte, die seltsame Ähnlichkeit dieser Frauen. Auch dies war eine Seite des Krieges, von der er bisher nichts gesehen hatte. Er lernte heute eine ganze Menge.

»Das wußte ich nicht.« Devane blickte sich um und sah Claudia am Fuß der Treppe stehen. Sie hatte dasselbe blaue Kleid an und trug einen Mantel über dem Arm.

Sie sagte: »Ich wollte gerade einen Spaziergang am Embankment machen.« Sie hielt ihm den Mantel hin. »Was starrst du so? Hilf mir hinein.« Mit der Gewandtheit einer Tänzerin schlüpfte sie in den Mantel und musterte ihn neugierig. »Ich nehme doch an, daß du *meinetwegen* gekommen bist?«

Er zwang sich zu einem Lächeln. »Ich konnte nicht einfach abreisen, ohne dich noch einmal gesprochen zu haben.«

»Komm mit nach draußen.« Als er den schweren Türvorhang für sie aufhielt, sagte sie: »Dieses Haus ist wie ein Warteraum des Todes.«

Als sie die dunkle Straße überquerten, fügte sie hinzu: »Tut mir leid, daß ich eine solche Szene gemacht habe, das ist sonst wirklich nicht meine Art. Aber ich war so angewidert von all den feierlichen Gesichtern, den Ausflüchten über Dons Tod.«

Devane straffte sich. »Es ist schwer, in solchen Situationen die richtigen Worte zu finden.«

»Das nehme ich auch an.« Sie schlug den Kragen hoch, blieb einen Augenblick stehen und blickte hinunter ins wirbelnde Wasser der Themse.

Dann fuhr sie in demselben beherrschten Ton fort: »Eine Frau im

Hotel soll für ihren gefallenen Mann eine Auszeichnung vom König oder sonstwem entgegennehmen. Soviel ich gehört habe, verbrannte er in einem abgeschossenen Bomber, in dem er sitzen blieb, damit dieser nicht in eine Ortschaft stürzte. Zumindest haben sie ihr das erzählt.«

Sie ging weiter, und er fiel neben ihr in Schritt. Er konnte ihr Parfüm riechen, so wie beim Einsteigen ins Taxi, als sich ihre Gesichter beinahe berührt hatten.

»Deswegen wollte ich mit dir sprechen, John. Weil du weißt, wie das wirklich ist. Ich muß Gewißheit haben, damit ich nicht verrückt werde.«

»Aber ich kann dir gar nichts über Dons Tod sagen. Wirklich nicht.«

Ein Scheinwerferstrahl zuckte über den Himmel wie eine endlose blaue Lanze. Devane sah ihr Gesicht, blaß in dem bläulichen Licht, sah die Feuchtigkeit ihres Mundes.

»Ich könnte einen Drink brauchen. Sogar dringend«, sagte sie und blickte hinüber auf die andere Straßenseite. »Dort drüben ist irgendwo ein Lokal. Im Hotel könnte ich es jetzt nicht aushalten. Möglicherweise würde man mich dort als unpatriotisch brandmarken oder mir den Kopf rasieren.«

Langsam begriff Devane, daß sie schauspielerte. Sie hatte Angst vor dem Alleinsein, noch mehr aber fürchtete sie das Mitleid.

Das Lokal war klein, voller Menschen, voller Lärm und fröhlicher Stimmen. An der Bar drängten sich mehrere amerikanische Soldaten und ihre Mädchen. An den Wänden prangten viktorianische Spiegel, Fotografien eines Preisboxers, ein Plakat, auf dem Churchill Hitler das V-Zeichen machte, und eine Menge Mützenabzeichen der verschiedensten Regimenter. Es war ein typischer Pub.

Der Wirt spähte durch den Tabaksqualm, sein Blick erfaßte Devanes Dienstrang sowie Kleid und Erscheinung seiner Begleiterin.

»Hier herüber, Sir. Reserviert für Offiziere.« Er blinzelte, und einige Gäste lachten laut über diesen Witz.

In der Ecke stand der einzige leere Barhocker. Lächelnd nahm Devane Claudias Arm und half ihr auf den hohen Schemel, während er sich mit der Hüfte an die nasse Bar lehnte.

Der Wirt, dessen Gesicht durch frühere Boxkämpfe zu einer formlosen Masse zerschlagen war, rief fröhlich: »Zwei Gin, ist das recht, Sir?«

Sie flüsterte: »Er ist wohl der Boxer auf den Fotos oder wenigstens das, was von ihm übrig ist.«

Weitere Leute drängelten sich durch die Verdunklungsvorhänge, und Devane mußte schreien, um sich verständlich zu machen. Er wurde gegen Claudias Knie gedrückt, aber sie machte keine erkennbaren Anstrengungen, sich abzuwenden.

»Ich nehme an, du wirst Dons Job bekommen?« Forschend blickte sie ihm ins Gesicht. »Du brauchst mir nicht zu antworten. Aber es gehört nicht viel Kombinationsgabe dazu, das herauszufinden. Leute wie du wachsen nicht auf den Bäumen. Don sagte immer, du seist der beste von allen.« Sie befeuchtete ihre Lippen. »Außer ihm natürlich.« Sie schob ihm ihr leeres Glas hin, und Devane zeigte es dem Wirt.

»Wenn du zurückgehst nach Devon . . .« fing Devane an, aber er kam nicht weiter.

»Ich möchte nicht darüber sprechen.« Ihre Stimme klang jetzt sanfter. »Tut mir leid, aber der Gin fängt an zu wirken. Ich bin keine gute Gesellschafterin, besonders nicht für dich.«

Sie goß den Gin beinahe in einem Schluck hinunter und zog dabei eine Grimasse.

»Du hast nicht geheiratet, soviel ich gehört habe.« Sie nickte, als wolle sie das soeben Gesagte bestätigen. »Don sagte, du wolltest noch warten. Er sprach sehr oft über dich, wußtest du das?«

Devane schüttelte nur den Kopf. Sie sprach jetzt frei, und eine unpassende Bemerkung konnte alles zunichte machen. Weiter unten an der Bar stritten sich zwei Betrunkene, und der Wirt beobachtete sie aufmerksam, während er eine Kanne polierte. Draußen waren seit mehreren Minuten die Alarmsirenen zu hören, aber wie üblich wurden sie ignoriert. Sie waren ein Teil des täglichen Lebens geworden.

Devane hatte Richie nicht sehr gut gekannt. Eine andere Flottille und später ein anderer Kriegsschauplatz mit neuen Gesichtern und neuen Problemen hatte sie getrennt. Aber wenn er jetzt in der überfüllten Bar an Richie dachte, schien er ihm eher so zu sein, wie sie ihn beschrieb, nicht wie er selbst ihn in Erinnerung hatte. *Er wollte immer Sieger sein.*

Claudia beugte sich vor und wischte irgend etwas von Devanes Ärmel. Ihr beinahe pechschwarzes Haar fiel ihr über eine Wange, aber sie schien es nicht zu bemerken.

»Einmal sagte er, daß du ein Auge auf mich geworfen hättest. Es war bei euerm letzten Treffen, bei dieser Party, ein paar Monate nach unserer Heirat. Da fing er wieder davon an.«

»Ich – das habe ich nicht gewußt.« Devane überlegte. Vielleicht hatte er einmal eine indiskrete Bemerkung gemacht, die Richie nicht vergessen hatte. Er fuhr fort: »Aber es wäre eine Lüge, wenn ich das

bestreiten wollte. Ich bezweifle, daß irgendein Mann an dir vorbeigehen kann, ohne daß sein Herz ein paar Extraschläge macht. Es sei
denn, er ist blind oder ein Halbidiot.«

Sie lehnte sich gegen die Wand und musterte ihn nachdenklich.
»Sag mir bitte, ist es wahr, daß du jedesmal vor einem Gefecht dein
Gewissen prüfst? Jedenfalls hat Don das behauptet, sogar mehr-
mals.« Sie legte ihre Hand auf die seine. »Ich möchte es wissen.«

Devane fühlte sich irgendwie verulkt. Er mußte verrückt sein.
Aber was erwartete er?

»Ja, das stimmt. Es geht einem dann so viel durch den Sinn.« Er
konnte den Blick nicht von ihrer Hand abwenden, die immer noch
auf seiner lag. Sie war klein und wohlgeformt und schien ihrem
Gespräch zu lauschen. »Wachsamkeit ist alles. Ein Augenblick der
Sorglosigkeit oder der Selbstzufriedenheit kann Menschenleben kosten, sowohl das anderer Leute wie auch dein eigenes.«

Sie nickte, als sei sie zufriedengestellt. »Das mußte ich hören, und
zwar von dir. Danke.«

Devane ergriff auch ihre andere Hand und hielt sie fest. »Sag mir,
Claudia, was soll das alles?«

»Don ist tot. Es ist vorüber.«

Es folgte eine längere Pause, und Devane spürte, daß einige Gäste
sie beobachteten. Dann sagte Claudia müde: »Wir hatten einen
handfesten Krach am Ende seines letzten Urlaubs, unmittelbar bevor
er abreiste . . .« Sie entzog ihm ihre Hand und wischte sich die Wange
wie ein Kind. »Er war schon zu lange im Einsatz, wollte es aber nicht
zugeben. Er mußte immer noch besser werden. *Der Beste!*« Die
letzten Worte sprach sie so laut, daß mehrere Gäste ihre Unterhaltung unterbrachen und zuhörten. »Ich wollte ihm weh tun, ihn ver-
letzen. Deshalb sagte ich ihm, ich hätte eine Affäre mit einem
anderen.«

Verblüfft starrte er sie an, sah Richie mit der Pistole in der Hand,
als sei er dabeigewesen.

»So trennten wir uns. Es war das letzte Mal, daß ich ihn sah.« Sie
hob die Schultern. »Du siehst also, John, wahrscheinlich fiel er durch
meine Schuld. Das war es, was ich dir sagen wollte.«

Das zerschlagene Gesicht des Wirtes zeigte sich über der Bar.
»Alles okay, Sir?« Er warf einen besorgten Blick auf Claudia. »Sie
sieht ein bißchen flau aus.«

Devane hatte ein Gefühl, als sei sein Verstand eingefroren. Er
mußte sie an die frische Luft bringen, aber irgend etwas hielt ihn
zurück. Die Gesichter, der auf und abschwellende Lärm rundum

wurden bedeutungslos. Irgendwo lachte eine Frau schrill auf, und ein Soldat ließ ein Glas zu Boden fallen.

Devane stieß sich von der Bar ab und ergriff Claudia bei den Schultern, sah, wie ihre Verzweiflung sich in Überraschung und dann plötzlich in Angst verwandelte.

Ihm blieb keine Zeit mehr für Erklärungen, zu sagen, was er wußte. Laut schrie er: »Halt dich an mir fest! Um Gottes willen, halte dich fest!«

Für den Bruchteil einer Sekunde spürte er, wie sie sich an ihn preßte, dann kam die Detonation.

Es war mehr die Druckwelle als der Krach. Er stürzte, halb erstickt vor Staub und Rauch, spürte aber, daß sie sich noch aneinanderklammerten; der ganze Raum war plötzlich in Dunkel gehüllt.

Die schrille Stimme der Frau ertönte noch immer, jetzt aber in einem schrecklichen, nicht enden wollenden Schrei.

Als Devanes Kopf wieder klar wurde, versuchte er, sich von dem Druck der Holzbalken und des Mauerwerks zu befreien, das über seinen Schultern und seinem Rücken lag. Er konnte kaum atmen, ohne zu würgen, und wußte nicht, wo er lag.

Eine grelle Feuersäule schoß von der anderen Seite der Bar empor, und er vermutete, daß dort der Gasherd explodiert war. Stimmen schrien und wimmerten ringsum wie gemarterte Seelen, und er hörte verzweifelte Hilferufe.

Schließlich fand er Claudia an der Wand. Während er ihre Schultern und den nackten Hals abtastete, merkte er, daß ihr Kopf nach vorn gesunken war.

Verzweifelt keuchte er: »Claudia, um Gottes willen, Claudia!« Er zog sie hoch und versuchte sie aufzurichten, aber sie sank wie leblos gegen ihn.

Das Aufstehen war noch schwieriger. Im Licht der tanzenden blauen Flammen sah er sich am Boden wälzende Gestalten, sah, wie sich das Feuer in Blutlachen spiegelte, sah abgerissene Glieder, zerbrochenes Glas und überall Schutt.

Irgend jemand schrie: »Meine Augen! Meine Augen! Helft mir, bitte helft mir!«

Ein Amerikaner schlurfte vorbei und zog dabei seinen Kameraden durch die umgestürzten Möbel, das Gesicht nur noch eine blutige Maske.

Sanft hielt Devane Claudia fest und versuchte, ihr Kinn anzuheben. Sie atmete. Sie mußte wohl vom Luftdruck betäubt sein.

Ein Mann taumelte gegen ihn, und Devane schrie: »Laufen Sie in das Hotel ein paar Häuser weiter und holen Sie Hilfe!«

Mit wilden Augen starrte ihn der Mann an und brüllte zurück: »Wen wollen Sie hier rumkommandieren?«

»*Sie!*« Er sah, wie der Mann zurückfuhr. »Tun Sie, was ich sage, verdammt noch mal!«

Er schob Claudia über einen zerbrochenen Balken, oder war es die Theke? Der Wirt lag auf dem Gesicht mitten zwischen Glasscherben. Überall schimmerte Blut.

Es mußte ein Volltreffer gewesen sein. Der Fußboden schien sich gehoben zu haben und das Dach eingestürzt zu sein. Die Bombe war also wahrscheinlich im Keller detoniert.

Devane blickte auf Claudia hinunter und sah, daß sie mit weitgeöffneten Augen vor sich hin starrte.

»Wir gehen jetzt hier raus«, sagte er. »Du bist bei Bewußtsein und unverletzt.«

Sie griff sich an die Stirn, als wolle sie sich vergewissern, daß sie noch am Leben sei. Dann, als ihr Gedächtnis zurückkehrte, blickte sie sich um, sah den Rauch und das Chaos, das noch verschlimmert wurde durch die tanzenden Flammen und die entsetzlichen Schreie.

Irgendwo erklang das laute Schrillen einer Glocke, und Devane vermutete, daß Ambulanzen und Feuerwehr im Anmarsch waren. Zwei Polizisten stiegen durch die zerbrochenen Türen, ihre Schritte knirschten auf den Glasscherben; der Schein ihrer Stablampen wurde von den glänzenden Helmen reflektiert.

Devane rief: »Hierher! Sechs oder sieben sind noch am Leben, glaube ich.«

Der vorderste Polizist hielt an und musterte die junge Frau. »Ist sie in Ordnung?«

Rasch flüsterte sie Devane zu: »Sie sollen mich nicht irgendwo hinbringen. Ich möchte bei dir bleiben, sie sollen nicht . . .« Die Sinne schwanden ihr wieder.

Der Polizist sagte zu seinem Kameraden: »Alles klar mit den beiden, Tom. Also weiter.«

Der andere starrte an ihm vorbei, man sah, daß es angestrengt hinter seiner Stirn arbeitete. Wo sollten sie anfangen?

Devane bückte sich und schob den Arm unter Claudias Beine, hob sie vorsichtig hoch und stieg durch den leeren Türrahmen hinaus in die frische, kühle Nachtluft.

Die Straße war voller Menschen. Stimmen riefen Befehle, er hörte das Geklirr von Spaten und Hacken, als die Bergungsmannschaften zwischen den Trümmern nach Überlebenden suchten. Eine Frau mit Lockenwicklern im Haar verband einem Mann den stark blutenden

Kopf. Auf dem Bürgersteig setzte ein Löschzug zurück und lud weitere Männer mit Hebegerät und Tragbahren ab. Devane musterte die Leute. Alle waren Amateure, die sich aber mit der Präzision von Feuerwehrleuten oder Sanitätern bewegten. Genau wie seine Besatzungen, dachte er. In Wirklichkeit waren sie alle Zeitungsjungen, Fischer, Anwälte oder Anstreicher, doch der Krieg schliff bald jeden Amateurstatus von ihnen ab.

Heiser sagte Claudia: »Bitte laß mich runter.«

Er stellte sie vorsichtig auf das Pflaster.

»Ich habe einen Schuh verloren!« sagte sie und begann zu lachen, aber es kam kein Ton heraus. Devane mußte sie an sich preßen, bis der Anfall vorüber war.

Sie flüsterte: »Ich danke dir. Das war verdammt knapp.«

Als er sie wieder hochhob, legte sie den Arm um seinen Hals und blickte ihn an. »War alles mein Fehler.« Sie preßte ihr Gesicht gegen seine Wange, und er fühlte den Staub zwischen ihnen wie Sand. »Jetzt habe ich gesehen, wie du mit solchen Dingen fertig wirst.« Der Druck ihres Armes um seinen Hals wurde stärker. »Bitte verlaß mich nicht. Noch nicht.«

Ein Unfallwagen fuhr mit blitzendem Blaulicht und gellender Sirene vorbei. Auf der anderen Seite des Flusses stand leuchtende Glut am Himmel, Funken sprühten daraus wie ein Feuerwerk.

»Nein, ich bleibe bei dir.«

Er mußte mehrmals gegen die Tür des Hotels treten, bevor ihnen jemand öffnete.

Die Frau aus der Rezeption rief erschreckt: »O mein Gott! Ist sie verletzt?«

Irgend jemand knipste eine Taschenlampe an, und Devane sah Blut auf Claudias Bein, aber es floß nicht mehr, war unter der Staubschicht bereits getrocknet.

»Ich bringe sie auf ihr Zimmer.« Er begegnete dem starren Blick der Frau und fügte hinzu: »Wenn Sie nichts dagegen haben.«

Die Frau schüttelte den Kopf ruckartig wie eine Marionette. »N – nein. Nummer elf.«

Devane stieg die Treppe hinauf und merkte, daß hinter dem Pult, das den Kellereingang verdeckte, mehrere Köpfe auftauchten. Was für ein Bild müssen wir abgeben? dachte er. Jetzt erst begann er, am ganzen Körper zu beben, als habe er Fieber. Er biß die Zähne zusammen, bis er sich gefangen hatte. Er hatte es geschafft, wieder einmal. Er blickte hinunter auf den gebeugten Kopf der jungen Frau. Und diesmal war es wichtig.

Das Zimmer war wie das ganze Hotel alt und muffig, in verschiedenen Brauntönen gehalten. Vorsichtig setzte er Claudia auf dem Rand des hohen Bettes ab und nahm ihr Fußgelenk in die Hand.

Mit zittriger Stimme sagte sie: »In dem Schrank dort ist Whisky.«

Devane stand auf und blieb einen Augenblick stehen, um sich zu sammeln. Es war diesmal wirklich knapp gewesen. Dann hörte er sich fragen: »Whisky? Hast du denn einen Draht zum Schwarzmarkt?«

Sie blickte ihn an, das Haar klebte ihr feucht an der Stirn, ihr Kleid war schmutzig und zerknittert. Aber sie versuchte, auf seinen Ton einzugehen. »Ich habe ihn mitgebracht, um jemanden bei der Admiralität zu bestechen.«

Devane fand den Scotch, aber im ganzen Zimmer nur ein einziges Glas. Er füllte es vorsichtig, doch seine Hände schienen ganz ruhig zu sein.

Sie trank und mußte husten. »Cheers!«

Dann reichte sie ihm das Glas, und er nahm einen tiefen Schluck. In seinem leeren Magen brannte er wie Feuer.

Nun zog sie ihren Rock hoch und untersuchte ihre Hüfte. Ein Schnitt war da, aber er sah verhältnismäßig sauber aus. Devane tupfte den Staub von dem getrockneten Blut und spürte, wie sie sich versteifte. Er wagte nicht, sie anzusehen, aber die Berührung ihrer Haut, das Gefühl, daß Schmerz und Gefahr sie einander nähergebracht hatten, war für ihn wie ein Lebenselexier.

Sie sagte: »Ich gehe mich waschen und ein Pflaster suchen. Du hast inzwischen deinen Whisky.« Mit dem Morgenrock in der Hand blieb sie an der Tür stehen und sagte bittend: »Das Badezimmer ist die übernächste Tür. Wenn die Bomber zurückkommen, dann . . .«

»Dann komme ich und hole dich.« Sie lächelte.

Er setzte sich auf den einzigen Stuhl und goß sich mehr Whisky ein. Mit lautem Sirengeheul fuhr ein Krankenwagen am Hotel vorbei: irgendein Unglücklicher, der von fliegenden Splittern niedergemäht oder unter den Trümmern seines Hauses ausgegraben worden war. Der Seekrieg kam Devane sauberer vor.

Die Tür ging auf. Claudia trug jetzt den Morgenrock, und ihre hervorschimmernde Haut wirkte frisch und rosig.

»Noch einen Drink?«

Sie schüttelte den Kopf. »Möchtest du?«

Devane antwortete nicht, sondern stand auf und nahm sie vorsichtig in die Arme. Ihr Haar war feucht, und ein Hauch Parfüm vertrieb die schreckliche Erinnerung. Wie lange sie so standen, wußte Devane nicht. Ihm war, als habe die Welt aufgehört, sich zu drehen. Im Hotel blieb alles ruhig, die Gäste saßen wahrscheinlich wieder unten im Luftschutzkeller.

Unsicher sagte sie: »Ich möchte, daß du mich küßt.«

Devane preßte sie noch fester an sich, war aber besorgt, daß er ihr weh tun und damit alles verderben könnte. Als ihre Lippen sich trafen, spürte er, wie ihr Körper sich gegen den seinen preßte, hörte sie stöhnen, als er den Morgenrock öffnete und ihre Brust liebkoste.

Schließlich entwand sie sich seinen Armen und ließ den Morgenrock zu Boden fallen. Dann lag sie auf dem Bett und blickte ihn an, als er seine Kleider ablegte. Sie sprach kein Wort, nur ihr Körper straffte sich unter seinen streichelnden Händen. Schließlich flüsterte sie: »Nimm mich jetzt. Und laß uns nicht an morgen denken.«

Sie liebten sich, bis sie vollkommen erschöpft waren.

Als schließlich die Entwarnungssirenen über London heulten, lagen sie eng umschlungen. Er lauschte ihrem ruhigen, sanften Atem, dann blickte er in das graue Morgenlicht, das durch die Ritzen der Fensterläden schimmerte. Ein neuer Tag brach an. Und sie lebten. *Lebten*! Rings um sie her erwachte London, um erneut der täglichen Mühsal zu begegnen.

Auf der anderen Seite des Flusses stand eine junge Frau sehr früh auf, zog sich an und machte sich besonders sorgfältig zurecht. Ihr Mann, ein Sergeant der achten Armee, würde heute nach Hause kommen. Er kam nach Hause mit nur einem Arm, und sie mußte ihm zeigen, wie sehr sie ihn liebte, daß alles so weiterging wie bisher.

In einer anderen Straße durchsuchte eine Frau die Kleider ihres Mannes. Die Polizei hatte während der Nacht angerufen und ihr mitgeteilt, daß er beim Luftangriff in einem Pub ums Leben gekommen war. Sie hatte seine Sauftouren immer gehaßt, wie oft hatte sie ihn verflucht, wenn er nachts mit unsicheren Händen den Schlüssel ins Schloß der Haustür steckte. Wie oft hatte sie ihn zum Teufel gewünscht. Jetzt war es geschehen, aber nun wirkte das Haus wie tot, als hätte nur *er* ihm Leben gegeben.

Büroangestellte packten ihre Luftschutzuniformen in den Schrank und rasierten sich, bevor sie zur Arbeit gingen. Eine Hausfrau wurde vorsichtig auf eine Tragbahre gehoben, nachdem die Bergungsmannschaften drei Tage in einer völlig zerbombten Straße nach ihr gegraben hatten. Als sie sie schließlich entdeckten und durch die Trümmer zu ihr hinunterspähten, hatte sie gelächelt. Ihre Welt war zerstört, aber sie hatte überlebt.

Neben einem Feldbett im Bunker der Admiralität klingelte schrill das Telefon, und Whitcombe preßte gähnend den Hörer ans Ohr.

»Ja?«

»Offizier vom Dienst, Sir.« Die Stimme klang frisch und hellwach. »Das Signal ist eben durchgegeben worden: Grünes Licht für *Parthian*. Soll ich Kapitänleutnant Devane benachrichtigen, Sir?«

Böse starrte Whitcombe auf die Uhr. »Nein. Geben Sie ihm noch zwei Stunden.« Er dachte an die junge Frau mit den wunderschönen traurigen Augen und daran, daß Devane lediglich vier Tage Urlaub gehabt hatte. »Wenigstens das können wir für ihn tun.«

3 *Parthian*

Devane hielt sich mit aller Kraft in dem bockenden Wagen fest und fragte sich, ob er noch einen einzigen heilen Knochen im Leibe hatte. Der Geländewagen, in den man ihn gesteckt hatte, paßte zu seiner bizarren Reise nach Rußland. Es schien Devane, als habe er Tage damit verbracht, nur von einem Militärflugzeug ins nächste umzusteigen, oft auf schmalen Landestreifen oder nach ein paar Stunden Schlaf in einem isolierten Gebäude am Rand eines großen Flugfelds.

Alle hundert Meilen etwa änderte sich das Klima. Greller Sonnenschein und glühend heißer Sand, der vom Wüstenwind hochgepeitscht wurde, erwarteten ihn beim Wechsel der Maschine irgendwo in Nordafrika. Weiter ging es, der Morgensonne entgegen. Oft dachte er an die dunkelhaarige junge Frau, sah ihr Bild an diesem letzten Morgen – ihrem *einzigen* Morgen – vor sich. Was würde aus ihr werden? Würde sie sich nach dem Ende dieses fürchterlichen, alles zerstörenden Krieges noch an diese Nacht erinnern?

Devane starrte aus dem Fenster des bockenden Wagens und versuchte, durch die gelben Staubschwaden zu spähen, die ständig von den Rädern hochgewirbelt wurden. Er war also tatsächlich in Rußland, auf dem Weg vom Kaspischen Meer nach Westen, und das in einem Tempo, als sei der Teufel hinter ihm her.

Rußland war nicht so, wie er es sich vorgestellt hatte. Wie die meisten Seeleute hatte auch er Schlimmes von den nach Nordrußland gehenden Konvois gehört, von Schiffen, die unter der gewaltigen Last des Eises auf ihren Aufbauten kenterten. Oder von den hellen Sommernächten, wenn sich die Eisgrenze nach Norden zurückzog und die Geleitzüge gewaltige Umwege bis nördlich der Bäreninsel machen mußten, da sie nirgends Schutz vor Bombern und U-Booten fanden.

Aber hier war alles anders, und kein Feind bedrohte sie. Ein paar armselige Dörfer und mehrere, hinter Tarnnetzen verborgene Lager mit gepanzerten Militärfahrzeugen waren alles, was sich ihren Blicken darbot. Nur die Soldaten selbst wirkten fremd, sogar feindselig.

Zwei saßen auf den Vordersitzen des Wagens: der Fahrer, über das Steuer gebeugt, und ein Major des Heeres, der ununterbrochen rauchte. Sie sprachen und verstanden kein Englisch, aber Devanes Gefährte, der Nachrichtenoffizier Oberleutnant Kimber, hatte ihm bereits erklärt: »Einige verstehen uns, lassen es sich aber nicht anmerken.«

Devane versuchte herauszufinden, wo wohl die nächsten Deutschen standen. Das Schwarze Meer erstreckte sich über rund siebenhundert Meilen von West nach Ost und vielleicht noch einmal über die Hälfte dieser Entfernung von Nord nach Süd, jedenfalls an seiner breitesten Stelle. Es war beinahe so groß wie das westliche Mittelmeer. Die Deutschen hatten vor langer Zeit Rumänien und Bulgarien besetzt und nun auf der Krim Fuß gefaßt. Wo ihre Seestreitkräfte operierten, war ein von den Russen sorgfältig gehütetes Geheimnis.

Der Oberleutnant beugte sich vor. »Sehen Sie dort, Sir!« Er deutete auf ein Gebäude inmitten eines kleinen Gehölzes, das trotz seiner abbröckelnden Fassade noch immer majestätisch aussah.

»Zar Nikolaus II. hat es einst bauen lassen. Es war seine Residenz zwischen dem Kaspischen Meer und Sotschi.«

Das Herrenhaus wirkte verlassen, aber friedlich. Unmöglich, sich von hier aus die Ostfront vorzustellen, dachte Devane. Millionen waren bereits gefallen, ganze Armeen unter Schichten von Schlamm begraben.

Der Major drehte sich plötzlich um und sagte etwas zu Devanes Gefährten. Kimber erwiderte in fließendem Russisch so knapp wie der Major und übersetzte dann: »Noch ein paar Minuten. Ihre Flottille ist dort oben vor uns.«

Devane hätte am liebsten gelacht. Jetzt spürte er die Anstrengungen der langen Reise. Weit und breit gab es keine See, und doch hatte dieser humorlose Oberleutnant ihm soeben versichert, seine Flottille *Parthian* läge unmittelbar vor ihnen. Fingen sie schon alle an durchzudrehen?

Ein kleiner Spähwagen schob sich durch die Staubschwaden, dem ein langläufiges Maschinengewehr schwingend Deckung gab, während Devanes Fahrzeug mit einem Ruck anhielt. Außer ein paar flach gedeckten Gebäuden, die beinahe maurisch wirkten, einigen Bäumen und zwei bewaffneten Posten konnte er zunächst nichts entdecken.

Weitere heisere Rufe, Papiere wurden eingehend überprüft und die Passagiere forschend gemustert.

Müde sagte Devane: »Wie schön, sich so willkommen zu fühlen.«

Kimber warf ihm einen kurzen Blick zu. »Die meisten Truppen hier kommen von der Ostfront in eine kurze Ruhestellung. Die Leute sind am Leben geblieben, weil sie jedem außer sich selbst mißtrauten.«

Devane musterte ihn. »Das klingt wie eine Rüge.«

»Tut mir leid, Sir. Aber hier draußen muß man alles wie durch einen Umkehrspiegel betrachten. Wenn Sie irgendwelche Pläne ausarbeiten und dann nach dem genauen Gegenteil handeln, fangen Sie erst an, wie ein Russe zu denken.«

Ein weiterer getarnter Spähwagen rollte langsam den Schräghang herunter und hielt neben ihnen an. Nur zwei Männer saßen darin, ein vierschrötiger russischer Marineoffizier mit teilnahmslosem Gesicht und Kapitänleutnant Ralph Beresford.

Die beiden kletterten heraus, und Beresford rief fröhlich: »Freut mich, daß Sie's geschafft haben, John!« Dann wandte er sich seinem Gefährten zu. »Dies ist Kapitän Nikolai Sorokin.«

Der Russe trat einen Schritt vor und streckte die Hand aus. Wie der ganze Mann, so war auch diese breit und kräftig, mit Fingern wie Schraubstöcke. »Willkommen!« Er lächelte und zeigte starke weiße Zähne.

Beresford bemerkte beiläufig: »Kapitän Sorokin ist der Befehlshaber der hiesigen Flottillen. Wir werden eng zusammenarbeiten.« In seiner Stimme schwang eine leise Warnung mit. Hätte Devane nicht schon früher mit ihm zu tun gehabt, hätte er sie wohl gar nicht bemerkt.

Beresford deutete auf den Spähwagen. »Fahren wir. Sie wollen sicher Ihre Männer begrüßen.« Den Oberleutnant vom Nachrichtendienst bedachte er mit einem knappen Lächeln. »Sie kümmern sich um die Sachen hier, ja?«

Das war typisch Beresford: beiläufig hingeworfen, aber so scharf wie eine Degenklinge.

Der russische Kapitän startete den Motor, der kleine Wagen schoß herum und den Schräghang hinauf. Oben hielt Sorokin an und warf Devane einen Blick zu, um dessen Reaktion zu beobachten.

Auf den wirkte das Ganze wie ein riesiger Wanderzirkus. Da standen Lastwagen und gepanzerte Fahrzeuge jeder Art, mit leichter und schwerer Flak bewaffnet, und alle Flawaffen waren bemannt, die Mündungen in den Abendhimmel gerichtet. Überall waren Soldaten eifrig beschäftigt, und die Luft über dem weitläufigen Lager hing voller Qualm aus den verschiedenen Küchenwagen.

Doch Devanes Aufmerksamkeit wurde völlig von den fünf MTBs gefesselt. Außerhalb des Wassers sah normalerweise selbst ein Boot von nur vierundvierzig Tonnen wie ein Schlachtschiff aus. Aber auf den ungeheuren Transportfahrzeugen, die sie von einem Meer zum anderen gebracht hatten, wirkten sie wie Spielzeugboote.

Beresford nickte langsam. »Ich dachte genau dasselbe, als ich die Dinger zum ersten Mal sah. Aber nach anfänglichem Durcheinander bekamen wir sie in Gang, und hier sind wir nun. Jedes dieser Ungeheuer hat vierundsechzig Räder, und die einzige wirkliche Schwierigkeit war das Aufsetzen der Boote. Was Organisieren anbetrifft, können wir hier eine Menge lernen.«

Der russische Kapitän strahlte. »*Da, da**!« Beresford deutete ein Kopfschütteln an. Sorokin verstand mehr, als er sich bisher hatte anmerken lassen.

Die Soldaten zogen bereits riesige Tarnnetze über die Boote und ihre Ausrüstung; Devane war überzeugt, daß das ganze Lager bald wie einer der umliegenden Hügel aussehen würde.

Ein russischer Jäger mit leuchtend roten Sternen auf den spitz zulaufenden Tragflächen dröhnte auf das Lager zu, und sämtliche Flawaffen richteten sich auf die Maschine, als witterten sie einen Feind.

Beresford sagte leise: »Wir haben hier hervorragende Fliegerdeckung. Andernfalls könnte es für uns ausgesprochen unangenehm werden.« Als der Wagen wieder anfuhr, fügte er hinzu: »Vor zwei Tagen erschnorrte ich einen Mitflug in einem ihrer leichten Bomber und flog über eins der vorjährigen Schlachtfelder. Ich habe bisher noch nichts Ähnliches gesehen, außer auf den alten Bildern von der Somme. Selbst die großen Granattrichter waren noch voll kleinerer Trichter! Ich danke Gott dafür, daß ich bei der blauen Waffengattung bin.«

Devane straffte sich unwillkürlich, der Schmerz in seinem Rücken, selbst seine Übermüdung waren vergessen. Er wußte, was es bedeutete, mit einem Boot auszulaufen, das gerade erst in einen Kampf verwickelt gewesen und womöglich noch durchsiebt war von den Schüssen eines früheren Gefechtes, mit einer Besatzung, die vor Erschöpfung Ringe um die Augen hatte. Das war bisher für sie alle der Härtetest gewesen. Jetzt lernte er hier einen völlig anderen kennen.

---

* ja, ja

Es war ein ihm vollkommen fremdes Land, ehrfurchteinflößend durch seine ungeheure Weite. Wenn man an Rußland dachte, so stellte man es sich meistens als Landkarte vor und nicht als wirkliche Erde und Wasser.

Devane entspannte sich ein wenig, als mehrere Gestalten hinter den geparkten Tiefladern hervorkamen: Er sah einen Kapitänleutnant in schmutzigem Kesselanzug, der sich die Augen beschattete, um den herankommenden Spähwagen zu beobachten. Das war Buckhurst, ihr »Klempner«, der von Grimsby bis Alexandria MTBs zusammengebaut und zusammengeflickt hatte. Er war der geborene Bastler, ein Meister im Improvisieren und hier draußen ein wahrer Glücksfall, vorausgesetzt, man fand sich mit seinem ständigen Stöhnen ab. Ein pfeiferauchender Oberleutnant im Kampfanzug erschien, sein entblößter Kopf sah aus wie ein feuerroter Mop. Das war George Mackay, der Kanadier. Mit ihm ging Andy Twiss, der Verrückte, der einmal fünf feindliche Kriegstrawler allein angegriffen hatte und dann nach Felixstowe zurückhinkte, in einem Boot, das aussah wie ein Pfefferstreuer.

Devane sprang vom Wagen und erwiderte ihre Grüße, schüttelte hier und da eine Hand und fragte sich, wie Richie diese prächtigen Männer hatte im Stich lassen können.

»Sie haben sich kein bißchen verändert, Red.«

Mackay grinste. »Zum Teufel, nein, Sir. Aber wenn wir noch eine Weile hierbleiben, dann bin ich reif für die Infanterie!«

Buckhurst wischte sich die Hand an seinem Kesselanzug ab, bevor er sie Devane reichte.

»Russen!« Er warf einen mörderischen Blick in Richtung Sorokin. »Sie kümmern sich genausoviel um diese Boote wie um ihre verdammten sanitären Anlagen!«

Sorokin schlenderte über den aufgewühlten Boden heran, noch immer lächelnd, aber die Augen überall. Devane beobachtete ihn. Er war eine harte Nuß. Der Bericht über seine Tätigkeit in der Ostsee las sich wie die Meldung über den Weg eines Hurrikans.

Sorokin sprach mit Beresford, der knapp übersetzte: »Die Kommandanten und wir selbst werden heute abend mit den Russen speisen, John.« Er zwinkerte nicht einmal, als er hinzufügte: »Das bedeutet Krimsekt und Kaviar bis über beide Ohren. Äußerst annehmbar, nebenbei.«

Devane nickte. »Besten Dank.«

Beresford lächelte. »Sie werden sich daran gewöhnen. Russen denken immer in Extremen und können so ungeheuerlich sein wie ihr ganzes Land. Unermeßlich gastfreundlich und dann wieder so grausam, daß einem übel wird.« Er senkte die Stimme. »Sorokin zum Beispiel ist alleinverantwortlich für die sichere Ablieferung unserer Boote, und dennoch nahm er sich gestern die Zeit, ein Lazarett in der Nähe aufzusuchen und den Verwundeten Blumen und Wodka zu bringen. Andererseits habe ich gehört, daß er einmal von einem deutschen Gefangenen irgendwelche Auskünfte haben wollte. Als der Mann sie ihm nicht geben wollte, ließ er ihn nackt ausziehen und mit ein paar Eimern Wasser übergießen. Der Deutsche starb langsam und qualvoll, gefror zu einem Eisblock, während Sorokin aufmerksam zusah. Aber schließlich haben die Deutschen seine Frau umgebracht, können wir ihn also verurteilen?«

Sie grüßten beide, als Sorokin aus dem Kreis der getarnten Boote fuhr und verschwand.

Devane seufzte. Krimsekt und Kaviar! Er war weiter von Chelsea entfernt, als er gedacht hatte.

Den größten Teil des folgenden Tages bewegte sich die riesige Karawane aus Tiefladern und begleitenden Panzern schwerfällig und mit Donnergetöse weiter nach Westen. Wenn sie sechs Meilen pro Stunde schafften, schien Beresford zufrieden zu sein, aber es gab auch lange Pausen, wenn die Zurrings an den Booten nochmals überprüft wurden oder vor ihnen Fliegeralarm ausgelöst worden war.

Allmählich kamen sie der Wirklichkeit des Krieges näher und näher, bis die Prozession ihren Weg nur noch bei Dunkelheit fortsetzte. Während der Nacht beobachteten sie mitunter das Aufblitzen des Artilleriefeuers am Horizont, und obwohl die Kämpfe viele Meilen entfernt waren, ließ sie die klare Luft nahe und bedrohlich erscheinen.

Auch andere Zeichen des Krieges bekamen sie jetzt zu sehen: geschwärzte Mauern, ausgebrannte Dörfer, verlassene Bauernhöfe, Gräber, größtenteils wohl Massengräber, am Rand der Straße, jedes durch einen verblaßten roten Stern gekennzeichnet.

Die russische Luftwaffe war nicht imstande, das gesamte Gebiet zu sichern. Eines Nachts hatte eine deutsche Bomberstaffel einen Konvoi von Versorgungsfahrzeugen angegriffen, und die meisten waren umgekippt und in Flammen aufgegangen, bevor Abfangjäger die Angreifer vertrieben.

Ein verängstigter Dolmetscher bedeutete ihnen, die Straße sei für die großen Trägerfahrzeuge mit ihren vierundsechzig Rädern vorübergehend blockiert. Aber gleichzeitig teilte man Beresford mit, er solle sich keine Sorgen machen, Räumungsmannschaften seien bereits unterwegs.

Beresford nahm alles mit philosophischem Gleichmut hin. Wie bereits am ersten Abend, als sie mit den russischen Offizieren in ihrer Behelfsmesse diniert hatten. Ein russischer Oberst mit vom Krimsekt geröteten Gesicht hatte irgend etwas vom Ende der Tafel herübergeschrien, wobei er seine blutunterlaufenen Augen auf Devane richtete. Beresford übersetzte schleppend: »Er sagt, wir wären lediglich eine Geste der Briten. In der Roten Armee bewundert man jedoch Taten und keine Gesten.«

Devane hatte sofort die plötzliche Veränderung der Stimmung an der Tafel gespürt, die grimmige Aufmerksamkeit nach den vorangegangenen freundlichen Trinksprüchen. Dann jedoch war der Oberst nach hinten übergekippt und besinnungslos liegengeblieben, während seine Gefährten aufsprangen und unter lautem Klatschen Beifall riefen. Der kurze Augenblick der Feindseligkeit war vergessen.

Beresford hatte zu ihm gesagt: »Ihre Stimmung ändert sich von einem Augenblick zum andern. Also seien Sie auf der Hut.«

Jetzt saßen Devane und Beresford ein wenig abseits auf einem kleinen Hügel und sahen den versprochenen Arbeitstrupp anrücken. Es waren Hunderte, alle im Gleichschritt; an ihrem Feldgrau waren sie als Kriegsgefangene zu erkennen: mager, unrasiert, die fadenscheinigen Uniformen in Fetzen.

Beresford sagte warnend: »Vorsicht, John. Das Ganze ist inszeniert, sie wollen uns auf die Probe stellen. Sie haben geeignetere Leute in ihren eigenen Reihen, es bestand keinerlei Notwendigkeit, deutsche Kriegsgefangene herzuschicken.« Blinzelnd blickte er in das helle Sonnenlicht. »Eine weitere Lektion.«

Irgend jemand kommandierte Halt, und die feldgraue Marschkolonne stand bewegungslos, während ein Unteroffizier den russischen Begleitoffizieren in einem Panzerwagen Meldung machte.

Die erste Reihe der Gefangenen war nur ein paar Meter von Devane entfernt. Sie waren alle blutjung, sahen aber aus wie Greise. Einer starrte hinüber zu den mächtigen Tiefladern und ihrer verdeckten Ladung, dann zu Devane. Er schien zu begreifen, daß dies kein Russe war.

Devane begegnete dem Blick des Soldaten, nur für den Bruchteil einer Sekunde. Dann zuckte der Deutsche hilflos die Achseln, bevor er seufzend mit den anderen weitermarschierte.

Beresford sagte leicht gereizt: »Wir steuern einen sicheren Ort an, um die Boote dort zu Wasser zu lassen. Wenn alles gutgeht, sind wir übermorgen am Ziel.« Er stand auf, plötzlich ungeduldig. »Danach gehört *Parthian* zur russischen Flottenbasis von Tuapse. Bin froh, wenn es erst mal soweit ist.«

Devane blickte ihn an. Es hatte ihn also auch berührt.

Einige britische Seeleute klatschten Beifall, als das dritte MTB etwa fünfundzwanzig Meter vom Strand entfernt in seinen Leinen zum Stehen kam. Wieder war es eindrucksvoll gewesen, wie die russischen Pioniere die Transportwagen entluden und die Boote in ihr natürliches Element setzten.

Devane stand am Strand und sah fasziniert zu. Es war wie die Umkehrung einer Invasion. Vor der Küste kreuzten in einigem Abstand zwei Zerstörer, und aus der Ferne hörte man das Dröhnen eines Flugzeugs, das sie noch immer überwachte. Devane beobachtete den plumpen Tankleichter, der zu dem ersten ins Wasser gerutschten MTB tuckerte. Es war gut, daß sie See- und Luftdeckung hatten, denn bis *Parthian* den russischen Marinestützpunkt Tuapse erreichte, der etwas über hundert Meilen nordwestlich lag, waren sie unbewaffnet und somit wehrlos.

Das vierte MTB unter dem Kommando von Oberleutnant Willy Walker glitt langsam die Rampe hinunter, gefiert an dicken Stahltrossen. Devane sah Walker unter der Brücke mit den Armen fuchteln wie beim Schattenboxen.

Eine buntscheckige Gruppe war es, aber sie hatten sich seit langem zusammengerauft. Im Bristolkanal und entlang der walisischen Küste hatten sie exerziert, Scheinangriffe gefahren, Ein- und Ausschiffen von Kommandoeinheiten geübt. Damals hatten die meisten damit gerechnet, daß sie sich auf die Invasion an der französischen Küste vorbereiteten.

Devane versuchte sich zu entspannen, als das letzte der Boote langsam zur Verladerampe gefahren wurde. Es war sein eigenes, das Führerboot. Wann und wo würde er wohl die Einsatzfreudigkeit und die Kampfkraft seiner Flottille und ihrer Besatzungen erproben?

Dundas, seine *Number One**, hatte er bereits kennengelernt, und was er von ihm gesehen hatte, gefiel ihm gut. Auch der neue Zweite Wachoffizier, Oberleutnant Seymour, ein gertenschlanker, sehniger junger Mann, dessen weiche Züge ganz und gar nicht zu seinem D.S.C. paßten und zu dem Bericht über den haarsträubenden Kampf, den er vor Kreta gewonnen hatte.

* Erster Wachoffizier (I.W.O.)

Aber Devane beging keineswegs den Fehler, gleich von Anfang an zu freundlich zu sein. Er würde sie führen, mußte aber zuerst ihren Respekt erringen.

Dundas war der einzige, der bisher Richies Namen erwähnt hatte. Er hatte ihn tot in der Kabine des Transporters gefunden, der die neugebildete Flottille vom Mittelmeer in den Persischen Golf brachte.

Mit Bitterkeit hatte Dundas gesagt: »Ich hätte nie für möglich gehalten, daß er so etwas tun würde. Er hatte immer so viel Schwung. Manchmal war ich geradezu neidisch auf ihn, weil ihm alles so gut gelang.« Das klang, als werfe er Richie Verrat vor.

Devane beobachtete mit geballten Fäusten, wie das Boot von den Stahltrossen eingefangen wurde und herumschwang. Jetzt, im stahlblauen Wasser, das an seinem blanken Rumpf hochbrandete, war es wieder ein Boot, um das sich jeder Marineoffizier gerissen hätte. Mit seinem dreifachen Ruder und den drei Schrauben konnte es in elf Sekunden von acht auf neununddreißig Knoten beschleunigen.

Devane sah Dundas rittlings auf einem der Torpedorohre sitzen. Er ließ Fender ausbringen, da der Tankleichter auf sie zukam.

Selbst wenn jedes Boot seine Torpedos verschossen hatte, besaß es noch eine Kampfkraft, mit der der Gegner zu rechnen hatte. Zusätzlich zu dem Sechspfündergeschütz vorn und den Zwillingsoerlikons* achtern verfügte es über eine Vielzahl von Maschinengewehren und Wasserbombenwerfern. Die Bootsrümpfe bestanden aus formverleimtem Mahagoni, das von vierhunderttausend Schrauben zusammengehalten wurde; dazu kamen die Kupfernieten, etwa eine Meile Draht und noch ein paar andere verwirrende Dinge.

Das MTB schwoite jetzt vor Anker, und erstaunt stellte Devane fest, daß sogar jemand die Zeit gefunden hatte, eine neue weiße Kriegsflagge an seiner Gaffel zu hissen.

Starke Motoren sprangen stotternd an, und wie müde Ungeheuer begannen die riesigen Trägerfahrzeuge, den Küstenhang zur Straße zu erklettern. Einige Soldaten hatten sich versammelt und musterten die fünf unruhigen Torpedoboote, aber ihre Gesichter verrieten nichts.

Devane hörte Stiefel im Sand knirschen, und als er sich umwandte, sah er Sorokin, der die vor Anker liegende Flottille mit beruflichem Interesse betrachtete.

Devane sagte vorsichtig: »Ich möchte mich bei Ihnen bedanken, Sir, daß Sie die Boote so sicher hergebracht haben. Es war bestimmt eine große Verantwortung.«

---

* Zweizentimeter-Maschinengewehr Schweizer Fabrikation

Sorokin wandte ihm nicht den Kopf zu, aber seine Mundwinkel verzogen sich zu einem leichten Lächeln.

»Ich hatte auf mehr Boote gehofft.« Er hob die Schultern. »Aber dafür können Sie nichts.« Seine Lippen preßten sich wieder zusammen, als Beresford den Strand herunterkam und auf sie zuging.

Beresford warf dem russischen Offizier einen neugierigen Blick zu, bevor er sagte: »Fertig, John? Der alte Hector Buckhurst hat nur die *geringsten* Bedenken, das bedeutet also, daß Sie unbesorgt auslaufen können.« Er deutete auf ein ältliches Motorboot dicht bei der Rampe. »Das wird Sie übersetzen. Ihre Sachen habe ich schon an Bord bringen lassen.« Er grinste. »Oberleutnant Kimber kommt mit dem Stab auf dem Landweg nach. Somit sitzen wir uns nicht auf der Pelle. Zumindest im Augenblick nicht.«

Devane nickte. »Danke. Das war sehr rücksichtsvoll.« Er hatte sich schon ausgemalt, wie Beresford und der grimmig dreinblickende Kimber jede einzelne seiner Bewegungen überwachen, jeden Kontakt mit seiner neuen Besatzung registrieren würden.

Er blickte noch einmal hinauf zur Straße, aber außer den tief eingegrabenen Spuren war nichts mehr von den mächtigen Fahrzeugen zu sehen. Devane wollte sich von Sorokin verabschieden, aber dieser stieg bereits in seinen kleinen Spähwagen.

Devane stellte fest, daß er und Beresford die beiden einzigen Briten am Strand waren.

Beresford sagte: »Wie ein Stück von Kipling, stimmt's?«

Dann trat er zurück, und beide salutierten so förmlich, als hätten sie sich soeben im Niemandsland getroffen.

Die fünf MTBs lagen in einer unregelmäßigen Reihe vor Anker, stiegen und fielen in der leichten Dünung, während ihre Besatzungen ein Detail nach dem anderen überprüften. Sie sahen so aus, als seien sie keinen Augenblick aus dem Wasser gewesen, dachte Devane.

An Bord erwarteten ihn Dundas und Seymour, und auf der kleinen offenen Brücke stand stramm grüßend Pellegrine, der Gefechtsrudergänger. Er war ein stämmiger Mann mit ziegelrotem Gesicht. Die Röte stammte wohl von harten Zeiten auf See und hartem Trinken an Land. Bald würde Devane sie alle kennen, von Dundas abwärts bis zu einem Seemann namens Metcalf, der offenbar als Offiziersanwärter durchgefallen war. Hoffentlich hatte er nicht den Ehrgeiz, seine besondere Führerpersönlichkeit zur Schau zu stellen. Das konnte leicht verhängnisvoll werden.

Devanes Blicke wanderten überall umher, während er die Seeklarmeldungen vom Deck und aus den verschiedenen Sprachrohren entgegennahm. Der Unteroffizier, der die Verantwortung für die starken Packardmotoren hatte, hieß Ackland und war vor dem Krieg Mechaniker in einer Großgarage gewesen. Carroll, der Signalmaat, bückte sich, um seine Flaggen in den Fächern des Flaggenspinds zu verstauen, und auf der Back stand der Bootsmann mit dicken Lederhandschuhen, die ihn vor Fleischhaken in den Stahltrossen schützen sollten. Er meldete seine Gruppe klar zum Ankerhieven. Sein Name war Priest. Devane war zufrieden: Die Namen der Leitenden Unteroffiziere kannte er also bereits.

Carroll rief: »Der führende Zerstörer signalisiert, Sir!« Mit seiner Morselampe zeigte er »verstanden« und warf einen raschen Blick in die hastig zusammengestellte Liste örtlicher Signale. »*Sind Sie fertig?*« entzifferte er.

Dundas fragte: »Soll ich die Flottille über Sprechfunk rufen, Sir? Das geht schneller.«

Devane hängte sich den Riemen seines Glases um den Hals und zog die Mütze tief über die Augen. »Nein. Machen Sie das, Bunts*. Je eher wir uns den Gebrauch des Sprechfunks abgewöhnen, desto besser.«

Dundas sah ihn fragend an. »Das ist ja fast so, als wären wir ganz auf uns allein gestellt, Sir.«

»In gewisser Weise sind wir das auch.« Devane lauschte dem Klappern der Signallampe. »Man hat mir gesagt, daß die Russen niemandem trauen, den sie nicht kennen. Vielleicht haben sie recht.«

Carroll rief: »Alle haben bestätigt und bejaht, Sir.«

Devane schritt zum vorderen Ende der Brücke und blickte über das Dach des Kartenhauses zum Bug, der sich leicht hob und senkte. Er fuhr mit der Hand über das Brückenkleid.

»Starten!« Mit einem Husten, gefolgt von einem wilden, donnernden Aufheulen, erwachten die Motoren der fünf Boote zum Leben und hüllten die Rümpfe in einen Vorhang aus Dunst. Als sie sich zu einem gleichmäßigen Grollen beruhigt hatten, sagte Devane: »Hiev Anker! Bunts, geben Sie an die Flottille: Kiellinie bilden hinter dem führenden Geleitzerstörer.«

Zum Klicken der Kette ertönte von der Back der Ruf: »Anker ist aus dem Grund!«

»Alle Maschinen langsame Fahrt voraus!« Devane warf einen Blick auf das starre Profil des Gefechtsrudergängers. »Steuern Sie

---

* von *bunting* – Flaggentuch: Spitzname für die Signalgasten

Nordwest, bis wir unsere Position hinter dem Iwan eingenommen haben.«

Als er wieder achteraus blickte, stellte er fest, daß die anderen Boote ihm in einer engen Kurve folgten und daß die Brandung bereits die tiefen Wagenspuren auf dem Strand auslöschte.

Einige seiner Leute blickten hinüber zum Land, fragten sich wahrscheinlich, worauf sie sich hier einließen. Niemals freiwillig melden, das war ein fester Grundsatz bei der Marine. Aber die meisten dachten erst daran, wenn es zu spät war.

Die Geschütze waren bezogen und auf die blaue See gerichtet, aber noch genauso leer wie die Torpedorohre.

Devane suchte mit seinem Glas den führenden Zerstörer. Zahnlos mochten sie sein, aber sie waren endlich wieder im Einsatz.

4   Verbündete

Devane saß an seinem neuen Schreibtisch und betrachtete ohne große Begeisterung sein Dienstzimmer im Stützpunkt der Flottille. Das Gebäude war zum Teil unterirdisch wie Whitcombes Hauptquartier in London und ebenfalls aus riesigen Betonplatten erbaut: allerdings die einzige Ähnlichkeit. Der ganze Bau schien erfüllt von den Geräuschen der angrenzenden Werkstatt, wo Kapitänleutnant (E)* Hector Buckhurst bereits seine Drehbänke und Bohrmaschinen aufgestellt hatte, und vom Lärm, der aus dem seltsamen, höhlenartigen Dock gegenüber drang. Es war ursprünglich als Bunker für die russischen U-Boote bestimmt gewesen.

Die Gerüche waren genauso schwer zu ertragen: ein Gemisch aus Dieselöl, hochwertigem Benzin und gekochtem Kohl.

Tags zuvor waren sie in Tuapse eingelaufen, als sich bereits Dunkelheit über Hafen und Werft senkte. Der Anblick, der sich ihnen bot, war deprimierend. Die vielen langen Kaianlagen, die sich wie Finger ins Hafenbecken streckten, waren völlig zerbombt, und von mehreren Schiffen ragten nur noch Schornsteine oder Masten aus dem Wasser.

Auch die Stadt, oder wenigstens das, was sie von ihr sehen konnten, war schwer beschädigt, und ziehende Rauchschwaden wiesen auf einen kürzlichen Luftangriff hin.

Es war wirklich so, wie ein Seemann verbittert bemerkte: »O Gott,

* Engineer – Ingenieur

46

selbst Chatham* wäre besser als dieser Schutthaufen!«

Beresford erwartete sie grüßend und wehrte rasch die sofort vorgetragene Kritik ab. Bisher gab es noch keinerlei Kojen in den Bunkern, nicht einmal für den Ingenieur- und Verwaltungsstab, der auf dem Landweg eingetroffen war. Das bedeutete also, daß die Besatzungen sich auf den überfüllten Booten einrichten mußten.

Auch war noch keinerlei Post angekommen. Dabei hatte es Wochen gedauert, die Flottille von England über das Mittelmeer und durch den Suezkanal in den Persischen Golf zu bringen. Aber niemand hatte an die Post gedacht und daran, wie wichtig sie war für Männer, die schon so lange von ihren Familien getrennt lebten.

Beresford hatte angedeutet, daß die Russen hier möglicherweise helfen könnten. Dann sagte er nichts mehr zu diesem Thema, aber Devane befürchtete, daß die Russen Post als nebensächlichen Luxus ansahen. Wie zum Beweis meldete Buckhurst, daß Torpedos, Munition und Ersatzteile unbeschädigt und in bestem Zustand eingetroffen waren.

Die Tür öffnete sich, und Beresford trat ein. Sein lebhaftes, intelligentes Gesicht verdüsterte ein finsteres Stirnrunzeln. Er ließ sich in einen segeltuchbezogenen Sessel fallen und suchte nach seinen Zigaretten.

»Ich habe heute eine Besprechung mit dem Standortkommandeur. Man erwartet, daß Sie daran teilnehmen.« Er zog eine Grimasse. »Noch mehr Wodka und Sekt wahrscheinlich.«

Bevor Devane antworten konnte, fuhr er fort: »Sie haben noch nicht nach Richie gefragt. Das überrascht mich. Sie kamen doch beide aus demselben Schmelztiegel.«

»Ich erhielt die Weisung, nicht darüber zu sprechen.« Devane erinnerte sich an Claudias Stimme am Telefon, an die Art und Weise, wie Whitcombe und Kinross ihn über sie ausgefragt hatten. »Ich nehme an, er hatte seine Gründe. Erinnern Sie sich an den Mann in Alexandria, der sich mit einer Handgranate in die Luft sprengte, weil man ihn erwischt hatte, als er seine Finger in die Messekasse steckte? Es kommt Zuschauern wie uns immer etwas trivial vor.«

Beresford lächelte knapp. »Sie sind noch immer derselbe: absolut dicht. Mich hat die Sache sehr erschüttert, muß ich sagen. Richie schien eine glänzende Zukunft vor sich zu haben. Auch seine Frau ist in Ordnung, soviel ich hörte.« Dann grinste er. »Ich sehe, daß Sie all dies bereits wissen.« Spöttisch hob er die Hände. »Schon gut! Ich gehe!«

* Marineausbildungsbasis

Als Devane wieder allein war, wandte er sich den Berichten der anderen Boote zu. Im Augenblick übernahmen sie Munition und verstauten zusätzliche Patronengurte und Granaten in allen Winkeln, wodurch die Schlafplätze noch mehr eingeengt wurden.

Dundas betrat den Betonkasten und blieb geduldig neben dem Schreibtisch stehen, ein typischer Seemann, robust und helläugig. Er hätte bei Francis Drake mitsegeln oder in den alten Zeiten unter den Augen der Zöllner Konterbande schmuggeln können. Bisher waren sie sich nur beim Borddienst begegnet, beim Besprechen der Erkennungssignale und Codenamen. Der größte Teil der Besatzung hatte schon unter Richie gedient. Devane fühlte sich zwischen ihnen wie ein Eindringling und versuchte herauszufinden, ob dies Zufall oder Absicht war.

Dundas meldete: »Wir bekommen alles für das Boot, was wir benötigen, Sir, auch zusätzlichen Treibstoff aus dem Vorrat der anderen Kleinfahrzeuge hier. Aber . . .« Er schüttelte sich. »Es liegt an der Umgebung, nehme ich an. Kein Landurlaub, und das Gelände wird bewacht, als wären wir Kriegsgefangene.«

Devane blickte auf. »Hier waren jeden Tag Luftangriffe, sie haben also ihre Probleme. Wir kommen ihnen vermutlich etwas verweichlicht vor. Aber lassen Sie uns Reibungen vermeiden. Wir sind hier, um eine Aufgabe zu erfüllen, sonst nichts. Unsere Leute möchten sich mit den Russen anfreunden, aber die wollen nicht. Wenigstens noch nicht. Es wird mit der Zeit besser werden . . .« Ein Telefon summte, und er mußte einen Stapel Papiere beiseite schieben, um es zu finden.

Es war Beresford. »Können Sie zum Hauptbunker kommen, John? Die Besprechung hat schon angefangen.« Dann senkte er die Stimme. »Hier herrscht ein bißchen Aufregung und Durcheinander, also beeilen Sie sich bitte, wenn Sie können.«

Devane sah sich nach seiner Mütze um und stand auf.

»Red Mackay soll hier übernehmen, bis ich zurück bin«, sagte er. »Er wartet ohnehin auf seinen fälligen Halbstreifen*, das wird ihm einen Vorgeschmack geben von dem, was dann auf ihn zukommt.«

Dundas bemerkte etwas linkisch: »Ich wollte Ihnen nur sagen, Sir, wie froh wir darüber sind, daß *Sie* die Flottille übernommen haben. Wir kamen uns schon ein wenig verlassen vor.«

Devane tat, als suche er etwas in seiner Schublade.

Zögernd fügte Dundas hinzu: »Haben Sie gehört, Sir, wie Mrs. Richie es aufgenommen hat?«

---

* Beförderung zum Kapitänleutnant

Devane blickte auf. Ihm schien, Dundas hätte sie beinahe »Claudia« genannt.

»Man hat ihr keine Einzelheiten mitgeteilt, sondern nur gesagt, daß er bei Kampfhandlungen gefallen sei.«

Erregt erwiderte Dundas: »Das sagt doch überhaupt nichts, Sir. Wir hatten einen Oberleutnant, der von einer Granate aus dem Bordell geblasen wurde, samt Bett und Frau darin; und seiner Witwe haben sie dasselbe Telegramm geschickt!« Plötzlich wurde er rot. »Entschuldigung, Sir.«

Devane stand auf. »Wir sprechen später noch darüber, wenn Sie möchten.« *Von wegen,* dachte er. Dundas versuchte nur, ihn auf die Probe zu stellen.

Ein russischer Seemann, die Maschinenpistole unter dem Arm, wartete, um ihn zum Kommandobunker zu geleiten. Devane spürte, wie der Mann ihn beobachtete, als wolle er den Unterschied zwischen ihnen ergründen.

Wie erwartet, war Sorokin mit mehreren anderen Offizieren im Bunker. Er sah Devane und nickte kameradschaftlich, wirkte aber nervös; ihm fehlte die zuversichtliche Autorität, die er bei ihrem ersten Zusammentreffen ausgestrahlt hatte.

Beresford eilte ihm entgegen. »Gut, daß Sie es geschafft haben . . .« Er brach ab, als eine dünne, schrille Stimme sagte: »Im Namen von Konteradmiral Wassilij Kasatonow« – der Mann wandte sich halb ab und deutete eine Verbeugung vor der abstoßenden Gestalt am gegenüberliegenden Ende der Tafel an –, »darf ich Sie willkommen heißen bei unserem Kampf gegen die Nazieindringlinge.«

Devane sah, daß es ein Oberleutnant war, der ihn so ansprach, eine Art russischer Kimber, der für den grimmig dreinblickenden Admiral übersetzte. In der grellen Deckenbeleuchtung glitzerten dessen Schultern unter dem Gold der Rangabzeichen, aber seine Stärke und Energie schien in den kleinen Knopfaugen konzentriert.

Devane versuchte sich zu erinnern, was er über Kasatonow gelesen hatte. Er war Befehlshaber der hiesigen See- und Luftstreitkräfte und ein wichtiges politisches Verbindungsglied zu Moskau, was ihm die nötige Autorität verlieh. Er schien völlig kahl zu sein, und seine ganze Erscheinung vermittelte den Eindruck eiserner Entschlossenheit.

Der Dolmetscher fuhr in demselben Singsang fort: »Die Ankunft der britischen Schiffe ist ein Zeichen des Fortschrittes und der Bedeutung der Krim.« Er starrte auf einen Punkt irgendwo oberhalb von Devanes Schulter. »Wir haben Informationen erhalten über Bewegungen der feindlichen Streitkräfte in diesem Gebiet und erfahren, daß auch größere...« Er stockte. »Größere Schnellboote auf Patrouillenfahrt vor Sewastopol gesichtet worden sind.«

Devane verarbeitete diese Nachrichten. Er wußte schon einiges über die Stärke der deutschen Seestreitkräfte im Schwarzen Meer: eine bunte Mischung aus Kleinfahrzeugen, gebildet aus den örtlichen Minensuchflottillen. Kanonenboote, bewaffnete Motorboote, von den Russen erbeutete Fahrzeuge, alles hatten die Deutschen in den Kampf geworfen, um den Feind zu demoralisieren und zu vernichten, sobald sich eine Lücke in seiner Front zeigt. Ein paar Schnellboote waren ebenfalls gemeldet worden. Sie hatten ihre Reise am Elbufer bei Magdeburg begonnen und waren dann mit Tiefladern bis zur Donau transportiert worden. Aber die größeren, hundert Tonnen schweren Schwestern dieser Schnellboote, gegen die Devane oft gekämpft hatte, waren eine Klasse für sich. Kein Wunder, daß die Russen über die nur fünf britischen MTBs enttäuscht waren.

Devane hörte jetzt den Admiral zum ersten Mal selbst sprechen. Es war eine leise, abrupte Bemerkung, die den Dolmetscher hilflos an die Decke starren ließ, als suche er Erleuchtung. Schließlich stammelte er: »Während wir einen Sieg nach dem anderen errangen, erwarteten wir, ja *rechneten* wir mit irgendeinem Zeichen, daß die Invasion im Westen unmittelbar bevorstünde. Jetzt, da die Briten uns endlich diese kleine Torpedobootflottille geschickt haben, sind wir sicher, daß der Endangriff auf Deutschland nicht mehr fern ist.«

Beresford murmelte trocken: »Die Worte verlieren natürlich sehr in der Übersetzung.« Er schwieg, als die Augen des Admirals sich auf ihn richteten.

Devane gab keinen Kommentar. Er hörte hinter diesen Floskeln die gönnerhafte Überlegenheit des Veteranen gegenüber einem unwichtigen Freiwilligen heraus und dachte an all die Männer, die er hatte sterben sehen, an die Schiffe, die untergegangen waren beim Bemühen, den Russen Waffen, Versorgungsgüter und Nahrungsmittel zu bringen. An die Länder, die in Hitlers Hand gefallen waren, während sich Stalin hinter seinem Nichtangriffspakt mit Deutschland verschanzt hatte.

Er merkte, daß es im Raum vollkommen still wurde, weil man von ihm eine Antwort erwartete. Aber es hatte keinen Sinn, die Taten und Leistungen seines eigenen Landes hervorzuheben, da sie die genausogut kannten wie er. Schließlich sagte er: »Wir sind stolz darauf, daß wir unsere Erfahrung, die wir in harten Kämpfen an anderen Fronten gewonnen haben, der Sowjetmarine und dem Sowjetvolk zur Verfügung stellen können. Es wird vielleicht einige Mißverständnisse geben. Das kommt selbst in den glücklichsten Familien vor. Aber wir bekämpfen den gleichen Feind, und das genügt.«

Mit steinerner Miene lauschte der Admiral den Worten der hastigen Übersetzung und erhob sich dann schwerfällig. Er nickte Beresford und Devane kurz zu und schritt aus dem Bunker.

Sorokin umarmte Devane und packte ihn dann bei den Schultern. »Er mag Sie, Kamerad! Sie haben die richtigen Worte gefunden!«

Devane konnte nicht sagen, ob er das aufrichtig meinte oder nicht. Auf alle Fälle schien er erleichtert.

Sorokin zündete sich eine Zigarre an und spreizte entschuldigend die Hände. »Heute nacht werden Sie auslaufen, zusammen mit einigen Fahrzeugen meiner eigenen Flottille. Die Einzelheiten teile ich Ihnen später mit. Dann wollen wir wie Kameraden kämpfen!« Er ließ ein tiefes, dröhnendes Lachen hören, als sei dies ein großartiger Witz. »Aber erst werden wir trinken.« Er blickte Devane ins Gesicht. »Um unsere Freundschaft zu besiegeln, *da*?«

Oberleutnant Roddy Dundas kletterte hinauf zur offenen Brücke des MTB und tastete sich zur Vorderkante, wo Devane stand und durch das Nachtglas querab blickte.

»Ich bin durchs ganze Boot gegangen, Sir.« Er beherrschte den Trick, seine Stimme so hoch zu pressen, daß sie trotz des heiseren Dröhnens der Motoren zu verstehen war, ohne daß er regelrecht schreien mußte. »Nirgends auch nur der geringste Lichtschein.«

»Wie nehmen die Leute es auf?«

Dundas schien überrascht, als habe er eine andere Frage erwartet.

»Sie sind ziemlich froh, Sir. Gleich wird frischer Tee herumgereicht, das wird alle aufwärmen.« Seine Zähne leuchteten weiß in der Dunkelheit, als er grinste. »Wo sind unsere Verbündeten?«

Devane dachte an die kurze Besprechung mit den russischen Flottillenoffizieren unmittelbar vor ihrem Auslaufen. Das war jetzt zwei Stunden her, und beide Gruppen steuerten seitdem Westkurs.

Die russische Flottille bestand aus zehn Fahrzeugen. Obgleich Devane in England erlebt hatte, daß auch Reliquien wieder in Dienst gestellt wurden – Raddampfer zum Minensuchen, alte chinesische Flußkanonenboote für gefährliche Versorgungsfahrten nach Tobruk und dergleichen –, war er verblüfft über ihre jetzige Begleitung: drei in Italien gebaute Kanonenboote, die eher wie kleine Zerstörer wirkten, dazu zwei sehr alte Minensucher; der Rest bestand aus umgebauten Motorbooten verschiedenster Größe. Sie waren vollgestopft mit Waffen aller Art, selbst mit mehrrohrigen Raketenwerfern, die sie sich vom russischen Heer besorgt hatten und die allgemein nur Stalinorgeln hießen. Diese zusammengewürfelte Gruppe stand unter dem Kommando eines ziemlich dunkelhäutigen Offiziers namens Orel und fuhr etwa eine Meile an Steuerbord querab. Aber die Nacht war so dunkel, daß ein genaues Einhalten der Positionen kaum möglich war.

Bei diesem Treffen hatte Orel über den unvermeidlichen Dolmetscher erklärt, daß das Ziel ihrer Unternehmung ein kleiner, aber wichtiger Konvoi sei, der in vierundzwanzig Stunden an der Südostküste der Halbinsel Krim erwartet wurde. Berichte der Nachrichtendienste, die von Agenten im besetzten Rumänien bestätigt wurden, besagten, daß dieser Geleitzug wertvolle Ausrüstung und Panzerplatten für die feindlichen Geschützstellungen an der Küste beförderte. Dem deutschen Oberkommando war bekannt, daß die Russen bald versuchen würden, die Krim zurückzuerobern, da deren strategische Bedeutung für die gesamte Ostfront offensichtlich war. Ein schneller Geleitzug über See war ein weit geringeres Risiko, als diese dringend benötigten Güter über Land zu transportieren.

Die beiden Flottillen würden also auf See warten und sich südlich des voraussichtlichen Konvoikurses treffen. Der Feind hatte dann keine Rückzugsmöglichkeit mehr und mußte sich entweder zerstreuen oder Kurs halten, wobei er dann aber auf russische Patrouillen vor der Kertsch-Straße stoßen würde.

Devane war ein wenig irritiert über die Gleichgültigkeit des russischen Flottillenchefs. Die Briten mit ihren schnelleren und moderneren Booten sollten seewärts stehen und nur angreifen, wenn sie dazu aufgefordert wurden. Aus Orels Ton ging hervor, daß er dies für unwahrscheinlich hielt.

Selbst bei so langsamer Fahrt würde es knapp werden, dachte Devane. Seine Flottille hatte Treibstoff für mehr als fünfhundert Meilen. Bis zu dem Treffpunkt waren es zweihundert Meilen. Also blieb ihnen keine große Reserve, etwa für ausgedehnte Kämpfe. Die russischen Fahrzeuge waren zwar langsamer, aber für längere Verweildauer auf See konstruiert. Devane hatte das durch den überanstrengten Dolmetscher erläutern lassen und auf die Wichtigkeit des Faktors Zeit hingewiesen.

Mit geneigtem Kopf hatte Orel ihn gemustert und dabei den Worten des Übersetzers gelauscht. Dann hatte er Kartenmappe und Mütze ergriffen, Devanes Offizieren kurz zugenickt, leise etwas Unverständliches gemurmelt und war gegangen.

Der Dolmetscher hatte erst die geschlossene Tür und dann Devane angestarrt. Schließlich stammelte er unbehaglich: »Er sagt, Sie sollen keine Angst haben, Commander. Seine Leute hätten so was schon oft gemacht.«

Red Mackay war explodiert. »Verdammt soll er sein! Laß die Armleuchter doch allein losfahren, sage ich!«

Selbst Willy Walker, normalerweise reserviert, ja beinahe sanft, hatte gesagt: »Wir wollen die Sache so rasch wie möglich erledigen und dann zurückfahren. Unverschämtheit!«

Devane lenkte ein. »Wir müssen versuchen, Kontakt mit ihnen zu halten, unfreundlich oder nicht.« Er sah Oberleutnant Seymours Kopf und Schultern über die achtere Brückenreling ragen. »Rufen Sie mich sofort, wenn Sie was sehen.«

Devane fragte sich, was Seymour wohl von *Parthian* und seiner Stellung an Bord hielt. Von Rechts wegen hätte er mit seiner Erfahrung und seiner bisherigen guten Führung mindestens IWO sein oder sogar ein eigenes Kommando haben müssen. Aber es war überraschend, wieviel leichter alles ging mit einem zusätzlichen Offizier, vor allem die Wacheinteilung.

Dundas blickte ihn im Dunkeln an. »Werden Sie sich hinlegen, Sir?«

Devane nickte. »Heute nacht sollte es eigentlich noch ruhig bleiben. Morgen werden wir außerhalb der deutschen Patrouillengebiete und natürlich auch außer Landsicht sein. Da könnte es schon erheblich lebhafter zugehen.«

Er warf einen Blick zum Himmel: unterbrochene Wolkendecke, kein Mond. Alles recht günstig. Was hielt ihn also noch?

Er tastete sich nach unten ins Kartenhaus. Von hier aus kam er rascher auf die Brücke als aus der Messe. Zwei oder drei zusätzliche Schritte konnten einen gewaltigen Unterschied bedeuten.

Wie zur Begrüßung hörte er ruhiges Schnarchen und knipste die kleine blaue Lampe neben dem Kartentisch an. Mindestens drei schlafende Gestalten lagen herum. Er lächelte vor sich hin. Ein Seemann fand überall Platz zum Schlafen, selbst auf einem Rettungsfloß.

Er setzte sich auf einen Stapel weicher Kapokschwimmwesten und lehnte sich gegen das vibrierende Schott.

Im Geiste sah er die Küste vor sich und den sich durch das Minenfeld windenden Konvoi, der bestimmt so rasch wie möglich seine Ladung löschen und dann still und unbemerkt wieder von dannen schleichen wollte.

Orel hatte den Oberbefehl, und Sorokin vertraute ihm, obwohl er selbst den Kopf dafür hinhalten mußte, falls irgend etwas schiefging. Aber die deutschen Geleitzüge mußten gestoppt werden, wenn die Krim zurückerobert werden sollte.

Am besten war es, nicht darüber nachzudenken. Seufzend knipste er die Lampe aus und zog die Mütze ins Gesicht.

»Noch Kaffee, Sir?« Devane drehte sich um und rieb sich die Augen. Wo war der Tag nur geblieben?

Der Kaffee war kochend heiß und schwarz wie das Innere eines Seestiefels. Er schmeckte gut, wenn auch etwas ungewöhnlich. Er vermutete, daß der Koch, ein Gefreiter mit dem zutreffenden Namen Duff*, die Bohnen auf dem Weg durch den Persischen Golf organisiert hatte.

Das war das Beste an den Küstenstreitkräften, den MTBs und den MGBs, dachte er. Hier kam eines Mannes wirklicher Wert zum Vorschein, bei einer so kleinen Besatzung war das unvermeidlich. Die Rangabzeichen an den Ausgehuniformen stimmten oft nicht im geringsten überein mit dem, was ihre Träger auf See wirklich taten. Ein Heizer oder Torpedomann war oft ein Meisterschütze am Maschinengewehr. Ein Funker konnte unter Umständen besser Brennstoffleitungen reparieren als der zuständige Mechaniker.

Devane verbannte den Gefreiten namens Duff aus seinen Gedanken und suchte querab nach den undeutlichen Formen der russischen Schiffe. Alle zehn waren zwar noch da, aber die Durchschnittsgeschwindigkeit des ganzen Verbandes war auf erbärmliche zehn Knoten gesunken.

Bald würde es dunkel werden. Devane schien es, als fiele die Dunkelheit hier wie ein Vorhang herunter. Vielleicht rührte auch daher der Name Schwarzes Meer? Er schüttelte sich. Ich muß doch müder sein als gedacht, um einen so blöden Witz zu machen.

Es war ein seltsamer Tag gewesen. Sie hatten weder etwas gesehen noch gehört, obwohl die Funker ihre übliche Wache gingen und verstümmelte und verschlüsselte Funksignale in einem Dutzend Sprachen aufnahmen. Die unruhige See war bei der langsamen Fahrt recht unangenehm, man sah keinen Horizont, die Wolken hingen tief, und der Dunst verursachte ein seltsames Zwielicht. Ohne die Brise wäre es noch feuchter gewesen.

Dundas trat zu ihm auf die Brücke und folgte seinem Blick nach achtern. Das unmittelbar hinter ihnen in Kiellinie fahrende Boot war

---

* Spitzname der Seeleute für Pudding

das von Willy Walker mit dem Decknamen *Harrier**. Die anderen verschwammen bereits im Dunst, verloren ihre schnittige Form.

Devane sah auf die Uhr. Bald mußte es soweit sein. Die russischen Boote würden dann nach Norden abdrehen und dichter unter Land gehen. Hoffentlich wußte Orel, was er zu tun hatte, und verließ sich nicht allzu sehr auf die sprichwörtliche deutsche Pünktlichkeit. Seine eigenen fünf MTBs verfügten zusammen über zehn Torpedos und über die Feuerkraft eines zehnmal so großen Kriegsschiffes wie sie selbst.

Dundas gab seinen geleerten Becher dem Bootsmannsmaat zurück und sagte: »Dieses Schlingern macht mich richtig schwindlig.«

Devane sah ihn an. »Aber Sie sind doch bei der Handelsmarine gefahren?«

Dundas grinste. »Ja, vor tausend Jahren. Ich hatte gerade mein Patent bekommen. Hätte nie gedacht, daß ich auf einer kleinen hölzernen Nußschale wie dieser landen würde.«

»Und Seymour?«

Dundas erwiderte: »Der wird eines Tages einen großen Roman veröffentlichen. Schreiben war sein Beruf, und es ist verdammt nützlich, so jemanden an Bord zu haben. Für mich ist das Schreiben von Berichten immer ein hoffnungsloses Unterfangen.«

Ein greller Lichtstrahl stach über das Wasser, und Carroll sagte: »Das Signal, Sir! Sie drehen ab und verschwinden!«

Devane nickte. »Danke.«

Noch vor einer Minute war Carroll nicht auf der Brücke gewesen, hätte auch jetzt nicht hier zu sein brauchen. Aber er hatte seine Tüchtigkeit bereits unter Beweis gestellt und würde eines Tages einen erstklassigen Signalmeister abgeben. Dabei war er vor dem Krieg Austräger beim Bäcker gewesen.

Wenn man ihn jetzt sah, das Glas auf die abdampfende russische Flottille gerichtet und Inhaber einer der Schlüsselpositionen an Bord, konnte man ihn sich wirklich nicht auf einem Pferdewagen, den Brotkorb neben sich, vorstellen.

Dundas fragte: »Soll ich die Geschütze nicht bezogen lassen, Sir?« Er zuckte zusammen, als Devanes Blick ihn traf. »Ich meine, es ist doch wenig wahrscheinlich, daß wir hier draußen angegriffen werden.«

Devane lächelte. »Vielleicht nicht, aber wir wollen die Gefechtsstationen besetzen wie vorgesehen. Kümmern Sie sich nicht um das

* Hasenhund

Gemecker. Gehen Sie selbst herum und stellen Sie sicher, daß genügend Reservemunition bei den Örlikons und zusätzliche Patronengurte bei den Maschinengewehren liegen.« Er warf einen Blick über das Brückenkleid und sah den Leitenden Torpedomaat Kirby, der sich am Steuerbord-Torpedorohr entlangtastete. »Noch so ein Frühaufsteher.« Er klopfte Dundas auf die Schulter und sagte: »Sie haben feine Arbeit geleistet. Ich gehe nach unten, um einen Blick auf die Karte zu werfen. Sagen Sie dem Journalisten, er soll hier übernehmen.«

Devane stieg hinunter in den Kartenraum, wo jetzt niemand mehr schlief, und beugte sich über den Tisch mit der Karte.

Dundas starrte noch die Leiter zum Kartenhaus an, als Seymour erschien, um ihn abzulösen. Es war nicht nur, daß Devane ihn beglückwünscht hatte, Dundas war wirklich gut und wußte das selbst. Aber ihm war plötzlich aufgegangen, daß Richie niemals jemanden gelobt hatte.

Seymour fragte höflich: »Quält Sie was, Number One?«

Dundas grinste. »Nur meine vergeudete Jugend, David. Nicht weiter wichtig.«

Eine Stunde später, als die fünf MTBs ihre Gefechtsstationen eingenommen hatten, sagte Devane: »Wir wollen Kurs ändern. Steuern Sie Nord zu Ost, Umdrehungen für zwanzig Knoten. Geben Sie dem Maschinenraum Bescheid.« Er spürte, wie sie ihn in der Dunkelheit anstarrten. »Der Funkraum soll die Flottille informieren und Einzelbestätigungen anfordern. Danach halten wir absolute Funkstille.«

Dundas sprach als erster. »Aber ist das nicht gegen die Abmachung mit den Russen, Sir?«

Devane stieg auf die vorderen Grätings und packte das Brückenkleid. »Geben Sie an alle Stellen: ›Sofortige Gefechtsbereitschaft herstellen.‹«

Er hörte das Geklapper von Dundas' Füßen auf der kurzen Leiter zum Deck, gleich darauf erklangen achtern seine Befehle.

Als die Ventile geöffnet wurden und der Bug sich bei dem plötzlichen Schub anhob, packte Tom Pellegrine, der Gefechtsrudergänger, das Rad mit beiden Händen und schaukelte auf seinen Hacken, als steure er das Boot nicht, sondern ritte auf ihm.

Mehr zu sich selbst murmelte er »*Wußte es doch*. Wußte, daß irgendwas verdammt schiefgelaufen ist!«

5 Die »Glory Boys«

Devane blickte zum Himmel auf und sah Sterne durch die rasch wandernden Wolken schimmern. Es war jetzt kälter. Er erschauerte, als Gischt über das Brückenkleid fegte und ihn ins Gesicht traf. War es wirklich kälter? Oder spielten ihm nur seine Nerven einen Streich?

Ärgerlich wandte er sich um und rief: »Alle Motoren stopp! Bunts, geben Sie Signal.«

Als Carroll mit der abgedunkelten Morselampe nach achtern blinkte, von wo das Signal kurz wiederholt und dann weitergegeben wurde, spürte Devane den heftigen Druck der Sprachrohre, die beim plötzlichen Stoppen gegen seine Rippen preßten.

Das Schweigen der Motoren erweckte den Anschein von Taubheit, während die Bordgeräusche laut genug schienen, um Tote zu wecken.

Devane hielt sich an der Reling fest und hob seine Uhr an die Augen. Wie oft hatte er das schon getan! Er konnte sich sogar an das erste Mal erinnern, als sein Kommandant in der Nordsee das Abstellen der Motoren befohlen hatte. Das bedrückende Schweigen. Das lächerliche Gefühl der Verwundbarkeit, während einem doch das Gestopptliegen und Lauschen fast immer einen Vorteil gab.

Das Boot hob sich und rollte wie aus Protest, die Signalrahen und die Brückenarmaturen stimmten jetzt ihren eigenen Chor an.

Hier und da bewegte sich ein Mann ruhelos auf seiner Gefechtsstation, während von achtern das unverwechselbare Murmeln der hin und her schwingenden Doppelrohre der Örlikon zu vernehmen war.

Devane hörte das Öffnen und Schließen der Kartenraumtür, dann tauchte Dundas neben ihm auf. Auch er dämpfte seine Stimme, als lausche jemand außerhalb des stampfenden Bootskörpers.

»Ich habe unsere Position noch einmal überprüft. Selbst wenn man die Fehlerquellen des Koppelns berücksichtigt, sollten wir genau da stehen, wo Sie hinwollten.« Es klang ein wenig skeptisch, vielleicht zweifelte er an Devanes Entscheidung. »Die Küste ist ungefähr acht Meilen nördlich von uns. Die Russen sollten weiter unter Land und nordöstlich von uns stehen. Vielleicht ist der Konvoi nicht gekommen? Oder der verdammte Orel hat ihn verpaßt?«

Devane antwortete nicht sofort. Er sah es im Geiste vor sich, das Dreieck auf der Karte. Der abgeblendete Konvoi, Orels zehn antiquierte Schiffe und *Parthian*, gestoppt treibend, während ihn jeder in der Flottille wahrscheinlich für verrückt hielt, weil er hier herumhing, statt den Befehlen zu gehorchen und sich weiter seewärts von den Russen zu halten.

Dann ein mehrstimmiges Aufstöhnen, als der Himmel in grellem weißem Glanz erstrahlte, dem sofort schnellere, tödlichere Blitze folgten.

Seymour sagte: »Sie haben ihn.« Selbst seine Stimme klang enttäuscht. »Sie haben den Jerry* erwischt, als er gerade die Hosen heruntergelassen hatte. Zumindest sieht es so aus.«

Es dauerte lange, bis auch die Geräusche die treibenden Boote erreichten. Dann hörte Devane die dumpfen Detonationen, das verschwommene, heisere Rasseln der Maschinengewehre. Weitere Leuchtgranaten drifteten unheimlich unter den tiefhängenden Wolken, so daß der Himmel heller erschien als die See darunter.

Devane packte das Brückenkleid mit aller Kraft, um seine Nerven zu beruhigen. Irgendwo dort drüben drangen Orels Boote in den Konvoi ein wie Wölfe in eine Herde. Aber es ging offenbar nicht alles nach Orels Wunsch, denn öfter hörte Devane das gelegentliche Donnern schwerer Geschütze, wenn die Artillerie der Transportschiffe das Feuer der Angreifer erwiderte. Die hohlen, dumpfen Schläge, die gegen die hölzernen Rümpfe der MTBs dröhnten wie Hiebe von Boxhandschuhen, rührten von detonierenden Wasserbomben her. Orel benutzte sie wie Minen, ließ sie unter die langsamer fahrenden Versorgungsschiffe werfen, während er mit seinen schnelleren Booten vorbeibrauste.

Dundas blickte von einem der Sprachrohre auf. »Nichts aus dem Funkraum, Sir. Orel braucht uns ohnehin nicht.«

Pellegrine drehte sich auf seinen Absätzen, während er mit den Händen noch immer die Speichen des Rades gepackt hielt, als fege das Boot mit Höchstfahrt durch das Wasser. »Sir!« Seine Stimme klang heiser und aufgeregt.

Devane trat neben ihn. Ein weiterer Veteran. Pellegrine hatte verstanden.

»Ich weiß, Swain**!« Devane fühlte es wie eiskalte Finger, die über sein Rückgrat strichen, spürte die plötzliche Heiserkeit in seiner Kehle.

Da war es wieder, das untrügliche Trum-trum-trum schwerer Dieselmotoren: deutsche Schnellboote! Ein ganzes Rudel von ihnen schloß rasch von achtern zum Konvoi auf, minutengenau hier an der Stelle, die am meisten gefährdet war.

* von »German« – Deutscher
** Abkürzung von Coxswain – Quartermeister und Gefechtsrudergänger

Wahrscheinlich hatten sie in Sewastopol oder Nikolajew Treibstoff übernommen, so daß sie genügend Reichweite hatten.

Orel und sein zusammengewürfeltes Sammelsurium machten einen solchen Lärm, daß sie die neue Gefahr bestimmt erst hörten, wenn es zu spät war.

Devane sah, wie sich einige Gesichter lauschend von den Geschützsockeln und Niedergängen abhoben. Die ganze Kiellinie der MTBs entlang würden sie jetzt horchen, ihre Gefühle überprüfen und sich abwehrbereit machen. Im Gegensatz zu den meisten anderen Flottillen besaß *Parthian* mehr Veteranen als junge Freiwillige. Selbst ein einziges Jahr bei den Küstenstreitkräften machte aus einem Anfänger einen alten Hasen.

Irgendwie aber waren die Neulinge besser dran, dachte Devane. Sie wußten nicht, was da auf sie zukam. Die älteren Soldaten kannten das Geräusch sich nähernder Schnellboote nur zu gut.

Pellegrine flüsterte: »Jetzt kreuzen sie unseren Kurs, Sir, im Abstand von zwei Meilen, nicht mehr.«

Devane nickte. »Gut geschätzt, Swain.« Er rief über seine Schulter Seymour zu: »Geben Sie an alle Stellen, David: Wir greifen in Dwarslinie an. Geschütze klar zum Feuern.«

Er hörte Seymour losrennen und fügte für das übrige Brückenpersonal hinzu: »Der Jerry schleicht sich jetzt an seine Beute an und rechnet ganz und gar nicht damit, daß er gleich einen Tritt in den Hintern kriegen wird!«

Eine unbekannte Stimme murmelte: »Hoffentlich!«

Das Deck hob sich träge, und Devane fühlte die tragende Kraft des Wassers unter dem Kiel wie einen auftauchenden Wal. Die vereinigten Bugwellen der feindlichen Schnellboote hatten seine Flottille erreicht und wirkten wie eine kleine Gezeitenwoge. Sie waren also an ihnen vorbei.

Er sagte: »Neuer Kurs Nordost, höchste Umdrehungen.«

Er wandte den Kopf so, daß er auch die letzten Geräusche der feindlichen Motoren vernehmen konnte. Hinter sich hörte er Getrappel, hörte vom Sechspfünder her das Klicken von Stahl, als der Richtschütze noch einmal seine Optik ausprobierte.

»Fertig.« Devane streckte die Hand aus und sah, wie der Signalmaat das Mikrophon an den Mund hielt. Er warf Dundas einen Blick zu. »Starten!«

Er drückte auf den Knopf und stellte sich die anderen vier Kommandanten vor, die auf seinen Befehl warteten.

»*Parthian!* Dreimal wahnsinnige voraus! In Dwarslinie an Steuerbord! *Tally-ho!**«

Die bereits heißen Motoren erwachten donnernd zum Leben, und während Pellegrine sein Rad herumwirbelte und sich vorbeugte, um auf den matt erleuchteten Kompaß zu starren, hörte Devane den antwortenden Motorendonner der anderen Boote, die vorwärts preschten und an Steuerbord eine Dwarslinie bildeten, ausgerichtet auf ihr Führerboot.

Devane packte zwei Sprachrohre, spürte den Wind im Gesicht und den vom Bug aufpeitschenden Gischt. Alles bebte und rasselte, und er empfand diese Wildheit wie einen Rausch.

Schneller und immer schneller jagten sie dahin, aber die Umdrehungen nahmen noch weiter zu. Devane konnte sich nicht vorstellen, wie das Maschinenpersonal unten den Lärm aushielt.

Die Wolken reflektierten das aufblitzende Mündungsfeuer, und Devane sah ein dichtes Gewebe roter Leuchtspurgeschosse, das sich im Bogen von den deutschen Schnellbooten hob und auf die Russen senkte. Grelle Detonationen waren zu sehen und zu hören, weitere Leuchtspurgeschosse stiegen auf, als Orel endlich begriff, was da vor sich ging. Flammen schienen aus der See selbst zu lodern, als ein oder zwei der verborgenen Schiffe Feuer fingen und brennendes Dieselöl sich ausbreitete wie geschmolzenes Metall.

Devane ignorierte das Aufstöhnen in seiner Nähe und Carrolls Ausruf: »Allmächtiger Gott!«

Drüben starben Männer brennend, aber Devanes ganzes Denken konzentrierte sich auf die tanzenden Reflexe, gegen die sich die Schnellboote wie am hellen Tag abhoben.

»Feuer eröffnen!« rief er.

Carroll schrie ihm zu: »Die Funker haben einen Spruch des Russen aufgefangen, Sir: ›Benötige Beistand!‹«

»Das ist unser Stichwort!«

Devane beobachtete die beiden nächstgelegenen Boote an Steuerbord, als sie das Feuer auf die keilförmigen Umrisse vor ihnen eröffneten. Jetzt baten die Russen um Hilfe, dabei wären sie alle längst tot gewesen, bevor die MTBs hätten eingreifen können, wenn er Orels Befehl befolgt hätte.

Die Brücke schüttelte sich heftig, als der Sechspfünder zum ersten Mal seine Ladung herausjagte, unmittelbar gefolgt von den Maschinengewehren auf jeder Seite. Es genügte, um sie alle blind und taub zu machen. Die Perlschnüre der Leuchtspurgeschosse, die grellen Deto-

---

* Angriffsruf, übernommen vom Ruf der englischen Jäger beim Erblicken des Fuchses

nationen der Geschützgranaten, alles traf konzentrisch auf den feindlichen Booten zusammen und riß an ihnen wie mit Sägen.

Vier große Schnellboote waren es, und das eine auf Devanes Backbordseite gierte von einer Seite zur anderen, als sei es bereits außer Kontrolle geraten. Ein anderes war noch schlimmer dran, seine niedrige Brücke und das Achterdeck spien Funken und Rauch.

Devane duckte sich unwillkürlich, als das erste Schnellboot mit einer ungeheuren Stichflamme detonierte. Wrackstücke regneten vom Himmel, und Wassersäulen schossen neben ihnen auf, als einige schwere Brocken das MTB wie Artilleriefeuer eingabelten.

Dundas keuchte: »Er muß Minen an Bord gehabt haben! Was für ein Trümmerfeld!«

Die beiden noch unversehrten Schnellboote drehten jetzt ab und feuerten blindlings; ihre Zielgenauigkeit wurde durch den treibenden Qualm beeinträchtigt.

Devane beobachtete eine Kette von Leuchtspurgeschossen, die sehr langsam aufstiegen, bis sie ihren Gipfelpunkt erreichten und dann mit der Geschwindigkeit von Sternschnuppen auf sein Boot herunterrasten. Er hörte Metall auf Metall treffen und einen Mann schreien, als Kugeln in den Rumpf einschlugen, knapp unterhalb des Backbord-Torpedorohrs.

Um angreifen zu können, hatte der deutsche Kommandant sein Boot um nahezu hundertachtzig Grad gedreht.

In diesem Augenblick jagte das dritte MTB, das von Red Mackay, mit jedem Geschütz feuernd aus dem Qualm heraus. Das deutsche Boot hatte ihm für zwei kostbare Minuten seine ungeschützte Flanke geboten. Unter dem konzentrierten Geschützfeuer von Mackay und Devane, das wie ein Tornado aus Stahl und hochexplosiven Ladungen auf das feindliche Schnellboot niederprasselte, flogen ganze Wrackstücke in die Luft, während die Leuchtspurgeschosse den Rumpf von vorn bis achtern beharkten.

»Klar zum Wasserbombenwerfen!« Devane packte wieder einmal das Brückenkleid, um sich auf den Füßen zu halten. »Hart Backbord!«

Das an vielen Stellen brennende Schnellboot kam weiter durch den dichten Qualm auf sie zu, bis ihre addierte Geschwindigkeit bei ganz geringem Abstand nahezu sechzig Knoten betrug.

Kugeln und Granaten schlugen hinter der Brücke ein oder prallten von den Geschützpanzerungen ab, als die MTBs sich in ihrer scharfen Drehung nach Backbord hart überlegten.

Von achtern hörte Devane undeutliche Rufe und das Geräusch des Wasserbombenwerfers, der seine Ladungen vor den Bug des feindlichen Bootes warf. Bei geringster Tiefeneinstellung detonierten sie noch unter seinem Vorschiff. Der ganze mächtige Bootskörper schien aus dem Wasser zu springen, das bei der doppelten Detonation in einem hellen Orange aufleuchtete; es sah aus, als überspringe es diese schwächliche Attacke, um sich auf seinen Angreifer zu stürzen.

Aber als der Lärm abebbte, hob sich das Schnellboot immer noch weiter, bis sein Bug himmelwärts zeigte. Die Wasserbomben und eine innere Detonation hatten es in zwei Teile gerissen, und es war bereits auf dem Weg zum Meeresboden. Männer sprangen in die kochenden Bugwellen, als die MTBs vorbeidonnerten, andere hoben lediglich die Arme und versanken lieber mit ihrem Boot, als ihr Leben zwischen den rasenden Schrauben zu beenden.

Devane wartete, bis sein Boot auf Kurs lag, dann hielt er nach den anderen Ausschau, die jetzt durch den Qualm stießen. Ihre Geschütze schwiegen, während die vernichteten Schnellboote weiter achteraus sackten. Das unbeschädigte hatte abgedreht, um sich zurückzuziehen oder auf die Gelegenheit zu warten, einige Überlebende aufzufischen.

Andere Schiffe tauchten vor ihnen auf, und Devane versuchte, Orels Führerboot auszumachen, während er durch dessen Flottille jagte, auf den Konvoi zu.

Dieser hatte anscheinend aus vier Schiffen bestanden, eins davon ein U-Boot-Jäger. Ihre Geschwindigkeit und das Bewußtsein, daß sie von den mächtigen Schnellbooten geschützt wurden, hatten sie anscheinend in Sicherheit gewiegt. Das Patrouillenschiff war bereits gekentert, und zwei Transporter brannten mit so schwerer Schlagseite, daß sie den nächsten Tag nicht mehr schwimmend erleben würden. Das einzige unversehrte Schiff zeigte Devane das Heck und lief mit Volldampf auf die unsichtbare Küste zu.

»Halbe Fahrt voraus!« Devane wischte das gläserne Brückenkleid sauber und beugte sich vor, um die undeutlichen Umrisse des Flüchtlings besser ausmachen zu können. »Klar zum Torpedoschuß!«

In sehr weiter Entfernung hatte er das rote Aufblitzen von Geschützfeuer gesehen, aber als die Granaten heulend bei ihnen einschlugen, überraschte es ihn doch. Eine Küstenbatterie hatte wahrscheinlich das letzte übriggebliebene Versorgungsschiff gesehen und versuchte, seinen Angreifer abzuwehren.

Zwei riesige Wassersäulen stiegen neben ihnen auf. Devane knirschte mit den Zähnen und versuchte, das Stottern der Motoren zu überhören, als Splitter in den unteren Teil des Bootskörpers einschlugen.

Er hielt den Atem an, verschloß sein Gehör vor den Kommandorufen, vor dem plötzlichen Rasseln der Maschinengewehre, als ein Motorboot neben dem mit voller Fahrt flüchtenden Transporter auftauchte. Wer waren diese Verrückten?

»*Feuer!*«

Die Torpedos sprangen aus ihren Rohren, ihre Köpfe hoben sich ein wenig aus dem Wasser, als sie Fahrt aufnahmen und auf Kurs eindrehten.

Devane wischte sich das Gesicht mit dem Handrücken. Beide Torpedos liefen, einer davon mußte das Motorboot unmittelbar unterlaufen haben. Devane vermutete, daß es Überlebende von Orels vorangegangenem Angriff waren.

»Kiellinie! Kurs Südost!«

Die Gesichter auf der Brücke leuchteten plötzlich auf wie ange-strahlte Wachsfiguren, als die Torpedos trafen. Eine geschlossene Flammenwand schoß an der Bordwand des Transporters hoch und hob winzige Einzelheiten in starrer Klarheit hervor: ein Rettungsboot, das in zwei Teilen von seinen Davits herabhing, die Bulleyes, die wie rote Augen das Feuer reflektierten und dann von innen erleuchtet wurden, als weitere Explosionen das Schiff in ein Inferno verwan-delten.

Es mußte Benzin oder Sprengstoff geladen haben, dachte Devane. Er wandte sich noch einmal um, während sein Boot davonjagte und den nach Pulver und brennender Farbe stinkenden Qualm hinter sich zurückließ.

»Alle Maschinen halbe Fahrt voraus. Bunts, halten Sie die Augen offen und achten Sie auf eventuelle russische Formationssignale!«

Dundas wischte sich mit einem Lappen Gesicht und Nacken. »Sie werden die Russen doch nicht nach Befehlen fragen, Sir?« Er konnte sein Grinsen nicht verbergen, obwohl ihm die Hände zitterten, und das nicht nur wegen der Vibration des Decks.

Devane schüttelte den Kopf. »Nein, das werde ich nicht tun.« Er sah, daß das Leuchten über dem Wasser schwächer wurde. »Rufen Sie unsere Boote, Number One. Ich denke, sie sind alle in Ordnung, aber fragen Sie trotzdem nach Verwundeten und Beschädigungen.«

Ein Licht blinkte übers Wasser, und Carroll, der sein Codebuch bereithielt, rief sofort: »Von den Russen, Sir: *Kehren Sie zur Basis zurück.*«

Seymour kam auf die Brücke geklettert, völlig durchnäßt von Gischt und mit abgeblätterter Farbe bedeckt.

»Was denn, Bunts, kein Bitte oder Danke dabei?«

Devane packte abermals das Brückenkleid und versuchte, jeden

Muskel einzeln zu beruhigen. Aber diesmal gelang es ihm nicht. Sein Magen hatte sich in einen aufgeblasenen Ballon verwandelt, und er hatte ein Gefühl, als müsse er sich gleich übergeben.

Schließlich hörte er sich sagen: »Sehr gut. Bestätigen Sie.« Er starrte achteraus auf die Rauchschwaden, die mit jeder Umdrehung der Schrauben nicht kleiner, sondern größer zu werden schienen. »Jetzt aber nichts wie weg hier, klar?«

Er war überrascht, daß sich niemand umdrehte und ihn anstarrte. Denn seine Stimme hatte überhaupt keine Kraft mehr, es kam ihm vor, als habe jemand anderer gesprochen, während er wie versteinert dastand.

Schließlich sagte er knapp: »Lassen Sie von Gefechtsstationen wegtreten, Number One. Ich gehe einen Augenblick nach unten.«

Devane nickte ihren rußgeschwärzten Gesichtern mit dem strahlenden, spröden Lächeln und den offenen Blicken zu. Wieder einmal waren sie davongekommen. Was empfanden wohl die Neulinge? Frohlockten sie ebenso wild wie er damals nach seinem ersten Gefecht? Vergaßen sie wie er, daß sie genausoleicht ein Gefecht verlieren und sterben konnten?

Dundas blickte ihm nach, bis er verschwunden war, dann sagte er leise zu Seymour: »Hast du das gesehen, David? Hier stehe ich und glaube, die Eingeweide werden mir herausgerissen, und der Skipper tut es mit einem Achselzucken ab.« Bewundernd schüttelte er den Kopf. »Ob im Schwarzen Meer oder in der verdammten Arktis, er ist genau richtig!«

Seymour grinste. »Ich dachte, dir gefiel Richie besser?«

Pellegrine legte Ruder und begann sich zu entspannen. Alles glatt verlaufen, ein Angriff wie aus dem Bilderbuch. Das Geräusch der Motoren und das Zischen des am Rumpf vorbeirasenden Wassers hinderten ihn daran, das Gespräch der beiden Offiziere zu verstehen; aber auch seine Gedanken waren mit Devane beschäftigt. Um ihn mit dem vorigen Skipper vergleichen zu können, mußte man erst herausfinden, was er im entscheidenden Augenblick tat. Er selbst hätte Richie jederzeit sein Leben anvertraut. Der war ein wirklicher Gentleman gewesen, einer von den besten, die es gab. Durch seinen Selbstmord hatte er sie zwar im Stich gelassen, andererseits war das reine Privatsache. Immer noch empfand er Devane wie einen Eindringling.

Pellegrine hörte das Klappern von Bechern und schloß daraus, daß gleich *kye*, der dicke, klebrige und sehr süße Marinekakao, herumgereicht würde. Dieses Getränk richtete einen abgekämpften

Seemann wieder auf, war beinahe zum Symbol des Überlebens geworden.

Bootsmannsmaat Irwin berührte ihn am Arm. »Ich soll Sie ablösen, Swain.«

Pellegrine ließ das Rad los und war überrascht, wie fest er die Speichen gepackt hatte.

»Kurs Südost«, stieß er hervor. »Und paß gut auf den Kompaß auf.«

Er grinste müde. Der Maat lag ihm nicht sehr. Irwin war ein grober, streitsüchtiger Bursche, der nach jedem Landgang stockbetrunken von der Militärpolizei an Bord gebracht werden mußte. Aber wie der *kye*, so gehörte auch er zur »Familie«.

Mit jeder Meile, die sie hinter sich brachten, legten sich allmählich der Streß und die Nervenbelastung.

In der kleinen Offiziersmesse setzte sich Devane an den Tisch, den Kopf auf die Hände gestützt, und fragte sich, warum ihm wieder nichts passiert war. Er hatte schon so viele sterben gesehen. Schließlich stieß er sich vom Tisch ab, stand auf und starrte einen Augenblick die gegenüberliegenden Kojen an. Dann schüttelte er sich. In der Marine war kein Platz für derartige Gedanken, genausowenig wie für die Seekrankheit.

Er stülpte sich die Mütze über, wartete die Aufwärtsbewegung des Bootes ab und kletterte dann wieder an die frische Luft.

Aus dem Funkraum direkt neben der Messe hörte er das geschäftige Stakkato der Morsebuchstaben, und von vorn aus der Kombüse drang der Geruch nach Gebratenem.

Wieder ein Auftrag ausgeführt. Und nun Rückkehr zur Basis, gleichgültig, wo die jeweils lag.

Irgendwo hörte er einen Mann lachen und dann leise vor sich hinpfeifen.

Als Devane auf der Brücke erschien, war er äußerlich wieder vollkommen ruhig.

Er nickte den Wachgängern zu, die ihren heißen Kakao tranken und dazu dickbelegte Sandwiches aßen. Ganz normale Alltagsgesichter, auf einer Straße in London oder in einer Kaserne wäre kein einziges besonders aufgefallen. Er packte das salzverkrustete Brückenkleid und holte tief Luft. Hier draußen jedoch waren sie etwas Besonderes. Sie hatten es wirklich nicht verdient, im Stich gelassen zu werden.

Seymour baute den zusammengeklappten Kartentisch wieder auf. Mit vorgeschobener Unterlippe suchte er nach einem Bleistift, der während des Gefechts nicht abgebrochen war.

Devane sagte: »Kommen Sie her, David. Erzählen Sie mir von dem

Buch, das Sie nach dem Krieg schreiben werden.«

Seymour griff mit einer ausholenden Bewegung über das Brücken-kleid, als wolle er die gesamte Flottille, all die anderen MTBs, die in dem trüben Morgenlicht allmählich Gestalt annahmen, umfassen.

»All dies hier, Sir, ist so wichtig. Irgend jemand muß darüber schreiben.« Er wurde rot. »Eines Tages, meine ich.«

Devane nickte. *Parthian* kehrte in seine Betonhöhle zurück. Die Flottille hatte zum ersten Mal zusammen gekämpft und gewonnen. Innerhalb von Stunden würde Whitcombe wissen, wie das Gefecht ausgegangen war. Andererseits erfuhren sie es bestimmt auch bald in Berlin.

Er dachte an Kinross mit dem strengen Gesicht und daran, wie er diese Besatzungen nannte: die »Glory Boys«.

Sie waren durchgekommen, aber nächstes Mal würde es nicht so einfach sein.

Kapitänleutnant Ralph Beresford, Royal Navy, Sohn eines Admirals und Enkel eines weiteren Admirals, lehnte sich im Stuhl zurück und musterte die Kommandanten der Flottille mit stillem Vergnügen. Wenn er sich Sorgen gemacht hatte, daß *Parthians* erster Einsatz eventuell mißlingen oder das neue Operationsgebiet die jungen Kommandanten behindern würde, so ließ er sich das nicht anmerken.

Er sah Devane an und lächelte. »Ich ziehe noch immer das Mittelmeer vor, aber man kann nicht alles haben.«

Der Rückmarsch der Flottille war ohne Zwischenfall verlaufen. Russische Flugzeuge und zwei Geleitfahrzeuge waren kurz vor Tuapse zu ihnen gestoßen, obwohl inzwischen ein feindlicher Luftangriff stattgefunden hatte.

Selbst Hector Buckhurst äußerte Freude über ihre heile Rückkehr; vielleicht freute er sich aber lediglich darüber, daß sie nur zwei Torpedos verschossen hatten. Seine Mechaniker, Elektriker und Zimmerleute waren sofort ans Werk gegangen, und jetzt warteten die Waffenwarte darauf, die Magazine und Patronengurte mit neuer Munition aufzufüllen.

Die Beschädigungen waren minimal. Im Kanal oder im Mittelmeer hätten sie kaum einen Bericht gerechtfertigt. Ein Seemann war verwundet worden, und das beim Sturz von einer Leiter, bei dem er sich den Kopf aufgeschlagen hatte.

Jetzt, in der schläfrigen Atmosphäre, zündeten sie ihre Pfeifen und Zigaretten an, und dann gingen diese Offiziere, die einst von den Aktiven der Marine als Amateure bezeichnet worden waren, noch einmal den gesamten Gefechtsverlauf durch, suchten nach Fehlern oder Schwachstellen, die sich hätten vermeiden lassen. Es hatte ein paar der üblichen Ladehemmungen bei den Maschinengewehren gegeben, und auf einem Boot klemmte die automatische Schwenkeinrichtung des Sechspfünders genau im wichtigsten Augenblick, weil irgendein Idiot seinen Schraubenschlüssel ins Getriebe fallen ließ. Sonst aber...

Devane lauschte dem gedämpften Dröhnen einer Bohrmaschine im Dock und fragte sich, wie die Russen zurechtgekommen waren. Orel hatte zwei Schiffe verloren und auch Verluste an Menschenleben zu verzeichnen. Devane hatte versucht, mit Sorokins Hauptquartier zu telefonieren, um das Eis zu brechen, aber lediglich von einem Adjutanten eine höfliche Bestätigung seines Anrufs erhalten.

Beresford sagte: »Ich denke, daß weitere derartige Schläge gegen den Küstenverkehr des Feindes die Lage drastisch ändern werden. Dennoch könnten wir ein paar zusätzliche Boote brauchen.«

Die anderen Offiziere blickten sich an. Jeder sah wohl im Geist einen leeren Stuhl neben sich. Es wäre durchaus denkbar gewesen, daß einige von ihnen oder auch sie alle für immer draußen geblieben wären.

Willy Walker streckte die langen Beine aus und nippte an einem Becher Kaffee, während ihm noch immer der gelbe Schal um den Hals hing. Er trug ihn stets im Gefecht.

Oberleutnant Sydney Horne, Reserveoffizier wie Dundas und Kommandant des Bootes mit dem Decknamen *Buzzard**, war vor dem Krieg Fischer gewesen und besaß wie sein Vater einen eigenen Kutter. Er hatte das Fischerdasein aufgegeben und war zur Marine gegangen, nachdem ein deutscher Jagdflieger das kleine Boot seines Vaters zu Schrott geschossen hatte. Er war ein breitschultriger, ruhiger und freundlicher Mann, der seine Leute gut behandelte und von ihnen geschätzt wurde. Aber Devane hatte den Verdacht, daß sich hinter Hornes ruhigem Äußeren ein Haß verbarg, der ihn zum aktiven Dienst getrieben hatte, um Rache zu nehmen. Aber wie viele seiner Kameraden war er im Herzen ein richtiger Seemann, dem es schwerer fiel als erwartet, Schiffe zu versenken und ihre Besatzungen brennend oder ertrinkend zurückzulassen.

Andrew Twiss, der Kommandant des vierten Bootes mit Decknamen *Osprey***, war ein wirkliches Original. Er war Schauspieler gewesen, obwohl niemand wußte, welches Theater er vor dem Krieg mit seiner Anwesenheit beglückt hatte. Mit volltönender Stimme gab er jedoch

* Bussard
** Fischadler

zu, daß es meist nur zu einer Dose Sardinen und etwas schalem Bier pro Tag gereicht hatte. Aber welchen Erfolg er auch gehabt haben mochte oder nicht, auf jeden Fall hatte er ihn jetzt bei der Marine. Devane hegte allerdings den Verdacht, daß er auch in diesem Beruf schauspielerte. Twiss war nicht nur irgendein junger Oberleutnant, er war *der britische Marineoffizier* schlechthin. Stets war er elegant und adrett gekleidet, was bei den Küstenstreitkräften, wo Kampfanzug und abgetragene Uniformen bevorzugt wurden, beinahe als Verbrechen galt. Er stand, bewegte sich und sprach wie ein Veteran der Skagerrakschlacht.

Mackay kannte Devane am besten von allen. Auch seine gesamte Besatzung bestand aus Kanadiern und war aus derselben Mittelmeerflottille abkommandiert worden.

Er war einer der besten, manchmal allerdings auch der aufregendsten Freunde, die Devane je gehabt hatte. Im Nahkampf oder beim Angriff auf einen stark verteidigten Konvoi stand er fest wie ein Felsblock. Man brauchte sich niemals zu vergewissern, ob er Flankenschutz gab. Das war so sicher wie das Amen in der Kirche. Wenn sie vom Einsatz zurückkehrten, hörte man seine dröhnende Stimme und sein lautes Lachen schon von weitem.

Mackays erstes Boot war vor Tobruk von einem Sturzbomber getroffen und versenkt worden. Es passierte wie üblich auf dem Rückmarsch in einem Augenblick der Sorglosigkeit, als das Schlimmste vorüber war und alle nur noch daran dachten, möglichst rasch zur Basis zurückzukehren.

Devane hatte damals sein Patrouillengebiet verlassen und war herbeigeeilt, um nach Red Mackay und anderen Überlebenden zu suchen. Sein Treibstoff war bereits gefährlich knapp, und in der Dämmerung ragte die feindbesetzte Küstenlinie vor ihnen auf wie eine Warnung. Schließlich hatte er sie gefunden: sechs erschöpfte Gestalten, die auf einem treibenden Rettungsfloß hockten oder sich daran klammerten, mehr tot als lebendig.

Mackay war einer von ihnen, aber als das MTB vorsichtig an das kleine Floß heranmanövrierte und einige von Devanes Leuten am Kletternetz herunterstiegen, um den völlig erschöpften Schiffbrüchigen an Bord zu helfen, hatte Mackay gerufen: »Noch nicht, John!«

Devane sah alles so klar vor sich, als habe es sich eben erst ereignet: die müden Gestalten, die herübergehoben und nach unten geführt wurden, zu schwach und benommen, um auch nur ein einziges Wort zu sagen. Und Mackay saß unten auf dem Floß, auf seinem Schoß einen sterbenden jungen Seemann, fast noch ein Kind.

Es hatte nur einige Minuten gedauert, aber die Zuschauer hatten das Gefühl, es seien Stunden gewesen. Als es vorüber war, kletterte auch Mackay an Bord, lehnte alle Hilfe ab und sprach kein einziges Wort, bis er neben Devane auf der Brücke stand.

Dann sagte er voller Bitterkeit: »Es war sein erster Einsatz.«

Erst einen Monat später hatte Devane von anderen erfahren, daß der in Mackays Armen gestorbene Junge sein kleiner Bruder aus Vancouver gewesen war.

So ein Mann war Mackay.

Devane schreckte aus seinen Gedanken hoch, als Beresford sagte: »Ich möchte Ihnen mitteilen, daß ich etwa eine Stunde vor Ihrer Rückkehr einen Funkspruch unseres Admirals erhalten habe.«

Alle sahen ihn an. Einen Rückruf? Eine neue Aufgabe? Eine Preiserhöhung für Gin? Beim Admiral wußte man nie, woran man war.

Beresford fuhr fort: »Es scheint, daß unser Aufenthalt im Schwarzen Meer verlängert wird.« Einige Klagelaute waren zu hören, aber er ignorierte sie. »Unser Chef des Stabes hält mit den Russen ständigen Kontakt. Sehr wahrscheinlich muß der beabsichtigte Angriff auf die Krim bis zum Beginn des Winters verschoben werden.«

Walker rief aus: »Aber, Sir, das wäre ja *nach* der Landung der Alliierten in Südeuropa! Ich dachte, Hauptzweck der russischen Angriffe sei, die deutsche Verteidigung zu zersplittern? Jetzt kann sich Jerry einen nach dem anderen vornehmen! Das ist doch der Gipfel der Dummheit, wenn Sie mich fragen.«

Beresford lächelte gefährlich. »Ich hatte nicht die Absicht, Sie zu fragen, Willy.«

Devane sagte: »Die Russen sind bestimmt der Ansicht, daß ein Angriff auf die Krim bei kälterem Wetter ihnen Vorteile bringt.«

Beresford nickte. »Stimmt. Aber wenn der Iwan diesen Angriff vermasselt und die Deutschen noch im nächsten Frühjahr hier sind, können Sie Gift darauf nehmen, daß eine Invasion in der Normandie oder irgendwo dort oben stattfinden wird.«

Devane dachte darüber nach. Er konnte sich vorstellen, daß die Rolle, die *Parthian* zu spielen hatte, im Lauf der Wochen oder gar Monate immer schwieriger werden würde. Die Russen warfen bestimmt alles in den Kampf, um die Deutschen von der Krim zu vertreiben. Das war nicht nur eine strategische Notwendigkeit für die gesamte Ostfront, es war auch eine Frage der Ehre oder konnte es zumindest bald werden.

Beresford blickte ihn an. »Ich habe noch eine Nachricht für Sie,

John, aber die anderen können mithören. Ihre Lordschaften sind nicht allzu glücklich über die großen Rangunterschiede zu den Russen.« Sein Gesicht blieb ausdruckslos, während die anderen ahnungsvoll zu grinsen begannen. »Dieses Operationsgebiet wird also von einem älteren Fregattenkapitän mit dem dazugehörigen umfangreichen Stab übernommen.«

Mackay runzelte die Stirn. »Der reinste Eiffelturm! Ebensogut können wir in einer der nächsten Nächte alle versenkt werden, dann hätte der arme Teufel nichts mehr zu kommandieren!«

Beresford stand auf. »Das ist alles, meine Herren. Sehen Sie zu, daß Sie sich noch ein wenig ausruhen, und melden Sie dann Auslaufbereitschaft an Ihren Flottillenchef.« Er bat Devane zu sich. »Ich stimme Mackay zu«, sagte er leise. »Übrigens ist der Neue ein gewisser Commander Eustace Barker. Ich bin nach Ansicht Londons nicht ranghoch genug, um mit Sorokin zurechtzukommen. Barker wäre da genau der Richtige. Nicht so rangniedrig, daß Sorokin zum Herumkommandieren verleitet wird, aber auch wieder nicht zu ranghoch, um uns den Vorwurf einzutragen, wir wollten dieses Seegebiet oder zumindest einen Teil davon unter unsere Kontrolle bringen.«

Devane schüttelte müde den Kopf. »Wo soll das bloß hinführen?«

Beresford deutete auf einen russischen Seemann. »Der führt uns jedenfalls jetzt zu Sorokin. Denken Sie daran, was ich Ihnen gesagt habe.«

Sie fanden Sorokin hinter einem mächtigen Schreibtisch, eine seiner kurzen Zigarren im Mund, während er einen Stapel Papiere unterzeichnete. Sorokin sah auf. »Setzen Sie sich bitte.« Dann blickte er Devane an und nickte langsam. »Demnächst trinken wir wieder einen zusammen.«

Devane öffnete den Mund, um eine Ablehnung vorzubringen, rief sich aber rechtzeitig Beresfords Warnung ins Gedächtnis: Sorokin äußerte keine Bitten, er gab Befehle. Schließlich wurde Sorokin fertig, lehnte sich zurück und kratzte sich genüßlich den umfangreichen Bauch. Dann kam er zur Sache.

Mit trüben Augen sah er Devane an. »Flottillenkommandeur Orel hat mir gemeldet, daß Sie seine Befehle nicht befolgt haben.« Er hob die Hand, als Beresford etwas sagen wollte. »Und daß Sie dank der Überlegenheit Ihrer Geschwindigkeit und Ihrer Waffen einige feindliche Fahrzeuge vernichten konnten.« Er verschränkte seine dicken Finger und fügte leise hinzu: »Stimmt das?«

Devane erwiderte: »Ich handelte so, wie ich es für richtig hielt, Sir.«

Sorokin warf Beresford einen fragenden Blick zu. »Was sagt er?«

Es folgte ein kurzer Wortwechsel auf russisch, dann fuhr Sorokin fort: »Orel verlor viele Leute. Einundfünfzig, um genau zu sein.« Er seufzte tief. Dann öffnete er eine Schublade und holte eine Flasche Wodka heraus. Als ein Bursche mit Gläsern erschien, fügte er hinzu: »Vielleicht denken Sie, Commander Devane, einundfünfzig sind nicht viel für ein Land wie das unsrige. Es ist ein großes Land, ja, aber wir können es uns nicht leisten, ständig unser Blut zu vergießen. Orel hat Mut, doch ihm fehlt es an Erfahrung auf See. An Land ist Rußland unbesiegbar.« Er betonte jedes Wort sorgfältig. »Für jeden Soldaten, der von den Nazis getötet wird, haben wir zwei, die seinen Platz einnehmen. Damit werden wir fortfahren, bis unser Land sie los ist, ein für allemal.« Er goß Wodka in die drei Gläser. »Jetzt trinken wir auf Sie, Commander Devane, und auf Ihre Männer.« Er hob sein Glas, das in seiner gewaltigen Faust wie ein Fingerhut wirkte. »Und auf die *Erfahrung*, die wir so dringend brauchen!«

Der Wodka durchfuhr Devane wie ein heißes Bajonett. Er blickte Beresford an und war überrascht von dessen betroffenem Gesicht. Allmählich begann auch er, Sorokin in einem anderen Licht zu sehen. Er war ein Offizier mit großer Erfahrung und hervorragendem Ruf. Er stand hoch genug über den Dingen, um die Fallgruben der Eifersucht und des falschen Stolzes zu ignorieren, und kannte nur ein einziges Ziel: sein Land zu retten und es von den Invasoren zu befreien. Jetzt hatte er nach verhältnismäßig kurzer Bekanntschaft sein inneres Wesen gezeigt. Devane war gerührt, zumal er sich vorstellen konnte, was es Sorokin kosten würde, wenn sein Vertrauen und seine Entscheidungen von seinen Vorgesetzten mißbilligt wurden.

Er spürte Sorokins durchbohrenden Blick auf sich gerichtet, als dieser erneut die Gläser füllte.

Ruhig sagte Devane: »Ich habe nachgedacht, Sir.« Er ignorierte Beresfords warnenden Blick. »Es ist natürlich nur so eine Idee von mir.«

Sorokin trommelte mit den Fingern auf den Tisch. »Ich höre.«

»In der Vergangenheit haben Ihre Flottillen den feindlichen Küstenverkehr und seine langen Nachschubwege von Rumänien und Bulgarien angegriffen.«

»Richtig.«

»Ich bin der Meinung, wir sollten auch die gegnerische Schnellbootbasis angreifen, Sir.« Devane hielt den Atem an und fragte sich, warum er freiwillig seine Flottille darbot wie auf dem Opferstock.

Sorokin starrte ihn an. »Auf der Krim? Wissen Sie, was Sie da sagen?«

Devane merkte, daß er aufgestanden war. »Ja. Aber wenn, dann muß es bald erfolgen. Bevor der Feind vermutet, was wir hier vorhaben.«

Sorokin blieb skeptisch, alle Wärme war aus seinem Ton verschwunden. »*Ihre* Flottille?«

»Nein, Sir, nicht ganz. Ich dachte, daß ein kombinierter Angriff . . .«

Sorokin lächelte ganz langsam; es war wie ein Sonnenaufgang. »Zusammen?«

»Ja, Sir, zusammen.«

Sorokin warf einen Blick auf Beresford. »Sie haben mir da einen Tiger gebracht, was? Na gut.« Er taumelte auf die Füße. »Gehen Sie nun. Ich muß nachdenken.«

Als sie den Raum verließen, sah Devane bereits den Schatten des Russen zwischen den verschiedenen Wandkarten hin und her schwanken.

Als sie ihren Bunker erreichten, sagte Devane: »Tut mir leid, Ralph. Es ist nicht meine Aufgabe, Vorschläge zu machen. Ich hatte auch nicht die Absicht, in Ihr Aufgabengebiet einzugreifen, besonders nicht jetzt, wo der neue Kommandeur im Anmarsch ist.«

Sie blieben stehen und sahen sich an. Schließlich sagte Beresford: »Es ist *Ihr* Hals. Warum sollten Sie nicht selber darüber entscheiden, wie Sie ihn sich brechen sollen?« Dann klopfte er Devane auf die Schulter. »Es ist übrigens keine schlechte Idee, wenn man's bedenkt.« Mit diesen Worten schritt er rasch von dannen.

Devane ging weiter bis zum Molenkopf und blickte hinunter auf sein längsseits liegendes Boot. Es war frisch gestrichen worden, die leuchtenden Narben auf dem Schutzschild des Sechspfünders waren bereits repariert. Buckhursts Arbeitstrupp hatte wieder einmal Wunder bewirkt.

Er sah ihn neben einem aufgebockten Torpedo stehen und zwei Soldaten Unterricht erteilen.

». . . einen Keil unter Antriebskammer und Maschine, ist das klar?«

Buckhurst wandte sich um und erkannte Devane. »Man könnte annehmen, dieser Aal sei gratis, so gehen die Jungs damit um!« Gleichsam nachträglich fügte er hinzu: »Einige Ihrer Leute haben mich gefragt, ob sie eine Liste ihrer Versenkungen auf der Brücke anbringen dürfen. Nach allem, was man hört, haben sie ja gute Arbeit geleistet.«

Devane blickte an ihm vorbei auf die fünf ruhenden Boote, die sich sanft im öligen Wasser des Docks wiegten.

Parthian war zwar angekommen, aber die Zukunft schien jetzt ungewisser als je zuvor.

»Warum nicht, Chief? Sollen sie ihre Abschüsse ruhig aufmalen. Hoffentlich kommen noch viele weitere hinzu.«

6 Das Signal

Beresford lehnte sich gegen eine Koje, sorgfältig darauf bedacht, Devane nicht in die Quere zu kommen, während dieser nach Uniform und Seestiefeln tastete.

Devane sagte unwirsch: »Es ist erst vier Uhr morgens, konnte das denn nicht warten, verdammt?«

Beresford lächelte. »Nein, das konnte es nicht.« Er blickte sich in der winzigen Messe um, sah Dundas auf einer anderen Koje liegen und schlafen. »Wir werden Ihnen eine Landunterkunft beschaffen müssen, John. Hector Buckhursts Mechaniker haben schon Quartiere, warum also nicht auch Sie als einer unserer dienstältesten Offiziere in Rußland?«

Devane setzte sich auf den Kojenrand und zog seine Stiefel an. Beresford war hellwach und Devanes Gefühle interessierten ihn nicht im geringsten. Warum schmeichelte er ihm? Die beiden stiegen zu dem dunklen Deck hinauf, vorbei an bewaffneten Posten, sowohl britischen wie russischen, und betraten einen der Korridore des Bunkers, die wie unterirdische Fangarme in Sorokins Kommandostand zusammenliefen. Es war kühl und feucht; als sie an einem Lüftungsgitter vorbeikamen, hörte Devane das Grollen ständigen Geschützfeuers, das wie Gewitterdonner im Gebirge klang. Seit Tagen ging das nun schon so. Eine Offensive war im Gange, mit Hunderten von Opfern, Artillerieduellen bei Tag und bei Nacht, mit Kampfflugzeugen, die ihre Kondensmuster am Himmel hinterließen, nur gelegentlich unterbrochen durch den Absturz einer gewaltigen Feuerkugel und einen treibenden Fallschirm.

»Sorokin ist schon seit Stunden hier.« Beresford warf Devane einen forschenden Blick zu. »Commander Orel auch. Also legen Sie Ihrem Temperament Zügel an, Junge!«

Im Kommandostand herrschte Halbdunkel, nur der Kartentisch in der Mitte und ein paar darübergebeugte Gestalten waren durch eine Deckenlampe in helles Licht getaucht. Sorokin rauchte wie üblich, eine Hand in die Hüfte gestützt; Orel sprach gerade, schwieg aber, als die beiden britischen Offiziere in den Lichtschein traten.

Sorokin nickte zur Begrüßung. »Kaffee?« Er blickte in den Schatten, und sofort erschien ein Steward mit Tablett und einer Kanne dampfenden Kaffees.

Devane bemerkte, daß Orels Lederjacke salzverkrustet und er selbst unrasiert war, mit dunklen Ringen um die Augen. Er sah völlig übermüdet aus und war doch sehr erregt, obwohl er das nach Möglichkeit zu verbergen suchte. Auch Sorokin wirkte müde, seine Uniformjacke stand bis zur Taille offen, sein Hemd war verschwitzt.

Beresford sagte ruhig: »Sie erinnern sich an die vier deutschen Schnellboote, John? Nun, zwei wurden versenkt, ein anderes durchlöchert nach Sewastopol ins Dock geschleppt. Und soeben ist von der Aufklärung eine Meldung eingetroffen, daß auch das vierte Schnellboot beschädigt wurde.«

Orel trat näher an den Kartentisch heran. Im direkten Licht sah man die tiefen Furchen in seinem Gesicht. Er hatte glänzendes schwarzes Haar und eine schmale Adlernase. Sein Kopf schien wie der von Dundas eher zu einem vergangenen Jahrhundert zu passen. Er zog eine Luftaufnahme über den Tisch, damit Devane sie deutlicher erkennen konnte.

Beresford erläuterte: »Die russische Aufklärung ist der Ansicht, daß das vierte Boot zur Reparatur auf Schlipp geholt worden ist, jedoch nur so weit, daß es jederzeit wieder zu Wasser gelassen werden kann.« Er zeigte auf die Fotografie. »Vergleichen Sie diese mit einer der früheren. Man sieht jetzt deutlich Tarnnetze, die vor zwei Wochen noch nicht da waren.«

Devane griff nach einem starken Vergrößerungsglas und spürte, wie die anderen ihn beobachteten.

Beresford fügte hinzu: »Auf dieser kleinen Insel sind ein paar deutsche Soldaten und eine Funkpeilstation stationiert, also nichts, was bisher Aufmerksamkeit erregt hätte. Bis jetzt!« Er versuchte, seine Ungeduld zu zügeln. »Nun, was halten Sie davon?«

Devane studierte die Aufnahme. Die Größe der Tarnnetze konnte stimmen, und die Tatsache, daß das vierte Schnellboot nirgends gesichtet worden war, machte diese Version durchaus glaubhaft. Er richtete sich auf und starrte Orel in das ausdruckslose Gesicht.

Wenn sich das fehlende Schnellboot dort als irreparabel erwies, dann war ein lebensgefährlicher Einsatz sinnlos. Aber wenn nicht, wenn sie es irgendwie kapern konnten, bevor es wieder in Dienst gestellt wurde, boten sich ungeahnte Möglichkeiten.

Schließlich sagte er: »Man sollte das Risiko einer weiteren Luftaufnahme nicht eingehen. Es könnte sie argwöhnisch machen.«

Sorokin besprach sich mit Orel und meinte nach einem Augenblick des Zögerns: »Ihre Idee eines Angriffs auf die deutsche Basis, Commander – wäre es nicht leichter, wenn wir uns beschaffen würden ein . . .« Er runzelte die Stirn, während er nach dem richtigen Wort suchte. »Ein trojanisches Pferd?«

Devane sah Orel an und spürte die Sorge des Mannes wie eine verzehrende Kraft. Seine Patrouillenboote mußten unmittelbar nach dem Gefecht die Suche nach dem vierten Schnellboot aufgenommen haben. Kein Wunder, daß er so erschöpft aussah. »Was ist das für eine Insel?« fragte er.

Beresford erwiderte: »Commander Orel hat sie als klein und leicht zu verteidigen beschrieben. Sie ist geschützt durch ein Minenfeld, das aber die deutschen Kleinfahrzeuge nicht behindert. Ein MTB sollte durchkommen. Kapitän Sorokin hat vorgeschlagen, daß ein russischer Landungstrupp von einem U-Boot abgesetzt wird und die Funkstation zerstört. Ihr könntet eingreifen, sobald dieser Angriff läuft. Das heißt natürlich, wenn Sie der Ansicht sind, daß er Aussicht auf Erfolg hat.«

Devane rieb sich das Kinn, was ihn daran erinnerte, daß er noch nicht rasiert war. »Ja, aber wir brauchen wirklich eine Ablenkung. Die Insel liegt dreißig Meilen vom Festland entfernt, und wir haben einen langen Heimweg vor uns.«

Stimmen schwirrten um den Tisch wie gefangene Bienen. Schließlich stützte sich Sorokin mit beiden Händen auf und starrte Devane an. Der halbgerauchte Stumpen ragte aus seinem Mund wie ein schwärzliches Kanonenrohr. »Der Admiral hat uns Unterstützung zugesagt, einen Angriff auf die Straße von Kertsch vom Asowschen Meer aus. Die Deutschen werden dann annehmen, daß wir eine Landung auf der Krim erzwingen wollen.« Er drehte sich gereizt um, als Orel ihm etwas über die Schulter zuflüsterte. »Commander Orel besteht darauf, daß er imstande ist, den Angriff zu leiten«, schloß er.

Devane und Orel sahen sich an wie zwei Boxer, die eine Deckungslücke für den ersten Schlagabtausch suchen.

Ich würde an seiner Stelle genauso empfinden, dachte Devane. Laut sagte er: »Davon bin ich überzeugt, Sir; aber wenn dies wirklich das deutsche Schnellboot ist, könnte er dann dessen Kommando übernehmen?« Er merkte, wie seine Worte bei Orel einschlugen, und fügte rasch hinzu: »Genausowenig wie ich das Kommando über eins Ihrer U-Boote übernehmen könnte.«

Sorokin nickte. »Das klingt vernünftig.« Er klopfte Orel auf dessen schmale Schultern.

Devane begriff wieder einmal, warum er niemals zu einer anderen

Waffengattung hatte versetzt werden wollen, nicht einmal auf einen Zerstörer. Bei den MTBs gab es keinen langen Kommandoweg, keine schriftlichen Einsatzbefehle, die vorher unterschrieben werden mußten, keine frustrierenden Verzögerungen, während einige müde alte Männer in der Admiralität debattierten. Bei ihrer Art der Kriegführung wurde vorausgesetzt, daß man selbst die richtigen Entscheidungen traf und ausführte.

Schließlich sagte er: »Ich denke, die Sache ist einen Versuch wert. Wenn wir eins ihrer neuen Schnellboote kapern, gleichgültig, was wir später damit machen, kriegt der Jerry dabei eine verdammt blutige Nase.« Er nickte und fragte sich, ob er überhaupt eine andere Wahl gehabt hatte. »Ja. Wir sollten die Sache ohne Verzögerung in Angriff nehmen.«

Sorokin wischte sich mit der Hand das Gesicht. »Gut. Also in zwei Tagen.« Er ballte die riesige Faust und hämmerte auf die Fotografie. »Dann geht es los!«

Die Morgendämmerung brach an, als Beresford und Devane den Bunker erreichten. Auf allen fünf Booten herrschte schon voller Betrieb, die Männer schrubbten die Decks, man hörte das gedämpfte Schnurren von Generatoren.

Zusammen standen sie da und betrachteten die MTBs. Das Hornissennest.

Schließlich fragte Devane: »Was hätten Sie gesagt, wenn ich Sorokins Plan abgelehnt hätte?«

Beresford lächelte. »Ich hätte Sie niemals aus dem Bett geholt, wenn ich damit gerechnet hätte.« Er wandte sich zum Gehen. »Aber das wissen Sie natürlich selbst.«

Devane stieg die Leiter zu seinem Boot hinunter. In mancher Hinsicht waren er und Beresford einander doch recht gleich, trotz ihrer unterschiedlichen Herkunft, dachte er. Beide besaßen sie die Fähigkeit, sich auf Grund von bruchstückhaften Informationen oder Gerüchten ein klares Bild der Situation zu machen.

Was hätte wohl Richie an seiner Stelle den Russen geantwortet? fragte er sich.

Dundas grüßte ihn neben der Brücke. »Probleme, Sir?«

Devane lächelte. »Keine, die wir nicht lösen könnten, Number One.«

Er sah, wie Dundas sich entspannte. So leicht war das. »Und wie wäre es jetzt mit Frühstück?«

Die Offiziere von *Parthian* saßen oder standen um den Tisch in ihrem neu zugeteilten Lagezimmer und hörten schweigend zu, während Beresford ihnen den Plan in allen Einzelheiten erklärte.

Devane lauschte ebenfalls, obwohl er den Einsatz schon öfter durchdacht hatte, als er sich erinnern konnte. Er hatte Karten und Luftaufnahmen überprüft, hatte die Abbildungen und die Silhouetten deutscher Kriegsschiffe im Schwarzen Meer studiert, bis sein Gehirn zum Bersten mit Details gefüllt war.

Er sah sich in dem Bunkerraum um. Auch er hatte sich verändert in der kurzen Zeit, die sie jetzt hier waren. An den Betonwänden hingen Dienstpläne, aber auch grellbunte Pin-up-Girls und sogar eine halb-verbrannte deutsche Flagge, die ein flinker Seemann während des Gefechts aufgefischt hatte. Es war ein Operationsraum, der sich in nichts von denen anderer Kriegsschauplätze unterschied.

Es bedrückte Devane, daß sie hier bereits Wurzeln schlugen, während es zuerst den Anschein gehabt hatte, als sollten sie aus der Bewegung und mit wechselnden Standorten zuschlagen. Aber wie alle Seeleute richteten sie sich ein, wo sie auch sein mochten.

Beresford musterte ihre gebannt lauschenden Gesichter. Da waren einmal die nachdenklichen, erfahrenen Veteranen wie Mackay und Walker, dann aber auch der jüngste und zuletzt angekommene Leutnant Simon Mitford, der auf Oberleutnant Hornes Boot einge-stiegen war und jetzt unverhohlen seine Erregung verriet.

Beresford fuhr fort: »Die russischen Seestreitkräfte werden zwei Angriffe fahren, einen in der Nähe der Kertsch-Straße und später einen auf Balaklava. Eine Menge wird von der deutschen Reaktion abhängen und davon, welche Kräfte sie den Angriffen entgegenwer-fen. Admiral Kasatonow ist zwar willens, mit uns zusammenzuarbei-ten, möchte aber keinen zu hohen Preis dafür bezahlen. Also müssen wir rasch landen, zuschlagen und wieder verschwinden, bevor es zu heiß wird.«

Sie diskutierten den Plan untereinander, wobei jeder Kommandant ihn von einem anderen Blickwinkel aus sah. Die einen bedachten in erster Linie, wie es ihr eigenes Boot treffen würde, die anderen, wie sie es ihren Besatzungen mitteilen sollten. In ihren abgetragenen Seeuniformen und Mänteln sahen sie Aufständischen ähnlicher als regulären Marineoffizieren. Außer natürlich Andy Twiss, der makel-los gekleidet war wie immer.

Beresford nahm ihr Schweigen als Zustimmung. »Ich bekomme noch letzte Einzelheiten und die Wetterberichte von Sorokins Haupt-quartier.« Er lächelte. »Alles andere überlasse ich Ihnen.«

Devane stand auf. »Die Insel ist kein Problem, aber auf dem Hin-

und Rückmarsch von je zweihundert Meilen müssen wir mit Unannehmlichkeiten rechnen. Einige von Ihnen halten das vielleicht für ein unnötiges Risiko, aber schließlich sind wir für diese Art Einsätze hier. Unsere Aufgabe ist es, ständig die feindlichen Nachschublinien und die Küstenverteidigung zu überfallen und zu beunruhigen, ihnen niemals Zeit zur Verstärkung zu lassen. Der Endkampf wird sich natürlich zwischen den Landstreitkräften abspielen, aber da sie uns die *Infanterie der Marine* nennen, müssen wir auch unseren Part dabei spielen.«

Er dachte plötzlich an London, an die roten Omnibusse in der Nähe des Hydeparks, an den verbissenen Trotz der Londoner und ihre Zuversicht, daß alles klargehen würde, wenn sie nur lange genug durchhielten. Aber noch war nirgends ein Ende zu erkennen. Und wie viele von denen, die bei Kriegsbeginn Führungsstellen innegehabt hatten, waren jetzt noch am Leben?

Er räusperte sich, verfluchte sich wegen seines Selbstmitleids. Für seine Leute mußte er der Führer sein, der Mann, der seine ganze Erfahrung und sein ganzes Können einsetzte, um sie herauszupauken.

An seine Kommandanten gewandt, sagte er: »Wir werden mit Beginn der Abenddämmerung auslaufen und uns um Mitternacht mit den russischen Geleitfahrzeugen treffen.«

Mackay stand auf. »Kommen denn die Ruskies auch mit, Sir?«

»Ein Landungstrupp von zwanzig Mann. Sie werden bei Ihnen an Bord einsteigen.« Er unterband Mackays Stöhnen. »Und weitere zwanzig fahren bei mir mit. Also sagen Sie Ihren Leuten, sie sollen sich benehmen. Für den Humor unserer Seeleute braucht man eine Menge Verständnis.«

Nach und nach gingen sie, klappten ihre Notizbücher zu, in denen sie die Einzelheiten der Operation vermerkt hatten. Kein einziger unter ihnen sah irgendwie besorgt drein. Schließlich war es nichts weiter als ein neuer Einsatz.

Devane sah Beresford an. »Als eben von Balaklava die Rede war, dachte ich . . .«

Beresford warf einen Blick auf die Karte. »Ja. Unsere Leute sind dort schon einmal gestorben*.«

Dundas trat auf die Brücke. »Alles überprüft, Sir. Klar zum Auslaufen.«

Devane wickelte sich ein altes Handtuch um den Hals und stopfte es

---

* 1854 wurde hier während des Krimkrieges eine britische Reiterbrigade von den Russen aufgerieben (Anm. d. Übers.)

unter den Kragen seiner Öljacke. Nebenan dümpelten die anderen Boote, die sich ebenfalls zum sofortigen Verlassen des Bunkers bereit machten. Noch länger unter der zwanzig Fuß starken Betondecke zu bleiben, während bereits die Packardmotoren ihren Qualm ausstießen, war etwa so, als wolle man einen schweren Wagen in einer verschlossenen Garage starten.

Seymour stand auf der Back, redete mit einigen Seeleuten und wartete darauf, die Leinen vom Steg loszuwerfen. Unten im Maschinenraum beobachtete Unteroffizier Tim Ackland sein Meßgerät. Auf sein Rad gestützt, strich Unteroffizier Pellegrine, der Gefechtsrudergänger, mit den Fingern über den Kompaß und dachte dabei an seine Frau in Gosport. Er erwachte aus seinem Brüten, als eine Gestalt im Dufflecoat über die Grätings kam und frisch gespitzte Bleistifte in die Rinne des Kartentisches legte, für den wachhabenden Offizier. Es war Metcalf, ein rotes Tuch für Pellegrine.

»Los, Junge, beweg dich! Du sollst doch achtern mit anfassen!«

Metcalf murmelte etwas und verschwand durch die hintere Brückentür. Auf der kurzen Leiter machte er eine Pause und beobachtete Dundas, der sich mit dem Kommandanten unterhielt. Noch einmal durchlebte er die Erniedrigung und die Schande, als er bei der Offiziersprüfung durchgefallen war. Eigentlich hätte er jetzt auf der Brücke stehen sollen wie diese beiden, von gleich zu gleich mit ihnen reden und alle Risiken mit ihnen teilen sollen. Sie kannten die andere Seite des Bordlebens nicht so wie er: dieses ständige Fluchen, die schmierigen Geschichten, die Grobheit, den geringen Wortschatz und die plötzliche Gewalttätigkeit wegen irgendeiner lächerlichen Kleinigkeit. Er kam aus gutem Hause und war auf der höheren Schule gewesen, als der Krieg ausbrach und sein Leben veränderte. Alle seine Freunde waren Offiziere, einige von ihnen hatten bereits hohe Auszeichnungen. Es war alles so verdammt unfair.

Obergefreiter Hanlon, ein grober Mann aus den Docks von Liverpool, begrüßte Metcalf achtern mit den Worten: »Was ist los mit dir, du verdammter Schwachkopf? Hast du deine Mama verloren?« Metcalf ignorierte ihn und nahm seinen Platz bei den anderen an der Reling Wartenden ein.

Vorn auf der Back stand Obergefreiter Ted Priest, zweiundzwanzig Jahre alt und aus Manchester. Er kannte MTBs wie seine Westentasche und brüstete sich damit, daß er jede Instandhaltungsarbeit verrichten könne. Zweimal hatte er einen Gefreitenwinkel wegen irgendwelcher Händel an Land eingebüßt. Die Krawalle gingen meist um Frauen. Priest war zweifellos ein schwieriger Fall, aber an Bord eines MTB fühlte er sich wohl und wußte, daß er seine Arbeit ausgezeichnet verstand.

Priest lauschte dem jungen Oberleutnant Seymour, der wieder einmal von dem Buch erzählte, das er nach dem Krieg schreiben wollte. Diese fixe Idee wurde bereits im Mannschaftsdeck parodiert. Dabei war Seymour kein schlechter Kerl für einen Offizier, entschied Priest, allerdings nur, wenn er sich nicht zu sehr bei den Mannschaften anbiederte.

Devane, der auf den Grätings hinter dem Brückenkleid stand, hörte Seymour lachen und fühlte sich erleichtert. Da er selbst mit trüben Gedanken belastet war, vergaß er mitunter, was die anderen empfanden.

Carroll flüsterte: »Kapitänleutnant Beresford scheint an Bord zu kommen, Sir.«

Devane nickte. »Danke, Bunts.« Er ging zur Leiter und fragte sich, was Beresford wohl hergeführt habe.

Er brauchte nicht lange auf die Antwort zu warten.

Beresford saß bereits in der Messe. Die Luft war infolge der geschlossenen Bullaugen stickig und ölgeschwängert. »Sie können von Stationen abtreten lassen, John. Ich habe gerade einen Funkspruch erhalten.«

Devane starrte ihn an. Er war kein Freund kniffliger Unternehmungen, aber noch mehr war ihm zuwider, wenn diese im letzten Augenblick abgeblasen wurden.

»Und warum?«

Beresford spreizte die Finger. »Unser glorreicher Kommandeur kommt morgen an. Alle Einsätze werden bis zur Ausgabe neuer Befehle verschoben.«

»Das ist ja lächerlich! So ein verdammter Blödsinn!« Devane bemerkte die plötzlich auftauchende Überraschung in Beresfords Augen. »Ihnen ist doch klar, was die Russen sagen werden? Daß wir diesen Überfall erst ausbrüten und dann kneifen, wenn er ausgeführt werden soll.«

Beresford sagte scharf: »Was *ich* denke, darauf kommt es nicht an. Ich habe den Funkspruch erhalten und Ihnen den Inhalt mitgeteilt.« Er stand auf. »Ich vergaß, daß ich mehr Gehorsam gewöhnt bin als Sie.«

Trotz seines Ärgers mußte Devane lächeln. »Wann ist der Funkspruch empfangen worden?«

»Vor zwanzig Minuten. Aber ich sehe nicht . . .«

Devane rief zur Brücke: »Number One! Kapitänleutnant Beresford möchte an Land, begleiten Sie ihn!«

Beresford rief: »Verrückter Hund! Wollen Sie trotzdem auslaufen?«

Devane war schon halb die Leiter hinauf. »Sie kamen zu spät, haben mich nicht mehr angetroffen. Wir verschwinden jetzt wie geölte Blitze!«

Einige Augenblicke später stand Beresford neben Buckhurst, dem Ingenieur-Offizier, und sah zu, wie die Boote beim Ablegen den Bunker in einen kochenden Kessel voller Qualm verwandelten. Buckhurst hatte seine Hände über die Ohren gepreßt, deshalb hörte er nicht, was Beresford sagte, als das letzte der fünf Boote in der Dunkelheit des äußeren Werfthafens verschwunden war.

»Für ihn hätte es ohnehin keinen Unterschied gemacht, auch wenn ich noch früher hiergewesen wäre.«

Devane hob sein Glas über das Brückenkleid und betrachtete die endlosen Reihen der weißen Schaumkämme. Plötzlich war Westwind aufgekommen, und die Wolkendecke schien erheblich dünner geworden zu sein. Langsam schwenkte Devane sein Glas von dem verschwommenen, purpurfarbenen Horizont weg, bis er den scharfen Steven des im Abstand von einer halben Kabellänge* auf Parallelkurs liegenden Nachbarbootes ins Blickfeld bekam. Es war das von Makkay, dem Horne und Twiss wie an einem unsichtbaren Faden folgten.

Es war Nachmittag, und sie waren jetzt den ersten vollen Tag auf See. Devane dachte an die russischen Landungstruppen, die fast bis zu den Augenbrauen in ihren wattierten Uniformen steckten, mit Waffen und Werkzeugen behangen. Trotz der Überfüllung an Bord schafften sie es, sich völlig getrennt von den Seeleuten zu halten.

Devane sah, wie Dundas sich an der Reling festhielt, als das Boot in der kurzen steilen See heftig stampfte. Dundas stand bei Commander Orel, dem russischen Anführer, und dem Dolmetscher. Es war derselbe Oberleutnant mit der schrillen Stimme, der Devane in Tuapse auf Befehl des Admirals willkommen geheißen hatte.

Orel hatte jegliche Reserve fallengelassen. Stundenlang war er durch das Boot gekrochen und hatte Dundas mit Fragen bombardiert, bis sein Dolmetscher kaum noch weiterkonnte.

Den ganzen Tag über hatten sie nichts gesichtet, es war, als hätten sie die See für sich allein. Sorokins Patrouillenboote schienen gute Arbeit geleistet zu haben; was sich auch dichter unter Land abspielen mochte, die fünf MTBs blieben sich selbst überlassen.

---

* eine Kabellänge – 0,1 Seemeilen – ca. 185 Meter

Devane warf einen Blick auf seine Uhr. Gleich war es Zeit zu einer weiteren Kursänderung, die sie nordwärts zu der kleinen Insel bringen sollte, wo sie das beschädigte Schnellboot hoffentlich noch in seinem Versteck antreffen würden.

Dundas folgte Orel zur Brücke und meldete: »Rundgang beendet, Sir.«

Orel schlug die Hände zusammen und ging im kleinen Brückenraum herum wie ein Tier im Käfig.

Der Dolmetscher fragte: »Wie lange wird es noch dauern, bitte?«

Devane sah Orel an. »Etwa fünf Stunden. Ihre Leute beginnen den Angriff um genau 17.00 Uhr.«

Seymour meldete sich. »Erbitte Erlaubnis zum Erproben der Geschütze, Sir.«

»Ja. Letzte Gelegenheit. Wenn wir noch näher an das Patrouillengebiet des Feindes kommen, könnte es Alarm geben.«

Als der Befehl an die Geschützbedienungen weitergegeben wurde, reagierten diese jeweils mit einer kurzen Perlenschnur von Leuchtspurgeschossen. Sofort folgten die anderen dem Beispiel des Führerbootes. Devane hatte öfter erlebt, daß Boote erst bei den Kampfhandlungen feststellen mußten, daß ein Geschütz klemmte. Vibration, Seeluft und sorglose Behandlung konnten böse Überraschungen verursachen.

Ein weiterer Russe kam herauf zur Brücke, ein untersetzter Hauptmann der Infanterie mit breitem Kinn. Er und Orel wühlten in ihren Mappen, und Devane bemerkte, daß sie ihre Unterlagen mit der Karte auf dem Tisch verglichen. Sie nahmen keineswegs alles als selbstverständlich hin.

»Flugzeug! Peilung Grün vier-fünf! Winkel zwei-null!«*

Gläser und Mündungen wirbelten herum. Devane hielt den Atem an, als die kleine, undeutliche Form in der dünnen Wolkenschicht träge durch sein Blickfeld wanderte.

Orel lachte kurz auf, und der Dolmetscher sagte: »Russisch.«

»Fliegeralarm beendet, Geschützerprobung fortsetzen.« Devane blickte Orel an und lächelte. »Gut.«

Orel hob die Schultern und bohrte seine Hände in die Taschen seiner Lederjacke.

»Übernehmen Sie, Number One.« Devane schritt zur Leiter. »Ich gehe für ein paar Minuten nach unten.«

Plötzlich verspürte er das Bedürfnis, dieser seltsamen Atmosphäre,

---

* 45 Grad an Steuerbord, Höhenwinkel 20 Grad

dieser diffizilen Mischung aus Kooperation und feindseliger Eifersucht zu entfliehen. In der leeren Messe setzte er sich, lehnte sich mit dem Rücken gegen das vibrierende Schott und lauschte dem Zischen des am Schiffskörper vorbeiströmenden Wassers. Nochmals ließ er sich alle Einzelheiten durch den Kopf gehen, den Plan der Ansteuerung, der Beobachtung, der Schlußfolgerungen und schließlich des Angriffs. Genau wie in den Taktikerkursen.

Langsam atmete er aus. Was hatte der Krieg nur aus ihm gemacht? Er benahm sich wie die Katze, die sich stets auf der falschen Seite der Tür befindet. An Land befürchtete er, daß man ihn zum Stab oder an eine Waffenschule kommandieren würde, und auf See sehnte er sich nach nichts so sehr, als schnell mit dem Einsatz fertig zu werden, ihn hinter sich zu bringen wie alle anderen.

Er starrte auf den kleinen verschlossenen Schrank unter dem Pistolenregal. Genau konnte er sich die Flasche darin vorstellen. Das würde Commander Barker wirklich einen Grund zur Klage geben: Der ranghöchste Offizier der *Parthian* geht im Zustand der Volltrunkenheit ins Gefecht.

Das Sprachrohr schrillte, und Devane meldete sich.

Es war Dundas. »Zeit zur Kursänderung.« Dann nach einer Pause: »Alles in Ordnung, Sir?«

»Ich komme gleich nach oben.« Devane seufzte. »Ja, alles in Ordnung. Besten Dank.«

Auf der Brücke klappte Dundas den Deckel über das Sprachrohr und trat neben das Rad. Er hörte das Scharren der Füße, als die Russen und die Ausgucksleute Platz machten, um Devane durchzulassen. Als er den Kommandanten ansah, bemerkte er nichts Außergewöhnliches an ihm. Er wirkte ruhig und beherrscht wie immer.

Seymour, der im Augenblick nichts zu tun hatte, bis die Besatzungen auf Kriegswachstationen gingen, beobachtete jeden Mann auf der Brücke und versuchte, sich alle Einzelheiten einzuprägen. Das hatte er sich selbst beigebracht, seit er als Journalist für eine kleine Lokalzeitung arbeitete. Er fragte sich, was die Kollegen wohl sagen würden, wenn sie das jetzt sehen könnten: das Boot, wie es durch das im letzten Sonnenlicht wie geschmolzenes Zinn aussehende Wasser stampfte; die Männer auf ihren Stationen, die angestrengt Himmel und See beobachteten; und dann den Kommandanten, einen der wirklichen Helden der Marine, nur wenige Fuß von ihm entfernt. So zuversichtlich, auch dann noch zu einem Scherz aufgelegt, wenn jeder andere bereits gespannt war wie eine Sprungfeder. Seymours Blick fiel auf Devanes Hand; sie umklammerte so fest das Sprachrohr, daß die

Knöchel weiß hervortraten. Verwirrt und beunruhigt wandte Seymour den Blick ab. Es war, als stolpere er über das Geheimnis eines Freundes.

Devane sagte: »Steuerbord zwanzig, Swain. Steuern Sie Nord zu West.«

Carrolls Lampe klapperte im Rhythmus der Buchstaben und brachte die Doppellinie der Boote auf den neuen Kurs.

Jetzt begann ihre eigentliche Aufgabe. Von diesem Augenblick an war alles eine Frage des genauen Zeitablaufs und der fehlerlosen Ausführung. In diesem Augenblick würden Sorokins Schiffe die feindlichen Positionen an der Küste der Krim beschießen und die Jagdbomber die Bodenstationen angreifen, würde ein U-Boot auftauchen und den ersten Landungstrupp auf der Insel absetzen.

Devane löste seine Hand vom Sprachrohr und massierte seine Finger. Er sah, daß Seymour ihn beobachtete, und nahm sich zusammen.

»Alles auf Gefechtsstationen, Number One. Machen Sie selbst eine Runde und stellen Sie sicher, daß alle in absoluter Gefechtsbereitschaft sind.«

Seymour entspannte sich, als die Alarmglocken durch das Boot schrillten. Er war beinahe dankbar dafür. Denn es war nicht gut, eines anderen Menschen Geheimnis zu stehlen.

7 Angriff

»Gehen Sie in den Kartenraum und überprüfen Sie noch einmal alle Berechnungen, Number One.«

Devane stemmte die Ellbogen gegen das Brückenkleid und richtete sein Glas nach Backbord voraus. Die Nacht dämmerte erst herauf, aber die See war bereits dunkel und drohend.

Dundas erwiderte ruhig: »Sie stimmen, Sir. Ich habe sie gerade überprüft.«

»Tun Sie es noch einmal!«

Devane spürte den Ärger des Oberleutnants, als dieser sich zur Leiter tastete. Aber es dauerte ihm alles viel zu lange, und die rollende Bewegung des Bootes, verursacht durch die ganz langsame Fahrt während der letzten Stunde, trug auch nicht gerade zur Besserung seiner Stimmung bei.

Seymour sagte: »Stunde Null, Sir.« Er sprach sehr vorsichtig, als sei er sich vollauf der angespannten Nerven des Kommandanten bewußt.

Devane bewegte sein Glas noch ein paar Zoll weiter. Die kleine Insel blockierte ihren Kurs, wie es sein sollte. Er hörte und spürte die anderen, die sich hinter ihm drängelten: die Russen, die Brückenposten und ein paar Leute mit Munitionsgurten für die Maschinengewehre.

Dundas kehrte zurück. »Insel liegt recht voraus, Sir. Entfernung vier Meilen.« Er wartete ein wenig, rechnete wohl mit einem weiteren Zornesausbruch. »Commander Orel kennt die Örtlichkeit gut, seine Notizen auf der Karte waren eine große Hilfe.«

»Danke.« Devane senkte das Glas und rieb sich die Augen. »Der Landungstrupp sollte jetzt bereits unterwegs sein.«

Wenn die Boote wenigstens Radar hätten, wieviel einfacher und sicherer wäre alles gewesen! Bei mehreren Gelegenheiten im Mittelmeer hatten sie sich diese Geräte von einem Patrouillenboot der Amerikaner »geborgt«. Sämtliche amerikanischen Fahrzeuge waren mit Radar ausgerüstet. Es hatte das Katz-und-Maus-Spiel zwischen den griechischen Inseln erheblich risikoloser gemacht.

Irgend jemand trat neben ihn, und ohne sich umzusehen, wußte er, das war Orel. Was mußte es wohl für ein Gefühl für ihn sein? fragte sich Devane. Wenn die Deutschen in England gelandet wären und gesiegt hätten, würde *er* jetzt vielleicht von See her auf die Isle of Whight starren und sich vorzustellen versuchen, was seinen Verwandten und Freunden im besetzten Gebiet inzwischen zugestoßen war. Vielleicht dachte Orel sogar an eine bestimmte Person.

Dundas fragte: »Wenn wir keinen Funkspruch bekommen, Sir, greifen wir dann trotzdem an?«

Devane fuhr herum und sagte: »Tut mir leid, daß ich Sie eben angefaucht habe. Das hatten Sie nicht verdient.« Er klopfte ihm auf die Schulter. »Ich denke, dann bleiben wir draußen. Wenn wir kein Angriffssignal bekommen, dann hat das Unterseeboot abgedreht, ohne den Landungstrupp abzusetzen. Sein Kommandant weiß wahrscheinlich besser als jeder andere, welches Risiko er eingehen kann und welches nicht.«

Orel beugte sich vor, merkte vielleicht an Devanes Ton, daß der erste Optimismus langsam schwand.

Devane wandte sich ihm zu und mußte blinzeln, als das Gesicht des Russen, die obere Brücke und die schlapp herunterhängende Flagge plötzlich in grellrotes Licht getaucht wurden. Einen Augenblick glaubte er, daß ein feindliches Patrouillenboot eine Leuchtgranate geschossen oder eine Küstenbatterie sie entdeckt habe. Aber fast im selben Augenblick mit dem Blitz kam die Detonation wie ein Donnerschlag, und Devane wurde klar, daß dies etwas anderes sein mußte.

Der russische Dolmetscher versuchte zu übersetzen, aber Devane sagte abrupt: »Das muß das russische U-Boot sein. Es ist auf eine Mine gelaufen.«

Als sei eine riesige Hand aus dem Schatten hervorgekommen und habe das grelle Licht gelöscht, so wurde die See plötzlich wieder dunkel. Man vernahm Stimmengewirr auf beiden Seitendecks, und Devane hörte, daß Seymour versuchte, die Ordnung wiederherzustellen.

Eines war sicher: Für die U-Boot-Besatzung war es ein rascher Tod gewesen. Entweder war das U-Boot im Minenfeld von seinem Kurs abgekommen oder auf eine Treibmine gelaufen. Was es auch gewesen sein mochte, es machte jetzt keinen Unterschied mehr. Die gesamte Insel war gewarnt.

Devane griff zum Mikrophon. »*Parthian*, hier spricht *Merlin**. Wir laufen ein! Klar zum Angriff!« Er warf Pellegrines schattenhafter Gestalt einen Blick zu. »Alle Maschinen äußerste Kraft voraus!«

Der Bug hob sich mehrere Fuß hoch aus dem Wasser, als das Boot mit einem Aufheulen der Motoren vorwärts sprang. Überraschenderweise löste das die Spannung, die plötzliche Besorgnis, die von der Explosion ausgegangen war.

Um Devanes Oberarm schlossen sich Finger, und er sah, daß Orel ihn fieberhaft anstarrte und etwas Unverständliches rief, das aber im Motorenlärm unterging. Der Dolmetscher, der verzweifelt versuchte, sich auf den Füßen zu halten, rief ebenfalls etwas, aber Devane sagte: »Geben Sie sich keine Mühe!« Er zwang sich zu einem Lächeln. »Ich weiß, was er gesagt hat.«

Orel schien zufrieden und lockerte seinen Griff. Als Devane ihn wieder ansah, wirkte er genauso gleichmütig und teilnahmslos wie immer. Aber während der paar Sekunden hatte sein Gesicht weder Mißtrauen noch Unsicherheit gezeigt.

»Hier kommt der Willkommensgruß!«

Rote Leuchtspurgeschosse hoben sich in die Luft, als kämen sie von der offenen See, und verschwanden querab. Devane glaubte, auch das Bellen schwerer Artillerie zu hören; aber keine Wassersäulen stiegen hoch, und das Schießen brach fast im gleichen Augenblick wieder ab.

Signalmaat Carroll rief: »Da ist das Signal, Sir!«

Devane nickte und beobachtete die treibenden Leuchtgranaten; zwei grüne, darüber eine weiße. Die russischen Landungstruppen

---

* Zwergfalke (Rufname des Führerbootes)

waren wahrscheinlich im unklaren darüber, ob sie jemals abgeholt würden, da ihr U-Boot in die Luft geflogen war. Immerhin hatten sie die Leuchtgranaten geschossen und würden nun bald herausfinden, daß sie nicht allein waren.

Das Trampeln schwerer Stiefel ertönte an Deck, Devane hörte Kommandorufe, während die Russen auf beiden Seiten nach vorn drängten, alle Waffen klar zum Einsatz. Es war zu hoffen, daß die Verteidiger der Insel noch immer verwirrt waren, sonst hätte eine Maschinengewehrsalve die russischen Soldaten wie Stoffpuppen über Bord gefegt.

Orel stand dicht hinter dem Rudergänger, eine Hand auf Pellegrines Schulter, während er angestrengt nach vorn starrte. Sie rasten ungestüm in das Dunkel hinein, und Orel war der einzige, der die kleine Insel kannte.

»Alle Maschinen halbe Fahrt voraus! Steuerbord fünfzehn! Recht so!« Devane hielt sich an der Reling unterhalb des Brückenkleids fest, da das Boot jetzt stark überholte. »Klar zum Feuern!«

Eine einzelne Kugel schlug in den Rumpf, und Devane fand die Zeit sich zu fragen, wer wohl der Schütze gewesen war. Wahrscheinlich ein aufgeschreckter Posten. Für die winzige Insel, die weit abseits des eigentlichen Kriegsgeschehens lag, mußte der Anblick von fünf aus der Dunkelheit heranpreschenden Motortorpedobooten, die genau auf die kleine Bucht zuhielten, ein furchterregender Anblick sein.

Devane wäre gern auf die andere Seite der Brücke gegangen, um sich davon zu überzeugen, daß auch die übrigen Boote nach Plan handelten. Aber er wagte nicht, den Blick auch nur eine Sekunde von den auf sie zurasenden schattigen Konturen abzuwenden. Schließlich wußte er, daß er sich auf seine Kommandanten verlassen konnte.

»Detonierende Granaten an Backbord, Sir!«

Der Gischt, der über den hellerleuchteten Bug peitschte, verdeckte die Explosionen. Devane sah es lediglich ein paarmal aufblitzen und meinte, das Hämmern automatischer Waffen zu hören. Dort drüben kämpften sie bereits haßerfüllt. Bestimmt wurde keinerlei Pardon gegeben.

Leuchtspurmunition perlte diagonal zum Ansteuerungskurs der Boote und peitschte in die grimmig schäumende See.

Devane schrie: »Leuchtgranaten abfeuern!«

Es schien ihm Ewigkeiten zu dauern, bis der Ankerplatz hell wurde und seine Konturen scharf hervortraten. Alles wirkte jetzt viel kleiner, keine dunklen Ecken waren mehr vorhanden, in denen sich Schreckliches verbergen konnte.

»Backbord- und Mittelmaschine langsame Fahrt voraus, Steuerbord halbe Fahrt zurück!«

Devane zuckte zusammen, als kreischendes Metall heranraste und von der Brückenpanzerung abprallte.

»Steuerbord stopp!«

Er zwang sich, aufrecht stehen zu bleiben, als Leuchtspurmunition über ihre Köpfe winselte und dann weiter hinausjagte in die See.

»Alle Maschinen langsame Fahrt voraus!«

Er hämmerte mit den Fäusten auf die Reling, bis der Schmerz seine rasenden Nerven beruhigte. Da lag es: hell und keilförmig und unter den Tarnnetzen nur undeutlich zu erkennen.

Weitere Geschosse heulten an der Brücke vorbei oder hämmerten in den Rumpf wie die Fußtritte eines Riesen.

Ohne sich dessen bewußt zu sein, schrie Devane: »Die Hunde haben uns aufs Korn genommen! Feuer eröffnen! Bringt dieses Geschütz zum Schweigen!«

Die Brücke schüttelte sich, als die Zwillingsgeschütze der Backbordseite prasselnd zum Leben erwachten, sofort gefolgt vom schärferen Bellen der Örlikons. Dann kam die volle Ladung von Walkers Boot, das ihnen, Schnauze an Heck, folgte.

Devane sah sich nach Dundas um, aber der war bereits nach unten geeilt, um seinen Entertrupp zu mobilisieren.

Jetzt hörte Devane das scharfe Rattern leichter automatischer Waffen, das wilde Kampfgeschrei der russischen Soldaten, die sich zum Sprung bereit machten.

Die Kanone des Schnellboots hatte das Feuer eingestellt, und Devane vermutete, daß die Geschützbedienung von dem konzentrierten Feuer der beiden MTBs ausgelöscht worden war.

»Komm auf, Swain! Etwas mehr nach Steuerbord!«

Devane sah ein kleines Fahrzeug, wahrscheinlich ein Beiboot, das sich von seiner Vertäuung losgerissen hatte; im nächsten Augenblick spürte er die Erschütterung, als es zwischen den beiden MTBs zu Bruchstücken zermalmt wurde.

»Alle Maschinen langsame Fahrt zurück!«

Er hörte die Enterhaken auf das Deck des deutschen Schnellbootes knallen.

Einer der Seeleute, der weitere Patronengurte heranbrachte, schrie plötzlich gellend auf und fiel auf die Knie. Er versuchte zu sprechen, aber es klang, als ertränke er in seinem eigenen Blut.

Devane knirschte mit den Zähnen. *Alle Maschinen stopp!«*

Als das Heulen der Motoren erstarb, hörte er die anderen Geräusche: Geschütz- und Maschinengewehrfeuer, die Rufe, die stampfenden Stiefel der Landungstruppen, das Detonieren einiger gegen den Widerstand an Land geworfener Handgranaten.

Er sah, daß Walkers Boot sich an das Heck des deutschen Schnellbootes heranschob, sah weitere Männer mit Leinen und Strahltrossen auf dessen Deck hinüberspringen wie Piraten in einem Errol-Flynn-Film. Einige der Männer hatten schon früher gegen diesen Bootstyp gekämpft, es war aber zweifelhaft, daß ein einziger von ihnen jemals so dicht herangekommen war.

Devane beobachtete die fieberhaften Arbeiten, mit denen das Schnellboot klargemacht wurde zum Abschleppen. Es erschien ihm riesig. Da alle Torpedos, Munition und Vorräte an Land geschafft worden waren, ragte es hoch aus dem Wasser und wirkte doppelt so groß wie die längsseitsgehenden MTBs.

Er sah Dundas auf der Brücke des deutschen Bootes auftauchen. Seine Bewegungen, sein Gesicht waren deutlich in dem aufblitzenden Geschützfeuer und im Schein der Leuchtgranaten zu erkennen.

Seymour rief: »Der zweite Landungstrupp der Russen geht jetzt vor, Sir!«

Mackays Boot legte von einem Ponton ab und nahm Fahrt achteraus auf. Sein russischer Landungstrupp hetzte bereits in die zunehmende Dunkelheit. Mit ihren Maschinengewehren feuerten sie auf alle Schatten, während sie weiterrannten.

Carroll war mit dem Vorbereiten seiner Signalraketen fertig. »Ich kann das Rückrufsignal geben, sobald Sie befehlen, Sir.«

Devane winkte zu Walkers Boot hinüber, das sich querlegte, um eine Schleppleine zu übernehmen. Er sah Walkers gelben Schal wie ein Banner auswehen und wunderte sich, daß bisher alles so gut abgelaufen war.

Wenn das Schnellboot aus eigener Kraft fahren konnte, so wäre das ein gewaltiger Vorteil gewesen. Wahrscheinlich hatten die Deutschen aber den gesamten Brennstoff an Land gebracht, bevor sie mit den Reparaturen begannen.

Carroll eilte an sein Sprachrohr und rief aufgeregt: »Sir, ein Funkspruch! *Dringend*!«

Devane richtete sein Nachtglas auf einige Blitze hoch oben an Steuerbord. Dort mußte der kleine Hügel sein, den er auf der Karte gesehen hatte.

»Lesen Sie vor!«

»Zwei feindliche Überwassereinheiten nähern sich von Nordost. Unternehmen sofort abbrechen.«

Es dauerte kostbare Sekunden, bis Devane begriff. Der Funkspruch kam offiziell vom russischen Hauptquartier Schwarzes Meer, aber bestimmt war er von Beresford weitergegeben worden. Das hatte zusätzliche Zeit gekostet. Zwei Überwassereinheiten, das bedeutete vermutlich Zerstörer, und wo diese herkamen, waren möglicherweise noch mehr.

Er griff zum Handlautsprecher und rief: »*Kestrel*,* hier spricht *Merlin*. Hören Sie mich?«

Er vernahm Mackays heisere Stimme so klar, als stünde dieser neben ihm auf der Brücke. »Hier *Kestrel*. Höre Sie laut und deutlich.« Dann vernahm er ein glucksendes Lachen. »Was machen wir nun?«

Devane duckte sich, als etwas Metallisches gegen das Brückenkleid knallte. Einige Deutsche schienen immer noch zu feuern.

»Übernehmen Sie, Red. Rufen Sie die Soldaten zurück und geben Sie ihnen Feuerschutz. Sagen Sie *Harrier* und *Osprey*, sie sollen das Schleppen übernehmen. Nutzen Sie die Dunkelheit aus. Morgen wird ein sehr langer Tag.« Sie alle hatten den Funkspruch mitgehört und fragten sich, was jetzt geschehen sollte. »Ich nehme *Buzzard* mit mir. Haben Sie verstanden?«

Mackay antwortete ruhig: »Roger.«**

Seymour klammerte sich an die Leiter. »Legen wir ab, Sir?«

»Ja. Lassen Sie loswerfen. Sagen Sie Number One, er soll drüben bleiben und das Kommando über das Schnellboot übernehmen. Sie treten hier an seine Stelle.« Er fuhr herum. »Bunts, rufen Sie *Buzzard*. Er soll achteraus von uns in Kiellinie fahren.«

Er stellte sich den Kommandanten vor, den unerschütterlichen, zuverlässigen ehemaligen Fischer Sydney Horne. Zweifellos berechnete er ihre Chancen. Zwei MTBs gegen wahrscheinlich zwei Zerstörer, das sah für sie nicht sehr günstig aus. Aber wenn sie ihren Landungstrupp und der Prise mehr Zeit verschaffen konnten, würde das ihre Aussichten erheblich verbessern.

»Alles los vorn und achtern, Sir!«

»Gut. Alle Maschinen langsame Fahrt zurück. Vorn aufpassen mit Fendern.«

Vorsichtig schob sich das Boot durch treibende Wrackstücke. Rauch und Dampf der Motoren mischte sich mit dem Pulverqualm der Detonationen. Devane kam es wie der Gestank des Todes vor.

»Alle Maschinen stopp.«

Carroll meldete: »*Buzzard* hat verstanden, Sir.«

* Turmfalke
** »Verstanden« im Sprechfunkverkehr

»Hart Steuerbord, alle Maschinen halbe Fahrt voraus. Bleiben Sie ganz dicht unter Land, Swain, bis Ihnen Commander Orel etwas anderes sagt.«

Die Speichen des Rades schimmerten im Widerschein des fernen Geschützfeuers, und Devane glaubte, Dundas hoch oben auf der Schnellbootbrücke zu sehen, wie er hinter seinem eigenen Boot herstarrte, das sich aus der Bucht quälte.

Er hörte auf den Grätings Füßescharren und ihm war klar, daß man den toten Seemann nach unten schaffte. Wie war doch noch dessen Name? Es erschien ihm plötzlich wichtig, daß er sich daran erinnerte.

Crookshank. So hieß er. Einen Augenblick sah er sein offenes, rundes Gesicht vor sich: einen Mann, den kennenzulernen er noch nicht die Zeit gefunden hatte.

Seymour tauchte aus dem Kartenhaus auf. »Commander Orel sagt, unser Kurs ist Nord fünfunddreißig Grad Ost, Sir. Wir sollen am Minenfeld entlangfahren und es während der nächsten fünf Meilen an Steuerbord lassen.«

»Danke.«

Devane beobachtete das Aufglühen achteraus, den plötzlichen Funkenschauer, als der russische Landungstrupp ein weiteres Objekt in die Luft sprengte. Den gefallenen Seemann Crookshank hatte er bereits aus seinen Gedanken gestrichen.

»Drehen Sie auf den neuen Kurs, Swain.« Dann sah er sich nach Seymour um. »Stellen Sie die Schäden fest, David, und fragen Sie den Chief nach dem Treibstoffbestand. Für alle Fälle.«

Als *Merlin*, dicht gefolgt von seinem schattenhaften Gefährten, sich auf den neuen Kurs einsteuerte und einige Matrosen die leeren Magazine und Kartuschhülsen wegräumten, fragte der russische Dolmetscher ernst: »Sie haben solche Dinge schon öfter gemacht, denke ich?«

Devane sah ihn an und wußte nicht, ob er lachen oder weinen sollte.

»Ja, ein paarmal.« Er klopfte dem Russen auf den Arm. »Sehen Sie zu, daß Sie uns etwas Kaffee beschaffen können.«

Verblüfft starrte der Russe ihn an. »Kaffee? Ja, sofort.«

Pellegrine hatte die Frage des Dolmetschers gehört, schürzte verächtlich die Lippen und murmelte: »*Ein paarmal?* Von wegen!«

»Geben Sie an *Buzzard*; Wir stoppen jetzt und lauschen.«

Wieder erstarb das Motorengeräusch, und während die Boote bewegungslos im unruhigen Wasser trieben, überdachte Devane ihre Lage.

Das zweite MTB kam langsam auf, bis es etwa fünfzig Yards querab von ihnen stand. Ohne Mond und Sternenlicht hatte es völlig seine Identität verloren.

Alle verfügbaren Leute wurden ringsum mit Doppelgläsern aufgestellt und starrten lauschend in die Dunkelheit. Augen, Ohren und Erfahrung waren jetzt die besten Waffen.

Devane leckte sich die Lippen und kostete den Kaffee, den der russische Offizier irgendwo aufgetrieben hatte. Sie waren jetzt anderthalb Stunden unterwegs, und wenn die Funkmeldung stimmte, mußten sie jeden Augenblick auf die beiden deutschen Schiffe treffen. Alles, was ihnen an Abwehrmöglichkeit zur Verfügung stand, war ihre Wendigkeit und Schnelligkeit. Ein Überraschungsmoment kam nicht in Frage, da die deutschen Kommandanten bestimmt über den Überfall Bescheid wußten. Wahrscheinlich hatten sie auch Radar. Devane starrte in die schwarze Dunkelheit, bis er seine Augen pulsieren spürte. Er sah im Geiste schon die auf sie gerichteten Geschütze, mit denen die Deutschen die britischen Boote wegfegen wollten, bevor diese überhaupt ein Ziel erkennen konnten.

Seymour sagte: »Alle Geschütze und Torpedos klar zum Feuern, Sir.«

»Die Leute sind ein bißchen bedrückt, nehme ich an?«

Seymour starrte ihn überrascht an. »Ja, Sir, das stimmt.«

Orels ruheloser Schatten vermischte sich mit ihren eigenen. Der Dolmetscher erklärte: »Der Commander möchte etwas sagen.«

Devane richtete sein Glas wieder in die Dunkelheit. Unter dem wasserdichten Schutzanzug war ihm feucht und heiß. Am liebsten wäre er über Bord gesprungen und in dem kühlen Wasser geschwommen.

Er fragte: »Was gibt's?«

»Die deutschen Schiffe sind zu früh hier.« Der Dolmetscher stotterte und suchte nach den passenden Worten. »Sie können noch nicht von uns gewußt haben, sind wahrscheinlich nicht vorbereitet.«

Devane sah ihn an. *Natürlich*, es war so offensichtlich! Daß er nicht selbst darauf gekommen war! Da Sorokins Streitkräfte an allen möglichen Stellen Scheinangriffe gestartet hatten, war es äußerst unwahrscheinlich, daß der deutsche Seebefehlshaber irgendwelche Fahrzeuge entbehren konnte, es sei denn, daß er vor dem Angriff gewarnt worden war. Dann aber wäre die Insel stärker befestigt gewesen und hätte sie entsprechend empfangen.

Sicher war es das russische U-Boot, nach dem sie suchten. Aber

was sie auch wußten oder vermuteten, mit der Sprengung der Funkstation auf der Insel war ihre Nachrichtenverbindung abgerissen.

Unruhig lief Devane von einer Seite der Brücke zur anderen,
undeutliche Gestalten machten Platz, um ihn durchzulassen. Trotz
allem war es ein verdammtes Risiko.

Er erwiderte: »Sagen Sie Commander Orel meinen besten Dank.
Das scheint mir durchaus plausibel.«

Seymour bemerkte heiser: »Die deutschen Schiffe stehen zwischen
uns und unserem Stützpunkt.« Er zwang sich zu einem Grinsen.
»Blöde Situation.«

»Morgen werden sie mit allen Schiffen und Flugzeugen nach dem
fehlenden Schnellboot suchen. Wir müssen diese beiden hier aufhalten, komme was wolle. Sonst nehmen sie uns einen nach dem anderen
vor. Haben Sie jemals gegen einen Zerstörer gekämpft, David?«

»Nein, Sir.«

Devane lächelte. »Der Zerstörer ist der einzige Schiffstyp, auf dem
ich wirklich gern Kommandant wäre. Wir haben immer Witze über die
italienische Flotte im Mittelmeer gemacht. Ich tat das auch, aber nur
so lange, bis ich einen ihrer Zerstörer der Oriani-Klasse traf. Diese
hier müssen wir auf unsere eigene Weise erledigen. Überprüfen Sie
die Karte und sehen Sie nach, ob Leuchttonnen in der Gegend aus-
liegen.«

Seymour nickte. »Da sind welche, Sir, zwei Meilen nördlich von
unserer augenblicklichen Position. Natürlich sind sie gelöscht.«

Devane überprüfte seinen fadenscheinigen Plan auf Fehler. Es war
anzunehmen, daß die deutschen Schiffe noch vor dem Stillstand ihrer
Ostfront ins Schwarze Meer gekommen waren. Mit etwas Glück
konnte man davon ausgehen, daß ihre Kommandanten mit der
andersartigen Kriegführung in diesen engen Gewässern nicht vertraut
waren.

Er nahm den Funksprechhörer hoch und drückte auf den Knopf.
»Hier spricht *Merlin*. Wir gehen mit langsamer Fahrt zu der unbe-
leuchteten Tonne zwei Meilen nördlich von hier. Äußerste Ruhe.«

Er hörte Hornes kurze Bestätigung und sah das sofortige Aufleuch-
ten weißen Schaums, als die Schrauben des anderen Bootes ihre
Umdrehungen wiederaufnahmen.

Zu Seymour sagte er: »Langsame Fahrt voraus. Geben Sie dem
Rudergänger den Kurs zur Tonne.«

Die Mündungen schwangen im weiten Bogen herum, die langen
Munitionsgurte ringelten sich hinterher wie Messingschlangen. Kirby,
der Torpedovormann, überprüfte mit seinen Assistenten noch einmal

sämtliche Ausstoßrohre, um sicherzustellen, daß keiner der Aale im Rohr klemmte.

Devane fragte sich, wie weit wohl Dundas mit seinem Schnellboot gekommen war und ob die Flottille weitere Verluste erlitten hatte.

»In fünf Minuten stehen wir an der Tonne, Sir.«

Devane nickte. Die Zeit verging so rasch. Er war müde, spürte jetzt die Folgen der Anspannung. Es war so einfach, seinen Gedanken freien Lauf zu lassen, ihnen zu erlauben, von der dröhnenden Wirklichkeit abzuschweifen.

Nach zehn Minuten lagen beide Boote an langen Schleppleinen an der finsteren Fahrwassertonne, die vor ihnen schwankte wie ein Betrunkener. Sie war über und über rostbedeckt, ein Zeichen der Vernachlässigung, ein Überbleibsel des alten Zarenreiches. Die kaiserlichen Yachten hatten hier dem eiskalten, gnadenlosen Winter im Norden entgehen wollen. Später hatten dann die Weißrussen die Tonne passiert auf ihrer Flucht in die Türkei oder sonstwohin, wo sie dem entsetzlichen Blutbad der Revolution entkommen konnten.

Irgend jemand ließ einen Stahlhelm an Deck fallen, und Pellegrine stieß einen wilden Fluch aus.

Devane rief: »Wer war das?«

»Tut mir leid, Sir.« Stotternd kam die Antwort. Es war natürlich Metcalf.

Devane sah, daß er frische Munitionsgurte trug, und fragte sich, ob Metcalf wohl wußte, was seinem Vorgänger zugestoßen war. Er zwang sich zur Ruhe und sagte: »Der Ton trägt hier auf dem stillen Wasser so weit wie in der Kirche, Metcalf. Also seien Sie gefälligst leise.«

Metcalf nickte und zog sich vorsichtig zum Flaggenspind zurück.

»Sir! Backbord voraus!« Verwirrt brach der Ausguck seine Meldung ab. »Ich dachte, ich hätte ein Licht gesehen.« Es klang erleichtert, als er fortfuhr: »Da ist es, Sir!«

Devane stemmte sich gegen die Reling. Er hatte es gerade noch gesehen, aber ohne die rasche Meldung des Ausgucks wäre es ihm sicherlich entgangen. Wahrscheinlich hätten sie dann nie erfahren, was da aufgeleuchtet hatte: möglicherweise die nicht richtig geschlossene Blende eines Bullauges. Es lag ein seltsamer Trost in der Tatsache, daß selbst den gewissenhaften Deutschen ein solcher Fehler unterlief.

Es blieb ihm keine Zeit festzustellen, ob Horne und seine Leute das Licht ebenfalls gesehen hatten. Auf keinen Fall durfte er Sprechfunk benutzen. Aber schließlich würde Horne die Bewegungen des Führerbootes beobachten wie eine sprungbereite Katze.

»Was meinen Sie, Swain?«

Pellegrine schien nachzudenken. »Wenn sie uns gesehen hätten, würden sie uns bereits angreifen, Sir.«

»Ja.« Die deutschen Schnellboote hatten diesen alten Trick oft benutzt: an den nicht beleuchteten Fahrwassertonnen vor der britischen Küste auf der Lauer zu liegen. Ein übermüdeter Radarposten auf einem alten Geleitfahrzeug mochte zwar den Lichtpunkt auf seinem Schirm entdecken, aber weil ihm bekannt war, daß dort eine Tonne lag, fand er nichts Außergewöhnliches dabei. Er sah lediglich, was er erwartet hatte.

Devane zog sich zum Sprachrohr und rief den Maschinenraum.

»Chief? Hier spricht der Kommandant. Gleich geht es los. Volle Umdrehungen, und haltet euch fest!« Er hörte Ackland sprechen. »Sagen Sie den Leuten auf der Back, David, sie sollen die Leine schlippen, sobald ich rufe!«

Die Leute in seiner Nähe strafften sich.

Devane stieg wieder auf die Grätings und packte die Reling. Da war es: wie das Geräusch eines schnellen Wagens in der Ferne. Aber es war das Donnern der Lüfter, das sogar die Maschinen- und Schraubengeräusche übertönte. Was für ein Schiff es auch sein mochte, das von Backbord nach Steuerbord vorüberzog, es würde ein Diagonalangriff werden wie aus dem Lehrbuch.

»Verfluchter Mist!«

Eine Kette roter Leuchtspurgeschosse fegte über die See und verschwand nach wenigen Sekunden. Irgendein verdammter Idiot auf Hornes Boot hatte vergessen, den Sicherungshebel umzulegen, und durch Unachtsamkeit einen Feuerstoß hinausgejagt.

Jetzt war es zu spät.

»Schlipp die Leine! Steuerbord zehn. Alle Maschinen äußerste Fahrt voraus!«

Das andere Boot verschwand achteraus in Gischt und Qualm, als Ackland seine Ventile öffnete und Vollgas gab.

Devane hielt sich an der Brückenreling fest und starrte nach vorn in die Dunkelheit, die nur durch die leuchtende Pfeilspitze der Bugwelle geteilt wurde.

Eine Perlenschnur von Leuchtspurgeschossen mit so niedriger Flugbahn, daß sie die Oberfläche des Wassers zu berühren schien, zog an Backbord vorbei. Devane malte sich die Auswirkung des Alarms auf den feindlichen Schiffen aus, sah im Geiste die auf sie gerichteten Geschütze.

»Backbord zehn! Recht so!«

Devane beobachtete die Doppelblitze des deutschen Mündungsfeuers, sah den grellen Widerschein im gläsernen Brückenkleid des feindlichen Schiffes.

Zwei Granaten detonierten gleichzeitig, warfen gewaltige Wassersäulen auf, die minutenlang wie weiße Gespenster neben ihnen zu stehen schienen, bevor sie in sich zusammenfielen.

Mit schrillem Jaulen flogen Splitter über ihre Köpfe; zwei weitere Geschütze stießen mit ihren scharlachroten Zungen aus einem anderen Winkel nach ihnen.

Zwei Doppelrohre! Devane versuchte, sich das andere Schiff vorzustellen.

»Torpedos klar zum Feuern!«

Der gesamte Bootskörper kam jetzt aus dem Wasser, schien auf seinem Kiel zu balancieren, nur am Heck niedergehalten von den rasenden Schrauben. Auf beiden Seiten wälzte sich das gebrochene Wasser wie zwei riesige weiße Schwingen beiseite, und Devane fragte sich, ob Horne ihm wohl zu folgen vermochte.

Jemand keuchte: »Hier kommt die verdammte Flak!«

Leuchtspurgeschosse hoben sich in die Luft und senkten sich dann auf sie herab. Einer der Maschinengewehrschützen drehte sich in seinem Bügel zur Brücke hin, als bäte er um Erlaubnis, das Feuer zu erwidern.

Devane beobachtete die Leuchtspur, spürte das Überholen des Decks erst nach der einen, dann nach der anderen Seite, da Pellegrine gekonnt in steilem Zickzackkurs gegen den Feind steuerte.

Zwei weitere Granaten detonierten dicht neben ihnen, die Wassersäulen fielen mit solcher Heftigkeit über das Heck, daß zwei Seeleute davon an Deck geschleudert wurden.

Devane spürte, wie seine Augen sich in dem plötzlichen grellen Licht zusammenzogen, als eine Leuchtgranate über ihren Köpfen detonierte und sie wie auf dem Präsentierteller den feindlichen Geschützen darbot, die auch sofort mit einem Trommelfeuer reagierten.

Devane beschattete seine schmerzenden Augen. »*Feuer eröffnen!*« Es bestand immer die Chance, einen lebenswichtigen Teil des Gegners zu treffen. Natürlich gehörte Glück dazu.

Der Bootskörper bockte, und fast verlor Pellegrine die Kontrolle über das Ruder, als sie von zwei schweren Granaten eingegabelt wurden.

Von Hornes Boot war nichts zu sehen. Devane wischte das Brückenkleid mit dem Ärmel ab und versuchte, sich nur auf den schattenhaften Streifen außerhalb des grellen Lichtkegels zu konzentrieren. Dort lag alles im Dunkel, bis auf einen weiß leuchtenden Schnurrbart – die Bugwelle des Feindes, der jetzt drehte und auf sie losraste wie ein angreifender Bulle.

»*Feuer!*«

Die grünen und roten Leuchtspurgeschosse verkrallten sich ineinander und peitschten dann gemeinsam über Stahl und hölzerne Aufbauten.

»Torpedos laufen, Sir!«

Devane schrie: »Hart Backbord!«

Er versuchte, die Sekunden zu zählen. Stahlsplitter kreischten und klirrten überall, und er hörte den Aufschrei eines Mannes, seinen schrillen, verzweifelten Protest, als ihm der Atem aus dem Körper gerissen wurde.

Fehlschuß. Beide Torpedos hatten das Ziel verfehlt.

Der Feind drehte noch immer. Devane hörte das Dreschen der Schrauben und das Donnern der Lüfter, als der Zerstörer sich bei der Verfolgung hart überlegte.

Weitere Wassersäulen, weitere donnernde Aufschläge und fliegender Gischt.

Devane keuchte: »Hart Steuerbord! Wir wollen versuchen, sein Heck zu kreuzen!«

Wieder tauchte eine Leuchtgranate die Szene in tödliches, gletscherfarbenes Licht. Es war, als seien sie bereits tot und merkten es nur nicht.

Ein Maschinengewehr klemmte, und Devane hörte den Seemann fluchen und sinnlose Drohungen ausstoßen. Vor der Brücke drehte sich der Sechspfünder auf seinem automatischen Pivot mit solcher Geschwindigkeit, als drehe sich das ganze Boot um das Geschütz herum, während es pausenlos auf den Schatten des feindlichen Schiffes feuerte.

Carroll schrie: »Wir verlieren Fahrt!«

Devane horchte auf das Motorengeräusch, merkte aber bald am Zusammenfallen der Bugwelle die ständig weiter absinkende Umdrehungszahl. Im Maschinenraum war etwas nicht in Ordnung.

Er zog sich über die schwankende Brücke und suchte nach dem zweiten feindlichen Schiff. Er sah aber nur eins. Verzweifelt sagte er sich, daß sie ohne die Unachtsamkeit des Maschinengewehrschützen auf Hornes Boot und ohne ihren jetzigen Maschinenschaden den Kampf hätten gewinnen können.

Seymour rief: »Brechen wir das Gefecht ab, Sir?«

»Nein! Klar zum neuen Angriff!«

Das Boot drehte noch immer, weitere Granaten detonierten in gefährlicher Nähe, während sie immer mehr an Fahrt verloren.

Eine turmhohe Säule roten und orangefarbenen Feuers schoß zu den Wolken empor, als sei sie etwas Solides, das sich nie mehr vom Fleck bewegen würde. In Wirklichkeit dauerte es nur ein paar Sekunden, aber Devane und seine Leute konnten nun zum ersten Mal das ganze feindliche Schiff sehen. Die Hälfte seiner Back und das gesamte Heck waren in die Luft geflogen, und es schnitt tiefer und tiefer unter, getrieben von seinem restlichen Fahrtmoment.

Im grellen Licht der Flammen und der hochgehenden Munition sah Devane den Bug des anderen MTBs jenseits des sinkenden Zerstörers, und ihm wurde klar, daß Horne ihren Gegner mit einem doppelten Torpedotreffer erwischt hatte, als dieser gerade das Werk der Vernichtung vollenden wollte.

»Alle Maschinen langsame Fahrt voraus. David, fragen Sie den Chief, was los ist.«

Devane beobachtete den Todeskampf des feindlichen Schiffes und lauschte den Geräuschen des Auseinanderbrechens, als es den Rest seines Hecks hoch aufrichtete und dann in der Tiefe verschwand.

Orel sah ebenfalls zu, starrte hinüber in die Nacht, bis die See den zerbrochenen Rumpf verschluckt und die letzten Feuer gelöscht hatte. Dachte er darüber nach, ob sich dies alles lohnte? Ein Zerstörer versenkt, ein U-Boot auf Minen gelaufen und mit Mann und Maus untergegangen, und ein Gefreiter namens Crookshank gefallen, den kennenzulernen Devane nicht die Zeit gehabt hatte.

Carroll sagte: »*Buzzard* ruft uns, Sir! Benötigen Sie Beistand?«

Devane warf den Kopf zurück und sog die frische Luft ein, als sei es Wasser in der Wüste. Ringsum sahen die Männer sich an, noch benommen von der Nähe des Todes.

Devane sagte: »Beistand, Bunts? Ich denke, den brauchen wir alle.«

8 Um Haaresbreite

Dankbar wischte Devane sich das Gesicht mit einem in warmes Seifenwasser getauchten Lappen. Torpedomechaniker Pollard, der gleichzeitig die Tätigkeit eines Messestewards ausübte, betrachtete ihn anerkennend und sagte: »Jetzt werden Sie sich wie neugeboren fühlen, Sir.« Er hatte einen so starken Newcastle-Akzent, daß man ihn förmlich mit dem Messer schneiden konnte.

Devane reichte ihm das Becken zurück. »Danke.«

Es war ein seltsames Gefühl, mit lediglich sieben Knoten hier entlangzubummeln. Er starrte über das salzverkrustete Brückenkleid. Die See war jetzt von einem dunklen Blau und der Himmel wolkenlos. Ringsum war bis zum Horizont nichts zu sehen.

Er lauschte dem Klopfen der Hämmer, als die Leute unter Deck ein weiteres Splitterloch im Rumpf dichteten. Auch von achtern und aus dem Maschinenluk hörte er das Geklapper von Metall, da Ackland mit seiner Gruppe den Motorendefekt zu reparieren versuchte.

Und doch herrschte trotz ihrer Einsamkeit und der Erkenntnis, daß sie im nächsten Augenblick von einer feindlichen Patrouille entdeckt werden konnten, eine gewisse Resignation.

Ackland war gezwungen gewesen, die Backbordschraube ganz abzustellen. Eine detonierende Granate des deutschen Zerstörers hatte den Schraubenschaft in Mitleidenschaft gezogen.

Devane dachte an den Augenblick, als die Morgendämmerung ihnen die Sicht über den leeren Seeraum eröffnet hatte. Er hatte Horne beauftragt, mit seinem unbeschädigten Boot nach dem Rest der Flottille und dem gekaperten Schnellboot zu suchen. Als Flottillenchef hätte er natürlich auf Hornes Boot übersteigen und Seymour den Befehl über sein eigenes Boot übertragen können. Jetzt jedoch, als *Merlin* im Schneckentempo über das dunkle Wasser schlich, war er froh, an Bord geblieben zu sein.

Sein Boot hatte starke Beschädigungen davongetragen, dazu war ein Mann gefallen und ein weiterer, ein junger Heizer, so schwer verwundet, daß sein Leben nur noch an einem Faden hing. All dies hatte tiefen Eindruck auf die kleine Besatzung gemacht.

Sie hatten erwartet, sofort bei Tagesanbruch erneut angegriffen zu werden, hatten den Zwang zum Zurückschlagen beinahe willkommen geheißen, wie gering auch ihre Aussichten auf Erfolg sein mochten. Jetzt jedoch war es beinahe Mittag, und noch hatte sich nichts ereignet. Dazu kam die entsetzlich langsame Fahrt, bei der das Boot sich kaum steuern ließ und oft querschlug, so daß der Rudergänger alle Hände voll zu tun hatte.

Seymour erschien auf der Brücke, warf einen prüfenden Blick auf den Kompaß und sagte: »Dem Heizer Duff geht es sehr schlecht, Sir. Seine linke Hüfte wurde von einem Leuchtspurgeschoß durchschlagen.« Traurig schüttelte er den Kopf. »Es ist ein Jammer, daß wir keinen Sanitäter an Bord haben.«

Devane nickte, die Augen auf den Mann am Ruder gerichtet. Pellegrine war unten bei dem Verwundeten. Der Quartermeister war wirklich ein ungewöhnlicher Mann, und das aus vielerlei Gründen. Der Instinkt, mit dem er Gefahren, die Positionen oder Bewegungen des Feindes witterte, und das alles bei völliger Dunkelheit, war geradezu unheimlich. Jetzt fungierte er als Schiffsarzt, und ohne jeden Zweifel war er auch in dieser Tätigkeit hervorragend.

Seymour nahm die Mütze ab und strich sich das blonde Haar aus der Stirn. »Meinen Sie, daß die Flottille schon im Stützpunkt in Sicherheit ist, Sir?«

»Kommt auf ihre Geschwindigkeit an und darauf, ob sie vom Iwan zusätzliche Hilfe bekam.« Er brauchte nicht auf seine Uhr zu sehen, er wußte auf die Minute genau, wie spät es war, seit Hornes Boot hinter dem Horizont verschwunden war. »Da auch Mackay bei ihnen ist, rechne ich eigentlich damit, daß sie eine reelle Chance haben.«

Vielsagend sahen sie sich an. Jeder von ihnen wußte, daß ohne ihren Angriff auf den Zerstörer der Rest der Flottille völlig dezimiert oder so weit nach Süden getrieben worden wäre, bis ihnen der Treibstoff ausging.

Signalmaat Carroll trat hinter den Rudergänger und sagte: »Ich löse dich ab, Jimmy. Sieh zu, daß du etwas heißen Tee bekommst.«

Seymour nickte bestätigend, als der Rudergänger ihn fragend ansah.

Devane warf einen Blick auf die langsam vorübergleitende See und dachte, sie sind eine gute Mannschaft. Jeder vertraut dem anderen.

Abrupt sagte er: »Ich gehe in den Kartenraum.« Er hatte Orel und seinen Dolmetscher aus der Messetür kommen und die Treppe hinaufsteigen sehen und wollte einem weiteren Gespräch mit ihnen aus dem Wege gehen.

Im Kartenraum war es feucht und stickig. Er beugte sich über den Tisch, nahm den Stechzirkel in die Hand und führte ein paar rasche Berechnungen auf der Karte aus. Sie hatten eine lange Strecke zurückgelegt. Wieder war eine Stunde vergangen. Angenommen, der Feind hatte keinen massiven Gegenangriff eingeleitet? Dann konnte man damit rechnen, daß die Kaperung des Schnellbootes schon fast vergessen war.

Devane mußte plötzlich an sein erstes MTB denken. Sie waren auf dem Rückmarsch von einem Angriff auf feindliche Konvois vor der holländischen Küste, als sie anfingen zu sinken. Zu viele frische Granateinschüsse waren im Bootskörper, zu viele alte Beschädigungen von vorhergehenden Gefechten noch nicht ausreichend repariert.

Der Flottillenchef hatte Devanes Kommandant den Befehl gegeben, den Rückmarsch allein anzutreten, da er dann bessere Aussicht habe, der feindlichen Aufmerksamkeit zu entgehen, die sich auf die anderen Boote konzentrieren würde.

Das Schiff aufzugeben, erschien ihnen wegen der Ruhe, mit der alles vor sich ging, völlig absurd. Aber dann, als der Neigungswinkel sich vergrößerte und einige bereits in das eiskalte Wasser sprangen, akzeptierte auch Devane das Unvermeidliche. Lebhaft erinnerte er sich noch an diese erste Nacht, an das schwache Glühen der roten Signallampen an den Schwimmwesten, als die Männer vorbeitrieben, sich gegenseitig Ermutigungen zuriefen oder nach Freunden suchten. Ein Flugsicherungsboot der Royal Air Force hatte sie spät am nächsten Tag entdeckt. Wie nahe sie dem Tod gewesen waren, ging ihnen erst auf, als der Kommandant des Flugsicherungsbootes ihnen sagte, daß er in Wirklichkeit nach einem Flugzeug suchte, das als abgeschossen gemeldet worden war und noch in der Nordsee treiben sollte.

Nur sieben von ihnen hatten die bitterkalte Nacht überlebt, hatten der Versuchung widerstanden, einfach einzuschlafen. Einer von ihnen war Devanes damaliger Kommandant, der klipp und klar sagte: »So wollte ich nun wirklich nicht sterben! Wenn ich schon abkratze, dann will ich wenigstens ein paar von diesen Halunken mitnehmen.« Er behielt recht. Drei Monate später fiel er im Kampf.

Devane richtete sich auf, als eine Stimme von der Brücke ertönte: »*Flugzeug*! Flugzeug in Rot vier-fünf! Sichtwinkel eins-fünf!«

Die Alarmglocken schrillten durch das Boot, und Devane rannte zur Leiter. Die Bezüge wurden von den Geschützen gerissen, die noch geschwärzt waren von den Kämpfen der vergangenen Nacht. Luken und Schotten wurden geschlossen, die Männer griffen zur Munition oder stiegen in ihre Gurte hinter den Schutzschildern.

Seymour richtete sein Glas über das Brückenkleid. »Zwei Flugzeuge, Sir. Sehen aus wie Ju 88.«

Der Brückenunteroffizier meldete: »Alle Geschütze klar zum Feuern, Sir.«

Devane beobachtete die beiden schwarzen Silhouetten. Sie wirkten so klein, flogen scheinbar ganz langsam und ruhig. Als sie sich dann nach Steuerbord überlegten, zeigten sie ihre beiden Motoren, und das Sonnenlicht spiegelte sich in ihren Plexiglashauben.

Devane sagte: »Teilen Sie dem Maschinenraum mit, was vor sich geht. Diese beiden Schönheiten wollen zunächst nur einen Blick auf uns werfen, werden aber gleich ihre Kumpane herbeirufen.« Er fügte hinzu: »Lassen Sie den Verwundeten lieber in die Messe bringen. Er hat dort ein bißchen mehr Schutz.«

Pellegrine wirbelte sein Rad herum und fluchte, weil das Boot immer wieder vom Kurs abkam. »Lohnt nicht mehr, Sir. Er hat's schon hinter sich.«

Devane rieb sich die Augen und suchte dann nochmals nach den beiden Junkers. *Hinter sich.* Das bedeutete wieder ein Telegramm, ein Beileidschreiben und in England ein gebrochenes Herz. Plötzlich fielen ihm die schweigsamen, schwarzgekleideten Frauen im Hotel ein, die auf die posthumen Orden ihrer gefallenen Männer gewartet hatten.

»Hier kommen sie!« Devane fuhr herum. »Sie werden von Steuerbord anfliegen. Alle Geschütze klar zum Feuern!«

Die beiden Flugzeuge waren tief heruntergegangen und näherten sich knapp über der Wasserfläche dem dahinschleichenden Boot.

Entsetzlich, wie langsam alles ging. Devane hörte das Legen der Spannhebel, hörte den Steuerbord-Maschinengewehrschützen durch die Zähne pfeifen, während er beide Mündungsrohre senkte, um den Feind im Fadenkreuz zu behalten.

Devane sagte: »Gehen Sie nach vorn, David, und überwachen Sie die Bedienung des Sechspfünders.«

Wieder trafen sich ihre Blicke. Seymour brauchte keine weiteren Erklärungen. Ihm war klar, daß der Kommandant ihn nach vorn schickte für den Fall, daß die gesamte Brücke hinweggefegt wurde und das Boot ohne Offizier blieb.

Devane starrte den heranrasenden Flugzeugen entgegen, bis ihm die Augen tränten. Natürlich kamen sie direkt aus der Sonne wie immer. Wie oft hatte er sich schon mit ihnen angelegt? Die Ju 88 genoß einen beachtlichen Ruf als Jagdflieger und Aufklärer.

Als die Maschinen näher kamen, schienen sie noch schneller zu werden. Devane hielt den Atem an, als die Kanonen und Maschinengewehre des führenden Flugzeugs zu feuern begannen. Er sah Granaten und Kugeln die See aufwühlen. Dann erstarrte er, als Stahl über ihre Köpfe pfiff, ein riesiger Schatten über sie hinwegjagte und das betäubende Donnern der Doppelmotoren in ihren Ohren dröhnte, als die Maschine steil hochzog und abdrehte.

»Feuer eröffnen!«

Die bereits nach Backbord gerichteten Örlikons jagten zwei Perlenschnüre von versengenden Leuchtspurgeschossen hinter der Ju 88 her, dann schwangen sie wieder herum, weil der zweite Angreifer heranraste.

»Hart Steuerbord!«

Schwerfällig drehte das Boot. Der Sechspfünder hämmerte so heftig, als wolle er die Maschinengewehre auf beiden Brückenseiten noch übertreffen.

»Mittschiffs! Backbord 15! Recht so!«

Devane mußte sich zusammennehmen, um sich nicht zu ducken, als die Ju 88 über sie hinwegdonnerte. Der Pilot war durch ihre plötzliche Drehung einen Augenblick von seinem Anflugkurs abgekommen. Devane schien Rauch aus dem Rumpf der Maschine zu dringen, und er vermutete, daß der Sechspfünder getroffen hatte. Aber diese Maschinen konnten eine Menge wegstecken, das wußte er aus langer bitterer Erfahrung.

Die beiden Flugzeuge trennten sich, das eine stieg höher und höher, das andere drehte einen weiten Kreis und flog dabei so tief, daß es fast das Wasser berührte. Devane sah die schwarzen Balkenkreuze auf den Tragflächen, konnte sich sogar die Gedanken der beiden Piloten vorstellen: Das MTB war zwar allein, aber anscheinend nicht weiter beschädigt.

Laut sagte er: »Sie werden diesmal von vorn und von querab anfliegen. Sie wollen uns auf die Probe stellen. Warten Sie mit dem Feuern und eröffnen Sie erst, wenn die Maschinen bis auf hundert Yards heran sind.«

Er riß den Blick von den beiden Silhouetten und musterte seine Brückenbesatzung. Hagere, unrasierte Gesichter, rotgeränderte, fiebrige Augen. Hart gewordene Hände, die einst in einem Büro oder in einer Schule die Feder geführt oder schwatzhaften Hausfrauen Brot gebracht hatten, wie Carroll, der gerade mehr Munition herbeischaffte. Das waren seine Männer, deren Mütter, Frauen oder Freundinnen sie niemals so sehen würden.

Er bemerkte Orel und dessen Dolmetscher, die ein Maschinengewehr in die Brückennock trugen. Vorn hockte Seymour hinter dem Richtschützen und deutete auf die tieffliegende Junkers. Seine Eltern würden ihn so nicht kennen, ihn, den Träumer, den künftigen Schriftsteller.

Devane ließ sein Glas auf die Brust fallen, als die beiden Flugzeuge ihren Angriff begannen, wobei sie die Verteidigung des Torpedobootes durch ihre unterschiedliche Anflugshöhe und -richtung spalteten.

»Hier kommen sie!«

Seymour schrie: »Noch nicht feuern! Wartet ab!« Das klang, als beruhige ein Reiter sein aufgeregtes Pferd.

»Feuer!«

Die Kanonen erwachten zum Leben, jagten hämmernd ihre tödlichen Geschosse hinaus, während zugleich das Gewirr der Leuchtspurfäden die Maschine wie in einem Spinnennetz einfing.

Splitter krachten gegen den Bootsrumpf, eine Granate durchschlug den Flaggenspind und detonierte über dem Seitendeck. Devane sah, wie Carroll die Backen aufblies und wie Pellegrine seine abgenutzte Mütze über die blinzelnden Augen zog.

Der Sechspfünder fuhr herum und gabelte die zweite Maschine ein, als diese von oben herabstieß wie ein Raubvogel. Maschinengewehrgeschosse und Granaten pfiffen über den Rumpf, und Devane sah dicht neben seinem Seestiefel ein Loch in den Grätings klaffen.

»Feuer einstellen!«

Er zerrte an seinem Kragen und wischte sich Gesicht und Hals mit einem Tuch. Die beiden Angreifer hatten abgedreht, schienen sich aber wie zwei Verschwörer heimlich auf einen neuen Anlauf vorzubereiten.

Devane rief: »Schäden und Ausfälle melden! Schafft mehr Munition an die Geschütze, lebhaft!«

Die Männer erwachten aus ihrer Erstarrung und rannten los, um die Befehle auszuführen. Keiner an Deck war älter als fünfundzwanzig Jahre, die meisten höchstens neunzehn. Aber als sie jetzt die Optik an den Geschützen neu einstellten oder Magazine und Gurte herbeischleppten, wirkten sie wie alte Männer.

Devane befeuchtete sich die Lippen, sie fühlten sich an wie Pergament. Noch zwei solche Angriffe wie der letzte, vielleicht schon ein einziger, mußten ihnen den Rest geben. Ihm war, als müsse er zwei Tiger mit einem Regenschirm bekämpfen.

Er sah, daß der Seemann namens Irwin versuchte, Orels Handgelenk zu verbinden, sah, wie der Backbord-Maschinengewehrschütze mit einem Kruzifix spielte, das von seiner Erkennungsmarke herabhing. Wir sind hier alle gleich, dachte er, so gleich, daß wir in ein paar Minuten alle gemeinsam ausgelöscht sein werden.

Laut rief er: »Los, Jungs, holt die Halunken runter!«

Am liebsten hätte er sein Gesicht versteckt, als er die Anstrengung sah, mit der sie seinen Befehl zu verwirklichen suchten.

Carroll rief gedämpft: »Maschinenraum, Sir.«

Mit zwei Schritten war Devane am Sprachrohr. »Ja?«

Ackland rief: »Ich kann Ihnen Umdrehungen für fünfzehn Knoten geben, Sir.« Devanes Schweigen hielt er wohl für Enttäuschung, deswegen fuhr er fort: »Auf allen drei Wellen.«

Devane hörte undeutlich das anschwellende Heulen der Flugzeuge, als sie sich erneut dem Boot näherten. »Danke, Chief. Das haben Sie verdammt gut gemacht. Und da heißt es, es gebe keine Wunder mehr.«

Acklands Stimme klang verwirrt. »Sir?«

»Vergessen Sie's, Chief. Geben Sie mir alles, was Sie leisten können, und zwar *jetzt*!« Er klappte den Deckel des Sprachrohrs zu. »Hart Steuerbord, Swain!« Er spürte, wie das Deck auf den verstärkten Schub reagierte und sich anhob, noch während das Ruder gelegt wurde. »Recht so!«

Die führende Junkers schien abzudrehen, als die Hecksee des Bootes plötzlich anschwoll und ein breites weißes Kielwasser zurückließ. Fünfzehn Knoten waren nicht gerade viel, verglichen, mit den nahezu vierzig, die sie sonst leisten konnten; aber nach der Lähmung, mit der sie die bisherigen Angriffe erduldet hatten, gaben sie ihnen das Gefühl, wie neugeboren zu sein.

»Auf das erste Flugzeug – *Feuer*!«

Devane klammerte sich an die Reling, als das Boot überholte, und sah, daß jede Waffe feuerte, selbst Orels kleines Maschinengewehr; alle vereinigten sich zu einem gewaltigen Sperrfeuer.

Vermutlich nahm der Pilot an, das MTB habe sie bisher mit seiner langsamen Fahrt getäuscht. Devane hatte die dunkle Linie am Bauch des Flugzeugs bemerkt: Die Bombenklappen standen weit offen, um dem unverschämten Boot ein für alle Mal den Rest zu geben. Die plötzliche Fahrtvermehrung, das mächtige Kielwasser mußten den deutschen Piloten so beeindruckt haben, daß er seine Anflugsrichtung änderte.

Devane sah die Reihe der Einschläge über den Flugzeugrumpf wandern, sah die grellen Flammen, die aus dem einen Motor loderten, als die Granaten wie feurige Klauen in den dargebotenen Bauch und in die Tragflächen schlugen. Dann explodierte das Flugzeug, auseinandergerissen durch die Detonation seiner eigenen Bomben.

Im einen Augenblick war es noch da, füllte den ganzen Himmel, und im nächsten war es nur noch ein gewaltiger Feuerball. Devane spürte die Druckwelle und die sengende Hitze, bis nur noch treibender Rauch zurückblieb.

Jetzt kam die zweite Ju 88 heran, schnell und niedrig, aber es schien, als führe sie den Angriff nur halbherzig aus; lediglich eins der Maschinengewehre schoß durch die treibenden Qualmschwaden. Ein paar Kugeln trafen den Rumpf, einige heulten über ihre Köpfe dahin, dann änderte die Junkers Kurs, drehte ab und kam nicht mehr zurück.

Carroll richtete sein Glas nach Steuerbord voraus und rief heiser:

»Da kommt die rettende Kavallerie! Kein Wunder, daß der Bursche abhaut!«

Devane lauschte den stärker werdenden Flugzeuggeräuschen. Sorokin hatte Wort gehalten. Wie hypnotisiert starrte er auf seine Hände, die rote Streifen auf dem Brückenkleid hinterlassen hatten.

Seymour polterte die Leiter herauf und hielt inne, als er den Schock auf Carrolls Gesicht bemerkte. Dann lief er über die Brücke und fing Devane in seinen Armen auf, als sich dessen Griff löste und er hintüber fiel.

Ein paar Sekunden lang standen sie wie Statuen und starrten gen Himmel, während drei Paar russischer Jäger über sie hinwegdonnerten und die Ju 88 verfolgten.

Endlich rief Seymour: »Helft mir mit dem Kommandanten! Er ist verwundet!«

Devane spürte den Schmerz erst jetzt, ein glühendes, gnadenloses Bohren, das sich tiefer und immer tiefer wühlte. Er kämpfte darum, nicht die Besinnung zu verlieren, und registrierte den Unglauben in Seymours Stimme. Jetzt hatte der wohl gemerkt, daß auch ihr Kommandant zusammenbrechen und sterben konnte wie der Seemann . . . Seine Gedanken verhedderten sich. *Wie* war noch der Name dieses Mannes gewesen? Auch er hatte sterben müssen, hier auf der Brücke.

Mit Metcalfs Hilfe legte Seymour Devane vorsichtig auf die Grätings nieder. »Helfen Sie mir, ihm die Jacke auszuziehen.« Er öffnete Devanes Kleidung. »Bunts, sagen Sie im Funkraum Bescheid, sie sollen einen Spruch an die Basis abgeben: Benötigen ärztliche Hilfe.«

Pellegrine trat vom Ruder weg und stieß Metcalf mit dem Stiefel an. »Komm, Junge, übernimm. Nord achtzig Grad Ost, und halte genauen Kurs.« Er sah das Erstaunen im Blick des jungen Mannes und das Blut an dessen Händen. »Du willst doch mal Offizier werden? Also, übernimm jetzt das Ruder!«

Der stämmige Quartermeister ließ sich auf die Knie nieder, öffnete Devanes Jacke und schlitzte dann mit seinem Messer dessen Hemd auf.

Seymour sagte heiser: »Eine Menge Blut, Swain.«

Pellegrines Hände legten bereits einen Notverband an. »Ja. Und eine Menge Mann, meinen Sie nicht auch, Sir?«

Das Bild wurde einfach nicht klarer. Es war wie ein beschlagenes Fenster. Devane lag flach auf dem Rücken und kämpfte mit dem Brechreiz. Ihm war schlecht und schwindlig, und er vermutete, daß man ihn mit Morphium vollgepumpt hatte. Er versuchte sich aufzu-richten, aber die Schwäche und der plötzlich ausbrechende Schmerz ließen ihn rasch wieder zurücksinken. Wo befand er sich eigentlich?

Der Raum war quadratisch und hatte eine niedrige Decke. Alles schien verschwommen und zum Teil im Schatten zu liegen. Das Bett auf der anderen Seite des Raumes beherbergte ebenfalls eine bewe-gungslose Gestalt: Devane glaubte mit plötzlichem Erschrecken, er sei bereits tot und betrachte sich selbst.

Er starrte zur Decke, versuchte sich zu erinnern. Es fiel ihm aber nur wenig ein, außer dem Bild nach ihm greifender Hände und besorgt dreinblickender Augen.

Devane hatte schon viele Männer sterben sehen, hatte bei vielen Gelegenheiten erwartet, denselben Weg zu gehen. Aber das hatte ihn doch tief erschüttert: seine Hilflosigkeit und das völlige Fehlen jeglichen Gefühls, als er beim letzten Angriff der Ju 88 getroffen worden war.

Er hob das Handgelenk und merkte, daß seine Uhr fehlte. Er hatte keine Ahnung, wie lange er schon hier lag, verstand überhaupt nichts mehr.

Eine Tür öffnete sich, und eine weißgekleidete Gestalt ging an seinem Bett vorbei. Es war eine Frau, eine Krankenschwester mit sehr dunklen Augen über einer Art Maske. Auf ihrer weißen Schürze sah er leuchtend rote Flecken.

Mühsam wandte Devane den Kopf und beobachtete, wie sie sich über das andere Bett beugte. Sie war kurz und stämmig, aber überraschend weich in ihren Bewegungen, während sie den steifen Körper auf die Seite drehte und einige Verbände untersuchte. Ohne einen weiteren Blick auf den Mann, zog sie dann das Laken nach oben und bedeckte den Körper von Kopf bis Fuß.

Nun wandte sie sich um und kam auf Devane zu, wobei sie die Maske abnahm. Sie hatte ein rundes, beinahe mongolisches Gesicht, das keinerlei Schlüsse auf ihr Alter zuließ.

Sie nahm sein Handgelenk und maß den Puls, wobei sie den Blick auf ihre Uhr gerichtet hielt. Schließlich ließ sie seinen Arm sinken. Es war so still im Raum, daß er ihren Atem und das leise Rascheln ihres gestärkten Kittels hörte, als sie sich über ihn beugte und die Decke wegzog, um seine Verbände in Augenschein zu nehmen.

»Werde ich am Leben bleiben?«

Sie verstand offenbar kein einziges Wort, denn seine Frage verän-derte ihren Gesichtsausdruck in keiner Weise. Er hatte plötzlich das irrsinnige Verlangen, in lautes Gelächter auszubrechen. Sie musterte ihn ruhig und wischte ihm eine Haarsträhne aus der Stirn. Ihre Hand war heiß, aber sehr weich.

»Danke.« Er versuchte ein Lächeln. »Wir verstehen beide kein einziges Wort des anderen, aber ich weiß, daß Sie mir helfen wollen. Und ich hatte Glück. Nicht wie der junge Heizer.« Seine Gedanken schweiften wieder ab. »Nicht wie der . . .« Er sah, daß ihr Blick sich auf das Emailletablett mit den Gläsern und Nadeln richtete; offenbar wollte sie ihm wieder eine Beruhigungsspritze geben. Verzweifelt packte er sie am Handgelenk. »Bitte, tun Sie das nicht! Ich bin schon ruhig, Sie brauchen mir keine Spritze zu geben.«

Mühelos entwand sie ihm ihr Handgelenk und sah ihn gleichgültig an. Dann schien sie eine Entscheidung zu treffen und verließ den Raum.

Eine Schwester, die nicht sprechen will, und einen Toten im anderen Bett, der nie mehr sprechen kann. Devane legte sich zurück und fühlte, wie ihm der Schweiß ausbrach. Er war nackt, hatte aber ein Gefühl, als sei er in heiße Decken gewickelt.

Von der Tür vernahm er an- und abschwellende Stimmen und glaubte, jemanden pfeifen zu hören. Schließlich blickte er wieder auf und sah Beresford neben seinem Bett stehen. Also mußte er entweder die Besinnung verloren haben oder in einen Erschöpfungsschlaf gefallen sein. Das andere Bett war leer und abgezogen.

Beresford lächelte. »Alles in Ordnung?«

Devane spürte, wie seine Verzweiflung plötzlicher Rührung wich. »Ja, danke. Ich fühle mich großartig.« Es war ihm unangenehm, daß Beresford ihn so sah: hilflos, dankbar für seinen Besuch und kaum imstande, seine Gefühle zu verbergen.

Beresford ließ sich auf einen Stuhl fallen. »Ich habe mit dem Arzt gesprochen. Sie werden in kürzester Zeit wieder ganz gesund sein.« Er hielt ein sternförmiges Metallstück hoch. »Sehen Sie das, John? Der Jerry wollte es Ihnen schenken und hat alles versucht, damit Sie es bei sich behielten.«

Devane schloß die Augen. »Ist es sehr schlimm?«

»Hätte schlimmer sein können. Dieses Stück Kruppstahl muß von irgend etwas abgeprallt sein, bevor es Sie in den Rücken traf. Sonst . . .« Er vollendete den Satz nicht.

Schließlich fuhr er fort: »Für den Fall, daß Sie sich Sorgen machen: Die Boote sind wohlbehalten zurückgekehrt. Drei Männer sind gefallen, Ihre beiden eingeschlossen, aber abgesehen davon war es ein hundertprozentiger Erfolg. Alle sprangen vor Begeisterung in die Höhe.«

Begeisterung? Devane dachte an alle, die in so kurzer Zeit gefallen waren: Russen, Deutsche und drei seiner eigenen Leute.

Beiläufig bemerkte Beresford: »Übrigens, Barker ist angekommen.«

Devane mußte einen Augenblick überlegen, bis er den Namen einordnen konnte. Commander Barker.

»Und was sagt er?«

Beresford zog eine Grimasse. »Nicht viel. Er ist ein Intellektueller, vom Typ her ein Artillerist. Ich lasse mich nicht weiter von ihm beeindrucken. Aber die Russen machen ein großes Trara um ihn, somit nehme ich an, daß er sich gut einleben wird.« Das klang jedoch nicht sehr überzeugend.

»Wo bin ich hier eigentlich?«

»Hier?« Beresford sah sich um, als bemerke er diesen Raum erst jetzt. »In einer äußerst angenehmen Unterkunft, fünfzig Meilen landeinwärts von Tuapse. Ein beschlagnahmter Gutshof, der in ein Feldhospital des Heeres umgewandelt wurde. Entlang der ganzen Front sind die Kämpfe wieder aufgelodert. Resultat: siebentausend Schwerverwundete. Ein großer Teil davon scheint hier zu liegen. Für Sie haben sie jedoch den roten Teppich ausgelegt, Sie haben einen Raum für sich allein.«

Draußen vor der Tür hustete jemand, und Beresford stand auf.

»Ich muß gehen, sonst wird die Schwester wütend und verspeist mich zum Abendbrot.« Dann wurde er wieder ernst. »Alles ist ruhig bei der Flottille. Red Mackays halber Streifen ist bestätigt worden, also führt er bis zu Ihrer Rückkehr das Kommando. Dundas, Ihre Nummer Eins, fährt inzwischen *Merlin*, und Sorokin strahlt wegen des gekaperten Schnellbootes.« Er klopfte Devane leicht auf die Schulter. »Lassen Sie sich Zeit, John, der Krieg wird bestimmt noch nicht zu Ende sein, wenn Sie hier rauskommen.« Damit ging er.

Die Schwester trat ein, und Devane fühlte wieder ihre Hände auf seinem Verband, spürte den glühenden, bohrenden Schmerz, als sie die Wunde freilegte. Dieser sternförmige Metallsplitter mußte ihn oberhalb der Gürtellinie getroffen haben. Kein Wunder, daß ihm die Luft weggeblieben war.

Die rundgesichtige Schwester beugte sich über ihn und schnitt mit angespanntem Gesicht den Verband rund um die Wunde weg. Dann rollte sie ihn wie eine Mutter ihr krankes Kind auf die Seite und fing an, den Verband vom anderen Ende her abzulösen. Sie war so dicht über ihm, daß Devane ihre Wärme, ja sogar ihre Konzentration spürte, während sie den blutdurchtränkten Verband faltete und dann mit einem kurzen Ruck das letzte Stück abriß.

Devane stöhnte, als es ihn wie glühender Stahl durchfuhr. Selbst das Morphium reichte offenbar nicht aus, seine Schmerzen zu lindern. Heiser sagte er: »Sie haben wunderschöne Augen, wußten Sie das?« Er spannte all seine Muskeln an, um den Schmerz zu ertragen. »Ich kenne ein Mädchen, das genau solche Augen hat wie Sie. Ihr Name ist Claudia. Wir haben uns nur einmal geliebt, aber ich glaube, ich werde sie immer lieben. Verrückt, nicht wahr?«

Sie schnitt einen frischen Verband zurecht, und Devane spürte den festen Druck, mit dem sie ihn auf die Wunde legte, die er noch gar nicht gesehen hatte.

Unsicher fügte er hinzu: »Ich glaube nicht, daß sie sich überhaupt noch an mich erinnert. Es ergab sich damals eben so.« Er spürte ein unerklärliches Stechen in den Augen. »Es war wie ein Lied, das wieder verhallt.«

Sie drehte ihn wieder auf den Rücken und ordnete die Laken, wobei sie mit den Fingern über seine Haut strich, als wolle sie ihn beruhigen.

Devane murmelte: »Tut mir leid, daß ich so ein verdammter Nichtsnutz bin. Sie müssen unwahrscheinlich viel Arbeit haben, mit all diesen Verwundeten hier draußen.«

Er beobachtete, wie sie eine Injektionsnadel vorbereitete, spürte aber, daß er zu schwach war, um Widerstand zu leisten. Sie hob seinen Arm und hielt ihn fest, die Spritze wie einen Spieß auf ihn gerichtet.

Während sie die Nadel in seine Haut stach, sah sie ihn einen Augenblick an und lächelte dann.

»Sie sind kein *verdammter Nichtsnutz*, Genosse, und mein Name ist Ludmilla.«

Devane lächelte noch immer, als ihn die Dunkelheit wieder umfing.

9   Eine Kriegshandlung?

Kapitänleutnant Ralph Beresford sah Devane zu, der sich aus dem mit Tarnfarbe angestrichenen Stabswagen quälte, und sagte: »Ich bin immer noch der Meinung, daß Sie länger im Lazarett hätten bleiben sollen.« Er zwang sich, nicht helfend einzugreifen, während Devane ein paar schwankende Schritte machte und sich wieder fing.

Devane verzog grinsend den Mund. »Sie brauchten das Bett.«

Das blendende Sonnenlicht hämmerte in seinem Schädel heftiger als jeder Kater. Das Stoßen und Schaukeln des russischen Wagens hatte seinen Zustand nicht gerade gebessert.

Steif wandte er sich um und nickte den beiden russischen Fahrern zu. Sie strahlten ihn an, dann drehten sie auf der zerbombten Straße wieder um. Beresford bemerkte beiläufig: »Barker erwartet Sie. Die Russen haben ihm ein Dienstzimmer eingerichtet, das genau neben meinem liegt. Er ist übrigens zum Captain* befördert worden.« Er machte nicht einmal den Versuch, seine Abneigung zu verbergen. »Barker ist mit Vorsicht zu genießen, also seien Sie gewarnt.«

Devane blieb stehen und sah ihn an. »Irgend etwas nicht in Ordnung?«

Beresford nickte. »Ich habe Barkers Vergangenheit überprüft, sein eigentliches Gebiet sind Spezialeinsätze. Er ist ein Planer, kein Ausführer. Vor etwa einem Jahr organisierte er in Nordafrika eine Landung hinter den deutschen Linien. Einige sagen, er habe Rommel oder wenigstens einen seiner höchsten Generäle schnappen wollen.«

»Ich habe Gerüchte darüber gehört. Es war ein völliger Reinfall.«

»Ja. Die Deutschen wußten, was auf sie zukam, und waren gut vorbereitet. Unsere Leute wurden fast völlig aufgerieben. Darunter befand sich auch ein junger Offizier, Barkers Sohn.« Als Beresford Devanes Gesicht sah, winkte er ab. »Sie brauchen ihn nicht zu bedauern. Captain Eustace Barker ist äußerst stolz darauf.«

Schweigend setzten sie ihren Weg zu den kahlen Betonbunkern fort. Einige der Kriegsschiffe waren so zusammengeschlagen, daß man sie kaum von den bei früheren Luftangriffen gesunkenen Wracks unterscheiden konnte. Rostiges Metall, umgekippte Kräne und Schutt lagen überall herum. Nur die schlanken Läufe der Flawaffen und die sorgfältig unter Sandsäcken verborgenen Raketenwerfer verrieten die wachsame Verteidigungsbereitschaft.

Devane fühlte sich etwas wirr im Kopf und konzentrierte sich auf den dunklen Bunkereingang. Als sie in dessen Schatten traten, sah er mehrere Seeleute stehenbleiben und ihn anstarren. Einige grüßten militärisch, andere grinsten und winkten vertraulich, als er vorbeikam.

Beresford sagte trocken: »Sie werden merken, daß ihre Piratenkluft verschwunden ist. Alle tragen sauberes Arbeitszeug, wie in den ständigen Befehlen festgelegt. Unser Captain Barker sah dies als seine vordringlichste Aufgabe an.«

Devane schwieg. Erschüttert hatte er festgestellt, daß er zwanzig Tage im Lazarett gelegen hatte.

Sie blieben stehen und betrachteten die vertäuten MTBs. Keine

* Kapitän zur See

111

Narbe, nicht einmal ein Einschußloch verriet etwas über das kurze, heftige Gefecht. Als habe er Devanes Gedanken erraten, erklärte Beresford: »Sie hatten nichts anderes zu tun als zu malen und zu putzen.«

Bis sie endlich Barkers neues Hauptquartier erreichten, glaubte Devane, ohnmächtig zu werden. Der Schwindel überfiel ihn in Wellen und ließ Übelkeit und Nervosität zurück.

Beresford klopfte an die Tür und öffnete sie für ihn. Captain Eustace Barker stand an der gegenüberliegenden Wand, als hätte er dort schon einige Zeit gewartet und sich auf diesen Augenblick vorbereitet.

Devanes erster Eindruck war der eines adrett gekleideten Offiziers mit wachen Augen. Klein und zierlich, hielt er sich so aufrecht, daß er größer schien. Sein Gesicht war gleichmäßig gebräunt, und er trug das schwarze Haar genau in der Mitte gescheitelt.

»Ach, Devane, da sind Sie ja.« Es klang, als habe er hinzufügen wollen: endlich. »Nehmen Sie sich einen Stuhl. Wir wollen Sie nicht schon am ersten Tag überanstrengen, nicht wahr?« Seine Augen blickten sehr scharf, auch seine Stimme klang schneidend.

Devane setzte sich vorsichtig. »Danke, Sir. Sie haben mich im Lazarett recht gut zusammengeflickt.« Er ärgerte sich über seine Unsicherheit vor diesem schmucken kleinen Kapitän. Mußte er sich denn dafür entschuldigen, daß er überhaupt verwundet worden war?

»Nun, das liegt jetzt hinter Ihnen, und wir sind in Ihrer Abwesenheit keineswegs untätig gewesen.«

Devane hielt den Mund. Er fühlte sich noch zu schwach, um sich in einen Disput einzulassen.

Barker fuhr fort: »Jede Flottille muß ihre Individualität bewahren, wo sie sich auch befindet. Selbst ein Mannschaftsdienstgrad im Ausland muß sich immer vor Augen halten, wen und was er repräsentiert.« Er warf Beresford einen raschen, lächelnden Blick zu. »Stimmt's, Ralph?«

Devane entspannte sich ein wenig. Es hatte also schon angefangen. Daß Barker Beresford beim Vornamen nannte, zog einen deutlichen Trennstrich zwischen Aktive und Reservisten. Und er hatte sich eingebildet, diese törichte und schädliche Grenze wäre seit Kreta und Singapur endgültig in der Versenkung verschwunden.

Beresford meldete gleichmütig: »*Parthian* ist in erstklassiger Gefechtsbereitschaft, Sir. Der ›Klempner‹ hat mit Erfolg weitere Ersatzteile angefordert, so daß seine Werkstatt jetzt bestens ausgerüstet ist.«

»Stimmt. Ich habe schon mit Kapitänleutnant Buckhurst gesprochen.«

Beresford versuchte, Devane nicht anzusehen. »Das gekaperte Schnellboot funktioniert zufriedenstellend. Wir teilen uns die Instandhaltung natürlich mit Kapitän Sorokins Stab.«

Barker hob mißbilligend eine Augenbraue. »Ich sehe nicht ein, weshalb das *natürlich* ist, Ralph.« Dann seufzte er. »Aber ich war ja nicht hier, als diese Unternehmung beschlossen wurde.« Sein scharfer Blick heftete sich auf Devane. »Eine Unternehmung, die ich noch immer als unnötiges Risiko betrachte.« Das Lächeln kehrte zurück. »Darauf komme ich jedoch später noch. Meine vordringlichste Aufgabe besteht darin, den Russen klarzumachen, daß wir hier sind, um Sonderaufgaben zu übernehmen; einige mit, andere ohne ihre Mitwirkung. Aber ich werde nicht vor ihnen katzbuckeln, das können Sie mir glauben!«

Devane versuchte ruhig zu bleiben. »Es war meine Entscheidung, Sir. Die Russen führen denselben Krieg wie wir, und jeder zusätzliche Verlust des Feindes hilft uns allen. Kapitän Sorokin hat angekündigt, daß die russischen Streitkräfte in etwa vier Monaten die Krim angreifen wollen. Wenn die Deutschen ihre Seestreitkräfte vorzeitig verschleißen, sind sie dann bestimmt nicht mehr in der Lage, eine russische Landung auf der Krim zu verhindern.«

Barker zeigte ein strahlendes Lächeln. »Ist die Belehrung beendet? Guter Auftritt! Nun, ich kenne natürlich Ihre Personalakte. *Viel Schwung.* Aber es kommt auch auf die Erfahrung an, besonders wenn man es mit den Roten zu tun hat.« Er sprach schneller, Devane und Beresford waren anscheinend vergessen. »Ich war 1919 in Odessa auf einem kleinen Zerstörer der T-Klasse. Da hatte ich genügend Gelegenheit, diese verdammten Bolschewiken kennenzulernen. Sie haben sich seitdem nicht im geringsten verändert, glauben Sie mir!«

Devane wartete, bis Barker seine Selbstbeherrschung wiedergefunden hatte. Dieser Mann war keineswegs eine Witzfigur, kein Oldtimer, der seine Tage damit füllte, Uniformen und Haarschnitt der Mannschaften zu reformieren. Er war ganz anders. Und äußerst gefährlich.

Ruhig fügte Barker hinzu: »Übrigens bin ich in ständigem Kontakt mit der Admiralität und den Chefs der Stäbe. Ich habe eine besondere Unternehmung im Sinn, und wenn sie aus dem Stadium der Planung heraus ist, werde ich Sie darüber unterrichten.« Sein Blick wanderte zwischen ihnen hin und her, scharf wie Glas. »Kein unnötiges Risiko, meine Herren, alles muß bis in die letzte Einzelheit geplant sein. Das ist meine Art.« Er trat an den Schreibtisch und legte zwei Bögen Papier nebeneinander, bis sie genau ausgerichtet waren. »Da ist noch die Sache mit Kapitänleutnant Richie.« Durchdringend sah er Devane an. »Ein Jahrgangskamerad von Ihnen, wie?«

Devane erwiderte: »Ja, Sir.« Wohin sollte das führen?

»Dachte ich mir. Es war natürlich ein schändlicher Vorfall. Schlecht für die Moral, besonders beim Beginn einer neuen Offensive.«

Beresford wandte den Blick von Devanes Gesicht und sagte: »Captain Whitcombe weiß alle Einzelheiten darüber, Sir. Es wurde entschieden –«

In scharfem Ton sagte Barker: »Bitte unterbrechen Sie mich nicht. Entscheidungen können falsch sein. Außerdem können sie rückgängig gemacht werden. Ich habe schon an kriegsgerichtlichen Untersuchungen teilgenommen, bevor *Parthian* ins Kaspische Meer geschickt wurde und bevor Richie den bequemeren Ausweg wählte.«

»Das ist ungerecht, Sir!« Devane sprang auf, ignorierte Beresfords warnenden Blick. »Er war ein äußerst tapferer Mann, mehr als eine Auszeichnung beweisen das! Ich rechtfertige nicht, was er tat, aber er muß dafür besondere Gründe gehabt haben.«

»Setzen Sie sich, Devane.« Barker stützte sich auf den Schreibtisch. »Ich bewundere Loyalität über alles, aber auf blinde Loyalität kann ich verzichten.« Im selben ruhigen Ton fuhr er fort: »Die Untersuchung wurde wegen eines anderen Ereignisses geführt. Aber ohne Richies Kurzschluß wäre längst alles geregelt.«

Beresford fragte rasch: »Dürfen wir mehr darüber erfahren, Sir?«

Barker lächelte. »Das klingt schon besser. Ich habe nicht um diese Abkommandierung gebeten, aber ich habe gelernt, Befehlen ohne jede Gegenfrage zu gehorchen. Ich muß sagen, die Angelegenheit wurde sehr sorglos behandelt, zumindest im Anfangsstadium, aber Helden, die Lieblinge der Öffentlichkeit, haben eben ein Talent, selbst mit Mord davonzukommen.«

Fasziniert beobachtete ihn Devane. Barker genoß den Skandal tatsächlich. Der Krieg, die russische Front, *Parthian*, alles andere konnte warten. Aber offenbar hatte er höherenorts erheblichen Einfluß. Sein beiläufiges Übergehen von Whitcombe schien das zu beweisen.

Schließlich fuhr Barker fort: »Kapitänleutnant Richies Fall wird eingehend untersucht. Ich bin über Funk verständigt worden, daß die wahren Hintergründe seines Todes sofort nach der Gerichtsverhandlung bekanntgegeben werden sollen. Das überrascht Sie?«

Devane sagte: »Als Todesursache wurde ›gefallen im Kampf‹ genannt. Seine bisherigen Leistungen erfordern, daß –«

»Erfordern?« Barker beugte sich vor, sein Haar glänzte im Licht der nackten Birne. »Mir scheint, Sie sind schon selber so was wie ein Bolschewik!«

Beresford sagte rasch: »Ich empfinde genauso, Sir. Richies Witwe wird dann erfahren, was sich ereignet hat. Ist das unbedingt nötig?«

»Sie wird es schonend mitgeteilt bekommen.« Barker stieß sich vom Schreibtisch ab, als beginne die Diskussion ihn zu langweilen. »Ihre Lordschaften werden sie einfliegen lassen. Es ist ihr gutes Recht, der Verhandlung beizuwohnen.«

Devane hörte sich fragen: »Wo wird die Verhandlung stattfinden, Sir?«

»In Port Said. Habe ich das nicht erwähnt?« Wieder lächelte er. »Wahrscheinlich wurde ich unterbrochen, als ich es sagen wollte. Ralph und ich fliegen natürlich hin. Kein ordentliches Spiel ohne Schiedsrichter, oder?«

Beresford sagte: »Ich denke, Kapitänleutnant Devane sollte ebenfalls teilnehmen, Sir.« Sein Gesicht blieb völlig ausdruckslos. »Als Kommandant von *Parthian* könnte er ein paar Fragen beantworten müssen.«

Verblüfft starrte Barker ihn an. »Meinen Sie, Ralph?« Dann wandte er sich Devane zu. »Sie sind im Augenblick ohnehin vom aktiven Dienst befreit, also gut. Setzen Sie einen entsprechenden Funkspruch auf. Kapitänleutnant Mackay wird vorläufig weiter die Flottille führen, und Oberleutnant Kimber vom Nachrichtendienst wird ihn im Auge behalten für den Fall, daß er während Ihrer Abwesenheit den Krieg allein gewinnen will.«

Er schritt mehrmals um seinen Schreibtisch herum, offenbar beabsichtigte er nicht, sich zu setzen, bevor die beiden gegangen waren. »Schicken Sie meinen Schreiber herein. Ich habe mindestens ein Dutzend Funksprüche zu diktieren.«

Draußen lehnte sich Devane gegen die kühle Betonwand und atmete ein paarmal tief durch.

Besorgt sah Beresford ihn an. »Ist Ihnen schlecht?«

»Nein, ich bin nur sprachlos. Kann er wirklich einfach abhauen und *Parthian* allein zurücklassen?«

Beresford ergriff ihn am Arm und führte ihn von der Tür weg.

»Irgend jemand wird schon den richtigen Zeitpunkt für die Verhandlung ausgewählt haben, vielleicht passend zu Barkers geplanter Unternehmung. Wir werden sehen. Aber wenn Sie lieber nicht mit nach Port Said möchten, kann ich das über den russischen Arzt arrangieren. Ich dachte nur . . .«

Devane schüttelte den Kopf. »Nein, ich komme gern mit. Wären Sie nicht eingeschritten, hätte ich ihn vielleicht selbst darum gebeten. Allerdings hätte er nicht auf mich gehört.«

Schweigend schritten sie durch den menschenleeren Korridor.

Schließlich fragte Devane: »Wissen Sie, worauf sich die Gerichtsverhandlung bezieht?«

Beresford antwortete nicht direkt. »Richie war vor einem Jahr in der Nordsee eingesetzt. Seine Aufgabe bestand darin, Agenten nach Norwegen zu bringen oder dort abzuholen. Eine äußerst delikate und riskante Sache. Die Untersuchung hat damit zu tun, mehr weiß ich nicht.«

Devane sah, daß Dundas herbeieilte, um ihn zu begrüßen. »Besten Dank, Ralph. Wie kann Barker 1919 auf einem Zerstörer gedient und einen Sohn in Nordafrika verloren haben und noch immer so jung aussehen?«

Beresford lächelte. »Willenskraft und gefärbte Haare. Das wirkt immer.«

Devane ging Dundas entgegen, um seinem I.W.O. die Hand zu schütteln. Aber alles, woran er denken konnte, war Claudia und ihr Wiedersehen in Port Said. Dabei war er sicherlich der allerletzte, dem sie jetzt zu begegnen wünschte.

Dundas freute sich offensichtlich über seine Rückkehr. »Sie sehen prächtig aus, Sir! Wir wären alle gekommen und hätten Sie besucht, aber Kapitän Barker verweigerte jeden Urlaub außerhalb des Standortes.«

Dann standen sie nebeneinander auf dem Anleger und blickten schweigend auf die vertäuten Boote hinab.

Schließlich sagte Dundas: »Ich habe von den Russen gehört, daß die Deutschen die Suche nach dem Schnellboot aufgegeben haben.«

Devane sah ihn an. Er fand das äußerst seltsam. Beresford hatte davon nichts erwähnt.

»Woher können die Russen das wissen?«

Dundas schien sich unbehaglich zu fühlen. »Tut mir leid, ich dachte, Sie wüßten es, Sir. Kapitän Sorokin ließ ein altes Motorboot auslaufen und dicht bei den deutschen Minenfeldern versenken.«

Irgendwie ahnte Devane, was jetzt kommen würde.

Zögernd fuhr Dundas fort: »Als wir das deutsche Schnellboot kaperten, waren fünfzehn Deutsche an Bord, die wir gefangennahmen. Sorokins Leute stellten sicher, daß sie an Bord des Motorboots waren, als es versenkt wurde, und daß alle Schwimmwesten umhatten. Beim Entdecken der Leichen braucht es nicht viel Kombinationsgabe, um sie als Angehörige der Schnellbootbesatzung zu identifizieren.«

Devane wandte sich ab und kämpfte mit Brechreiz. Die Deutschen mußten die treibenden Leichen und einigermaßen passende Trümmerstücke gefunden und daraus gefolgert haben, daß ihr Schnellboot dem Feind entkommen und bei der Rückkehr auf eine Mine gelaufen war.

Sorokin wollte die Sache geheimhalten, und in seiner Vorstellung von Kriegsführung war dies die einzige Methode, den Erfolg sicherzustellen.

Beresford öffnete die hölzernen Fensterläden und zuckte zusammen, als ihn das grelle Sonnenlicht ins Gesicht traf.

»Puh! Aber wenigstens haben sie eine einigermaßen erträgliche Unterkunft für uns gefunden, was in Port Said ein kleines Wunder ist.«

Devane nickte. Es war drückend heiß, und die Fahrt vom Behelfsflugplatz hierher hatte in ihrem Wagen Backofentemperaturen erzeugt. Im Zimmer war es zumindest schattig, was die Illusion von Kühle vermittelte.

Durch die jetzt teilweise geöffneten Fensterläden sah er die Masten und Schornsteine des Hafengebiets, hörte den unaufhörlichen Lärm von Stimmen, Motoren und Hupen. Tuapse und sein zerbombtes Werftgelände schienen auf einem anderen Stern zu liegen.

Beresford schloß die Fensterläden wieder und warf sein Khakijackett auf einen Stuhl.

»Verdammt noch mal, John, haben Sie hier nicht auch das Gefühl, als kämen Sie nach Hause?«

»Doch, genau das.«

Devane sah seinem Freund zu, der eine weiß bereifte Ginflasche aus einem Eimer mit rasch schmelzendem Eis holte. »Wann beginnt die Verhandlung?« fragte er.

Beresfords Antwort klang unbestimmt. »Es wird noch ein paar Tage dauern, denke ich. Aber natürlich werden wir wie üblich die letzten sein, die es erfahren.«

Devane sah ihm zu, während er zwei selbst für Marineverhältnisse riesige Pink-Gins* mixte.

Beresford ließ sich auf den anderen Rohrsessel sinken und zog das naßgeschwitzte Hemd vom Oberkörper.

---

* Gin und Bitter, ohne Wasser.

»Cheers!«

Devane wandte sich ihm vorsichtig zu. Die Wunde heilte gut, aber die Narbe schmerzte noch immer teuflisch. Er hatte sie jetzt im Spiegel gesehen, sie war bläulich-rot und sternförmig wie der Stahlsplitter.

»Richies Witwe wird heute eingeflogen«, sagte Beresford. »Sie hat ebenfalls ein Zimmer in diesem Hotel; wenigstens wird es so genannt.«

Devane musterte ihn, suchte nach verräterischen Zeichen in Beresfords Gesicht. Wenn er jedoch Devanes Vorladung aus tieferem Grund vorgeschlagen hatte, so ließ er sich das zumindest nicht anmerken.

Bis zu diesem Augenblick hatte Devane erwartet, ja sogar gehofft, Claudia würde nicht kommen. Aber sie war natürlich durchaus imstande, mit diesen Leuten hier fertig zu werden. Oft hatte er früher beobachtet, wie sie einen Mann mit der Gewandtheit eines geschickten Fechters beiseite schob.

Beresford schloß die Augen. »Erinnern Sie sich an Korvettenkapitän Lincke?«

Devane starrte ihn an, verwirrt durch die plötzliche Kursänderung seiner Gedanken.

»Lincke? Natürlich! Warum, ist er endlich gefallen?«

Seltsam, daß der Name eines Mannes ebenso stark werden konnte wie der Mann selbst – oder zumindest wie sein Ruf. Korvettenkapitän Lincke hatte seine Fähigkeiten zunächst im Kanal bewiesen, als er sein erstes Schnellboot übernahm. Sobald die Berichterstattung über Dünkirchen abebbte, erschien sein Name in allen nachrichtendienstlichen Schreiben, manchmal mit undeutlichen Fotos, die aus Erkennungsgründen beigeheftet waren. Man sah ihn beim Händeschütteln mit Großadmiral Raeder, sah, wie Hitler ihm selbst das Ritterkreuz umhängte. Linckes Leben schien wie durch Magie geschützt zu sein, er überlebte stets. Zwangsläufig hatten sich ihre Wege immer wieder gekreuzt, und Devane fragte sich, ob der Deutsche auch etwas von ihm wußte. Später war Lincke auf dem Kriegsschauplatz Mittelmeer erschienen und hatte das Kommando über eine italienische Einheit in der Adria übernommen. Denn obgleich die Bundesgenossen der Deutschen einige der besten und schnellsten Torpedoboote der Welt besaßen, fehlte ihnen doch meist die Fähigkeit, alles aus diesen Booten herauszuholen. Die U-Boote hatten ihre Asse, und bei den Schnellbooten stellte Lincke mehr oder weniger dasselbe dar.

Beresford öffnete die Augen. »Gefallen? Weit entfernt! Ein paar Funksprüche des Nachrichtendienstes besagen, daß Lincke im Schwarzen Meer ist.«

»Dann sollte Barker etwas mehr auf der Hut sein.«

Lincke im Schwarzen Meer? Durchaus möglich. Besonders wenn das Deutsche Oberkommando etwas über *Parthians* Aufgabe erfahren hatte.

Er fügte hinzu: »Das ist doch mehr als ein Zufall: Linckes Ankunft und Barkers beabsichtigtes Großunternehmen.«

Beresford sah ihn an. »Das ist auch meine Ansicht. Das Ganze entwickelt sich zu einer persönlichen Angelegenheit. Ich weiß, daß Vizeadmiral Talents gleichzeitig mit Eustace Barker in Dartmouth war. Ich kann mir das Zusammenspiel der beiden alten Kumpels genau vorstellen.«

Devane lachte. »Wie gut, daß ich nur eine einfache Seele bin.«

»Sie?« Beresford beugte sich vor, die Flasche in der Hand. »Der Tag muß wohl erst noch kommen!« Er stand auf. »Ich werde mir jetzt durch Bestechung irgendwo eine Dusche verschaffen. Wenn das nicht klappt, gehe ich zu einer netten Frau.« Im Vorbeigehen klopfte er Devane auf den Arm. »Legen Sie sich schlafen, wenn's geht. Wir treffen uns morgen früh um 9.00 Uhr.«

Devane nickte. Der Gin hatte ihn bereits schläfrig gemacht. Aber er mußte den Tatsachen ins Auge sehen: Lincke war im Schwarzen Meer aus einem einzigen, ganz bestimmten Grund.

Devane sprach ihn laut aus, ohne sich dessen bewußt zu sein: »Er wird mich erledigen, wenn er kann.«

Doch Beresford war schon gegangen.

Vorsichtig goß sich Devane einen weiteren Gin ein. Eigentlich sollte er sich geschmeichelt fühlen. Denn wenn die Deutschen ihm nun endgültig an den Kragen wollten, dann hatten sie dafür den Besten gewählt, den sie hatten. Vielleicht war das auch der Grund, warum Beresfeld es so beiläufig erwähnt hatte: um ihm die Möglichkeit zu geben, seine Verwundung und die Beanspruchung durch den ständigen Einsatz als Vorwand für eine Versetzung zu nehmen. Niemand konnte ihm diese Bitte verübeln, egal, was sie insgeheim denken mochten.

Mit Wucht stieß er die Fensterläden auf und setzte Gesicht und Arme der glühenden Sonne aus. Es war, als habe er die Tür eines Schmelzofens geöffnet.

Wenn sie das von ihm dachten, dann würden sie umdenken müssen.

Als Devane und Beresford in dem schäbigen Gebäude eintrafen, wo die Verhandlung stattfinden sollte, war Devane erstaunt, die unverkennbare Gestalt von Kapitän Whitcombe zu sehen.

»Sie haben mir gar nicht gesagt, daß auch Whitcombe kommt«, meinte er vorwurfsvol.

»Oh, habe ich das nicht?« Beresford zog seinen Ausweis und zeigte ihn einem Posten. »Immer diese Geheimnistuerei heutzutage. Ich sage kaum noch was, allein schon aus Sicherheitsgründen.«

Devane trat in den Schatten und grüßte. Beresfords Erklärung klang genausowenig überzeugend wie seine anderen. Trotzdem war er froh, Whitcombe zu sehen, auch wenn er sich nicht erklären konnte, warum sie den Chef der Abteilung *Special Operations* zu einer Verhandlung geschleppt hatten, die ebensogut in Whitehall hätte stattfinden können.

Whitcombe strahlte. »Sie sehen gut aus, John, wirklich blendend, wenn man in Betracht zieht, was Sie durchgemacht haben. Wie geht's der Wunde?«

Devane antwortete: »Sie tut nicht mehr weh. Aber ich habe mich gefragt –«

»Später.« Whitcombe nahm ihn beiseite, als weitere Offiziere eintrafen, stöhnend über die Hitze. »Dies hier tut mir furchtbar leid, Richies und natürlich auch seiner Witwe wegen. Aber meine Anwesenheit hier wird uns helfen, die Strategie im Schwarzen Meer zu besprechen, ohne allzuviel Aufmerksamkeit zu erregen. Übrigens hat Mrs. Richie das Recht, nach der Verhandlung die Freigabe des Leichnams zu fordern. Er liegt noch immer im Militärhospital.«

Devane wandte den Blick ab. Bis jetzt war er der Ansicht gewesen, Richie sei längst bestattet, möglicherweise auf See. Welche Wirkung würde es wohl auf Claudia haben, wenn sie sich vergegenwärtigte, daß Richie in einer tiefgekühlten Stahlkammer lag, während sie sich in einem Hotel in Chelsea geliebt hatten?

Whitcombe musterte ihn besorgt. »Beresford hat Sie über Korvettenkapitän Linckes Ankunft informiert? Ich vermute, daß er ohnehin hingeschickt worden wäre, sobald die Deutschen erfuhren, daß Richie unterwegs war. Sie oder Richie, das ist Lincke gleich.«

»Ich weiß.« Er blickte auf die Uhr. »Aber bevor wir hineingehen, Sir, möchte ich Sie fragen, ob diese Verhandlung wirklich nötig ist. Es war natürlich unrecht von Richie, sich zu erschießen, aber es kommt nun einmal vor, daß auch tapfere Männer zusammenbrechen.« Er umfaßte mit einer Handbewegung die weißen und die Khakiuniformen. »Dies hier ist doch nur eine Farce.«

Whitcombe winkte einem Boten zu und eilte ihm nach. »Die Sache hat mit dem Selbstmord nicht direkt zu tun«, sagte er über die Schulter. »Die kriegsgerichtliche Untersuchung gegen Richie lief bereits, und er wußte das. Jetzt ist er aus der Sache heraus, aber wir müssen noch einmal seine Beweggründe durchgehen.« Er sah Devane direkt in die Augen. »Damit man uns nicht dasselbe vorwirft wie den Nazis!«

Devane drehte sich nach Beresford um, aber der war bereits verschwunden. Was zum Teufel redete Whitcombe da? Das gab doch überhaupt keinen Sinn.

Vor dem Gebäude hielt ein Wagen und wurde sofort von einer Schar schnatternder Zuschauer und Bettler umringt. Er führte die schwedische Flagge, und zwei Männer in Zivil stiegen aus. Ihre helle Haut und ihre zierlichen Aktenköfferchen bildeten einen krassen Gegensatz zu den schwitzenden Militärpolizisten am Eingang.

»Bitte nehmen Sie Platz, meine Herren.«

Die Türen wurden geöffnet, und Devane folgte den anderen. Der Gerichtssaal hätte in England sein können, wären nicht die altmodischen Deckenfächer gewesen und ein eingeborener Diener, der Aschenbecher auf dem langen Tisch verteilte. Der Gerichtshof selbst bestand aus einem ältlichen Fregattenkapitän, zwei Kapitänleutnants und einem bebrillten Anwalt. An einem anderen Tisch saßen Whitcombe und Barker, letzterer nicht in Khaki, sondern in einer strahlend weißen Uniform. Die beiden schwedischen Besucher wurden gebeten, an einem weiteren Tisch Platz zu nehmen.

Devane saß mit verschränkten Armen da. Er hätte nicht herkommen sollen. Vielleicht bemerkte ja niemand, wenn er jetzt leise aufstand und vorsichtig verschwand?

Der Fregattenkapitän setzte eine Brille auf, blickte aber über die Gläser hinweg in den Raum. »Unter derselben Geheimhaltung wie zuvor wird diese Kriegsgerichtsverhandlung wiedereröffnet.« Er nickte den beiden Schweden zu und fuhr fort: »Ich begrüße unsere – äh – Gäste und spreche ihnen zugleich meinen Dank aus.«

Devane warf einen raschen Blick nach hinten, aber nirgends konnte er Claudia Richie entdecken.

Der Vorsitzende fuhr fort: »Bevor wir uns der eigentlichen Verhandlung zuwenden, habe ich Ihnen etwas von großer Wichtigkeit bekanntzugeben.«

Jetzt war ihm die Aufmerksamkeit des ganzen Saales sicher.

»Heute morgen sind die Alliierten Streitkräfte auf Sizilien gelandet. Der Widerstand des Feindes wurde gebrochen, alle gesteckten Ziele wurden erreicht.« Er sah in die ihm zugewandten Gesichter und fügte trocken hinzu: »Die Royal Marines waren die ersten an Land – wie üblich.«

Wenn es erlaubt gewesen wäre, hätten sie alle Hurra gerufen, dachte Devane. Nach all dem Warten, den Rückschlägen und hohen Verlusten war dies der erste Schritt auf dem langen Weg zum Sieg.

Devane bemerkte, daß der Vorsitzende die neutralen Schweden ansah, und fragte sich, ob die Bekanntgabe der Landung sie beeindruckte. Aber warum eigentlich?

Der Fregattenkapitän kam jetzt auf die Gerichtsverhandlung zurück. »Die Beweisaufnahme im Fall des Kapitänleutnants Donald Jason Richie, Distinguished Service Cross, Royal Naval Volunteer Reserve, hat Folgendes ergeben, wobei die Tatsachen durch die in meinem Bericht angeführten Quellen erhärtet werden, die aber streng geheim bleiben müssen.«

Devane spürte die Spannung im Saal und auch den Unwillen über die Anwesenheit der beiden Schweden. Es war ein törichter Unwille, aber ein verständlicher. Ihre Gegenwart wirkte wie ungerechtfertigtes Eindringen.

Der Vorsitzende mußte es gespürt haben, denn er fuhr fort: »Unsere verehrten Gäste, Mr. Winter und Mr. Revelius vom schwedischen Komitee für die Untersuchung der Lebensbedingungen von Kriegsgefangenen in feindbesetzten Gebieten, haben in dieser Untersuchung eine wesentliche Rolle gespielt.«

Devane spürte, daß der Unwille im Saal verrann wie Sand in einem Stundenglas.

»An dem im Abschlußbericht erwähnten Tag war Kapitänleutnant Richie im Sondereinsatz an der norwegischen Küste vorübergehend Kommandant eines Artillerie-Schnellbootes; es schien für diese Aufgaben besser geeignet als die Boote seiner eigenen MTB-Flottille.« Er blickte über den Rand seiner Brillengläser in den Zuhörerraum. »Den Mitgliedern des Kriegsgerichts ist bekannt, daß dieses Artillerie-Schnellboot später beim Angriff auf einen feindlichen Konvoi vor Ostende mit seiner gesamten Besatzung versenkt wurde.«

Das war der Grund, warum Dundas und einige andere, die sonst unter Richie gedient hatten, nichts von diesen Dingen gewußt hatten, dachte Devane.

Der Fregattenkapitän fuhr fort: »Der Sonderauftrag wurde nicht ausgeführt, aber während Richie mit drei Leuten an Land war, überraschte er einen Trupp von sechs deutschen Soldaten und drei Zivilisten. Es gelang ihm, die Deutschen gefangenzunehmen, einer seiner eigenen Männer wurde jedoch bei dem kurzen Feuerwechsel getötet. Später sickerte durch, daß die drei Zivilisten Norweger waren, die zu einer Vernehmung geführt werden sollten.« Wieder sah er sich ernst um. »Richie ließ alle entwaffnen, machte sich aber nicht die Mühe, die deutschen Soldaten oder einen der drei Zivilisten zu vernehmen. Er gab seinen beiden überlebenden Männern den Befehl, ihren toten Kameraden zum Anlegesteg zu schaffen, und schoß dann alle neun Gefangenen mit seiner Maschinenpistole nieder.«

Devane richtete sich ruckartig auf; die ruhig gesprochenen Worte schlugen wie Granaten im Saal ein.

Die gleichmütige Stimme fuhr fort: »Einem der Norweger, einem Mitglied des Widerstands, der sich sofort zu Boden geworfen hatte, gelang es, wegzukriechen und später über die schwedische Grenze in Sicherheit zu gelangen. Von ihm wurden diese Tatsachen gemeldet.«

Devane merkte, daß Whitcombe ihn quer durch den Raum ansah, das Gesicht wie versteinert. Lediglich Barker schien völlig ruhig und entspannt, als habe nicht auch er soeben zum ersten Mal von dieser schrecklichen Tragödie erfahren.

Der Vorsitzende sprach weiter: »Das ist nicht das Verhalten eines tapferen Mannes, der viel für sein Land getan hat und dessen bisherige militärische Leistungen hervorragend waren. Dieses Verhalten kann nicht aus Rücksicht auf seine vorherigen Heldentaten ignoriert werden, denn das hieße, gerade die Dinge zu tolerieren, gegen die wir ja kämpfen.«

Devane hörte vielfaches Murmeln ringsum, bis die Stimmen durch ein scharfes Klopfen zum Schweigen gebracht wurden.

Der Vorsitzende blätterte eine Seite in seiner Akte um und unterschrieb sie schwungvoll.

»Dies sind die Tatsachen, meine Herren, und so sollen sie aktenkundig gemacht werden.« Er erhob sich. »Die Verhandlung ist beendet.«

Devane stand auf, sein Verstand mußte noch verarbeiten, was er soeben gehört hatte. Richies Name war ruiniert. Er mußte gewußt haben, daß Barker auf dem Weg nach Tuapse gewesen war, um ihn an Ort und Stelle zu vernehmen, was ihn in den Augen seiner Besatzungen vernichtet hätte. Das war zuviel für Richie.

Beresford wartete auf ihn, die Augen hinter einer dunklen Brille verborgen.

Devane fragte barsch: »Sie haben auch das gewußt, nehme ich an?«

»Nicht alles. Einiges habe ich vermutet. Aber als ich hörte, daß die Schweden beteiligt waren, wurde mir klar, daß es nicht geheimgehalten werden konnte.«

»*Konnte* oder *sollte*?«

Beresfords Gegenfrage klang überrascht. »So viele Skrupel um sechs Krauts* und ein paar Widerstandskämpfer? Mein Gott, ich habe mehr Leute an einem einzigen Nachmittag erschossen, und Sie wahrscheinlich auch!«

»Es gibt aber einen Unterschied dabei: Das waren keine Gefangenen!«

Kapitän Whitcombe trat zu ihnen. »Laßt uns einen Drink nehmen. Hiernach brauche ich einen.«

Leichten Schrittes kam Barker auf sie zu. »Ging doch alles ausgezeichnet, nicht? Keine offenen Fragen mehr.« Er nickte Devane zu. »Mit Ihnen spreche ich später.«

Aber Devane blickte bereits hinüber zum anderen Ende des Korridors. Während Soldaten in den verschiedensten Uniformen an ihr vorbeieilten, stand Claudia dort wie ein leuchtendes Bild. Sie war ganz in Weiß, so daß das dunkle Haar und die dunklen Augen ihre Gelassenheit, ihren Trotz zu betonen schienen.

Er sah, daß ein Oberleutnant sich zu ihr durchdrängte, in der Hand ein offenes Buch, als wolle er um ein Autogramm bitten. Whitcombe erklärte: »Das ist die Freigabebescheinigung für den Leichnam ihres Mannes.«

Devane hörte es nicht mehr, denn er schob sich bereits durch die Menge. Als er sie erreicht hatte, sagte er leise: »Hallo, ich bin's.«

Sie fuhr herum, Augen und Mund, ja ihr ganzer Körper waren gespannt, als wolle sie einen Angriff abwehren.

Devane ergriff sie am Arm und drehte sie zur Wand, schloß damit die geschäftig drängelnde Menge und die Tür zum Verhandlungsraum aus.

Sie flüsterte: »Du hast mir aber einen Schrecken eingejagt! Ich hatte keine Ahnung, daß du hier bist! Ich dachte gerade...«

Sanft drückte er ihren Arm. »Sei unbesorgt. Du brauchst mir nichts vorzumachen, nur laß mich bei dir sein.« Da sie jedoch weder aufblickte noch sprach, fuhr er drängender fort: »Bitte, Claudia, ich sage das nicht, um dich zu täuschen oder zu beeindrucken. Ich – ich dachte, daß du hier an diesem schrecklichen Ort...« Er fing an zu stottern, als sie ihm endlich ins Gesicht blickte.

* Spitzname für die Deutschen: »Sauerkrautesser«

»Ich hatte ja gehofft, daß wir uns eines Tages wiedersehen würden.«
Sie zitterte wie Espenlaub. »Aber nicht so.«

Er sah, daß sie versuchte, ihre Selbstbeherrschung wiederzufinden.
Es war wie eine physische Anstrengung.

Schließlich sagte sie: »Wenn du helfen könntest...«

Devane geleitete sie zum Ausgang. »Laß uns gehen.«

Unterwegs fing sie an zu reden. »Alle entschuldigen sich bei mir, es scheint ihnen wirklich leid zu tun. Don kann nicht auf See und mit militärischen Ehren beigesetzt werden, wegen dieser Geschichte.« In plötzlichem Ärger hob sie das Kinn. »Er hat diesmal wirklich alles ruiniert! Und ich dachte, er hätte es getan, weil ich ihm Untreue vorgespielt habe.« Sie wandte sich ihm zu und sah ihn fragend an. »Ich weiß, es ist unrecht. Aber seltsamerweise bin ich erleichtert.« Sie musterte sein Gesicht so eingehend, als wolle sie sich jeden seiner Züge einprägen. »Und sehr froh, dich zu sehen.«

Whitcombe wartete oben an der Treppe, während unten sein Dienstwagen vorfuhr.

Beresford folgte seinem Blick, der Devane und der jungen Witwe galt, und sagte: »Ich habe ihm vorgeschlagen, er solle mit uns nach Port Said kommen, Sir. Mir scheint, da habe ich endlich mal das Richtige getan.«

Whitcombe murmelte etwas Unverständliches und kletterte in den Wagen. Als er allein war, stellte er folgende Überlegungen an: Barkers Plan war beinahe narrensicher, so sicher, wie einer seiner verrückten Pläne nur sein konnte. Aber es wäre ihm fast lieber gewesen, einen Fehler darin zu finden, bevor er ihn genehmigen mußte. Denn dieser lange, khakigekleidete Kapitänleutnant mit dem widerspenstigen Haar, der jetzt Richies schöne Witwe am Arm davonführte, war zur Zeit der einzige Mann, der diesen Plan ausführen konnte.

Einen Fehler gab es zwar, aber der war nicht bedeutend genug, um die Chefs der Stäbe zu beeindrucken. Selbst der Premierminister hatte das geplante Unternehmen abgesegnet.

Whitcombe öffnete den Aktendeckel auf seinen Knien und betrachtete stirnrunzelnd die Fotografie des lächelnden deutschen Marineoffiziers, Korvettenkapitän Gerhard Lincke.

Wenn Barker sich diesen Plan ausgedacht hatte, so hatte sich Lincke vielleicht etwas Ähnliches überlegt.

10 Eifersucht und Liebe

Kapitän James Whitcombe drückte seine Zigarette aus und wischte sich Gesicht und Hals mit einem zerknüllten Taschentuch.

Außerhalb des Raumes, den ihm die Heeresoffiziere zur Verfügung gestellt hatten, war es stockdunkel, und er hörte das Prasseln unzähliger Insekten an den Scheiben. Es war so erstickend heiß wie in einem türkischen Bad, und ein paar zischende Drucklampen verursachten zusätzliches Unbehagen. Whitcombe hatte das Gefühl, daß er für derlei eigentlich langsam zu alt wurde.

Sie saßen schon den ganzen Nachmittag hier, überprüften immer wieder Luftaufnahmen und nachrichtendienstliche Berichte oder hörten den Ausführungen der Operationsoffiziere aus Kairo zu.

Er warf einen Blick auf seine beiden Gefährten. Beresford räkelte sich wie üblich in einem Sessel und blinzelte in das grelle Lampenlicht; sein Haar war zerzaust. Er war wirklich ein intelligenter, scharfsinniger Mann, aber einer, den man auch in tausend Jahren nicht durchschauen würde.

Sein totales Gegenstück war Barker mit seinem noch immer makellosen Äußeren, den Kopf voller Ideen, die er vorantrieb, während er Einwände, die er nicht billigte, sofort unterband. Im allgemeinen war er für die anderen eine rechte Plage. Selbst seine Stimme hatte ständig die gleiche Tonhöhe und wirkte dadurch geradezu einschläfernd.

Aber ob man ihn mochte oder nicht, man konnte seinem Plan nicht die Logik absprechen. Seit Monaten trieben die russischen und deutschen Seestreitkräfte im Schwarzen Meer ein Katz-und-Maus-Spiel. Sie griffen hier einen Konvoi, dort eine Küstenstation oder ein Nachschublager an, und die Verluste überstiegen oft den Wert einer solchen Unternehmung.

Die Russen warfen ihre mengenmäßige Überlegenheit in die Waagschale, während die Deutschen sich auf ihre Wendigkeit und Entschlossenheit verließen. Es war eine ausgesprochene Pattsituation, und so lange diese dauerte, bestand keinerlei Hoffnung auf größere militärische Erfolge an der Ostfront, die deutsche Kräfte im Westen abziehen würde.

Barker starrte ihn so intensiv an, daß Whitcombe hochschreckte; er mußte irgendeine Frage überhört haben.

»Wie war das?«

Milde lächelte Barker. »Es ist wirklich schon spät, und wir sind alle müde.« Außer *mir*, schien sein Ton auszudrücken. »Aber wir müssen uns jetzt entscheiden. Ich, das heißt *wir*, haben noch eine Menge zu tun. Der Feind wird möglicherweise umdisponieren.«

Beresford beugte sich über den Tisch und breitete eine Karte aus.

Selbstsicher musterte Barker die Anwesenden. »Das Schiff liegt also in einem rumänischen Hafen, sicher vor Angriffen und geschützt durch die falsche Neutralität. Die Rumänen haben eine vollständige Besetzung durch die Deutschen nicht nur geduldet, sondern sogar ermutigt, und ich sehe keinen Grund, diese Handlungsweise zu entschuldigen oder ihren Status als Nichtkombattanten zu respektieren. Die Russen haben andererseits alle Marinebasen am Schwarzen Meer verloren, mit Ausnahme von Tuapse, das der Feind aber jederzeit durch einen entschlossenen Angriff unbrauchbar machen könnte. Wenn Deutschland aber die Krim hält, bin ich davon überzeugt, daß es sie im neuen Jahr als Sprungbrett benutzen wird.« Er unterbrach sich und warf Whitcombe einen strengen Blick zu.

Beresford warf ein: »Die Sache hat wirklich Sinn, Sir. Das deutsche Marinekommando müßte Streitkräfte von der Krim abziehen, weil unser Angriff den Anfang einer neuen Strategie darstellen könnte.«

Whitcombe nickte. Zwei zu eins. Und mehr, wenn man die Leute in London dazurechnete, wie Vizeadmiral Talents, Barkers »alten Kumpel«. Wenn es nach ihm gegangen wäre, hätte dieser längst *Special Operations* übernommen.

Barker spürte seinen Sieg. »Das gekaperte Schnellboot kann ohne Schwierigkeiten in den rumänischen Hafen einlaufen. Eine geeignete Ablenkung an anderer Stelle und der Einsatz erfahrenen Personals würde das Ganze zu einem K.o.-Schlag machen.« Er zeigte auf die Karte. »Sie müssen von Tuapse aus nach Südwesten steuern und so lange wie möglich in türkischen Gewässern bleiben. Dann rasch hinein und wieder heraus, und schon ist die Aufgabe erfüllt.« Er richtete sich kerzengerade auf, seine hellen Augen blickten herausfordernd. »Nun?«

Whitcombe dachte an Devane, der in diesem Augenblick sicherlich mit der hübschen jungen Frau zusammen war.

»Wie wäre es mit einem U-Boot?«

Beresford schüttelte den Kopf. »Es steht keins zur Verfügung, Sir. Außerdem ist es dort zu flach für einen sicheren Rückzug. Die Deutschen hätten es in Schrott verwandelt, bevor es eine halbe Kabellänge weit gekommen wäre.«

Lächelnd sagte Barker: »Machen Sie sich nicht solche Sorgen, James. Wenn Devane nur halb so gut ist, wie alle behaupten, müßte ihm dieses Unternehmen ohne weiteres gelingen.«

Ärgerlich erwiderte Whitcombe: »Tun Sie nicht so gönnerhaft! Sie mögen eine Menge geleistet haben, aber Sie kennen diese Leute nicht so gut wie ich.«

Beresford murmelte: »Langsam, Sir. Niemand bezweifelt das.«

Whitcombe nickte heftig. »Das würde ich verdammt gern glauben. Der junge Devane ist der Beste von allen, aber völlig überanstrengt. Wir hätten mehr Boote herschaffen sollen. Aber *wait and see* war schon immer das Motto der Admiralität!«

Barker seufzte. »Dann ist es also abgemacht.«

Die Glühlampen blinkten einmal kurz auf, verlöschten wieder, dann ging das Licht endgültig an.

Whitcombe rieb sich die Augen und griff nach einer neuen Zigarette. »Ich denke, ja.«

»Ich werde Ihnen die nötigen Funksprüche vorlegen.« Barker schien förmlich hochzuschnellen. »Alles andere ist dann meine Sache.«

Whitcombe musterte ihn vielsagend. »Und die einiger anderer.«

»Sie meinen den Deutschen, Gerhard Lincke?« Beresford bemühte sich, Whitcombes offensichtliche Verachtung für Barker zu vertuschen. »Meinen Sie, daß seine Anwesenheit im Schwarzen Meer etwas zu bedeuten hat?«

Barker schloß bereits seine Aktentasche. »Möglicherweise ein zufälliges Zusammentreffen. Vielleicht soll er auch frischen Wind in ihre auf der Krim stationierten Flottillen bringen. Soweit mir bekannt, ist dort noch immer Klassmann der Chef.« Sorglos hob er die Schultern. »Aber vielleicht mußte der auch einmal aufgerüttelt werden. Wie so viele andere, die ich kenne.« Er öffnete die Tür. »Morgen früh also, meine Herren? Um acht Uhr dreißig?«

Whitcombe starrte ihn wütend an. *»Um neun Uhr!«*

Sie lauschten seinen sich rasch entfernenden Schritten, dann sagte Whitcombe: »Lassen Sie uns in der Offiziersmesse ein paar Drinks nehmen. Dieser Mann geht mir wirklich auf die Nerven.«

»Auf die Idee wäre ich niemals gekommen, Sir.«

Whitcombe grinste. »Behalten Sie Devane im Auge«, sagte er dann seufzend. »Wir brauchen ihn noch.«

Beresford lächelte. »Sir, Sie haben den unverzeihlichen Fehler begangen, einen von Ihren *Glory Boys* ins Herz zu schließen, stimmt's?«

Whitcombe seufzte. »Ja, das habe ich. Und Sie werden bestimmt einmal Admiral: nur Hirn und kein Herz.«

Devane öffnete die Tür und blieb lauschend stehen, hörte aber nur seine eigenen Atemzüge. Das Hotel war klein und schäbig, aber ihm war klar, daß sie nirgendwo sonst ein Zimmer bekommen hätten.

»Wo warst du so lange?« Ihre Stimme kam aus der Dunkelheit. »Ich habe mir Sorgen gemacht.«

Devane trat ans Fenster und öffnete vorsichtig die hölzernen Läden. Kaum zu glauben, daß dort draußen ein großer Kanal lag, voller Schiffe und Menschen, die Lebensader, die von einem Meer zum anderen führte. »Es hat einige Zeit gedauert, ist aber jetzt erledigt.« Mühsam knöpfte er sein verschwitztes Hemd auf. »Mein Gott, ist das heiß!«

»Komm und erzähl mir, wie es war«, hörte er sie sagen.

Er tastete sich zum Bett und setzte sich neben sie.

»Ich mußte mehrere Leute aufsuchen. Zum Glück kannte ich einen von früher.« Er bemühte sich um einen gelassenen Ton. »Sie haben in ein Begräbnis auf dem Militärfriedhof eingewilligt, das morgen stattfinden soll. Ich habe auch den Heeresgeistlichen überredet, er scheint ein netter Kerl zu sein. Kommt aus Taunton, hättest du das vermutet?«

Ihre Stimme war heiser, und einen Augenblick glaubte er, sie weine.

»Du bist so gut zu mir, John. Was hätte ich ohne dich nur angefangen?« Ihre Hand berührte sein Gesicht.

Er blickte zu ihr hinunter und sah ihr vom Kissen eingerahmtes dunkles Haar. Ihre nackten Schultern schimmerten schwach wie matte Seide, und er hätte sie am liebsten in die Arme genommen, sie geliebt, sich in ihr verloren und ihr alles gesagt, was er auf dem Herzen hatte.

»Ich liebe dich, Claudia.« Er griff nach ihrem Arm, aber sie nahm seine Hand und führte sie auf ihre Brust. Sie fühlte sich zart und geschmeidig an, und er spürte ihre Brustwarze.

Devane beugte sich vor und küßte sie. »Dies ist nichts Vorübergehendes, nicht für mich. Du mußt das wissen für den Fall, daß mir irgend etwas passieren sollte. Und ich muß wissen, daß du mich verstehst, auch wenn ich dir nicht all meine Gefühle mitteilen kann.«

Sie berührte mit den Fingerspitzen seinen Mund, seine Augen und sein Haar. Schließlich flüsterte sie: »Ich bin sehr glücklich.« Sie zog ihn zu sich herunter und küßte ihn so leidenschaftlich, als müsse dieser Augenblick für ein Leben lang reichen.

Leise sagte er: »Morgen muß ich wieder weg.«

»Ich weiß.« Sie setzte sich auf. »Eine Nacht ist alles, was uns bleibt. Genau wie letztes Mal.«

Devane glaubte, Tränen in ihrer Stimme zu hören, als er seine Kleider ablegte.

Dann klammerte sie sich an seinen Nacken und zog ihn über sich, bis er sie mit seinem nackten Körper bedeckte.

»Du *mußt* zurückkommen, John. Ich brauche dich so sehr.«

Der Raum war klein und quadratisch, mit einem winzigen Fenster hoch oben an der Decke. So frisch geweißt wirkte er wie ein Krankenzimmer oder wie eine Klosterzelle.

Korvettenkapitän Gerhard Lincke lag auf dem Rücken, die Hände hinter dem Kopf verschränkt, und starrte zur Decke.

Er haßte den Geruch frischer Farbe, aber den Schmutz noch mehr.

Er dachte an die Ansprache, die er nachmittags vor den versammelten Besatzungen seiner neuen Flottille, der Gruppe *Seeadler*, halten wollte. Sieben tadellose Boote waren es, einige mit Offizieren und Besatzungen, die erst kürzlich zu dieser Eliteeinheit gestoßen waren. Wahrscheinlich würde er dieselbe Rede halten wie immer, ob in Deutschland, Holland, Frankreich, Nordafrika, Italien oder Griechenland. Lediglich die Gesichter änderten sich, sie wurden immer jünger.

Nur ungern dachte Lincke an seinen letzten Urlaub, aus dem er plötzlich und ohne nähere Erklärung zurückgerufen worden war. Der Standortarzt in Kiel hatte zwar darauf bestanden, daß er längere Erholung brauche, aber es tat Lincke nicht im geringsten leid, wieder Dienst zu tun. Diesmal war es Rußland, aber der gleiche Feind. Bei diesem Gedanken mußte er lächeln, so daß er noch jünger aussah als seine achtundzwanzig Jahre.

Er war in der alten Stadt Schleswig zu Hause, und es hatte ihn erschüttert, daß seine Eltern so gealtert waren und dazu noch enttäuscht schienen von dem aussichtslosen Kampf gegen so viele Feinde. Lincke hatte zwei Brüder. Hans, der jüngste, war auf einem U-Boot gefallen, Bernd, der älteste, ein pfeiferauchender Infanteriehauptmann, war bei El Alamein in britische Gefangenschaft geraten. Es tat ihm leid um seine Brüder; aber völlig fassungslos war er, als seine Mutter spontan ausrief, sie sei froh, daß Bernd in englischer Gefangenschaft sei. »Er wenigstens wird lebend zurückkehren, wenn dieses Gemetzel vorüber ist«, hatte sie geschluchzt. Falls ihre kritischen Worte an falsche Ohren drangen, konnte das unabsehbare Folgen für sie und die ganze Familie haben.

Er schwang seine Beine über die Bettkante und stand auf. Seine Uniform hing frisch gebügelt in einer Segeltuchgarderobe. Mit den drei goldenen Ärmelstreifen, dem Ritterkreuz und den anderen Orden auf der linken Brustseite hätte sie eher zu einem wesentlich älteren Offizier gepaßt.

Auf dem kleinen, sauber geschrubbten Tisch stand ein gerahmtes Foto seiner Eltern, das sich neben dem umfangreichen Ordner mit Geheiminformationen, den er von Kiel mitgebracht hatte, geradezu winzig ausnahm.

Seltsam, daß sich einige seiner alten Feinde aus dem Kanal und dem Mittelmeer jetzt ebenfalls hier befanden. Er fragte sich, ob sie wohl die Russen ebensowenig mochten wie er. Ihre rohen Soldaten, ihre groben Bäuerinnen, die selbst vor einem Erschießungskommando noch Beschimpfungen ausstießen, der Schmutz und die Verkommenheit in diesem ungeheuren Land deprimierten ihn. Er dankte Gott dafür, daß sein Bruder von den Briten gefangengenommen worden war und nicht an der Ostfront, wenn auch vielleicht nicht alle Geschichten über die russische Grausamkeit stimmten.

Er trat an den Tisch und schlug nachlässig den Ordner auf. Ihm wurde völlig freie Hand gelassen, der Großadmiral und sogar der Führer selbst hatten es ihm zugesagt. Natürlich würde das Unwillen und Eifersucht erregen, aber das war er gewohnt. Der Krieg mußte und würde gewonnen werden, der Führer hatte das selbst gesagt, als er ihm in Berlin die begehrteste aller Auszeichnungen verlieh. Lincke war keineswegs eine Marionette und traf seine eigenen Entscheidungen, aber diese Begegnung mit Hitler blieb in seinem Gedächtnis haften, hatte ihn unglaublich begeistert. Vielleicht lag es am Unterschied der Einstellung. Seine Vorgesetzten schätzten ihn wegen seiner Siege auf See, schließlich hatte er hundertdreißigtausend Tonnen feindlichen Schiffsraum versenkt, und das alles mit einem kleinen Schnellboot. Aber sie respektierten ihn als Waffe, während Hitler ihm das Gefühl gegeben hatte, ein Mann, ein deutscher Marineoffizier zu sein.

Er überflog das Schreiben der Sekretärin des Kommandierenden Admirals. Es enthielt eine kurze Mitteilung über den britischen Flottillenchef namens Richie. Tot, aber nicht im Kampf gefallen. Äußerst seltsam. Vielleicht würde er bald mehr über diese Angelegenheit erfahren. Wenn man einen Bewegungskrieg auf kleinen Fahrzeugen führte, mußte man seinen Gegner weit besser kennen, als die Daten seiner Boote und deren Bewaffnung besagten.

Lincke hatte noch nie etwas dem Glück oder dem Zufall überlassen. So hatte er auch alle Berichte über die unerwartete Vernichtung der Geleitfahrzeuge des Krimkonvois studiert, über den verheerenden

Angriff der britischen MTBs, von denen bis dahin niemand wußte, daß sie überhaupt im Schwarzen Meer operierten.

Eine Überraschung kam selten allein. Wenig später hatte dieselbe Einheit ein deutsches Schnellboot aus der Werft gekapert. Zwar hatte es entkommen können, aber nur, um in die eigene Minensperre zu geraten. Und diese Übergriffe würden weitergehen.

Lincke verfügte über seine sieben Boote und war außerdem ermächtigt, die anderen leichten Streitkräfte einzusetzen, sooft er dies für angebracht hielt.

Dem Bericht lag ein Zeitungsausschnitt mit der Fotografie eines Kapitänleutnants namens John Devane bei. Er war der neue Flottillenchef, aber für Lincke kein Unbekannter. Es war einer der britischen Reserveoffiziere, über die man sich in Kiel während der ersten stürmischen Kriegstage lustig gemacht hatte, als noch ein Sieg dem anderen folgte.

Die Leute hätten es besser wissen sollen, dachte er. Eine Inselrasse wie die Briten konnte zu allen Zeiten und mit viel Erfolg auf ihre Amateurseeleute zurückgreifen. Dünkirchen hatte das wieder einmal bewiesen, aber Drake und Raleigh hatten das schon vor Jahrhunderten gewußt.

Es wäre schön, nach dem Krieg einen Posten in England zu bekommen. Als junger Offizier hatte Lincke 1937 auf der *Graf Spee* der Flottenparade vor Spithead aus Anlaß der Königskrönung beigewohnt. Er konnte sich noch gut an die langen, beeindruckenden Reihen grauer Schiffe erinnern. Es war bestimmt die letzte große Flottenparade, die die Welt erlebt hatte. Unter den ausländischen Besuchern waren viele schöne Schiffe wie seine eigene *Graf Spee*, die inzwischen längst versenkt war. Aber auch viele britische Einheiten, die dort vor Anker gelegen hatten, gab es nicht mehr, zum Beispiel *Hood, Repulse, Barham* und *Courageous*.

Insgeheim hielt Lincke es für eine Schande, daß sie überhaupt gezwungen waren, gegen die Briten zu kämpfen. Ein Bündnis mit ihnen gegen die Russen und Franzosen, eventuell noch gegen die Italiener, die ihnen jetzt wieder einmal, wie beim Ausbruch des Ersten Weltkrieges, in den Rücken gefallen waren, wäre ihm sinnvoller erschienen.

Er seufzte. Das war ein Hirngespinst und kam außerdem zu spät. Seine Zukunft lag hier in dieser elenden, vom Krieg zerstörten Ecke Rußlands.

Die Tür ging auf, und Max, sein treuer Aufklarer, blickte herein.

»Sie warten, Sir.«

Lincke warf einen Blick in den Wandspiegel, überprüfte sorgfältig seinen Anzug sowie sein ebenmäßiges Gesicht und stellte sicher, daß sein blondes Haar nicht unter der weißen Mütze hervorsah.

Korvettenkapitän Lincke, Inhaber des Ritterkreuzes mit Eichenlaub und dreier weiterer Auszeichnungen, Führer der neugebildeten Gruppe *Seeadler*, war bereit.

Mit gerunzelter Stirn starrte er sein Spiegelbild an. Irgend etwas hatte in der Akte gefehlt. Was war es nur? Er würde einen Funkspruch abschicken, denn die Sache mit Devane beunruhigte ihn. Da war irgendein Hinweis oder eine Erklärung, die über das bisher Bekannte hinausging.

Ruhig sagte er zu seinem Aufklarer: »Wir haben das ja schon öfter gemacht, Max, nicht wahr?«

Der Seemann trat beiseite.

Lincke war für alle ein leuchtendes Vorbild, dachte der Matrose, und er kannte ihn wirklich schon lange. Oft hatte er sich gefragt, ob er imstande wäre, für Gerhard Lincke zu sterben. Jetzt, als er die Ansprache des Kommandanten an die angetretenen Besatzungen hörte und dessen Meldung an den Flottillenchef, war er sich seiner Sache ganz sicher: Er war dazu imstande.

Das gekaperte deutsche Schnellboot bot wirklich ein Bild der Stärke und Macht, als es so ein wenig abseits von den kleineren britischen Fahrzeugen an der Werftpier lag. Abgeblendete Lampen hingen von dem tropfenden Betondach des Bunkers herab, und in ihrem Schein schien der riesige Bootskörper zu glühen. Diese Wirkung wurde noch verstärkt durch den seltsam verwirrenden Tarnanstrich, der an die Streifenzeichnung eines Tigers erinnerte.

Commander Filip Orel ging langsam durch die leere Brücke, öffnete prüfend einen Spind, warf einen kurzen Blick auf den Kompaß und auf das Torpedosichtgerät sowie auf all die anderen Dinge, die ihm unbekannt waren, ihn aber brennend interessierten.

Er spürte, daß die beiden Wachtposten auf dem Anleger ihn beobachteten. Der eine war Brite, der andere einer seiner eigenen Leute. Wie deutlich doch ihre innere Ablehnung wurde, dachte er bitter. Im Augenblick einte sie zwar der Kampf mit dem gemeinsamen Gegner, doch der Gegensatz zwischen ihnen war unüberbrückbar.

Jetzt, nach Mitternacht, war es in dem Bunker so still wie in einem Sarg. Die einzigen Geräusche waren das Klatschen des öligen Wassers und das Knarren der Leinen und Fender. Hier unten hörte man nicht einmal das ständige Geschützfeuer an der Landfront.

Orel fiel es leichter, in Augenblicken der Stille klar zu denken. Selbst in den kleinen, überfüllten Booten seiner bunt zusammengewürfelten Flottille hatte er sich dazu erzogen, innerlich auf Distanz zu bleiben. Er überdachte noch einmal den geplanten Angriff auf den rumänischen Hafen, den Kapitän Sorokin ihm nachmittags in großen Umrissen skizziert hatte. Alles schien ganz sinnvoll, aber wenn etwas schiefging, konnten hier die gesamten russischen Seestreitkräfte vernichtet werden, womit die Versorgungslinien an der Schwarzmeerküste ungeschützt jedem Angriff ausgesetzt wären.

Die Leute in Moskau dachten noch immer in Begriffen wie Flottillen und Geschwader, großer Strategie und sicheren Basen, gingen von einer intakten Flotte aus. Sie sollten mal hier sein, dachte Orel, besonders während der Winterstürme, wenn die vereisten Geschütze nicht mehr feuern konnten und die Männer auf Wache erfroren.

Er bewunderte Sorokin aus mehreren Gründen. Als erstes wegen dessen Fähigkeit, in seinen Gedanken und Überlegungen noch schneller zu sein als der mächtige Stab in Moskau. Zweitens setzte er sich für die ihm unterstellten Leute mit dem ganzen Gewicht seiner Persönlichkeit ein, so oft deren Leistungen in Zweifel gezogen wurden. Drittens begriff er, daß einige Dinge, die seine Vorgesetzten für unbedingt notwendig erachteten, unter den Kriegsbedingungen nicht machbar waren. Dennoch blieb Sorokin für Orel ein Rätsel, und er fand es schwierig zu entscheiden, was an ihm echt und was geschauspielert war.

Er dachte auch an die kürzlich angekommenen Briten. Er hatte immer gewußt, daß sie anders waren als seine eigenen Landsleute: dekadent, arrogant und von ihrer eigenen Tüchtigkeit überzeugt. Doch diese Eigenschaften schienen bei den hiesigen Engländern zu fehlen. Mit grimmigem Lächeln setzte sich Orel auf den stählernen Brückensitz, den einst der deutsche Kommandant eingenommen hatte. Der britische Kapitän Barker war da allerdings eine Ausnahme. Er war genauso, wie Orel sich die Engländer vorgestellt hatte: ein Mann, der seine Gereiztheit hinter einem nichtssagenden Lächeln verbarg, der Zugeständnisse zu machen schien, in Wirklichkeit aber nicht das geringste preisgab.

Orel glitt vom Sitz und ging zur Steuerbordseite der flachen Brücke. Es war ein hervorragendes Boot. Mit seinen drei starken Daimler-Benz-Dieseln konnte es zweiundvierzig Knoten laufen, und mit seinen vier Torpedos und den mächtigen Dreißig- und Siebenunddreißig-Millimeter-Kanonen war es den britischen Booten weit überlegen.

Wenn der Feind Sorokins List durchschaut hatte, wartete er möglicherweise bereits auf sie. Orel blickte aus der Brückennock hinunter zu den frisch gemalten Abzeichen, dem Seeadler, der einen Torpedo in den Klauen hielt. Es mußte genauso aussehen wie auf den deutschen Booten. Orels dunkles Gesicht wurde hart, als er sich den Mann vorstellte, der jetzt die neue Gruppe *Seeadler* befehligte: ein deutscher Offizier von großen Fähigkeiten, der aber nicht davor zurückschreckte, Geiseln zu erschießen oder Küstendörfer zu verbrennen. Moskau hatte ausführliche Unterlagen über Lincke, von denen die meisten aus dessen Zeit an der Adriaküste stammten. Ein erfahrener und wagemutiger Taktiker. Verächtlich schürzte Orel die Lippen. Unter all seiner Tapferkeit verbarg sich doch der wahre Nazi, der Schlächter.

Plötzlich dachte er an Devane, seinen britischen Kollegen: ein schwer durchschaubarer Mann. Äußerlich wirkte er freundlich und zur Zusammenarbeit bereit, aber da konnte man nie sicher sein. Im Augenblick war er noch unterwegs mit Barker und dem Aristrokraten mit der gleichmütigen Stimme, Beresford, dem Nachrichtenoffizier, der Russisch sprach wie ein Student im zweiten Studienjahr. Sie hüteten ihre Geheimnisse recht gut, aber Sorokin tat das auch.

Orel stieg von der Brücke herunter und ging nach achtern, an der Reling entlang, wo die Reservetorpedos und Minen gelagert wurden, bis er zur Querreling am Heck kam. Die britischen Motortorpedoboote lagen im Dunkeln, und doch spürte er, wie man ihn von dort aus beobachtete.

Die Jahre verbissener Kriegsführung hatten ihn mehr verhärtet, als er zugeben wollte. Aber das mußte wohl so sein, war die einzige Möglichkeit zu überleben. Viele Kameraden hatte er bereits verloren und auch den Schmerz über den Verlust von Familienmitgliedern mit ihnen geteilt, bis er sich fragte, ob denn dieses Gemetzel niemals enden würde.

Städte und Dörfer waren zerstört, alte Männer und Knaben von den vorrückenden deutschen Heeren abgeschlachtet worden, während die Frauen und Töchter in Viehwaggons nach Deutschland transportiert wurden, um in Arbeitslagern zu enden.

Das alles hatte sich grundlegend geändert. Jetzt lernten auch die Deutschen die Verzweiflung des Rückzuges kennen, wurden zurückgetrieben, bis russische Soldaten durch *ihre* Straßen marschieren und *ihre* Grausamkeiten zurückzahlen würden. Dies war das einzige, was zählte, und es zu ermöglichen war Orels ständiges Bemühen.

Bis zum Endsieg würden noch viele sterben müssen. Orels Blick ruhte auf dem nächstgelegenen MTB. Einige würden kaum wissen, warum sie starben, aber der Sieg würde selbst den Tod der Unschuldigen rechtfertigen.

Wütend über sich selbst, daß er diese Tatsache überhaupt angezweifelt hatte, wandte Orel dem Boot den Rücken und tastete sich hinüber zum Anleger.

Der russische Posten nahm stampfend Haltung an und setzte sein Gewehr knallend auf. Der britische Seemann zog die Hacken zusammen und sah Orel ohne besonderes Interesse vorbeigehen. Er salutierte ohnehin nur vor seinen eigenen Offizieren, und das bestimmt nicht während der Nacht. Gähnend dachte er: verdammte Ausländer!

Devane lag auf dem Rücken, das Gesicht dem geschlossenen Fenster zugewandt, das im zunehmenden Licht der Morgendämmerung Konturen annahm.

Er hatte diesen Morgen mehr gefürchtet als jeden, an den er sich erinnern konnte, und doch fühlte er sich seltsamerweise wie neugeboren.

Claudia lag eng an ihn gepreßt, ihre Brust berührte die seine, ihr zerzaustes Haar hing ihm über die Schulter. Er spürte ihren Herzschlag, die Wärme ihres Rückens.

Er wandte den Kopf und sah, daß sie die Augen aufgeschlagen hatte und ihn beobachtete. Ihre Lippen waren geöffnet und glänzten feucht im blassen Licht.

»Ich will nicht nach England zurück.« Sie sagte es so einfach, als gäbe es darüber – genau wie über ihre neugefundene Liebe – keinerlei Diskussion. »Ich werde hier warten, wahrscheinlich in Kairo, bis . . .«

Er drückte sie an sich und spürte ihr erwachendes Verlangen. Als er schwieg, fuhr sie fort: »Dann bin ich dir näher. Dein Kapitän Whitcombe kann das bestimmt arrangieren. Sie brauchen jetzt ohnehin jeden verfügbaren Platz in Flugzeugen und Schiffen, bis die Schlacht in Sizilien entschieden ist.«

Devane lächelte trotz seiner Verzweiflung über den bevorstehenden Abschied. Sie hatte sich alles gut ausgedacht, und wahrscheinlich hatte sie sogar recht, wenigstens soweit es Whitcombe betraf. Schließlich entgegnete er: »Du wärst aber in Devon besser aufgehoben. Ich wüßte dann auch, wohin ich gehen müßte, wenn wir –«

Sie berührte seine Lippen mit den Fingern. »Nein, ich möchte lieber hierbleiben, näher bei dir. Schon für den Fall, daß du noch einmal Gelegenheit hast herzukommen.«

Er beugte den Kopf und küßte sie, obwohl ihm klar war, daß er jetzt gehen mußte. Es war, als lauere ein schrecklicher Alptraum im

Hintergrund, gegen den er nichts tun konnte. Er hörte den Verkehrslärm vor dem Fenster, hörte jemanden fröhlich pfeifen und in der Ferne das Heulen eines Schleppers.

Sie zog ihn zu sich hinunter und schob allen Widerstand beiseite, bis sie gemeinsam zur Erfüllung kamen.

Später, als er seine Khakiuniform anzog, stand sie auf und berührte seine Narbe. Selbst diese einfache Geste machte ihn fast schwindlig.

Er drehte sich rasch um und drückte sie fest an sich, obwohl ihm klar war, daß er ihr damit weh tat. Schließlich flüsterte er ihr ins Ohr: »Ich will dich niemals verlieren. Aber...«

Sie hob das Kinn und sah ihn an. Nur die bebende Unterlippe strafte ihre Selbstbeherrschung Lügen.

»Kein *Aber*, John. Wir lieben uns, und was auch passiert, wir besitzen die Erinnerung an diese glücklichen Stunden. Komm gesund zu mir zurück, Liebster!«

Und dann, so schien es Devane, war er wieder nur Zuschauer. Er stand auf der Straße und blickte hinauf zum Hotelfenster, das soeben noch ihr gemeinsames Fenster gewesen war.

Sie öffnete die Läden einen Spaltbreit, und er sah ihre helle Haut schimmern. Sie hatte geweint, als die Tür sich hinter ihm schloß, aber er war nicht umgekehrt. Das wäre zuviel für ihn gewesen. Bestimmt war ihr das klar. Sie schien ihn besser zu verstehen als er sich selbst.

Wie lange er auf der Straße stand, ohne die neugierigen Blicke und die vorbeidrängelnden Soldaten wahrzunehmen, wußte er nicht. In Gedanken weilte er noch bei ihr, hörte die Worte, die sie beide gesprochen und auch die, die sie unterdrückt hatten. Endlich wandte er sich um und starrte aufs Wasser, roch den Gestank des Krieges, der noch gewonnen werden mußte. Rasch ließ er das Hotel hinter sich, aber noch immer wollte der Schmerz sich nicht einstellen. Plötzlich kam ihm die Erkenntnis, warum: Er war nicht mehr allein.

11 Barkers Krieg

Kapitän Barker bohrte die Hände in die Taschen seiner Uniformjacke und spreizte die Daumen, während er die versammelten Offiziere musterte.

»Der Angriffsplan ist praktisch perfekt, meine Herren.« Seine hellen Augen blitzten im Licht der Deckenbeleuchtung. »Unser gekapertes Schnellboot ist nun endlich auch mit Torpedos bewaffnet, die genau passen. Und der Rest der Ausrüstung wird in den nächsten vierundzwanzig Stunden übernommen.«

Devane beobachtete die Reaktion der anderen Offiziere. Seine Abwesenheit von Tuapse hatte nur ein paar Tage gedauert, kam ihm aber viel länger vor. Der Bunker erschien ihm jetzt schmutziger, die Bombenschäden ringsum jämmerlich.

Barkers beiläufige Erwähnung der Torpedos rief ein rasches Stirnrunzeln auf Dundas' Gesicht hervor. Denn nach Barkers Meinung wäre damals bei der Kaperung genügend Zeit gewesen, die deutschen Torpedos, die für die Dauer der Reparatur ausgeladen worden waren, zu finden und nach Tuapse mitzubringen.

Devane spürte bei den zuhörenden Offizieren nur den Eifer, die Aufgabe hier so rasch wie möglich zu erledigen und dann endlich auf einen anderen Kriegsschauplatz geschickt zu werden, zu einer Kriegsführung, die sie verstanden. Aber sie hatten sich alle über seine Rückkehr gefreut.

Barker riß Devane aus seinen Gedanken, als er rief: »Es wird eine schwere Aufgabe, meine Herren, aber ich möchte, daß alles wie am Schnürchen funktioniert! Eine Menge wird von der genauen Einhaltung des Zeitplanes und von Ihrer Entschlossenheit abhängen.«

Devane sah Beresford an, der mit ausgestreckten Beinen auf einem anderen Stuhl saß; nur das Wippen seiner Fußspitze zeigte, daß er wach war.

Vier Mann waren im Raum anwesend, die das Ziel genau kannten: den kleinen rumänischen Hafen Mandra, etwa vierzig Meilen nördlich der bulgarischen Grenze.

Devane rief sich ins Gedächtnis, was Beresford ihm über Barker erzählt hatte. Der Mann wußte so gut wie nichts über Motortorpedoboote, lediglich das, was er über sie gehört oder gelesen hatte. Sein Krieg war ein Krieg der Planung und Taktik; aber an seiner Zuversicht bestand nicht der geringste Zweifel. Dies und die Tatsache, daß er gierig hinter einer weiteren Beförderung her war und möglicherweise versuchen würde, Whitcombes Position zu übernehmen, machte ihm Barker nicht gerade sympathischer. Wußte er etwas von Claudia und dem Hotel? fragte sich Devane. Das war unwahrscheinlich. Barker war so kalt wie ein Fisch, bestimmt hätte er sich andernfalls ein Vergnügen daraus gemacht, sie beide zu trennen.

»Und jetzt zu den Erkennungszeichen.« Barker warf einen Blick auf die Uhr. »Ich werde dafür sorgen, daß sie sofort bekanntgegeben werden, aber ich möchte, daß alle Boote vorübergehend einen gemalten Zahlenwimpel tragen. Die Zeit der Heimlichkeit ist vorüber. Der Feind wird wissen, daß *Parthian* hier ist, aber er kann nicht wissen, was wir vorhaben.«

Devane merkte, daß er beide Fäuste ballte. Er hörte Barker sagen: »Das Führerboot wird natürlich Nummer eins.« Er lächelte dünn. »Und die restlichen Nummern entsprechen natürlich dem Dienstrang. Eine klare Unterscheidung zwischen uns und den russischen Patrouillenbooten ist lebenswichtig.«

Nur mühsam konnte Devane sich beherrschen. *Nummer eins!* Das war, als würde eine Zielscheibe auf sein Boot gemalt. Es gab schon genug, um das er sich Sorgen machen mußte, ohne... Ärgerlich schüttelte er sich. Anscheinend eine Überreaktion. Er verglich seine früheren Einsätze mit dem jetzigen und mit seiner geringeren Erfolgschance. Eher schien alles auf drohendes Unheil hinzudeuten. Er starrte auf den Boden zwischen seinen Füßen. Aber *mich* soll es nicht erwischen, dachte er, nicht mehr.

Kapitänleutnant Buckhurst sagte dickköpfig: »Ich hätte gern mehr Zeit, um das deutsche Boot gründlich zu inspizieren, Sir. Die russischen Mechaniker mögen ja ganz gut sein, aber...« Der Rest des Satzes blieb ungesagt.

Barker musterte ihn kalt. »Inspizieren Sie es eben in der restlichen Zeit. Ich brauche Ihnen ja wohl nicht Ihre Augabe zu erläutern.«

Überraschenderweise lächelte Buckhurst. Seiner Ansicht nach war Barker ein Ekel, und er wollte das nur noch einmal vor den anderen bestätigt sehen.

Beresford räusperte sich. »Wir haben Einladungen von verschiedenen russischen Offiziersmessen vorliegen, Sir. Ich dachte, wir sollten das Fraternisierungsverbot jetzt vielleicht ein wenig auflokkern.«

Barker starrte ihn verständnislos an. »Dies ist eine Kampfflottille mit einem Sonderauftrag, das muß ich doch nicht besonders betonen, oder? Die Roten lieben uns nicht. Sie brauchen uns, und das ist etwas ganz anderes.«

Beresford nickte und schwieg. Devane vermutete, daß einige der anderen Offiziere an Beresford herangetreten waren, für sie Landurlaub und Annahme der Einladungen zu erwirken.

Barker reckte sich und blickte ihnen der Reihe nach ins Gesicht.

»Kehren Sie auf Ihre Boote zurück und teilen Sie Ihren Besatzungen das Notwendigste mit. Einige der Mannschaftsgrade scheinen mir ziemlich aufsässig zu sein. Aus ihren Führungsakten geht hervor, daß sie mehr Zeit im Arrest zugebracht haben als auf See.« Dann nickte er kurz. »Machen Sie weiter, meine Herren!«

Die Offiziere verließen den Bunker und traten den Weg zu ihren Booten an. Mehr als einer blieb vor dem deutschen Schnellboot stehen und betrachtete eingehend den Tigeranstrich und das Adlerabzeichen.

Dundas ging neben Devane. »Ich bin froh, wenn wir hier raus sind, Sir.« Das sagte er mit ungewöhnlicher Verbitterung. »Dieses Tuapse verursacht mir Unbehagen.«

Devane sah ihn an. »Ich werde auch nicht traurig sein.«

»Ist alles gutgegangen?« Dundas wurde rot. »Ich meine mit der Untersuchung?«

Es schien Devane seltsam, daß ihn bisher niemand nach Richie gefragt oder mehr, als in der knappen offiziellen Verlautbarung stand, zu erfahren versucht hatte. Recht oder Unrecht, Held oder Mörder – Richie blieb einer der Ihren.

Er antwortete: »Ich habe nur das Ende der Verhandlung gehört und muß Stillschweigen darüber bewahren. Die Sache ist aber zu den Akten gelegt.«

»Seine Frau, äh, ich meine, seine Witwe – ich frage mich, wie sie die Sache sieht?«

Devane wandte den Blick ab. *Ich habe ihm gesagt, ich hätte eine Affäre*, waren ihre Worte gewesen. Und in ihrer letzten Nacht hatte er sie danach gefragt.

Ohne zu zögern hatte sie geantwortet: »*Du* warst diese Affäre. Ich habe sie erfunden. Vielleicht war es Wunschdenken. Aber du warst der einzige, den Don jemals gelobt hat.«

Zu Dundas sagte Devane: »Ich habe sie nach der Verhandlung getroffen. Sie trug es mit Haltung.«

»Eine entzückende Frau!« Dundas konnte das Thema anscheinend nicht lassen. »Er muß verrückt gewesen sein.«

Devane erinnerte sich daran, daß Dundas seine Bewunderung für Claudia schon früher verraten hatte. Rasch sagte er: »Wir wollen unser Boot noch einmal überprüfen.«

Dundas folgte ihm hinunter aufs Deck. Wenn sie hier fertig waren und ins Mittelmeer zurückkehrten, wollte er versuchen, Claudia wiederzusehen. Jetzt, da Richie nicht mehr lebte, war sie vielleicht für ein freundliches Gesicht dankbar. Dundas konnte ihre geschmeidigen Bewegungen und ihr aufreizendes Lachen nicht vergessen; aber auch nicht, daß sie ihrem Mann verboten hatte, in ihrer Gegenwart einen Untergebenen anzuschreien.

Oberleutnant Seymour kam hinter ihnen her. »Was soll diese blöde Numerierung der Boote, Sir?«

Dundas grinste. »Daran soll der Feind die Männer von den Knaben unterscheiden, David.«

Devane fuhr herum. »Lassen Sie mich so was nicht noch einmal hören, Number One! Jetzt fangt beide mit eurer Arbeit an!«

Als Devane gegangen war, zog Seymour eine bedauernde Grimasse. »Tut mir leid, Roddy. Ich sollte wissen, wann ich den Mund zu halten habe.«

Dundas klopfte ihm auf den Arm. »Vergessen Sie's. Ich werde bestimmt auch biestig, wenn ich erst Kommandant bin. Er hat's nicht so gemeint.«

Eine Stimme vom Anleger ließ ihn zusammenfahren. Er sah auf und erkannte Barker, der ihn mit vorgerecktem Kopf anstarrte, wobei er schnauzte: »Auf Ihrem Achterdeck steht ein Mannschaftsgrad ohne Mütze! *Sie* sind doch der Erste Wachoffizier, wenn ich nicht irre. Also kümmern Sie sich gefälligst darum!«

Ausdruckslos salutierte Dundas. »Aye, aye, Sir!« Aber innerlich schäumte er vor Wut. Erst fuhr ihn der eine an, dann der andere. Er hatte wohl eine Pechsträhne.

Kapitänleutnant Ralph Beresford beugte sich über den Kartentisch des Schnellbootes und sah Devane an. Das Schiff virbrierte und pulsierte, zwar verhalten und kontrolliert, aber dennoch vermittelte es den Eindruck eines riesigen Hundes, der gleich von der Leine gelassen werden soll. Draußen war es dunkel, ein längeres Warten unnötig.

»Nun, wie fühlen Sie sich, John, jetzt, da es losgeht?«

Devane kritzelte noch etwas auf seinen Schreibblock und lehnte sich dann im Stuhl zurück. Seit zwei Tagen war er fast ununterbrochen auf dem deutschen Boot, versuchte es in den Griff zu bekommen, seine Abneigung zu überwinden. Aber noch immer war es ihm ungewohnt, so wie Barkers ganzem Plan das Gefühl für Realität zu fehlen schien.

Zögernd hob er die Schultern. »Es wird besser werden, wenn wir erst vor Ort sind.«

Er versuchte, überzeugend zu sprechen, um Beresfords willen. Dieser mußte hier in Tuapse zurückbleiben, und das gefiel ihm bestimmt ganz und gar nicht, zumal Barker lieber seine Vorgesetzten im fernen London konsultierte, als sich mit Beresford zu besprechen.

Devane fuhr fort: »Bis zur feindlichen Küste sollte die Fahrt eigentlich ruhig und ungestört verlaufen. Wenn wir entdeckt werden, müssen wir den Einsatz ohnehin abbrechen. Es wäre sinnlos, die Wespen im Nest vorzeitig zu reizen.«

Das gekaperte Schnellboot, das den Tarnnamen *Trojan* erhalten hatte, sollte in den feindbesetzten Hafen von Mandra einlaufen und allein ein großes Versorgungsschiff angreifen, das dort schon seit mehreren Monaten lag. Es diente als Hauptquartier des deutschen Kommandierenden Admirals und zugleich als Reparatur- und Mutterschiff für die Schnellbootflottillen. Wahrscheinlich war ihr gekapertes Boot bei seiner Ankunft im Schwarzen Meer ebenfalls dort betreut worden.

Die Unternehmung würde *Parthian* bestimmt in die Schlagzeilen bringen, wenn sie erfolgreich verlief. Die Beeinträchtigung des feindlichen Nachschubverkehrs würde sich mit Windeseile von einem Ende des Schwarzen Meeres bis zum anderen herumsprechen.

Barker hatte frischfröhlich verkündet: »Dies ist der Geist Drakes, nicht der schwerfällige Unsinn unserer jetzigen Stäbe. Direkt hinein und rasch wieder weg! Der Jerry wird es sich danach zweimal überlegen, ob er seine Stützpunkte wieder so weit verstreut anlegen soll.«

Lediglich ein MTB, Oberleutnant Hornes *Buzzard*, das jetzt eine knallrote Vier auf dem Rumpf trug, sollte das Schnellboot begleiten und ihm beim Rückzug aus Mandra Feuerschutz geben. Das klang zwar gefährlich, war aber nicht schwieriger als andere Einsätze, die sie früher gefahren hatten. Was Devane so mißfiel, war, daß Barker auf der Besetzung des Schnellboots mit ausgesuchten Offizieren und Mannschaften bestand, den besten der ganzen Flottille. Horne, der Kommandant von *Buzzard*, sollte als Devanes Number One fungieren. Er war sehr tüchtig und verfügte über viel Erfahrung. Devane vermutete, er sei hauptsächlich deswegen ausgesucht worden, um ihn ersetzen zu können, wenn er fallen sollte. Als weiterer Offizier kam Mackeys Number One an Bord, ein Kanadier namens Bill Durston. Pellegrine würde als Devanes Gefechtsrudergänger fungieren, und auch der Chief, Unteroffizier Ackland, sollte ihn auf das Schnellboot begleiten. Der Rest der britischen Mannschaft bestand hauptsächlich aus Maschinenpersonal, da Barker zögernd eingewilligt hatte, daß alle Geschütze und Maschinengewehre von russischen Artilleristen besetzt wurden. Das ergab zusammen sechsunddreißig Offiziere und Mannschaften, während die normale Sollstärke dieses deutschen Schnellboottyps dreiundzwanzig Mann betrug.

Devane schloß: »Vorausgesetzt, daß wir ohne Zwischenfall hineinkommen, sollten wir vor der Morgendämmerung wieder draußen sein.

Die Russen können während unserer Rückfahrt nach Tuapse für Luftsicherung sorgen.«

Vielleicht hatte Barker recht mit seinem Drängen, aber trotz aller Eile brauchten sie doch Zeit, um die Reaktionen des Bootes auch unter Extrembedingungen kennenzulernen. Es war mit den deutschen Vierzentimeter-Geschützen und Zweizentimeter-Maschinengewehren ausgerüstet, ebenso mit den für den letzten Teil des Angriffs vorgesehenen Minen. Mit seiner zusammengewürfelten Besatzung und Ausrüstung war das Boot in der Tat ein Unikum in der Seekriegsführung.

Beresford nahm seine auf dem Tisch verstreuten Papiere auf und machte sich fertig zum Gehen. Plötzlich sagte er: »Passen Sie gut auf sich auf, alter Junge. Und machen Sie alles so, wie Sie es für richtig halten. In den letzten Tagen bin ich zu der Überzeugung gekommen, daß hier weder Churchill noch Stalin noch Hitler zählen. Dies ist allein *Barkers* Krieg, und wir sollten das nie vergessen.«

Devane vermutete, daß Horne bereits ungeduldig darauf wartete, das Schiff seeklar zu melden. Aber er hatte noch etwas auf dem Herzen. »Was werden die übrigen Boote von *Parthian* inzwischen machen?«

Beresford strich sein Haar zurück und stülpte sich die Mütze auf. »Ach, irgendeinen Scheinangriff an der Küste, zur Ablenkung. *Trojan*, in der Tat! Nur Barker konnte sich etwas so Blödes ausdenken, das den Charakter der Unternehmung sofort verrät!« Er streckte ihm die Hand hin. »Also, ich gehe jetzt von Bord.«

Devane zog einen Briefumschlag aus der Tasche. Er kam sich dabei ein wenig unbeholfen vor, aber die Angelegenheit war ihm doch zu wichtig.

Zögernd sagte er: »Wenn irgend etwas schiefgehen sollte, würden Sie diesen Brief für mich abschicken?«

Beresfords Blick senkte sich nur für einen Augenblick auf die Adresse, dann sagte er: »Klar. Ich sorge dafür, daß sie ihn bekommt.«

Er nickte noch einmal kurz, wandte sich um und stieg rasch die Stelling zum Anleger hinauf.

Horne und Durston traten gleichzeitig ein. Horne schlug die Hände zusammen und rief: »Mein Boot ist bis zu den Decksbalken mit Treibstoff beladen. Aber da ich hier bei Ihnen bin, Sir, wird meine Number One bestimmt Kontakt halten!«

Er brach in schallendes Gelächter aus.

Durston grinste. »Red hat mich nur geschickt, weil er mich lieber von hinten als von vorn sieht!« Sie blickten einander an wie Verschwörer.

Schließlich sagte Devane: »Lassen Sie Signal zum Ablegen geben.« Er blickte in den Kartenraum und stellte sich die früheren Bewohner vor. Vielleicht hatten auch sie hier die letzten Briefe an ihre Lieben geschrieben. *Für den Fall, daß* ...

Er hörte, daß der russische Oberleutnant seine Geschützbedienungen musterte, und beschloß, es dabei zu belassen. Alle wußten, was zu tun war, und wenn nicht, war es jetzt ohnehin zu spät. Wie Orel wohl zumute war, da er wieder nur eine Hilfsrolle spielte?

Pellegrine hob grüßend die Hand zur Mütze. »Alle Maschinen startklar, Sir.« Er wirkte auf der geräumigen Schnellbootbrücke kleiner als auf dem gewohnten MTB.

Devane lächelte ihm zu. »Sie haben wirklich einen wundervollen Klang.«

Die starken Daimler-Benz-Diesel pochten jetzt freier als vorher. Bald würden sie ihre volle Kraft zeigen. Neuer Kommandant, neuer Chief, eine andere Flagge, all das war dem Boot bestimmt gleichgültig.

Der Signalunteroffizier rief: »Signal bestätigt, Sir. *Auslaufen wenn fertig.*«

Es kam Devane seltsam vor, daß es ein Fremder war und nicht der ihm wohlvertraute Carroll.

Plötzlich fluchte Horne: »Verdammt, da will noch irgendein Idiot an Bord!« Seine Stimme klang gereizt, was sonst nicht seine Art war.

Es war Dundas, und Devane hatte ihn beinahe erwartet.

»Wollte Ihnen nur Glück wünschen, Sir.« Er sah sich kurz auf der Brücke um, während die Blenden geschlossen und die Maschinenluke mit metallischem Knall zugeklappt wurde.

»Danke, Number One. Lassen Sie schon Drinks vorbereiten. Wir sehen uns am Donnerstag.«

Sie schüttelten sich die Hände, und Dundas kehrte ins Dämmerlicht des Bunkers zurück.

»Sagen Sie *Buzzard*, er soll starten.«

Devane trat an die achtere Brückenreling und sah zu, wie ihr einziges Geleitfahrzeug sofort in einer Gaswolke verschwand, als dessen Motoren donnernd zum Leben erwachten. Die Festmacher schlängelten sich an Bord, und undeutlich hörte Devane die Abschiedsrufe der zurückbleibenden Besatzungen.

Er sah auch Horne seinem eigenen Boot nachwinken. Er machte sich bestimmt größere Sorgen wegen der Kommandoübergabe an seine Number One als wegen des bevorstehenden Einsatzes.

Oberleutnant Durston war bereits nach vorn gegangen, und man hörte seinen Ruf: »Klar zum Loswerfen vorn und achtern«, während die Seeleute sich an den Pollern bereit hielten. Seine warme kanadische Stimme klang seltsam beruhigend.

Am Ende des Anlegers glaubte Devane Barker und den Oberleutnant vom Nachrichtendienst zu sehen, aber er vergaß sie sofort. »Vorleine los!« befahl er. »Steuerbordmaschine langsame Fahrt zurück!«

Die Brücke begann zu beben, und jemand rief halblaut: »Benimm dich, Jerry!«

»Los achtern! Fender raus achtern!«

Langsam glitt der Anleger vorbei, und Devane bemerkte, daß die Seeleute auf den anderen Booten die Mützen schwenkten, während *Trojan* der Ausfahrt zustrebte.

»Steuerbord stopp!«

Devane warf einen Blick durch die Brücke, auf die angespannten Gestalten, die kleinen flatternden Segeltuchfetzen, die an Sprachrohrstutzen und Schalter gebunden waren, um sie zu markieren. Barker hätte das sicherlich nicht gebilligt.

»Steuerbord halbe Fahrt voraus, Backbord halbe Fahrt zurück, Ruder mitschiffs.«

Das Boot mochte groß und stark stein, aber es drehte mit seinen hundertfünfzehn Fuß* Länge so elegant wie ein Londoner Taxi.

Pellegrine murmelte: »Ich sehe die beiden Markierungstonnen, Sir.« Seine Stimme klang etwas atemlos, als sei er gerannt.

Devane klopfte ihm auf den Arm. »Steuern Sie nur die Ausfahrt an. Steuerbord und Backbord langsame Fahrt voraus.«

Ringsum begannen die Männer sich zu entspannen und an ihre neue Umgebung zu gewöhnen. Alles überflüssige Tauwerk war verstaut, die Stahltrossen der Reling waren bis auf ein Minimum entfernt worden, um den Geschützen möglichst freies Schußfeld zu geben. Unten im Maschinenraum war Unteroffizier Ackland bereits eifrig um seine glänzenden Maschinen bemüht. Für ihn existierte jetzt nichts mehr außer den drei mächtigen Dieselmotoren, die ihm wunderschön schienen.

Horne überquerte die Brücke, wegen der abendlichen Kühle in einen Dufflecoat gehüllt.

»In fünfundzwanzig Minuten sind wir aus dem Hafenbereich heraus, Sir.« Seine Augen blitzten kurz auf, als eine abgeblendete Lampe

* ca. 35 Meter

145

von ihrem Begleitboot herüberblinkte, das jetzt drehte und seine Position achteraus vom Führerboot einnahm.

Der Signalmann rief: »Von *Buzzard*, Sir: Wir folgen dem Alten.«

Devane trat beiseite, als Horne rief: »Geben Sie: Bleiben Sie dicht auf, damit Sie lernen, wie das geht.«

Devane nahm die Mütze ab und ließ sein Haar vom Fahrtwind zerwühlen. Was Claudia jetzt wohl machte? Vielleicht war es falsch gewesen, Beresford diesen Brief zu geben. Wenn es ihn erwischte, würde die Lektüre ihren Schmerz nur vergrößern.

»Steuerbord fünfzehn, Swain.« Hornes Stimme klang jetzt ruhiger.

Devane ließ ihn gewähren. Sie alle verstanden ihr Handwerk und brauchten ihn erst, wenn der Angriff begann.

Horne sah zu, wie der Kommandant nach unten ging, und wartete auf Durston, der neben ihn auf die Grätings trat.

»Er scheint ja ganz gelassen zu sein.« Der Kanadier richtete sein Glas auf ein vorbeigleitendes, halb versunkenes Wrack, vor dem eine Glockentonne dumpf läutete; es klang wie Grabgesang.

Horne grunzte zustimmend. »Ja, er gefällt mir. Wir könnten uns keinen besseren wünschen.«

»Dieser Hafen, zu dem wir wollen – meinen Sie, daß wir's schaffen?«

Horne starrte ihn an. »Um Himmels willen, gehen Sie lieber und besorgen Sie uns was Heißes zum Trinken. Ich sage Ihnen alles über das verdammte Mandra, wenn wir erst auf der Rückfahrt sind!«

Der Oberleutnant schlenderte kichernd von dannen, während Horne versuchte, nicht an sein eigenes, im Kielwasser folgendes Boot zu denken.

Pellegrine hielt den Blick fest auf das markierte Fahrwasser und auf das schwache Licht des Motorboots gerichtet, das sie hinausgeleitete. Wie immer, erwog er auch jetzt seine Überlebenschance. Sie hatten eine gute Besatzung, aber das Schnellboot war eine unbekannte Größe. Er dachte an die Minen rund um das Deck, an die Extrafässer mit Treibstoff, an die Torpedos und die Munition der Schnellfeuergeschütze. Eine schwimmende Bombe waren sie. Ein einziger Treffer genügte, und seine lebenshungrige Frau in Gosport konnte machen, was sie wollte. Im Dunkeln runzelte er ärgerlich die Stirn. Nicht wenn er es verhindern konnte.

Die ersten Anzeichen offenen Wassers machten sich bemerkbar und hoben das Vorschiff an. Die Maschinen antworteten mit einem tieferen Brummton, und Horne bemerkte: »Wir werfen die Hauptmaschine an, sobald wir aus dem Hafen sind. Dann liegt das Boot wieder ruhiger.«

Pellegrine nickte geistesabwesend.

Unten in der leeren Messe saß Devane mit ausgestreckten Beinen, das Ohr dicht am Brückentelefon. Er zog den sternförmigen Splitter aus der Tasche und betrachtete ihn von allen Seiten. Dann stand er abrupt auf und stieg rasch wieder hinauf.

»In dreißig Minuten erproben wir die Geschütze«, sagte er.

Horne war überrascht, daß der Kommandant so schnell wieder auf der Brücke erschien. Aber Devanes Stimme klang ruhig, und wenn er irgendwelche Befürchtungen hatte, so ließ er sich die zumindest nicht anmerken.

Devane trat an die Vorderkante der Brücke und starrte über den Bug hinweg nach vorn. Vielleicht war Lincke irgendwo dort draußen? Vielleicht sogar in Mandra? Eines Tages mußte der Zusammenstoß ja doch erfolgen, warum also nicht dort?

Er hob die Schultern und versuchte, den Gedanken abzuschütteln. Sie hätten beinahe den Wüstenkrieg verloren, weil Rommel für die Briten so etwas wie ein Übermensch geworden war. Wenn er zuließ, daß Lincke ihn ähnlich beeinflußte, würde es ihn am Ende das Leben kosten.

Torpedomechaniker Pollard erschien mit einer großen dampfenden Kanne. »Hier ist Tee, Gentlemen!«

Pellegrin sagte säuerlich: »Und ich dachte schon, du wärst über Bord gefallen, Geordie.«

Devane nahm einen Becher heißen süßen Tee und empfand plötzlich eine große Dankbarkeit. Mit Männern wie Pollard und Pellegrine, wie Horne und Ackland hatte er eine weit stärkere Waffe zur Hand als Lincke jemals besitzen würde.

Horne drehte sich um, als er Devanes Anwesenheit auf der Brücke spürte.

»Zeit zur Kursänderung auf Süd siebzig Grad West, Sir.« Er betrachtete Devanes schattenhaften Umriß. »Dämmerung in fünfzehn Minuten.«

»Danke.«

Devane ging zum Vorderteil der Brücke, wobei seine Beine die ungleichmäßigen Bewegungen des Schnellboots abfingen, das sich jetzt mühsam durch den Seegang schob. Von keinem Boot der Welt, das für Schnelligkeit und Wendigkeit konstruiert war, konnte man erwarten, daß es über diesen Kriechgang erfreut war; aber, wie

Ackland sofort jedem erklärte, der sein Mißfallen äußerte, fünfzehn Knoten waren die wirtschaftlichste Fahrt, und sie mußten Treibstoff sparen. Achteraus in der Dunkelheit litt das kleinere MTB ebenfalls unter dem aufgezwungenen Schneckentempo.

Nach einer Weile sagte Devane: »Hier ist unser Abstand zur türkischen Küste am geringsten. Informieren Sie die Ausguckposten. Ein Zusammentreffen mit türkischen Patrouillenbooten wäre das letzte, was wir uns wünschen.«

Er machte sich keinerlei Sorgen wegen Horne. Als Navigator war er wohl noch besser als Dundas, und er hatte bereits bewiesen, daß er die Küste meist früher roch als der Ausguck sie sah.

Horne bemerkte leise: »Dies ist mein erster Einsatz in dem Bewußtsein, nicht genügend Treibstoff für die Rückfahrt zu haben. Ich hoffe nur, daß Kapitän Barker und die Russen ein Rendezvous mit einem Öltanker für uns vereinbart haben. Bis dahin wird unser Bestand an Dieselöl höchstens eine Tasse voll betragen.« Er warf einen besorgten Blick über das gläserne Brückenkleid. »Mein eigenes Boot wird sogar noch schlechter dran sein.«

Devane nickte. Er konnte sich darauf verlassen, daß Horne und Durston zu niemandem über dieses zusätzliche Risiko sprechen würden. Aber die Seeleute und vor allem das Maschinenpersonal waren keine Dummköpfe. Sie konnten diese Rechnung auch selbst aufstellen.

Er hob das Glas und ließ es sorgfältig über den dunklen Horizont schweifen. Aber die Sicht beschränkte sich auf ein paar helle Kämme und den leuchtenden Gischt ihrer eigenen Bugwelle. In wenigen Minuten würde sich das alles ändern. Blauer Himmel und leere See: Der letzte Teil ihres Anmarschweges war der kritischste.

Er dachte an den endlosen Tag, der vor ihnen lag, während sie immer dichter an das westliche Ende des Schwarzen Meeres herankreuzten. Je näher sie kamen, desto nebelhafter erschien ihm der Angriffsplan und vor allem die Alternative, wenn etwas schiefgehen sollte.

Der Seemann am Ruder trat beiseite, als Pellegrine gähnend auftauchte. Wie immer, so schien der Quartermeister auch jetzt die bevorstehende Kursänderung zu ahnen und traute sie keinem anderen als sich selbst zu.

Die Wachgänger wechselten, die Geschützbedienungen nahmen die wasserdichten Segeltuchbezüge ab und überprüften die Magazine. Ein Torpedomaat erschien von irgendwoher und begann eine methodische Überprüfung des Steuerbordtorpedorohres. Einem unbeteiligtem Zuschauer wäre es vorgekommen, als seien sie alle bereits seit Jahren und nicht erst seit Stunden an Bord.

Achteraus war jetzt das stampfende MTB zu sehen. Die Fahrterhöhung zum Angriff würde für sie alle eine Erlösung sein.

Horne folgte seinem Blick. »Es ackert ganz schön. Aber ich möchte meine Number One nicht stöhnen hören, wenn sein Brennstoff aufgebraucht und die Rückfahrt im Eimer ist. Warum, zum Teufel, haben wir nicht auch Dieselmotoren wie die Jerries? Die Idioten, die diesen Krieg vorbereiten sollten, hätten zumindest einen Gedanken an die armen Teufel wenden können, die auf einem fahrbaren Benzinfaß in See gehen müssen!«

Oberleutnant Durston taumelte auf die Brücke und blinzelte in den heller werdenden Himmel. Fröhlich sagte er: »Frühstück ist fertig.«

»Flugzeug! Peilung Rot vier-fünf! Höhenwinkel zwo-null!«

Horne rannte nach Steuerbord. »*Jesus!*«

Devane hob sein Glas und suchte eingehend den oberen Rand einer schmalen Wolkenbank ab, bis er den winzigen schwarzen Fleck sah, der völlig bewegungslos in der Luft zu stehen schien. Er wirkte wie ein Insekt, das dort mit ausgebreiteten Flügeln von einer Nadel gehalten wurde.

»Rufen Sie *Buzzard*. Sagen Sie –«

»Sie haben es bereits gesehen, Sir.«

Horne atmete erleichtert aus. »Gut gemacht. Wenn meine Number One statt der Flaggen die Lampen benutzt hätte, hätte ich ihn umgebracht!«

»Alle Maschinen langsamste Fahrt voraus. Sagen Sie dem Chief, was los ist.« Devane konzentrierte sich auf den winzigen Fleck, bis seine Augäpfel pulsierten. Trotz ihrer geringen Fahrt konnte ihr Kielwasser von einem aufmerksamen Beobachter im Flugzeug schon meilenweit gesehen werden. Die Maschinen seufzten nur noch, das Deck schwankte noch heftiger als vorher.

»Flugzeug ändert Kurs, Sir. Steuert jetzt genau Süd.«

Durston murmelte: »Anti-U-Bootpatrouille wahrscheinlich. Für einen Deutschen zu dicht unter Land.«

Das ist gleichgültig, dachte Devane grimmig. Wenn es eine türkische Maschine ist, wird der Feind unsere Anwesenheit genauso schnell erfahren.

Durston rieb sich das Kinn. »Zum Teufel, ich möchte endlich wissen, ob der Halunke uns gesichtet hat.« Das angekündigte Frühstück hatte er völlig vergessen.

Der über sein starkes Suchglas gebeugte Ausguck meldete: »Keine Änderung, Sir.«

»Was nun?« Horne sah Devane dabei nicht an. »Hat er oder hat er nicht?«

Devane ließ das Glas auf die Brust sinken. Alle konzentrierten sich auf ihn, auch wenn ihre Gesichter anderswohin gerichtet waren.

Es war allein *seine* Entscheidung. Sollte er Feuer eröffnen oder auf eine spätere und günstigere Gelegenheit warten?

Ein deutscher Pilot wäre genauso geflogen wie dieser hier. Er würde seinen Kurs beibehalten und sich nicht anmerken lassen, daß er das weiße Kielwasser gesichtet hatte.

Seinen Funkspruch würde er trotzdem abgeben. *Welche Schiffe? Wohin fahren sie?* Devane konnte sich vorstellen, wie die Drähte summten, wie ein deutscher Stabsoffizier zu seinem Admiral zitiert wurde.

Aber angenommen, es war ein unaufmerksamer Türke?

Devane rammte seine Faust in die Tasche und ballte sie so heftig, daß der Schmerz ihm half, seine Phantasie zu zügeln.

Schließlich sagte er: »Nicht beachten. Wir nehmen in zehn Minuten wieder Fahrt auf. Benachrichtigen Sie *Buzzard*.«

So einfach war es, eine Entscheidung zu treffen. Möglicherweise eine, die für alle an Bord innerhalb der nächsten Stunde den Tod bedeutete.

Trotzdem spielte er seine Rolle weiter. »Wie wär's jetzt mit Frühstück?« Er sah, wie sich alle entspannten, wie sie einander erleichtert angrinsten.

Der Skipper ist nicht beunruhigt. Nur keine Panik. Er konnte ihre Gedanken beinahe hören.

Claudia hatte wissen wollen, wie es beim Einsatz wirklich war; aber wie konnte er ihr diesen Wahnsinn beschreiben?

12 Kein zufälliges Treffen

»Kurs Nord zwanzig West, Sir.« Pellegrines Augen glühten im Schein der abgeblendeten Kompaßlampe. »Umdrehungen für achtzehn Knoten.«

»Gut.« Devane zerrte an seiner Jacke und am Hemd. Da sämtliche Stahlblenden bis auf die schmalen Beobachtungsschlitze im Brückenhaus geschlossen waren, litten sie unter der feuchten und drückenden Luft.

Oberleutnant Horne stand neben dem Gefechtsrudergänger, mühelos glich seine breite Gestalt die steigenden und fallenden Bootsbewegungen aus. Er war praktisch auf Fischkuttern aufgewachsen, sodaß ihm auch der stärkste Seegang nichts ausmachte. Es mußte schon ein Orkan wehen, um ihn zu beunruhigen.

Devane spürte die Spannung ringsum. Das Warten, die Sorge vor Entdeckung oder einem Hinterhalt hatten an ihren Nerven gezerrt. Vor kurzem hatten sie stoppen müssen, weil sie die geleerten Dieselfässer über Bord fieren und so lange warten mußten, bis sie vollgelaufen und gesunken waren. Ein einziges leeres Benzin- oder Dieselfaß, das von einem Patrouillenboot gefunden und identifiziert wurde, konnte die gesamte Küstenverteidigung alarmieren.

Es hatte Streit gegeben zwischen zwei Russen und einigen Seeleuten. Der russische Oberleutnant, ein rundgesichtiger, freundlicher Mann namens Patolitschew, hatte ihn schließlich dadurch beendet, daß er die Pistole zog und laut knackend entsicherte. Die Russen hatten sofort zu streiten aufgehört, und die britischen Seeleute waren so schockiert über das unorthodoxe Verhalten eines Offiziers, daß sie ebenfalls schwiegen.

Horne meinte: »Ich denke, wir haben es geschafft, Sir. Wir sind weniger als zwanzig Meilen von der Bucht entfernt. Auch der Jerry würde jetzt einen Angriff nicht länger aufschieben, wenn er uns entdeckt hätte.«

Devane antwortete nicht. Horne wirkte besorgt, ob wegen der Unternehmung selbst oder wegen seines eigenen Bootes achteraus, war schwer zu sagen. Devane fand sich selbst überraschend ruhig, so als sei er gar nicht beteiligt. Wie eine Katze, die allen Mut zusammennimmt, um im nächsten Augenblick ihre ahnungslose Beute anzuspringen.

Gott sei Dank liefen sie jetzt höhere Fahrt, so daß die ermüdenden Schlingerbewegungen aufgehört hatten. Während seiner ersten Zeit auf MTBs hatte sich Devane oft gefragt, warum die deutschen Schnellboote so viel ruhiger lagen und trotzdem wesentlich schwerer zu treffen waren, außer mit Schnellfeuer. Ihr Boot lief jetzt achtzehn Knoten und hinterließ fast kein Kielwasser, das seine Anwesenheit verraten hätte. Hornes Boot dagegen reckte den Bug hoch und schleuderte das Wasser heftig beiseite. Der riesige weiße Schnurrbart war zwar schneidig und beeindruckend, aber auch äußerst verräterisch.

Die deutschen Konstrukteure hatten wirklich an alles gedacht. Pellegrine konnte das Boot allein mit dem Zentralruder, einem der drei Ruder, steuern. Die Seitenruder waren in einem Winkel von dreißig Grad auswärts gestellt. Das verbesserte die Geschwindigkeit und reduzierte Bugwelle und Kielwasser auf ein Minimum; es war einfach, man mußte nur darauf kommen.

Devane befahl: »Lassen Sie die Befehlsübermittlungen überprüfen und stellen Sie zwei weitere Ausguckposten auf die obere Brücke.« Er blickte sich in der einbrechenden Morgendämmerung um. »Dolmetscher?«

»Hier, Sir.«

»Kommen Sie neben mich.« Devane war selbst erstaunt über seinen beiläufigen Ton. »Sie halten sich mit dem Megaphon bereit, falls wir mit einem Patrouillenboot sprechen müssen.«

Der Dolmetscher tastete sich nach vorn, und Devane hörte Pellegrine murmeln: »Mein Gott, *du* schon wieder?«

Es war in der Tat Metcalf. Devane hatte es Beresford überlassen, einen guten und überzeugenden Dolmetscher auszuwählen, hatte aber nicht den jungen Seemann erwartet, der durch die Offiziersprüfung gefallen war.

Wie die meisten Besatzungsmitglieder trug Metcalf einen weißen Pullover, was der Bekleidung deutscher Seeleute auf See am nächsten kam.

Horne meldete: »Befehlsübermittlung überprüft und in Ordnung, Sir, alle Geschütze geladen.«

Devane blickte auf das Leuchtzifferblatt seiner Uhr. Selbst die war deutsch. Gleich war es soweit.

Metcalf flüsterte: »Muß ich sprechen, Sir?«

»Unwahrscheinlich. Sicher werden wir angerufen. Wenn die Russen aber die richtigen Unterlagen für uns hatten, können wir die Antwort hinübermorsen.« Er rief sich das Bild des kleinen Hafens Mandra ins Gedächtnis zurück. »Ist mit Ihnen alles in Ordnung, Metcalf?«

Metcalf zitterte nur wenig. »Ja, Sir. Bestens.« Das stimmte. Er hatte sich nie wohler gefühlt. Auf dem ganzen Weg von Tuapse hierher hatte er an diesen Augenblick gedacht. Es konnte seine letzte Chance sein. Selbst die anderen Seeleute hatten ihn mit etwas mehr Respekt gemustert, als sie herausfanden, daß er deutsch sprach. In Wirklichkeit beherrschte Metcalf drei Sprachen, hatte es die anderen aber nie wissen lassen.

Devane vergaß den jungen Seemann neben sich, als Horne rief: »Backbord-Ausguck meldet ein Licht in Rot vier-fünf.« Es klang wie eine Frage.

Devane befahl knapp: »Ändern Sie den Kurs auf Nord dreißig Grad West.«

Diese Kursänderung würde sie nur wenige Minuten mehr kosten, aber dicht an dem mysteriösen Licht vorbeizufahren, konnte zu Unannehmlichkeiten führen.

»Wer ist der Ausguck?«

Horne antwortete sofort: »Gefreiter Tomkins, Sir, einer von meinen Leuten. Er ist erstklassig.«

Der Posten am Sprachrohr sagte gedämpft: »Ausguck meldet das Licht wieder, Sir. Tief unten, könnte eine Stablampe sein.«

»Stablampe?« Devane lief quer über die Brücke und schraubte eine der Stahlblenden auf.

Als er sein starkes Nachtglas nach unten richtete, hörte er Horne sagen: »Wahrscheinlich ein Fischer. Klariert sein Netz.«

Horne mußte es wissen. Aber wer es auch war, möglicherweise hatte er ein Funkgerät. Zwei unbeleuchtete Fahrzeuge in so geringem Abstand würden ihm vermutlich auffallen. Es war dasselbe Dilemma wie mit dem türkischen Flugzeug, nur standen sie jetzt dicht vor ihrem Ziel, höchstens eine Stunde entfernt.

Der Posten am Sprachrohr meldete: »Wieder ein Blinken, Sir.«

»Könnte es eine Tonne sein?«

Horne sagte rasch: »Nein. Ich habe die Karte nochmals studiert.«

Devane biß sich auf die Lippen. »Bunts, gehen Sie nach oben zum Scheinwerfer. Richten Sie ihn, und wenn ich rufe...«

Der Signalgast grinste. »Bin schon unterwegs, Sir.«

Devane lehnte sich an den Flaggenspind und spürte den Schmerz der Wunde wie ein glühendes Messer. Er erinnerte sich an das Hotelzimmer, an die geschlossenen Fensterläden, an Claudias weiche Hände, die über seine Narbe strichen.

»Geben Sie an alle Geschütze: klar zum Feuern.« Was war los mit ihm? Instinkt oder eine innere Warnung?

»Fertig, Sir.«

»*Scheinwerfer an!*«

Der Strahl schnitt über die See wie etwas Solides, hielt das andere Schiff fest und verwandelte es in leuchtendes Eis.

Horne murmelte: »Fischer, genau wie ich gesagt habe!«

Eine andere Stimme schrie: »Ein Motorboot liegt längsseit!«

»Verdammter Mist!« Devane sprang ans Sprachrohr: »Äußerste Kraft voraus!«

Die Motoren heulten auf, das Schnellboot schoß durchs Wasser wie ein angreifender Widder. Devane sah kleine Gestalten wie hypnotisiert in dem starren Lichtstrahl stehen und einen kleinen Farbfleck jenseits des zerbeulten Fischerbootes. Dazu einen grauen Dreifußmast und das Glitzern von Stahl: ein Patrouillenboot. Möglicherweise war es eine Routinedurchsuchung des rumänischen Fischers, eine Unterbrechung der langweiligen Patrouillenfahrt.

»Feuer eröffnen, Sir?« In dem reflektierenden Licht wirkte Horne wie ein Fremder.

»Nein!« Devane fuhr herum und ergriff Metcalf am Arm. »Alles klar, mein Junge?« Metcalf nickte ruckartig. »Steuern Sie hinüber auf die andere Seite der Boote, Swain!« Dann gab er Horne ein Zeichen. »Mit der Fahrt runtergehen auf zwölf Knoten.«

Horne fragte heiser: »Und wenn sie auf uns feuern, Sir?«

»Ich weiß!« Devanes Ärger war deutlich zu hören. Man brauchte ihn nicht erst an die Kette der Minen rings um das Oberdeck, an die Torpedos und zusätzliche Munition zu erinnern. Horne hätte sich das sparen können.

Das Donnern der Motoren erstarb seufzend, die Bugsee brauste an ihnen vorbei wie ein Mühlbach. Devane wäre am liebsten auf die obere Brücke gerannt, um nach *Buzzard* Ausschau zu halten, aber er wagte den Blick nicht von den rasch näher kommenden Booten zu wenden. Er mußte sich verlassen auf die Männer, die er kaum kannte. Männer wie Harry Rodger, der jetzt Hornes Boot führte. Ein Fehler, und sie konnten zum Wrack geschossen werden.

Schließlich sagte er: »Rufen Sie ihn an, Metcalf: *Welches Schiff?*«

Ein deutsches Schnellboot, neu im Schwarzen Meer, würde ohne zu zögern ergründen, was sich hier abspielte, und das Erkennungszeichen anfordern. Er lauschte Metcalfs Stimme, die hart und ein wenig verzerrt aus dem Megaphon ertönte. Als er dem Jungen die Hand auf die Schulter legte, spürte er, daß dieser am ganzen Körper bebte. Aber es war nicht Angst, sondern wilde Erregung, was Devane in seinem hell erleuchteten Gesicht erkannte.

Devane befahl: »An Steuerbord längsseit gehen. Sagen Sie Oberleutnant Durston Bescheid. Er soll Fender ausbringen und das Boot entern.«

Pellegrine legte das Ruder weit über, so daß das Fischerboot mit dem danebenliegenden niedrigen Motorboot rasch vorüberzog.

Devane rief: »Der Funkraum soll aufpassen, ob die Deutschen irgendeinen Funkspruch absetzen. Wenn sie's versuchen, werfen wir ihnen eine Wasserbombe unter den Kiel.«

Horne rief hinunter zum Deck: »Die Russen sollen mit ihrem Gequassel aufhören!«

Metcalf senkte das Megaphon. »Keine Antwort, Sir.«

»Macht nichts.«

Devane beobachtete einige der deutschen Seeleute, die ihre Augen gegen das grelle Scheinwerferlicht abschirmten, während sie Fender ausbrachten. Eine Wurfleine flog über das unruhige Wasser und wurde geschickt von einem der Deutschen aufgefangen.

Devane warf einen raschen Blick über die beiden Boote hinweg zum Horizont. »*Entern!*«

Ein schriller Pfiff ertönte, und noch während das Schnellboot bei dem viel kleineren Motorboot längsseit ging, sprangen die ersten Seeleute über den rasch schmaler werdenden Wasserstreifen.

Ein Schuß krachte, und ihr Scheinwerfer explodierte wie eine Granate. Über das Brummen der Motoren hinweg hörte Devane die Stimme des kanadischen Oberleutnants, das plötzliche Rattern von Maschinenpistolen, dann Schweigen.

Horne rief heiser: »Beide Boote genommen, Sir. Die Ruskies haben ein paar Männer niedergeschossen. Schufte!«

Devane nickte. Wen meinte er damit? »Übernehmen Sie das Patrouillenboot, Durston.«

Aber der hörte ihn nicht. Devane ergriff wieder Metcalfs Arm. »Gehen Sie hinunter und sagen Sie ihm, er soll uns in den Hafen folgen. Zerstört das Fischerboot und laßt es hier.« Er sah *Buzzards* leuchtende Bugwelle aus der Dunkelheit auftauchen und atmete hörbar auf. »Und sagen Sie Oberleutnant Durston: so schnell er kann, klar?«

Keuchend kam Horne zurück. »Alles gesichert, Sir. Aber ich fürchte, es hat Bunts erwischt.«

Sie blickten beide hinauf zum Signaldeck, wo sich ein schmales schwarzes Rinnsal vom Fuß des Scheinwerfers herunterzog. Beim Hellwerden würde sich das Schwarz in Rot verwandeln.

»Ablegen!« Devane trat zur Leiter. »Ich gehe hinauf. Sorgen Sie dafür, daß beim Einlaufen die richtigen Flaggen gesetzt werden.«

Horne sah ihm nach, als er die kurze Leiter hinaufstieg, um sein Leben auf der ungeschützten oberen Brücke zu riskieren. Er teilte sie sich mit dem toten Signalmaaten.

Als das Morgenlicht allmählich Land, See und Himmel voneinander trennte, wurden an der Signalrah die Flaggen gehißt: an Steuerbord die weiße britische Gefechtsflagge, an Backbord die russische Flagge mit Sowjetstern, Hammer und Sichel. Beide hoben sich grell gegen den trüben Himmel ab.

Ein Scheinwerferstrahl, schon ziemlich schwach in der Morgendämmerung, glitt übers Wasser und kam auf den drei sich nähernden Booten zur Ruhe. Aus einer anderen Richtung blinkte eine Lampe ein kurzes Erkennungszeichen, und sofort kam von Durstons gekapertem Boot die Antwort. Devane konnte feststellen, daß dieses Erkennungssignal anders war als dasjenige, das man ihnen mitgegeben hatte. Das Schicksal hatte es gut mit ihnen gemeint.

Er befeuchtete sich die Lippen, sein Mund war plötzlich trocken.

»Alle Maschinen äußerste Kraft voraus! *Der Angriff beginnt!*«

Beresford saß in einer Ecke von Kapitän Barkers kombiniertem Dienst- und Operationsraum und beobachtete seinen Vorgesetzten, der gespannt auf eine farbige Karte starrte. Sie trug kleine Flaggen, Ziffern und Streifen farbigen Bandes, um Minenfelder zu markieren.

Beresford seufzte. Die gesamte Seestrategie des Schwarzen Meeres, zusammengepfercht in einem einzigen kleinen Raum. Barker ließ sich keine Müdigkeit anmerken, und unter dem grellen Licht der Lampen glänzte sein gepflegtes Haar wie immer.

Bald mußte es soweit sein. Beresford warf einen Blick auf die Uhr.

Barker sah ihn an. »Haben Sie im russischen Kommandobunker etwas gehört?«

»Bei Sorokin und seinem Stab schien alles in bester Ordnung. *Parthian* hat sich neu formiert wie befohlen, Kapitänleutnant Mackay führt die vier Boote auf einer Stichfahrt in den Westsektor.« Nur mühsam konnte er ein Lächeln verbergen. Er hätte Mackay beinahe »Red« genannt.

»Hm. Oberleutnant Kimber sollte auch hier sein.«

»Ich habe ihn bei Sorokin gelassen, Sir, als unseren Verbindungsmann zu den Russen, falls die Dinge später hektisch werden.«

»Die ›Dinge‹ werden sich bald ändern, da können Sie sicher sein.« Barker sah sich um. »Bald werde ich meinen eigenen Stab haben, Operationsabteilung, Nachrichtenübermittlung, Nachrichtenbeschaffung, alles was ich brauche. Ich spiele nicht mehr länger den Botenjungen für die Roten, das können Sie mir glauben!«

Beresford wußte nicht, was diesen Ausbruch herbeigeführt hatte, aber es war ihm auch gleichgültig. Er versuchte, nicht schon wieder auf die Uhr zu sehen.

Das Telefon schnarrte, und Beresford hob rasch ab. Es war Kimber, der Nachrichtenoffizier mit dem Pokergesicht.

»Alles ruhig, Sir. Sorokin hat einige Meldungen über die Stichfahrt erhalten. Die Deutschen haben einen schnellen Konvoi nach Sewastopol laufen und einen Angriff zu erwarten, wahrscheinlich unter

Commander Orels Oberbefehl. Er verfügt über ein paar Kanonenboote und einige schwere Versorgungsfahrzeuge.« Er senkte jetzt die Stimme, als wären andere in seiner Nähe. »Die Deutschen haben leider MFPs* eingesetzt.«

Gereizt schnauzte Barker: »Ist dies eine Privatunterhaltung?«

Beresford legte auf und lächelte ihn an. »Der Ablenkungsangriff läuft, Sir. Aber Kimber hat entdeckt, daß die Deutschen MFPs eingesetzt haben.« Er sah in Barkers blassen Augen das Nichtverstehen und fügte hinzu: »MFPs sind recht schnell und sehr stark bewaffnet. Sie nehmen auch Ladung an Bord, so daß sie tatsächlich Konvoi *und* Geleitfahrzeug zugleich sind. Außerdem haben sie so geringen Tiefgang, daß sie für Torpedos unerreichbar sind. Ich habe selbst im Mittelmeer gegen sie gekämpft.«

Barker trat hinüber zu einer anderen Wandkarte. »Ich weiß das, Ralph. Sie sind nicht der einzige mit Kriegserfahrung!«

Beresford wandte sich verärgert ab. Du verlogener kleiner Bastard, dachte er. Du hattest nicht die geringste Ahnung!

Die Tür ging auf, und Oberleutnant Kimber trat ein. Er sah blaß und übermüdet aus.

Wütend starrte Barker ihn an. »Wieso kommen Sie her?«

»Kapitän Sorokin hielt es für richtiger, Sir. Er wird uns auf dem laufenden halten.«

»Sehen Sie?« Barker wandte sich mit dieser Frage an Beresford. »Immer diese Geheimniskrämerei! Wollen uns nichts sagen. Verdammte Bolschewiken!«

Kimber legte einige Schiffssymbole auf die farbige Karte. »*Parthians* angenäherte Position, Sir.«

Barker beugte sich über die Karte. »Und *Merlin*, was zum Teufel macht der?«

Kimber trat unbehaglich von einem Fuß auf den anderen. »Sorokin verlangte, daß eins der Boote abgeteilt würde, um nach der Besatzung eines russischen Flugzeugs zu suchen, das notwassern mußte, Sir. Oberleutnant Dundas war mit *Merlin* der Stelle am nächsten. Ich dachte –«

Barker sagte scharf: »So, Sie *dachten*! Das ändert natürlich die gesamte Lage!« Gereizt sagte er zu Beresford: »Ich habe Mackay ausdrücklich instruiert, auf Position zu bleiben. Er sollte mit der Flottille in seinem Sektor stehen, bis der Angriff auf Mandra beendet war! Erinnern Sie sich?«

* Marinefährprahm

157

Beresford empfand plötzlich ernsthafte Besorgnis. Barker schien wirklich beunruhigt zu sein. Auf seiner Oberlippe perlten Schweißtröpfchen, und er konnte nicht stillstehen.

»Sie hatten außerdem angeordnet, daß *Merlin* an der äußersten westlichen Flanke patrouillieren sollte, Sir. Er konnte also am besten nach Überlebenden suchen. Aber wenn Sie möchten, gehe ich nochmals zu Sorokin und –« Er kam nicht weiter.

»Nein. Sie bleiben hier.« Überraschenderweise begann Barker leise vor sich hin zu summen, wobei seine Finger den Takt schlugen. »Rufen Sie Sorokins Operationsstab an und versuchen Sie, alles über die Bewegungen des Feindes herauszufinden.« Er starrte auf die Uhr. »Devane wird jetzt auf Position sein.« Er konnte sich nicht verkneifen hinzuzufügen: »Vorausgesetzt, er hat nicht ebenfalls vergessen, daß man Befehlen gehorchen muß!«

Beresford telefonierte mit dem russischen Offizier, aber sein Blick und seine Aufmerksamkeit waren noch immer auf Barkers trommelnde Finger gerichtet. Schließlich berichtete er: »Der Angriff auf den deutschen Konvoi hat begonnen, Sir. Bisher noch keine Berichte über Schäden oder Verluste, aber es scheint, als hätten die Deutschen den Angriff erwartet.«

»Was ist mit *Parthian*? Steht Mackay noch in seinem Sektor?«

»Südlich der Krim hat sich das Wetter geändert, Sir. Es herrscht jetzt Seenebel und schlechte Sicht.«

»Ich habe nicht nach dem Wetterbericht gefragt!«

»Kapitänleutnant Mackay wahrt Funkstille wie befohlen, Sir.«

»Ja. Ja, richtig.« Barkers Summen klang wie das einer wütenden Biene. »Halten Sie diese Telefonleitung offen und geben Sie mir Nachrichten von *Merlin* sofort durch.« Er kehrte an den Kartentisch zurück.

Beresford packte den Telefonhörer so fest, als wolle er ihn zerdrücken. Das konnte doch nicht wahr sein! Bestimmt brachte nicht einmal Barker es fertig, Devanes Boot als Köder für Lincke zu benutzen? Ärgerlich schüttelte er den Kopf. Er war so übermüdet, daß er nicht mehr klar denken konnte. Der Verdacht war ja lächerlich. Er versuchte sich zu konzentrieren, wobei sein Blick auf die nächste Wandkarte fiel.

Die deutschen Küstenstreitkräfte *mußten* einfach von dem rumänischen Hafen Mandra abgezogen werden. Die Russen hatten dazu einen tapferen Angriff unternommen, nur daß dieses Ziel imstande war, ganz anders zurückzuschlagen als eine Handvoll Handelsschiffe. Nach dem kürzlichen Erfolg von *Parthian* hatte ein alter Fuchs wie Lincke bestimmt seine Gegenmaßnahmen getroffen.

Beresford merkte, daß er anfing zu schwitzen. Barker hatte diese Möglichkeit vorausgesehen, aber Dundas mit *Merlin* trotzdem an die äußerste Grenze des sogenannten sicheren Patrouillengebiets geschickt. Beresford sah es deutlich vor sich: Das Boot mit der frisch aufgepinselten Nummer eins am Rumpf mußte auf Lincke wirken wie der Knochen auf einen Terrier.

Aber es war schiefgegangen. Ein Flugzeug hatte notgewassert und Dundas den Auftrag erhalten, nach den Überlebenden zu suchen. Da die Russen einen derart massiven Angriff starteten, um Devane zu entlasten, war dies das mindeste, was die Briten für sie tun konnten.

Barker fauchte: »Ist was?«

»Nein, Sir.« Beresford wagte nicht, ihn anzusehen. Barker mußte wissen, daß sich Dundas mit jeder Minute weiter von der Flottille entfernte. Aber er konnte nichts tun, ohne sich zu verraten, ohne preiszugeben, was er geplant hatte.

Kimber sprach am anderen Telefon, noch immer wütend über Barkers ungerechtfertigten Anpfiff. »Der russische Nachrichtendienst meldet, daß der Angriff auf Mandra begonnen hat.« Sein Blick hob sich zur Wanduhr. »Wenn man die Verzögerung berücksichtigt, sollten sie jetzt schon wieder draußen sein.« Oder tot, schien sein Ton anzudeuten.

Beresford beobachtete Barkers Schatten, während dieser ein weiteres Schiffchen auf seiner Karte bewegte. Ihm fiel der Brief ein, den Devane ihm gegeben hatte und der jetzt in seinem Safe lag.

Das Telefon neben ihm erwachte wieder zum Leben, und er spürte, wie Barker ihn ansah.

Beresford lauschte und sagte dann: »Dundas hat schwache Funksignale aufgefangen, wahrscheinlich von einem Rettungsfloß. Er hat diese Meldung per Funk an ein russisches Patrouillenboot weitergegeben, bevor er hinfuhr, um die Sache zu überprüfen.«

Barker war bleich geworden und starrte ihn mehrere Sekunden lang an. »Gut«, sagte er schließlich. »Dundas sollte imstande sein, diese Aufgabe zu erledigen und danach ohne weitere Verzögerung in seinen Sektor zurückzukehren.«

Beresford befeuchtete sich die trocken gewordenen Lippen. Es stimmte also, Barker hatte Dundas als Köder an den Pfahl gebunden wie eine Ziege für den Tiger. Am liebsten hätte er ihm das Telefon in das selbstgefällige, arrogante Gesicht geworfen.

Auf jedem Kriegsschauplatz starben in diesem Augenblick Menschen, Hunderte, vielleicht sogar Tausende. Wurden sie alle von Männern wie Barker benutzt?

Wütend stand er auf. Am Ende gab es keine Sieger, sondern nur noch Überlebende.

Gut hundertfünfzig Meilen westlich des engen Bunkers, in dem Barker und Beresford warteten, fuhr das Motortorpedoboot mit Decknamen *Merlin* wie ein Geisterschiff durch den Nebel.

Oberleutnant Dundas schritt von einer Nock der offenen Brücke zur anderen und richtete sein Glas nach vorn und querab in dem hoffnungslosen Versuch, den Horizont oder den Himmel zu erkennen. Es sollte bereits dämmern, aber außer den unheimlichen Nebelschwaden, die wie zerfetzte Leichentücher durch die Takelage zogen, war nichts zu entdecken.

Das schwache Notsignal, das der Funker mit Unterbrechungen aufnahm und das nur schwer zu identifizieren war, schien aus einem der kleinen Funkgeräte zu kommen, wie abgestürzte Flieger sie benutzten, um den Bergungsschiffen den Weg zu zeigen. Bei extrem niedrigen Wassertemperaturen bedeutete dieses Signal oft einen kleinen Vorsprung vor dem Tod.

Leise fluchte Dundas vor sich hin. Er kam sich an Bord vor wie in einem Hotel, aus dem sich alle Gäste bereits verabschiedet hatten. Obergefreiter Irwin stand am Ruder, nicht der zuverlässige Pellegrine. Ein ausgezeichneter Mechaniker bediente die Motoren, war aber nicht mit Unteroffizier Ackland zu vergleichen.

Signalmaat Carroll murmelte: »Gleich werden wir mehr sehen, Sir.«

Dundas zog eine Grimasse. »Hoffentlich.«

Es war immerhin tröstlich, wenigstens Carroll an Bord zu haben. Dundas blickte auf seine Armbanduhr und fragte sich, wie Devane und die anderen wohl zurechtkamen. Der Angriff mußte bereits begonnen haben. Alles ging immer viel schneller als erwartet. Oft waren es nur Minuten, wenn man glaubte, es sei eine Ewigkeit.

Dundas dachte auch an den Brief, den er auf Beresfords Schreibtisch gesehen hatte, bevor dieser ihn wegschloß. Claudias Name hatte auf dem Umschlag gestanden und eine Postfachnummer. Ihr Treffen in Port Said war also nicht zufällig gewesen. Er spürte einen Stich des Bedauerns. Sicherlich war es verrückt von ihm, aber im stillen hatte er sich doch Hoffnungen gemacht. Wie hatte er Richie beneidet! Und jetzt hatte Devane diese Stelle eingenommen.

Er hörte die Männer an Deck von einem Fuß auf den anderen treten, hörte das Quietschen eines Maschinengewehrs, als die Mündung geschwenkt wurde.

Aber angenommen, Devane kam vom Einsatz nicht zurück? Dann würde er zu ihr gehen und ihr alles erklären. Vielleicht . . .

Carroll rief: »Der Funker hat wieder ein Signal aufgefangen, Sir. Dieselbe Peilung.«

Dundas wandte sich an Oberleutnant Seymour. »Gehen Sie nach vorn, David, und nehmen Sie drei gute Seeleute mit. Halten Sie Kletternetz und Wurfanker bereit. Ich stoppe sofort, wenn Sie rufen.« Er grinste kläglich. »Verdammte Russen. Ich hoffe nur, daß sie wenigstens dankbar sind!«

Seymour stieg hinunter, nickte dem Maschinengewehrschützen an Backbord zu und übersah geflissentlich, daß dieser eine brennende Zigarette unter seinem Dufflecoat versteckte.

Vorsichtig ging er nach vorn und rutschte gelegentlich auf dem nassen Deck aus, wenn das Boot in der kabbeligen See stampfte. Alles war feucht und klamm. Erst in einer Stunde etwa würde die Sonne durchkommen.

Er sah den Obergefreiten Priest am Sechspfünder und winkte ihm zu.

Priest grinste und rief: »Netz und Angelhaken liegen bereit, Sir!«

Seymour packte den Rand der vorderen Luke und kniete nieder, die Augen in den treibenden Nebel gerichtet. Neugierig beobachteten ihn die Seeleute, froh über die Abwechslung.

Priest fragte: »Glauben Sie, daß wir Post vorfinden, wenn wir zurück sind, Sir?«

Seymour lächelte. »Sagen Sie bloß nicht, daß es bei Ihnen zu Hause schon wieder Unruhe gibt!«

Er erstarrte, als er den ungläubigen Ausdruck auf Priests Gesicht sah. Als er herumfuhr, hatte er ein Gefühl, als würden ihm Herz und Lunge von einem Schraubstock zusammengepreßt.

Eine leichte Brise hatte den Nebel etwas gehoben, so daß er wie ein Baldachin über dem trägen Wasser schwebte. Und dort, beinahe recht voraus, die schwarzen und weißen Zebrastreifen scharf gegen die See abgesetzt, lag ein deutsches Schnellboot. Seymour war zweiundzwanzig Jahre alt und hatte genügend Kampfhandlungen mitgemacht, um auf fast jede Situation vorbereitet zu sein. Und doch war er jetzt unfähig, sich zu bewegen.

Bilder fuhren ihm blitzartig durch den Kopf, aber was ihm das Blut in den Adern erstarren ließ, war die Erkenntnis, daß dies kein zufälliges Treffen sein konnte.

Alles geschah im Bruchteil einer Sekunde, und doch war er imstande, jede Einzelheit wahrzunehmen. Das gelbe Schlauchboot, das beim Schnellboot längsseits lag, die zwei toten Flieger, die wie Marionetten über seinen Wulst ins Wasser hingen: eine perfekte Falle, in die sie prompt hineingetappt waren.

Irgend etwas riß in seinem Innern, er warf sich herum und rief eine Warnung, für die es längst zu spät war.

Dann kam das Geschütz- und Maschinengewehrfeuer; es schlug in das langsam fahrende Boot wie mit eisernen Dreschflegeln; Flammen züngelten hoch, Rauch und Holzsplitter fegten durch die Luft, hüllten Seymour ein und schleuderten ihn an Deck.

Undeutlich merkte er, daß Priest zum Sechspfünder rannte, daß ein Seemann namens Nairn mit qualmender Kleidung über Deck rollte, bis er, in hellen Flammen stehend, über Bord verschwand.

Seymour brachte es fertig, wieder auf die Beine zu kommen, Zorn und Schmerz zerrten an ihm wie Klauen, als er nach achtern wankte.

Er hörte jemanden schreien, der grauenhafte Ton bohrte sich in seinen Schädel, bis er am Schutzschild des Sechspfünders zusammenbrach und versuchte, sich die Ohren zuzuhalten.

In diesen schrecklichen Sekunden wurde ihm klar, daß das Schreien aus seinem eigenen Mund kam und daß er sich die Ohren gar nicht zuhalten konnte, denn seine beiden Hände waren abgerissen. Dann hörte gnädigerweise aller Lärm und Schmerz für ihn auf.

13   Der Gefahr ins Antlitz

Oberleutnant Horne rief heiser: »Ich kann es einfach nicht glauben!« Er starrte hinüber nach Backbord, wo ein keilförmiger Landstreifen vorüberzog. »Die müssen ja in tiefem Schlaf liegen!«

Ein Seemann an den Sprachrohren sagte: »Wäre es nicht besser, wir holten die Flaggen runter, Swain? Dann könnten wir ungeschoren bis vor ihre Haustür fahren!« Aber Pellegrine drückte nur das Kinn in den Kragen seines Pullovers und konzentrierte sich auf die vor dem Bug auftauchenden Stromkabbelungen.

Anders als der Seemann wußte er eine ganze Menge über Devane. Wenn auch nur die Hälfte von dem stimmte, was er gehört hatte, dann schien es ihm unwahrscheinlich, daß er einen Angriff unter falscher Flagge fahren würde. Ihm war es egal, er wäre auch unter portugiesischer Flagge eingelaufen. Er wünschte sich nur, daß sie hier schnell fertig wurden und dann wieder hinaussteuern konnten auf die offene See.

»Klar zum Anlauf!« Devanes Stimme klang abgehackt im Sprachrohr. »Ein bißchen mehr nach Backbord, Swain.«

Pellegrine drehte die Spaken und starrte angestrengt durch den Sehschlitz. Bei der Einsatzbesprechung hatte Kapitänleutnant Beresford – »seine Lordschaft«, wie die Seeleute ihn nannten – ihnen alles gesagt über das deutsche Schiff und das Hauptquartier an Bord, das um jeden Preis zerstört werden mußte. Das Schiff war die *Potsdam*, ein Fracht- und Passagierschiff von zwanzigtausend Tonnen, das vor dem Krieg im Verkehr zwischen Hamburg und Südamerika eingesetzt gewesen war.

Pellegrine hatte einige alte Aufnahmen der *Potsdam* gesehen, aber jetzt, als er sie hoch aufragen sah, konnte er sich nicht vorstellen, wie sie es geschafft hatte, ohne Grundberührung zu diesem Liegeplatz zu gelangen. Sie war ungeheuer groß, wie ein gewaltiger Wohnblock, so daß die hellen Rechtecke der Häuser auf dem Berghang dahinter im Vergleich winzig wirkten.

Er spürte, daß er vor lauter Aufregung schwitzte. Die Motoren brummten zuversichtlich mit halber Kraft, die Bugwelle rollte an Backbord weit hinüber zur Küste, an Steuerbord schaukelte sie ein paar vor Anker liegende Fischerboote. Irgend jemand mußte doch endlich einmal Alarm geben!

Wieder hörte er Devanes Stimme: »Geben Sie an Durston, er soll Fahrt erhöhen und sich vor uns setzen.« Seine Stimme wurde lauter, als er sich über das Sprachrohr beugte. »Balkensperre voraus! Macht euch auf Überraschungen gefaßt.«

Das war alles. Keine Zweifel, keinerlei Unsicherheit.

Pellegrine wischte sich die Finger am Pullover trocken und packte das Rad fester. Zu dem Seeman neben ihm sagte er grimmig: »Wenn es mich erwischt, übernimmst du das Rad, aber ein bißchen plötzlich, klar?«

Der Seemann nickte. »Und wenn ich falle, Swain?«

»Dann sitzen wir beide auf einer verdammten Wolke und sehen uns das Durcheinander von oben an!«

Von der offenen Brücke über dem Ruderhaus beobachtete Devane, wie das gekaperte deutsche Motorboot an ihnen vorbeifuhr. Ein paar Gestalten drängten sich im offenen Cockpit. Oberleutnant Harry Rodger mit *Buzzard* war achteraus gesackt, aber bei dem geringen Interesse, das man ihnen nach dem kurzen Austausch der Erkennungssignale entgegenbrachte, hätten sie ebensogut in Dwarslinie und mit klingendem Spiel einlaufen können, dachte er.

Zwei Russen eilten auf die Brücke und brachten ihre Maschinengewehre in Anschlag. Einer benutzte dabei den toten Signalgefreiten zum Aufstützen seiner Waffe.

Devane hob das Glas und untersuchte die riesige Bordwand der *Potsdam*. Sie sah aus, als sollte sie nie wieder bewegt werden. Laufstege waren ausgebracht, Kräne und Pontons lagen längsseits, selbst ein Schlepper schmiegte sich an ihre fetten Flanken. Sie war wirklich ein Riesenschiff.

»Alle Motoren langsame Fahrt voraus.«

Man würde von ihnen erwarten, daß sie spätestens jetzt mit der Fahrt heruntergingen, während die Balkensperre geöffnet wurde. Er sah sie deutlich in dem zunehmenden Tageslicht. Eine lange Bojenreihe erstreckte sich quer über das Fahrwasser, und zweifellos waren dazwischen Torpedoabwehrnetze gespannt. Für ein U-Boot bestand da nicht die geringste Chance.

Gott sei Dank hatte Durston es geschafft, das deutsche Signalbuch zu packen, bevor die überwältigte Bootsbesatzung es über Bord werfen konnte. Er sah das plötzliche Blinken eines Handscheinwerfers und die Erwiderung von den Aufbauten der *Potsdam*.

Über dem Brummen der Motoren hörte er dann schwach das Rasseln von Maschinen und sah, wie sich die Balkensperre öffnete, während ein abgeschirmtes Blaulicht am Ende des unbeweglichen Teils zu blinken begann.

Er räusperte sich und sagte dann: »Klar bei Torpedos! Durston soll in der Sperröffnung bleiben, wir nehmen ihn an Bord, wenn wir abhauen.«

Das Blaulicht zog an ihnen vorüber, auch die Bojenreihe hatten sie bereits passiert. Nun war es nicht länger ein geplanter Angriff, eine auf der Karte ausgearbeitete Operation, auch sollte sie nicht nächste Woche oder morgen stattfinden. Es hieß *hier und jetzt*!

Devane packte eine Relingstütze, seine Augen tränten vor Konzentration, als er Entfernung und genaue Peilung des Ziels zu schätzen versuchte. Aber sie konnten gar nicht vorbeischießen, vorausgesetzt, daß die russischen Torpedos richtig liefen und keine Grundgänger waren, die ihnen selbst das Vorschiff absprengten, und daß die Zünder funktionierten.

Ein Scheinwerferstrahl fuhr tastend über die Bucht, ziemlich schwach, da der Himmel immer heller wurde. Er schien verwirrt zu suchen, bis er das Motorboot in der offenen Sperre erfaßte und dann auf den beiden flatternden Flaggen des einlaufenden Schnellboots zur Ruhe kam.

Ein einzelner Schuß fiel, sein Echo dröhnte über die stille Bucht, und Devane hörte das Zischen der Granate über ihren Köpfen. Offenbar war mit Festeinstellung gefeuert worden. Wahrscheinlich verstand der Geschützführer, den man wohl eben erst aus der Koje geholt hatte, überhaupt nicht, war vorging.

Devane rief: »An alle Geschütze: *Feuer eröffnen!*«

Seine Worte gingen unter im sofortigen Krachen und Rattern der Kanonen und Maschinengewehre. Es war, als hätte jeder Finger an jedem Abzugshahn seit Stunden auf diesen Augenblick gewartet. Leuchtspurgeschosse fegten den Rest der Dämmerung beiseite, zogen ihre Perlenschnüre über das Wasser und drangen wie flüssiges Feuer in vertäute Fahrzeuge. Rauch und gleich darauf Flammen brachen aus einem der vor Anker liegenden Schiffe hervor. Devane sah weitere Leuchtspurgeschosse mit gestreckter Bahn dicht an ihrem eigenen Heck vorbei ganz flach über das Wasser fliegen und an der Küste einschlagen, wo sie erheblich zur Verwirrung beitrugen. Das mußte Rodger mit seiner *Buzzard* sein.

Ein Motorboot lag vor dem jetzt erleuchteten Bug der *Potsdam*. Devane sah, daß in dessen Steuerhaus das Licht anging und ein paar Gestalten an Deck taumelten, wo sie sofort von Maschinengewehrfeuer empfangen wurden. Ein russischer Seemann schrie begeistert und schoß sein ganzes Magazin leer, während sie an dem Boot vorbeifuhren. Die Lichter im Steuerhaus gingen wieder aus, die Gestalten an Deck stürzten und blieben liegen, als die schwere Vierzig-Millimeter-Munition das Boot von vorn bis achtern beharkte und in einen glühenden Ofen verwandelte.

Von weit her an der Küste stiegen jetzt ebenfalls Leuchtspurgeschosse auf und heulten über ihre Köpfe wie wütende Hornissen. Schwere Einschläge und Wassersäulen neben ihnen zeigten, daß die deutschen Geschützführer endlich gemerkt hatten, was gespielt wurde.

»*Feuer!*«

Devane spürte, wie sich das Deck leicht überlegte, sah das kurze Aufspritzen neben ihrem Bug.

»Beide Torpedos laufen, Sir!«

»Hart Steuerbord! Umdrehungen für zwanzig Knoten!«

Undeutlich sah Devane aus dem Augenwinkel, wie das britische MTB an ihnen vorbeiraste und mit hocherhobenem Vordersteven die kochende Bugwelle zur Seite schleuderte. Ein Schweinwerferstrahl erfaßte es, verlöschte aber sofort, als eine der Örlikons loshämmerte.

Die Detonationen der in die *Potsdam* einschlagenden Torpedos vereinigten sich zu einem einzigen gewaltigen Donnerschlag, gingen aber trotzdem im Lärm der Motoren und Geschütze, im Rasseln der Maschinengewehre beinahe unter. Es mußte für die Deutschen sehr beschwerlich gewesen sein und lange gedauert haben, die *Potsdam* auf diesen sorgfältig freigebaggerten Liegeplatz zu bugsieren; ebenso lange dauerte jetzt ihr Sterben. Riesige weiße Säulen schossen an ihrer Bordwand hoch und schleuderten Pontons, Beiboote und Gangways in die Luft. Als die gewaltigen Wassersäulen endlich in sich zusammenfielen, kamen auch die Wrackstücke wieder herunter und bedeckten den Ankerplatz mit aufsteigendem Gischt.

Devane spürte, wie die Druckwelle das Boot unter ihm anhob, so daß Pellegrine einen Augenblick vom Kurs abkam.

Feuer, Qualm und Funken stiegen bereits über dem großen Schiff auf, verdeckten die dahinterliegende Stadt und verwischten die verheerende Wirkung der einschlagenden Granaten. Die *Buzzard* drehte behende und setzte die volle Kraft ihrer Schrauben und Ruder ein, um der drohenden Gefahr zu entkommen.

Die beiden Torpedos von Rodgers Boot hatten ebenfalls getroffen und detonierten im Ziel; wirbelnd schoß der Qualm hoch und bildete einen scharlachroten Mittelpunkt aus, während die Verwüstung weiterging.

Devane fühlte, daß Stahl auf die Platten hämmerte, sah, wie ein russischer Seemann neben ihm zu Boden geschleudert wurde und über den toten Signalgefreiten fiel. Eine Serie von Detonationen donnerte jetzt über die Bucht, sofort gefolgt von einer womöglich noch schwereren, als das Feuer einen lebenswichtigen Teil tief im Rumpf der *Potsdam* erreicht hatte.

»Alle Motoren langsamste Fahrt voraus!« Devane mußte den Befehl zweimal laut wiederholen, bevor Pellegrine ihn hörte und bestätigte. »Klar zum Aufnehmen der Besatzung des Motorbootes! Boot versenken, wenn alle von Bord sind!«

Die Brände erleuchteten den gegenüberliegenden Hang der Bucht, als läge er im hellsten Sonnenlicht und nicht in grauer Morgendämmerung. Als Devane einen Blick achteraus warf, sah er einen riesigen schwarzen Schatten aus dem Qualm aufsteigen. Höher und höher stieg er, monströs im Widerschein der Flammen. Plötzlich erkannte er, daß es Schiffsboden und Kiel der *Potsdam* waren, die jetzt kenterte, wobei sie noch immer von inneren Detonationen erschüttert wurde.

Als wehre er sich trotzig dagegen, vom einströmenden Wasser überwältigt zu werden, explodierte der Kiel nach außen. Es war, als habe eine ungeheure feurige Faust aus dem Schiff nach draußen geschlagen. Devane glaubte, die sengende Hitze selbst auf diese Entfernung zu spüren.

Rings um ihn her pfiffen und krachten Gewehrkugeln. Der zweite russische Seemann war ebenfalls verschwunden, entweder war er über Bord gerissen worden oder er hatte versucht, sich in Sicherheit zu bringen.

Gebückte Gestalten rannten zum Bug, als das Motorboot aus dem Rauch auftauchte.

»Alle Motoren stopp!« Devane packte die Reling und starrte nach unten. Das war der gefährlichste Augenblick. Um Gottes willen, beeilt euch! dachte er.

Er sah Durston als letzten an Bord klettern und sich ducken, als ein Seemann eine Handgranate in das ohnehin nicht mehr fahrtüchtige Boot schleuderte. Es spritzte, als die deutsche Besatzung das Boot verließ und über Bord sprang, um an Land zu schwimmen. Maschinengewehrkugeln schlugen zwischen ihnen ein, von den Russen oder seinen eigenen Leuten abgefeuert.

Die Granate detonierte zu früh, aber das Motorboot war bereits frei von ihrer Bordwand, brannte jetzt lichterloh unter wildem Geprassel; im Cockpit saß eine einzelne Gestalt, als erwarte sie ihre Einäscherung.

Devane duckte sich, als neue Geschosse von Steuerbord herüberfegten: leuchtende grüne Perlen, die sich zunächst sanft und ruhig hoben, dann jedoch mit furchterregender Geschwindigkeit auf ihn zurasten.

Er spürte die Einschläge an Deck und in den Aufbauten, hörte jemanden in Todesnot aufschreien, als die Garben jetzt auch von vorn und achtern auf sie zujagten. Die russischen Geschützbedienungen nahmen das Duell an. Die roten und grünen Schnüre schienen sich in der Luft zu verwirren und ließen den Qualm aufglühen wie einen Vulkan.

Devane rief: »Ich komme hinunter! Alle Motoren halbe Fahrt voraus!«

Es war Zeit abzuhauen. Hier oben konnte keiner noch länger überleben.

Arme und Beine verschlungen mit denen des Signalgefreiten, blockierte der tote Russe die ovale Luke zur Leiter. Stahlsplitter krachten gegen das Boot, als es wieder Fahrt aufnahm, und Devane hörte drüben an Land das tiefere Dröhnen schwerer Artillerie. Da aber keinerlei Granateinschläge in der Nähe zu vernehmen waren, schloß er daraus, daß die übereifrigen Geschützführer irrtümlich auf eins ihrer eigenen zurückkehrenden Patrouillenfahrzeuge feuerten.

Er kletterte die senkrechte Leiter hinunter auf das Seitendeck neben dem Steuerhaus. Seine Ohren schmerzten, als eins der Zweizentimetergeschütze aus äußerster Hartlage feuerte. Er sah den Mann durch seine Optik starren, die Augen wirkten in dem reflektierten Feuerschein wie gelbe Steine. Hätte Devane sich nicht rechtzeitig zur Seite geworfen, der Schütze hätte durch ihn hindurchgeschossen.

Eilends drehte er die Vorreiber der Stahltür auf und fiel beinahe ins Steuerhaus.

Horne schrie: »Minen klar zum Werfen, Sir!«

Eine verirrte Kugel schoß mit schrillem Jaulen durch einen Sehschlitz in den Stahlblenden und fuhr abprallend in dem stählernen Brückenhaus hin und her wie eine wildgewordene Hornisse. Dann hörte man ein hartes Klatschen, und ein Seemann fiel vor Devanes Füße.

Er stieg über den Mann hinweg, wischte Glas- und Farbsplitter vom Kartentisch und starrte auf die eingezeichneten Peilungen und Ziffern. Mit dem Stechzirkel griff er eine Strecke auf der Karte ab und sagte: »Hier. Ändern Sie Kurs und steuern Sie Nord dreißig Ost. Fünfzehn Knoten.«

Er wartete, bis Horne Pellegrine den Kurs zugerufen und Ackland in seinem Maschinenraum durch das Sprachrohr informiert hatte. Jedermann sollte stets wissen, was geschah, Devane hatte dies durch harte Erfahrung gelernt.

Das Boot schüttelte sich heftig bei einem Granateinschlag in nächster Nähe. Devane sah die gewaltige Wassersäule, die an der Vorderkante der Brücke in sich zusammenfiel und durch die Sehschlitze drang, als tauche das Boot schon auf den Grund.

Über all den Lärm rief er: »In zehn Minuten Minen werfen!«

Horne starrte ihn an und sagte, ohne den Lärm und das wilde Krachen zu beachten: »Das ist zu spät! Sie nageln uns fest, sobald es hell wird!«

Devane erwiderte scharf: »Tun Sie wie befohlen. Die Minen werden die örtliche Schiffahrt wochenlang aufhalten.« Dann drehte er sich um. »Signal an *Buzzard*, er soll seine Position achteraus von uns einnehmen.«

Bei der Erwähnung seines eigenen Bootes schien sich Horne zusammenzureißen, und er erteilte die entsprechenden Befehle ohne weitere Erörterung.

»Ausfälle?«

Ein Seemann bei den Sprachrohren, die Stirn von fliegenden Glassplittern rot gesprenkelt, rief: »Sechs, Sir. Alle tot.«

Als sie die auf der Karte vorgesehene Position erreichten, flogen die

Minen in gleichmäßigen Abständen über das Heck ins Wasser. Mit etwas Glück konnten sie ein deutsches Kriegs- oder Versorgungsschiff zur Strecke bringen; aber selbst wenn sie nichts versenkten: die Verzögerungen und Nachschubschwierigkeiten, die sie durch ihr bloßes Vorhandensein verursachten, würden sich mehr als bezahlt machen.

»Letzte Mine geworfen, Sir!«

»Gut. Gehen Sie auf zwanzig Knoten.« Er duckte sich, als eine Granate über die Brücke heulte und weitab in der See detonierte.

»Zickzackkurs steuern, Swain. Umdrehungen für fünfundzwanzig Knoten, bis auch *Buzzard* mit dem Werfen fertig ist.«

Das MTB hatte nur ein paar Minen an Bord, aber wenn sie sorgfältig ausgelegt wurden, konnten auch sie erheblichen Schaden anrichten. Der Glaube der Rumänen an die Tüchtigkeit ihrer deutschen Bundesgenossen würde wohl stark erschüttert werden, dachte Devane grimmig.

Das Deck schwankte heftig und holte einmal nach Steuerbord, einmal nach Backbord über, als das Schnellboot unter raschen Kursänderungen dem offenen Wasser zusteuerte. Das Land achteraus und an Backbord war noch immer durch Qualm und Morgennebel verhüllt. Aber dort drüben stand irgendwo eine Küstenbatterie, deren Bedienungsmannschaft jetzt hellwach auf Rache sann.

Wieder schlug eine schwere Granate seewärts von ihnen ein und warf eine hohe Wassersäule auf, der sofort eine zweite folgte. Sie waren offensichtlich mit verschiedener Schußrichtung abgefeuert worden, da der deutsche Artillerieoffizier versuchte, das flüchtende Schnellboot einzugabeln.

»*Buzzard* hat Fahrt erhöht!« Horne schluckte heftig, als eine Granate dicht neben dem MTB detonierte. Aber *Buzzard* öffnete bereits die Ventile seines Nebelwerfers und spie einen dichten Schleier aus, der die Artilleriebeobachter verwirrte.

Horne rief: »Zum Teufel, Harry, mach daß du hier rauskommst!«

Pellegrine grinste. »Ich glaube nicht, daß Ihr Erster Sie hören kann, Sir!«

Devane vernahm ein schwaches, abgekürztes Heulen und preßte sich gegen das Stahlschott der Brücke. Die Detonation schien irgendwo anders zu sein und sie gar nicht zu betreffen. Einen Augenblick glaubte er, *Buzzard* habe einen Volltreffer erhalten.

Im nächsten Augenblick jedoch fühlte er sich von den Füßen gehoben. Das gesamte Ruderhaus und Brückendeck barst nach außen, schleuderte die Körper der Brückenbesatzung besinnungslos ins Freie, während andere sich wie blind durch Qualm und Funken tasteten.

Als Devanes Gehör zurückkehrte, schleppte er sich mit stechenden und brennenden Augen zum Vorderteil der Brücke.

Überall war dichter Qualm, Glas knirschte unter seinen Füßen, und das An- und Abschwellen der Dieselmotoren klang, als lägen auch diese im Todeskampf.

Devane rutschte aus und fiel beinahe über einen ausgestreckten Körper. Es war der Seemann mit dem rotgesprenkelten Gesicht. Seine Augen schienen Devane ärgerlich anzustarren, während das Blut zwischen seinen gespreizten Beinen hervorströmte, als wolle es nie wieder aufhören.

»Muß mit der Fahrt herunter! Wir brechen sonst auseinander!« Aufschluchzend griff er zum Sprachrohr und merkte erst jetzt, daß er ganz allein war. Qualm drang aus zwei Sprachrohren, als würde er mit aller Gewalt herausgepreßt.

»Verdammt!« Devane riß das Maschinenraumtelefon ans Ohr. Nichts. Er drückte mit dem Daumen auf einen der Klingelknöpfe, aber statt Ackland zu alarmieren, zersprang der kleine Schalter unter seinen Fingern in tausend Stücke.

»Auf, Jungens! Was soll das alles?« Es war Pellegrines heisere Stimme, der sich wie ein Betrunkener aufrichtete und zerbrochenes Holz und gerissene Drähte abschüttelte, während er in das Chaos ringsum starrte. Er sah den toten Seemann und grunzte: »Er sollte das Ruder übernehmen, wenn es mich erwischte!« Er blinzelte durch den Qualm. »Sind Sie in Ordnung, Sir?«

Devane nickte. Pellegrines ziegelrotes Gesicht zu sehen, war eine Erlösung.

Er sah jemanden durch den Rauch schwanken, anhalten und sich erbrechen, als er den blutenden Leichnam zu seinen Füßen entdeckte: Metcalf.

Devane sagte zu ihm: »Übernehmen Sie das Ruder. Ich gebe Ihnen gleich einen Kurs –«

Pellegrine schnäuzte sich geräuschvoll in eine Signalflagge. »Kompaß ist zerplatzt, Sir.«

Devane sah, daß der junge Seemann ihn mit kreideweißem Gesicht anstarrte.

»Gehen Sie trotzdem ans Ruder. Und passen Sie auf, daß das Boot sich nicht selbst in den Schwanz beißt.« Er wandte sich wieder an Pellegrine. »Gehen Sie nach achtern und sehen Sie zu, was Sie tun können. Suchen Sie den Chief.« Er duckte sich, als eine weitere

Granate mit grellem Feuerschein an Backbord querab detonierte. »Wo zum Teufel ist...?«

Der stämmige Quartermeister zeigte in die Ecke neben dem Flaggenspind. »Hier, Sir. Aber ich fürchte, Mr. Horne ist in sehr schlechter Verfassung, Sir.«

Devane bahnte sich einen Weg über die zerbrochenen Grätings. Er sah zwei weitere Tote, einer ein Brite, der andere ein Russe. Scheinbar unverletzt, saßen sie nebeneinander und schienen ihn anzusehen, als er an ihnen vorbeihastete. Horne lag in einer Ecke, ein Bein unter einer Stahlplatte eingeklemmt. Die Granate mußte das Vordeck durchschlagen haben und tief unten im Rumpf detoniert sein. Wenn nur die Maschinen stoppen wollten! Sie bellten und husteten unregelmäßig und erschütterten den ganzen Bootskörper. Aber das Boot verlor trotzdem an Fahrt, weil es anfing zu sinken.

Horne öffnete das rechte Auge und blinzelte mehrmals. Die andere Seite seines Gesichts war weggerissen, da war keine Wange mehr, kein Auge, nichts.

Horne flüsterte: »Ist mein Boot in Ordnung?«

»Ja, bestens.«

Devane fühlte, daß Horne nach seiner Hand griff, und beugte sich vor, um ihn besser zu verstehen. Er mußte außerdem auch in die Seite getroffen worden sein, denn er blutete fürchterlich.

Devane packte die schwielige Hand und drückte sie. »Sie haben sich verdammt gut gehalten.«

Horne sah ihn an. »Es ist vorbei, nicht wahr?« Seine Stimme war klar und ruhig.

»Ja, wir sind schon draußen.« Er hörte das Rutschen und Knirschen von Stiefeln zwischen den Trümmern, hörte die Stimme des Torpedomechanikers Geordie Pollard, der weitere Leute auf die Brücke rief. »Bleiben Sie ganz still liegen.«

Hornes Auge beobachtete ihn ernst. »Vorbei für mich, meine ich.«

Devane beugte sich tiefer über ihn, ihre Hände waren fest ineinander verschlungen, während er von unkontrollierbarem Schluchzen geschüttelt wurde.

Horne flüsterte: »Nehmen Sie sich zusammen, Sir, die Leute kommen. Wenn Sie klein beigeben, was für Chancen haben sie dann noch?«

Devane nickte stumm.

Oberleutnant Durston tauchte aus dem Qualm auf und keuchte: »Ich habe dem Chief gesagt, er soll die Maschinen stoppen, Sir. Die Pumpen sind nutzlos. Wir machen sehr rasch Wasser.«

Devane streckte die Hand aus und schloß Hornes Auge. Dann löste er sich sanft aus dem Griff des Fischers und stand auf.

»Gut. Sagen Sie dem Quartermeister, er soll die Leute an Steuerbord antreten lassen, klar zum Aussteigen.« Eine weitere Explosion erschütterte die Stille, machte ihm aber nichts mehr aus. »Oberleutnant Horne ist soeben gestorben.«

»Allmächtiger Gott!« Durston starrte den Toten an, dann warf er einen raschen Blick auf die zertrümmerte Brücke. »Sie haben verdammtes Glück gehabt, Sir.«

Metcalf rief vom Ruder: »*Buzzard* kommt längsseits, Sir.«

Devane trat zur Tür und öffnete die Verschlüsse. Das Geschützfeuer hatte aufgehört, das Land war hinter Qualm verborgen. Aber in weniger als zwanzig Meilen Entfernung lag ein Flugplatz. Sie durften keine Zeit verlieren. Er musterte seine übermüdeten, verschmutzten Männer, die Verwundeten, die sie stützten, während sie lustlos zusahen, wie das MTB längsseits kam.

Auch Unteroffizier Ackland stand unter ihnen, so ölverschmiert, daß er kaum zu erkennen war, bis er seinem Freund Pellegrine zulächelte.

Devane hörte sich sagen: »Gut gemacht, Chief. Sind all Ihre Leute rausgekommen?«

»Hab' keinen einzigen verloren, Sir.« Ackland blickte über das narbenbedeckte, schrägliegende Deck. »Deutsch oder nicht, ich hätte dieses Boot gern zur Basis zurückgebracht.«

Oberleutnant Patolitschew trat neben Devane und Durston. Er zögerte einen Augenblick und bot dann Devane eine schwarze Zigarre an.

»Angriff gutt, *da*?«

Devane blickte an ihm vorbei und sah zu, wie *Buzzard* festmachte, wie seine Besatzung half, die Verwundeten zu übernehmen.

Durston zögerte. »Kommen Sie, Sir?«

Devane hörte ihn nicht. Er beobachtete das sinkende Schnellboot, die noch immer an seinem kurzen Mast flatternden Kriegsflaggen. Ohne Horne wäre er zusammengebrochen, aber andere hatten weit mehr verloren als er.

Laut sagte er: »Es sinkt jetzt sehr rasch, eine Sprengladung ist nicht nötig.« Er wandte sich Oberleutnant Rodger zu und fuhr fort: »Bringen Sie uns hier weg. Sie haben jetzt das Kommando.«

Er folgte Rodger hinüber auf dessen MTB und sah zu, wie die beiden Boote, alte Feinde, auseinanderdrifteten.

Als *Buzzards* Schrauben die See hinter ihrem Heck in weißen

Schaum verwandelten, kletterte Devane auf die Brücke, im Mund die noch immer unangezündete Zigarre.

Trotz der Leute um ihn fühlte Metcalf sich allein auf dem vibrierenden Lukendeckel; er starrte hinüber zu dem Schnellboot, das mit dem Bug tiefer und tiefer in die See tauchte. Dort oben hatte er gestanden, auf dieser Brücke. Der Kommandant, ja sogar der knurrige alte Quartermeister, hatten ihm das Ruder anvertraut.

Buzzard nahm Fahrt auf und entfernte sich rasch vom Land. Achteraus lag eine bald wieder leere See.

Kapitän Barker stand mitten in seinem Dienstzimmer, auf dem sonst so strengen Gesicht ein seltenes Lächeln; es wurde jedoch schwächer, als Devane eintrat und wartete, bis Beresford die Tür hinter ihm schloß.

Devane schien es noch immer unglaublich, daß ihre Rückfahrt nach Tuapse ohne Zwischenfall verlaufen war und daß sogar das Rendezvous mit den russischen Patrouillenbooten und Flugzeugen geklappt hatte. Die See war ruhig geblieben, so daß sie ungestört Treibstoff übernehmen konnten, während die Jagdbomber wachsam über ihnen brummten.

Zu jeder anderen Zeit hätte er über den Erfolg ihres Einsatzes frohlockt, und die Freude hätte den Schmerz über den Verlust der im Kampf Gefallenen gemildert. Aber als längster Teil des Rückwegs war ihm dann die Strecke vom Anleger zu Barkers Dienstzimmer erschienen. Die Besatzungen der anderen Boote hatten gewinkt und Hurra gerufen. Hector Buckhurst hatte ihm die Hand geschüttelt, und Beresford war neben ihm in Schritt gefallen, als wolle er ihn vor dem überschwenglichen Empfang abschirmen.

Dies alles war ihm ziemlich rätselhaft vorgekommen, bis Beresford ernst sagte: »Bevor Sie Kapitän Barker sprechen, John, sollten Sie wissen, daß *Parthian* während Ihrer Abwesenheit zur Patrouille ausgelaufen ist. Ihr eigenes Boot geriet dabei in einen Hinterhalt der Deutschen.«

Beresford schilderte den Zwischenfall knapp und klar: das angebliche Notsignal der im Wasser treibenden Flieger, *Merlins* Suche im Seenebel und den letzten Teil, als das MTB vom Schnellboot unter Feuer genommen wurde. Er schloß mit den Worten: »Es hätte erheblich schlimmer ausgehen können, John. Normalerweise wären sie alle draufgegangen; aber ein russisches U-Boot tauchte dicht neben ihnen auf, rein zufällig, wie sich später herausstellte. Es hatte Schwierigkeiten mit seinen Batterien und schon Luftunterstützung angefordert. Das deutsche Schnellboot beharkte *Merlin* noch rasch vom Bug bis zum Heck und haute dann ab, so schnell es konnte.«

Zusammen waren sie zu dem kleinen Dock gegangen. Buckhursts Mechaniker arbeiteten eifrig an dem jetzt hoch und trocken liegenden Boot, aber die Spuren des Überfalls waren noch deutlich sichtbar. Devane sah die zersplitterte Mahagonibeplankung und die dunklen Flecken, wo einige seiner Leute niedergemäht worden waren. Oberleutnant David Seymour war schwer verwundet worden, ein Seemann namens Nairn wurde noch vermißt. Der Rudergänger, Gefreiter Irwin, war so fürchterlich zugerichtet, daß er noch auf der Rückfahrt starb.

»Ich muß David sehen«, das war alles, was Devane sagen konnte.

Beresford hatte ihn schließlich vom Dock weggeführt. »Roddy Dundas ist bei ihm im Lazarett. Sie können da heutzutage Wunder wirken.«

»Er wollte Schriftsteller werden, wußten Sie das?«

»Jeder wußte das.« Beresford versuchte ein Lächeln, aber es wollte ihm nicht gelingen.

»Keine Hände mehr, sagen Sie? Armer David.«

Jetzt, als Devane unter Barkers grellen Lampen stand, konnte er es immer noch nicht fassen. Er fühlte sich betrogen. Während er nur an den Angriff auf Mandra gedacht hatte, war David zum Krüppel geschossen worden. Vielleicht wäre er besser gestorben.

Barker sagte frisch: »Gut, daß Sie wieder zurück sind! Alles spricht nur noch von Ihrem Angriff: das Kommandoschiff zerstört und mindestens zwei Lagerhäuser mit militärischer Ausrüstung in die Luft gesprengt. Ich wünschte bei Gott, ich wäre mit dabei gewesen! Alle Anzeichen deuten darauf hin, daß der deutsche Stützpunktkommandeur, ein Konteradmiral, bei dem Angriff getötet wurde.«

Ausdruckslos sah Devane ihn an. »Freut mich zu hören.« Er ignorierte Beresfords warnenden Blick. »Auch wir haben eine Menge guter Leute verloren, Oberleutnant Horne war einer von ihnen. Er hat mir das Leben gerettet, wußten Sie das?«

Barkers Lächeln erschien unwirklich. »Wie sollte ich? Aber der Einsatz war erfolgreich, und das ist die Hauptsache.« Raschelnd rieb er sich die Hände. »Später werden wir einen Schluck darauf trinken. Für mich ist es noch ein wenig früh.«

Devane sagte: »Für mich nicht. Ich möchte mich sinnlos betrinken, seit ich weiß, was mit *Merlin* passiert ist.«

Barker wandte sich ab und fingerte an einigen Funksprüchen herum. »Schlimme Sache. Aber so was kommt vor. Zwei Boote treffen sich zufällig, und eins muß immer als erstes schießen. Ein Jammer, daß es nicht unser Boot war.«

»Das war Lincke! Er muß es gewesen sein.«

Barker rammte die Hände in die Taschen und verzog den Mund. »Das können wir nicht mit Sicherheit sagen.«

Beresford warf ein: »Ich glaube doch, Sir. Der russische Nachrichtendienst behauptet, daß Lincke in diesem Seegebiet gesichtet wurde. Ebenfalls allein, was ganz ungewöhnlich ist.«

»In der Tat.«

Wenn nur diese verdammte Müdigkeit nicht gewesen wäre! Devane versuchte es noch einmal. »Wir brauchen mehr Boote, mehr Unterstützung.«

»Das habe ich gerade zu Ralph gesagt.« Barker entspannte sich. »Ein angemessener Stab, mit dem man arbeiten kann –«

Er fuhr zusammen, als Devane mit der Faust auf den Kartentisch schlug. »Ich sagte Boote, keine verdammten Schreibtischkrieger, Sir!« Er starrte seine Hand an, die mit Öl und dem Blut eines anderen Menschen verschmiert war: der Schmutz des Krieges.

Schnell fuhr er fort, ohne auf Barkers Reaktion zu warten: »Ich hörte, daß die Deutschen Marinefährprähme und möglicherweise mehr Schnellboote bekommen haben. Wenn sie Verstärkung erhalten konnten, obwohl sie an zwei Fronten kämpfen, müßte uns das doch auch gelingen!« Ruhelos trat er an eine Wandkarte und starrte sie an, ohne etwas zu sehen. »Es war Lincke, das ist genau seine Marke. *Den* Plan hat er sich allein ausgedacht!«

Barker sagte scharf: »Die Unternehmung gegen Mandra war ein voller Erfolg. Linckes Angriff auf *Merlin* wiegt doch kaum die Zerstörung ihres rumänischen Versorgungsstützpunktes und des Kommandoschiffes auf, oder?«

»Lincke kümmert Mandra nicht.« Devane sah Beresford an; wieviel wußte er? »Er ist hier, um *Parthian* zu vernichten. Für ihn ist das eine persönliche Angelegenheit. Wir müssen also Ersatz und Verstärkung anfordern. Die Orden und Ehrenzeichen können warten.«

Barker sagte aalglatt: »Sie sind übermüdet. Es war für uns alle eine enorme Anstrengung.«

Devane lächelte kalt. »Ich bitte um Entschuldigung, Sir, das habe ich übersehen. Wenn Sie also nichts dagegen haben, möchte ich jetzt gehen. Ich habe noch eine Menge Briefe zu schreiben und meinen Bericht zu beenden.«

»In diesem Fall«, Barker schien im Augenblick um eine Antwort verlegen, »machen Sie also besser weiter. Ich gebe sofort einen Funkspruch an die Admiralität auf.«

Devane blieb an der Tür noch einmal stehen, der Raum schien vor seinen Augen zu schwanken.

»Fordern Sie mehr Boote an, Sir. Dies ist erst der Anfang. Lincke gibt niemals auf, ich kenne ihn so genau wie mich selbst.« Er stülpte seine schmutzige Mütze auf. »Und auch ich gebe niemals auf.« Die Tür schlug hinter ihm zu.

Barker starrte Beresford an, als habe er soeben eine fürchterliche Obszönität gehört. Beresford sagte ruhig: »Lassen Sie es dabei bewenden, Sir. Er hat so viel einstecken müssen. Man kann nicht ständig weitermachen, einen schweren Einsatz nach dem anderen, und dann noch im richtigen Augenblick ›Sir‹ sagen.«

Barker schien noch nicht besänftigt zu sein. »Zu meiner Zeit hätte es das nicht gegeben. Aber jetzt genug davon. Rufen Sie Kimber. Ich muß den Wortlaut meines Funkspruchs sorgfältig überlegen. Das wird die in London von den Sitzen reißen!«

Beresford ging, blieb aber draußen in dem kleinen Raum stehen, der von den Kommandanten der Flottille benutzt wurde.

Devane saß am Tisch, das Gesicht auf den Armen, die Mütze neben sich auf dem Boden. Seymours Unglück mußte ihn hart getroffen haben. Es war das erste Mal, daß Beresford ihn so erlebte.

Er trat an seinen eigenen Spind, nahm eine Flasche Whisky und ein Glas heraus und überzeugte sich, daß der versiegelte Brief noch an seinem Platz lag.

Er stellte die Whiskyflasche vor Devane auf den Tisch und sagte leise: »Ich bedaure nur, daß dies alles ist, was ich im Augenblick für dich tun kann, alter Junge.«

Dann schloß er ebenso leise die Tür hinter sich.

14   Treibminen

Die beiden Motortorpedoboote trieben etwa eine halbe Kabellänge voneinander entfernt, ihre Aufbauten und Waffen glänzten wie poliertes Kupfer im Licht des Sonnenuntergangs. Es wehte eine leichte Abendbrise, die See schien zu atmen; jede Welle hob die Boote mühelos empor, bevor sie in der Dämmerung verschwand.

Devane stützte die Ellbogen aufs Brückenkleid und starrte nach vorn zum Horizont, wartete und lauschte. Er hoffte auf das Erscheinen eines ahnungslosen Feindes. Er hörte, wie die Männer der Wache unter der Brücke von einem Fuß auf den anderen traten, schnappte gelegentlich ein paar Bruchstücke der Unterhaltung auf, aber nur selten ein Lachen. Seit dem Überraschungsangriff auf den rumänischen Hafen hatte Devane von einem Boot seiner kleinen Fottille auf das andere gewechselt, so daß er die Leute besser kennenlernte. Jetzt war er an Bord der *Harrier*, Oberleutnant Willy Walkers Boot. Aber im schwindenden Licht hätte es jedes beliebige MTB in jedem beliebigen Seegebiet sein können: die gleichen eingeölten Waffen, der gleiche matte Farbanstrich, die gleichen Gesichter, die den Horizont absuchten oder den Himmel.

Merlin lag noch immer in Tuapse im Dock, und Devane war froh darüber, daß Dundas dort war und nicht hier bei ihm. Er hatte seinetwegen ein seltsames Gefühl, das er aber nicht erklären konnte. Er warf einen Blick querab auf das andere Boot, als es von der Dünung angehoben wurde und dann wieder eintauchte in das Gewebe seiner eigenen Phosphoreszenz. Es war *Buzzard*, auf deren Rumpf eine leuchtend rote Vier prangte. Harry Rodger war jetzt ihr Kommandant. Hornes Tod lag schon zwei Monate zurück.

Entlang der Ostfront waren die beiden großen Armeen in Bewegung geraten, als fürchteten sie den erbarmungslosen Zugriff von Schlamm, später von Eis, den der Winter bringen würde. Es gab Nahkämpfe der Panzer am Tage und aufleuchtende Wolken während der nächtlichen Artillerieduelle.

Auf See war der Krieg ganz anders. Man suchte nach zerstreuten Konvois, trieb sie zusammen und geleitete sie in den sicheren Hafen. Man jagte die feindlichen leichten Seestreitkräfte, es kam zu raschen und kurzen Schußwechseln, dann verschwanden die Gegner wieder in der Nacht, bevor eine Versenkung bestätigt werden konnte.

Die Nachricht von der alliierten Landung in Italien hatte hier wenig bewirkt. Sie waren zu sehr in ihren eigenen lokalen Krieg verwickelt. Angespornt von Kapitän Barker, war *Parthian* von einem Sektor zum anderen gehetzt worden, so daß die britischen Seeleute manchmal nicht wußten, wen sie mehr haßten – den Feind oder Barker.

Sie hatten auch Erfolge errungen, hatten Marinefährprähme versenkt, hatten sich an zwei schwere Transportschiffe herangepirscht und diese eine Meile vor dem sicheren Hafen torpediert. Ein Boot hatte einen deutschen Bomber angeschossen, Mackay zwei umgebaute Kanonenboote und einen vollen Ölleichter versenkt.

Aber jeder Erfolg, den *Parthian* errang, schien von Linckes *Seeadler* wieder wettgemacht zu werden. Die Deutschen hatten die Fähigkeit entwickelt, durch ein einzelnes Schnellboot bei den russischen Konvois Panik hervorzurufen. Dann, während die Geleitschiffe sich bemühten, die Ordnung wieder herzustellen, donnerten Linckes gestreifte Boote aus der Dunkelheit und füllten den Seeraum mit Feuer und Detonationen.

Devane dachte an Claudia, wie so oft während einer scheinbar friedlichen Fahrt. Zweimal hatte sie ihm geschrieben, aber ihre Briefe waren nichtssagend, ohne Wärme. Sie lebte jetzt in Kairo, ein Freund Richies hatte seine Beziehungen spielen lassen und ihr einen Posten im Stab eines dort stationierten Regiments verschafft.

Vielleicht hatte sie einen anderen gefunden? Devane spürte den Schmerz, der ihn immer quälte, wenn er seine Phantasie derart schweifen ließ. Warum auch nicht? Eine einzige Liebesnacht in einem billigen Hotel war kaum ein verlockendes Angebot für eine Frau wie Claudia.

Devane hörte Walkers Schritt neben sich, sah seinen gelben Schal, der sich blaß gegen das dunkle Wasser abhob.

»Alles ruhig, Willy?«

Walker saugte an seiner kalten Pfeife und nickte. »Könnte aber was geben heute nacht, Sir. Der Jerry hat einige Versorgungsschiffe in die Häfen der Krim verlegt, wohl weil er damit rechnet, daß der Iwan die verdammte Halbinsel zurückerobern will.«

Devane nahm die Mütze ab und fuhr sich mit den Fingern durch das Haar. Die feindbesetzte Küste lag nur vierzig Meilen entfernt. Soldaten und Ausrüstung, Luftlandeplätze und getarnte Feldgeschütze, alles dort war nach Süden und Osten gerichtet, in Erwartung eines Landungsversuchs.

Weiter im Norden waren die deutschen Heere im Rückzug, kämpften aber um jeden Fußbreit Boden. Nur hier auf der Krim, dem Angelpunkt des Krieges, klammerten sich die Deutschen mit äußerster Entschlossenheit fest. Und das russische Oberkommando schien noch immer nicht willens, die Erfolge der Alliierten auf Sizilien und in Italien zu nutzen. Man sprach von einer Krimoffensive im nächsten Jahr, verließ sich auf den kommenden Winter und die abnehmenden Treibstoff- und Munitionsvorräte der Deutschen.

Die Nächte waren schon kalt, dabei hatten sie noch nicht einmal Oktober. Auch die Boote schienen die Nähe des Winters zu spüren – es gab Abnutzungserscheinungen, Leckagen, Verknappung von Ersatzteilen –, und Buckhurst äußerte Beschwerden und Klagen, die er normalerweise vor Kapitän Barker nicht ausgesprochen hätte.

In Sachen Verstärkung hatte es einen bescheidenen Anfang gegeben: zwei Oberleutnants für Barkers Operationsstab, ein weiterer

Ingenieuroffizier als Assistent für Buckhurst und ein paar zusätzliche Manschaftsdienstgrade waren angekommen.

Pellegrines trockener Kommentar hierzu: »Jetzt brauchen wir nur noch ein paar Wrens, dann ist es fast wie zu Hause!«

Aber weitere Boote waren für den fast vergessenen Krieg im Schwarzen Meer nicht vorgesehen. Sie wurden anderswo gebraucht, zum Beispiel im Mittelmeer, wo der deutsche Widerstand sich angeblich versteifte. Und im Ärmelkanal liefen bereits die Vorbereitungen für eine große Invasion in Nordeuropa.

Walker schien Devanes Gedanken zu erraten. »Meinen Sie, daß wir hier bald fertig werden, Sir?« Mit ausholender Handbewegung zeigte er verächtlich über den Bug nach vorn. »Sollen doch die Stoppelhopser hier kämpfen! Uns könnte man ruhig nach Hause lassen.«

Devane lächelte. »Vielleicht ist es bald soweit. Auch die Deutschen haben in letzter Zeit keine Verstärkung ihrer Seestreitkräfte erhalten. Es geht ihnen wie uns, sie sind nervös.«

Er mußte plötzlich an seinen Besuch bei David Seymour im Lazarett denken. Die russischen Ärzte waren zuversichtlich, daß er sich von seiner Verwundung erholen konnte; aber der leitende Arzt hatte ihm gesagt, daß Seymour einen Selbstmordversuch unternommen hatte. Schlimm war auch der Anblick, den der Verwundete bot. Blaß und eingefallen, hatte er aufgeregt dem Besuch entgegengefiebert, als Devane und Mackay das kleine, überfüllte Krankenzimmer betraten.

Es war schwierig, nicht die Verbände anzustarren, wo einmal seine Hände gewesen waren, oder nach der jugendlichen Zuversicht zu suchen, die er früher zur Schau getragen hatte.

Jetzt war er auf dem Weg in die Heimat, aber wozu?

Devane sagte: »Wir fahren noch einen Suchstreifen, dann drehen wir nach Nordwesten. Vielleicht sind einige deutsche Küstenfahrzeuge unterwegs.«

Nach dieser Patrouillenfahrt würde er auf *Merlin* zurückkehren. Dundas vermißte Seymour sehr, außerdem gab er sich selbst die Schuld, denn er hatte das Boot in die Falle geführt.

Barker hatte *Merlin* einen zusätzlichen Offizier versprochen. Irgend jemand aus der Levante sollte es sein, möglicherweise ein schwer einzuordnender Einzelgänger. Barker ließ sich nicht weiter darüber aus, ignorierte ohnehin sämtliche Einwände.

Devane fiel plötzlich seine letzte Besprechung mit Beresford ein. »Wie war das noch mit den Leichtern, Willy? Dieser Bericht des Nachrichtendienstes vor unserem Auslaufen?«

Walker grinste. »Oh, es ging um Stahl und Zement, die in Leichtern um die Halbinsel herum nach Osten transportiert werden sollten. Nicht ganz unser Niveau, oder?«

Devane bückte sich, steckte Kopf und Schultern unter die Segeltuchhaube, mit der der Kartentisch abgedeckt war. Er wartete, bis sich seine Augen an das Licht der winzigen, abgeschirmten Lampe gewöhnt hatten. Da war es, ein mit Bleistiftstrichen eingezeichnetes feindliches Minenfeld. Da war ein Schiff gesunken, dort lag ein älteres Wrack am Rand des Feldes. Walker hatte recht, Zement und Stahl zur Geschützbetonierung waren zwar äußerst wichtig für den Feind, aber Orels Kanonenboote und einige Jagdbomber eigneten sich besser zum Versenken der Leichter.

Gespannt starrte er auf seine Uhr, Zeiger und Ziffern glühten wie winzige Augen. Wenn die Leichter aber irgendwo im flachen minenfreien Fahrwasser versenkt wurden, würde das den feindlichen Küstenverkehr erheblich behindern und die Deutschen zwingen, ihre Konvois ins offene Wasser außerhalb der Minenfelder umzuleiten, wo Sorokins Zerstörer sie möglicherweise erwischen konnten. Die deutschen Schnellboote wären dann endlich einmal im Nachteil, so wie die britischen MTBs es immer waren, wenn sie außerhalb der Reichweite der russischen Luftwaffe kämpfen mußten.

Er richtete sich auf. »Setzen Sie einen Kurs zur Südwestspitze des Minenfeldes ab, Willy. Wir fahren in Dwarslinie mit fünfzehn Knoten. Teilen Sie's *Buzzard* mit. Alles, was wir zwischen uns und der Küste antreffen, ist feindlich, klar?«

Walker wickelte sich den gelben Schal um den Hals. »Zu Befehl, Sir.«

Als der letzte Streifen geschmolzenen Kupfers hinter dem Horizont versunken war, erwachten die beiden Boote zu neuem Leben und wandten sich der unsichtbaren Küste zu. Lediglich zwei Linien schäumenden Kielwassers verrieten ihren Kurs.

Walkers junger Erster Wachoffizier kam geschäftig auf die Brücke geeilt und beugte sich über den Kartentisch. Seine Stimme drang halb erstickt unter dem Segeltuch hervor, als er sich beklagte: »Verdammte Minen überall, Skipper. Muß das denn sein?« Er war offenbar nicht daran gewöhnt, den Flottillenchef auf der Brücke zu haben.

Devane sagte ruhig: »Wir sind jetzt im Zementgeschäft, Number One. Also bringen Sie uns hin!«

Walker kicherte. »Pech, Ernest. Aber ich lege beim Chef ein gutes Wort für Sie ein.«

Als sein I.W.O. unter der Segeltuchhaube in verwirrtes Schweigen verfiel, fügte Walker leise hinzu: »Er könnte natürlich recht haben, Sir. Eine häßliche Stelle, wenn sich die Küstenbatterien auf uns einschießen.«

Ruhig sah Devane ihn an. »Durchs Minenfeld ins flache Wasser, dann so schnell wie möglich an der Küste entlang... Wenn *Sie* der deutsche Geleitzugführer wären, was würden Sie veranlassen?«

Walker seufzte. »*Seeadler* herbeipfeifen. Ist das Ihr Hintergedanke dabei, Sir?«

Devane nickte, er war plötzlich sehr konzentriert. »Eine bessere Gelegenheit werden wir kaum bekommen. Aber wenn die verdammten Leichter nicht kommen, muß ich mir was anderes einfallen lassen.«

Der Wachoffizier war mit seinen Berechnungen fertig und rief: »Nord fünfunddreißig West steuern, Sir.«

»Lassen Sie die Gefechtsstationen besetzen, Willy.« Devane beobachtete die Reaktion der Männer. Ich muß sie scheuchen, dachte er, das ist der Zweck meines Hierseins. Sie mögen mein Urteil anzweifeln, mögen mich dafür hassen, daß ich schon wieder in das Wespennest steche, aber ich muß es tun.

Die letzten Klarmeldungen kamen durch die Sprachrohre. Zwei Motortorpedoboote waren es und zwei weitere östlich davon auf Patrouillenfahrt: Insekten, die das Raubtier stechen, bis es wütend wird und zurückschlägt.

Devane starrte durch das salzverkrustete Brückenkleid nach vorn. Noch kein Soldat hatte je einen Krieg durch Stillstehen gewonnen.

»Feindliche Küste an Steuerbord, Sir!«

Devane richtete sein starkes Nachtglas aus und starrte angestrengt durch den aufspritzenden Gischt. Er spürte, wie das Boot langsam drehte, hörte den Rudergänger beiläufig den neuen Kurs bestätigen. Es war lächerlich, aber er vermißte Pellegrines rauhe Stimme.

Walker stand neben ihm und suchte ebenfalls nach dem gemeldeten Land.

»Ist *Buzzard* auf Station?« fragte Devane.

Walker grunzte: »Soweit ich feststellen kann, ja. Aber ich möchte weder Sprechfunk noch eine Lampe benutzen, da unser Abstand von der Küste nur eine Meile beträgt.«

Beide Boote waren bereits mit der Geschwindigkeit so weit heruntergegangen, daß sie gerade noch steuerfähig blieben. Die Geräusche wirkten jetzt lauter: das Rauschen des vorbeiströmenden Wassers am Schiffsrumpf, das gelegentliche Dröhnen, wenn der Bug von der

Dünung angehoben wurde und dann klatschend wieder eintauchte. Aber an der Küste würden diese Geräusche mit etwas Glück von Wind und See übertönt werden. Dazu kam die völlige Ahnungslosigkeit des durchschnittlichen Infanteristen gegenüber allem, was schwamm.

Devane fiel ein, was er mit seinem Boot im Mittelmeer erlebt hatte, als er beinahe mit einem deutschen Panzer ins Gefecht gekommen wäre. Auf der Suche nach Kleinfahrzeugen waren sie dicht unter der Küste entlanggefahren. Sie liefen parallel zu zwei großen Sandbänken, als sie ihn plötzlich vor sich sahen, bewegungslos, geradezu obszön: einen der vielgerühmten Tiger. Als die Kanonen und Maschinengewehre des MTB den Panzer wie mit feurigen Pfeilen beharkten, fühlte sich das schlafende Ungetüm gestört, schwang sein gewaltiges Geschütz herum und richtete es auf das Kanonenboot. Eine einzige Granate des Panzers hätte den Mahagonirumpf des MTB zertrümmert. Alle atmeten erleichtert auf, als Devane mit Höchstfahrt aus der unmittelbaren Gefahrenzone preschte: ein kleiner Zwischenfall nur, ein Bruchstück des großen Krieges.

Walker sagte knapp: »Steuerbord-Ausguck meldet Maschinengeräusche, Sir.« Er starrte Devane an. »Er muß Ohren haben wie ein Luchs oder wie eine verdammte Fledermaus!«

»Alle Maschinen stopp, äußerste Ruhe! Geben Sie es auch an den Chief!«

Alle erstarrten, als die Motoren noch einmal aufseufzten und dann mit einem letzten trotzigen Schütteln zum Stillstand kamen. Ein paar Hände belegten klappernde Signalleinen, und Mecham, die Number One des Bootes, bückte sich rasch, um ein Parallellineal aufzufangen, das gerade vom Kartentisch rutschte.

Devane keilte sich fest und drehte den Kopf von einer Seite zur anderen. Sie alle taten es ihm nach wie Blinde, die sich zu orientieren versuchten.

»Ich hab's.« Mecham sprang leichtfüßig auf die Grätings. »Steuerbord voraus, ganz tief unten.«

Walker nickte anerkennend. »Gut gemacht, Ernest. Sie sind gar nicht so dumm, wie die Leute immer annehmen.«

Devane ignorierte die Neckerei. Sie war billig, konnte aber lebenswichtig werden, denn sie waren alle aufs äußerste angespannt.

Der Rudergänger murmelte: »Es ist eine Pumpe, Sir.«

Walker schlug seinem I.W.O. auf den Arm. »Das ist es! Eine Pumpe.« Sofort wurde es wieder still. »Geschütze klar zum Feuern. Gefreiter Kirk soll seine Leuchtgranaten bereithalten.«

Devane zwang sich, nicht auf das Gemurmel ringsum zu achten. Wo zum Teufel steckte *Buzzard*? Nicht das geringste Zeichen von Bugsee oder Kielwasser zu sehen, auch kein tiefdunkler Schatten gegen die ebenfalls dunkle See. Er spürte, daß seine Zähne knirschten, aber schon die Tatsache, daß er es merkte, half ihm, seine Besorgnis zu überwinden.

Oberleutnant Ernest Mecham sagte beiläufig: »Ich wette, die sind arglos wie sitzende Enten.«

Devane fiel die Veränderung auf, die mit dem jungen Offizier vor sich gegangen war. Während ihrer Fahrt durch das Minenfeld hatte er seine Besorgnis kaum verbergen können. Vielleicht hatte er Grund zu seiner Angst, hatte vielleicht etwas Entsprechendes erlebt. Selbst die Tatsache, daß die Boote einen zu geringen Tiefgang hatten, um die Minen zu berühren, konnte offenbar seine schreckliche Erinnerung nicht tilgen. Aber jetzt, da sie wahrscheinlich in der Reichweite eines normalen Infanteriegewehres fuhren, wirkte er völlig entspannt.

Walker beugte sich übers Sprachrohr zum Maschinenraum. »Fertig, Chief? Alles, was drin ist, sobald ich's sage!« Er grinste noch immer, als er den Deckel wieder über das Rohr klappte.

Eine Stimme sagte leise, aber scharf: »Boot, Sir. Backbord voraus!«

Gläser und Rohrmündungen schwangen sofort in die angegebene Richtung, und Devane sah eine verschwommene Form, möglicherweise spitz von achtern, die sich kaum vom dunklen Hintergrund abhob.

Das Fahrzeug bewegte sich sehr langsam, obgleich seine wahre Geschwindigkeit vom treibenden MTB aus schwer zu schätzen war.

»An alle Stellen: Achtung!« Walker sah Devane an, suchte in dessen Gesicht Bestätigung, denn dies war Devanes Unternehmung.

Devane zwinkerte, um klare Sicht zu bekommen. Der deutlich erkennbare Streifen weißen Schaumes, als das abgeblendete Fahrzeug mit der Fahrt hochging, das plötzliche Verändern der Silhouette, als sein Kommandant abzudrehen versuchte ... »*Jetzt!*«

Die Motoren erwachten donnernd zum Leben, das MTB fuhr herum, und als die Leuchtgranaten über dem anderen Schiff detonierten, konnte Devane alle Details erkennen wie bei einem Modell. Es war ein Fischdampfer, dessen Fangzeit aber längst vorbei war. Jetzt gehörte er der deutschen Marine an.

»*Feuer!*«

Devane klammerte sich an die stoßende, vibrierende Brücke, als jedes Geschütz, welches das Ziel auffassen konnte, die Dunkelheit mit einem Netz lebhafter Leuchtspur erfüllte.

Granaten schlugen in das hohe Brückenhaus des Fischdampfers, verwandelten es in einen Hochofen und hackten den dünnen Schornstein um wie einen toten Baum. Am Bug stand ein einzelnes Geschütz, aber Devane sah seine Bedienung fallen, während sie versuchte, es auf den Angreifer zu richten.

Von der Küste fegten Scheinwerferstrahlen über den Fischdampfer hinweg. Vielleicht konnten sie sich nicht tief genug senken, um das MTB so dicht unter Land zu erfassen.

Maschinengewehrfeuer beantwortete jetzt *Harriers* Angriff, und Devane sah die kurzen Abschüsse unter der brennenden Brücke des Feindes. Aber es war, als wolle man einen wütenden Elefantenbullen mit einem Bootshaken stoppen.

»Hart Backbord!« rief Devane Walker zu. »Leichter, Willy! Sie kommen durch die minenfreie Fahrrinne!«

In engem Kreis drehte das MTB durch sein eigenes Kielwasser, seine Geschütze behämmerten noch immer den Kriegstrawler, bis er vom Vordersteven bis zum Heck lichterloh in Flammen stand. Aber jetzt tauchten drei lange Leichter im Schein der treibenden Leuchtgranaten auf. Achteraus von ihnen fuhr ein weiterer Fischdampfer als Geleit, war jetzt aber nicht imstande, Hilfe zu leisten.

»Klar bei Wasserbomben!«

»Recht so, Swain! Lassen Sie ihn an Backbord!«

Die Männer duckten sich und riefen Warnungen, als Stahlgeschosse gegen die Brücke hämmerten und mit schrillem Aufheulen über der See verschwanden. Irgend jemand feuerte auf sie, und Devane wußte, daß der brennende Dampfer sie hell beleuchtete und zu einem gut zu erkennenden Ziel machte.

Walkers Geschützbedienungen leisteten hervorragende Arbeit. Als der erste Leichter von Leuchtspurgeschossen überschwemmt und von Qualm halb verschluckt war, fielen Wasserbomben nur wenige Meter vor seinem plumpen Bug.

Ihre Druckwelle traf die *Harrier*, als würde sie von einem Zug überfahren, aber schon wurden die nächsten Wasserbomben dicht neben dem zweiten, tief im Wasser liegenden Frachtkahn geworfen.

Devane wandte den Kopf, weil etwas an seinem Dufflecoat zerrte; gleichzeitig stieß der Rudergänger einen schrillen Schrei aus und brach in die Knie. Als seine Finger abrutschten, schob der I.W.O. einen anderen Seemann ans Ruder. Devane sah hinüber zu dem letzten Leichter, aber seine Gedanken waren noch immer mit der Erkenntnis beschäftigt, daß eine Kugel soeben seinen Mantel durchschlagen und ihn um höchstens einen Zoll verfehlt hatte.

Walker rief: »Swain ist tot! Nobby Clark ans Ruder!«

Devane beobachtete, wie die Granaten auf dem häßlichen Deck des Leichters detonierten und das kleine Ruderhaus durchschlugen, das wie ein Schilderhäuschen auf dem Heck thronte.

Jemand schrie: »Hier kommt endlich der verdammte *Buzzard*!«

Ein Seemann, der neue Munition zum Steuerbord-Maschinengewehr schleppte, keuchte: »Zu spät wie immer! Aber die Hälfte der Besatzung kommt frisch aus Chatham, da kann man nichts anderes erwarten!«

Es war überraschend, daß sie es trotz allem noch fertigbrachten zu lachen.

Eine Wasserbombenladung detonierte achteraus, eine gewaltige Wassersäule schoß senkrecht hoch wie ein Geisir. Als sie zusammenfiel, war der dritte Leichter immer noch da und lief etwa sechs Knoten; der kastenförmige Rumpf war an vielen Stellen durchlöchert, und auf der Back brannte es. Aber er schwamm, während die anderen beiden fast verschwunden waren, von dem Gewicht ihrer schweren Ladung unter Wasser gedrückt. Beide hatten sich beim Sinken so gedreht, daß sie die schmale Fahrrinne blockierten.

Devane sagte: »Geben Sie an *Buzzard*: den letzten Fischdampfer angreifen!«

Der Signalgast rief heiser: »Von *Buzzard*, Sir: Nicht identifiziertes Fahrzeug schließt von Süden heran!«

Devane blickte Walker an. »Schneller als erwartet.«

Walker nickte grimmig. Seine Augen verengten sich zu schmalen Schlitzen. »Also los!«

Eine Leuchtgranate detonierte weit draußen über dem Minenfeld, und Devane vermutete, daß eine örtliche Artilleriestellung angefangen hatte zu feuern. Er beobachtete, wie *Buzzard* durchs Wasser brauste, als balanciere er auf dem schmalen Streifen seines weiß schäumenden Kielwassers. Aber der Fischdampfer ließ sich auf nichts ein. Er steuerte diagonal hinüber zur Küste, in den Schutz der Landbatterie.

»Aktion abbrechen, Willy. Geben Sie an *Buzzard*, er soll achteraus von uns bleiben. Wir hauen ab.«

»*Buzzard* hat bestätigt, Sir.« Die Stimme des Signalgasten klang verwirrt. »Von *Buzzard*, Sir: Muß Fahrt vermindern. Leck im Unterwasserschiff.«

»Verdammter Mist!« Walkers Gesicht schien aufzuglühen, als eine weitere Leuchtgranate die Wolken von unten beleuchtete. Devane sah an ihm vorbei. Das nicht identifizierte Fahrzeug, das Rodger gesichtet hatte, hätte eigentlich schon hier sein müssen.

»Sagen Sie *Buzzard*, er soll die Fahrt laufen, die er beibehalten kann.«

Eine weitere Leuchtgranate detonierte genau über ihnen, das unheimliche, gletscherblaue Licht schien sie regelrecht zu hypnotisieren.

Walker drängte: »Neuer Kurs, Number One! Wir wollen nach Südosten. Ich hab' keine Lust, mich hier zusammenschlagen zu lassen!«

Devane spürte, wie der neben ihm stehende Seemann plötzlich erstarrte. »Sir! Recht achteraus!«

Devane schob sich an ihm vorbei, seine Augen schmerzten vom grellen Licht der Leuchtgranate. Zwei hochexplosive Granaten mit empfindlichen Aufschlagzündungen detonierten etwa eine halbe Meile entfernt, aber selbst wenn sie längsseits hochgegangen wären, hätte ihn das nicht abgelenkt. Scharf zeichneten sich *Buzzards* Konturen in dem grellen Licht ab. Beinahe jede Einzelheit war zu erkennen, von der zerfetzten Flagge bis zu der niedrigen Brücke, er sah sogar die Köpfe hinter dem gläsernen Brückenkleid. Die See zwischen den beiden Booten glänzte wie schwarzes Glas mit Silberstreifen dazwischen. Aber was Devanes Aufmerksamkeit gefangennahm, war der kleine schwarze Fleck, der genau vor dem Steven des anderen Bootes auf und ab tanzte.

Er schrie: »Alarmieren Sie *Buzzard* per Sprechfunk!« Er fuhr herum, als Walker herbeieilte. »Sagen Sie ihnen, sie haben eine Treibmine genau voraus!«

Füße rutschten über die nassen Grätings, Walker instruierte seinen Funker. Devane hielt den Blick auf den kleinen schwarzen Fleck gerichtet, der jetzt, da der Schirm der Leuchtgranate in tiefhängenden Wolken verschwand, undeutlicher wurde.

Walker rief: »Äußerste Kraft voraus! Steuerbord fünfzehn! Wir wollen nicht mit draufgehen.«

Dann kam die Detonation: ein riesiger, sengender Blitz mit rotem Mittelpunkt, danach ein gewaltiger Donnerschlag, als Treibstoff, Munition und Torpedos fast gleichzeitig hochgingen.

Wie die Leuchtgranate, so verlöschte auch der grelle Blitz der Explosion mit erschreckender Plötzlichkeit. Alles war weggewischt, als habe *Buzzard* nie existiert. Nach endlos scheinender Zeit prasselten armselige Wrackteile in weitem Umkreis herunter, und ein paar winzige Flammenherde brannten auf der Oberfläche des Meeres, bis auch sie verlöschten.

Walker fuhr noch einmal rund um die Stelle, wo Rodgers Boot auf seiner ersten Fahrt als Kommandant die Treibmine berührt hatte. Aber nichts, nicht einmal ein Rettungsfloß war zu finden.

Der Signalgast brach das Schweigen, seine Stimme klang sehr laut auf der stillen Brücke. »Der Funker konnte gerade noch mit *Buzzard* sprechen, Sir.« Er blickte übers Brückenkleid, als erwarte er, das andere Boot noch immer zu sehen.

Walker fragte: »Zum Stützpunkt zurück, Sir?«

»Nein. Wir wollen uns mit *Kestrel* und *Osprey* treffen.« Er konnte sich ihren Unwillen, ja sogar Haß vorstellen. So als hätte er *Buzzard* eigenhändig versenkt. »Lassen Sie die Gefechtsstationen besetzt, falls dieses unidentifizierte Schiff doch noch auftaucht. Aber möglicherweise hat sich Oberleutnant Rodger geirrt.«

Walker sagte leise: »Und jetzt ist er tot, Sir.«

Devane nickte. »Wie Ihr Gefechtsrudergänger auch. Aber wir müssen weitermachen.«

Er trat wieder nach vorn an die Brückenreling und merkte, daß er mit angehaltenem Atem wartete, bis sich zunächst einige, dann auch die anderen allmählich wieder ihren Aufgaben zuwandten.

Vorher war es anders gewesen. Er hatte niemals das *Warum* und das *Weshalb* in Frage gestellt. Man tat sein Bestes und versuchte, am Leben zu bleiben. Aber eine gesamte Bootsbesatzung ausgelöscht . . . Und der Rudergänger direkt neben ihm gefallen, wobei die Kugel seinen Mantel durchschlagen hatte wie zum Hohn: *Du bist noch nicht dran. Noch nicht.*

»Möchten Sie heißen Tee, Sir?« Das war Walker, seine Stimme klang wieder normal.

»Danke, Willy. Gute Idee.« Er hielt den heißen Becher an die Lippen und starrte über seinen Rand hinweg in den Nachthimmel. »Diesmal war's lausig knapp.«

Walker nickte trübsinnig. »Dann waren's nur noch vier.«

15 Niemand lebt ewig

Kapitänleutnant Red Mackay lehnte an der tropfenden Wand des Bunkers und richtete sich auf, als Devane den Operationsraum verließ.

»Alles okay?« Das klang beunruhigt.

Devane hob die Schultern. »Ja.« Die Tatsache, daß Barker seinem Bericht ohne ein Wort der Kritik zugehört hatte, ging ihm jetzt erst auf. »Die nächsten Angehörigen müssen benachrichtigt werden.«

Mackay fiel neben ihm in Schritt. »Trotzdem war es richtig, diese Leichter zu versenken. Ich habe gehört, daß der Iwan schon eine ganze Menge Schiffe erwischt hat, die seitdem das Minenfeld außen umgehen wollten.«

»Das genügt aber nicht, Red.«

'Devane merkte kaum, daß er laut sprach, er dachte an Lincke. An seine augenscheinliche Erfahrung und sein Talent, jeden Plan, den sie hier aushecktsen, vorauszusehen und seine Gegenmaßnahmen zu treffen. Er hatte von den drei Leichtern und dem Wert ihrer Ladung für die Halbinsel Krim gewußt, aber sie trotzdem zur Ablenkung benutzt. Seine eigenen Schnellboote hatten inzwischen einen Einsatz entlang der russischen Linien gefahren und dabei zwei Kriegsschiffe und einen schweren Transporter versenkt – fast vor den Toren von Tuapse.

»Lincke hat mich überlistet, Red, auf der ganzen Linie.« Trotz seiner Verbitterung empfand Devane eine zögernde Bewunderung für diesen Mann, den er noch nie gesehen hatte. »Er steckt die Russen in die Tasche und verhöhnt uns. Jeder weiß, daß die Russen hier über doppelt so viele Seestreitkräfte verfügen wie die Deutschen, aber Sorokin und sein Stab sind zu stolz, dies zuzugeben.« Er drehte sich um. »Was können da wir mit unseren restlichen vier Booten ausrichten? Ich brauche mindestens zwei weitere.«

Sie gingen weiter, jeder in seine eigenen Gedanken versunken. Schließlich sagte der Kanadier: »Wenn wir diese Schnellboote doch nur einmal auf hoher See treffen würden! Wir könnten *Seeadler* zumindest verkrüppeln und damit Orels alten Kanonenbooten eine Chance geben.«

Sie standen oberhalb des kleinen Docks und blickten hinunter auf die reparierte *Merlin*. Devane merkte, daß Dundas ihn gesehen hatte und jetzt heraufgeeilt kam.

»Ich gehe dann.« Mackay rieb seine Bartstoppeln. »Und nehme ein Bad, wenn ich eins finde.« Dann platzte' er heraus: »Vielleicht gibt man Ihnen jetzt ein anderes Kommando, Sir?«

»Was ist los, Red?« Devane lächelte, aber sein Gesicht blieb ernst. »Möchten Sie meinen Job?«

Aber Mackay ließ sich nicht ablenken. »Wenn Sie bei *Parthian* bleiben, könnten wir es schaffen. Wenn Sie gehen – und wer könnte Sie nach all Ihren Leistungen dafür tadeln? –, müssen wir damit rechnen, daß der verdammte Lincke uns vernascht.«

Devane seufzte. »Ich habe nicht die geringste Absicht, *Parthian* zu verlassen, Red, höchstens wenn ich abkommandiert werde.«

»Das ist gut.« Mackay grinste. »Einer für alle, alle für einen.« Damit ging er zu seinem Boot hinüber.

Dundas salutierte. »Schön, daß wir Sie wiederhaben, Sir.« Er sah so müde aus, als habe er seit Tagen nicht mehr geschlafen. Neben ihm stand ein etwa fünfundzwanzigjähriger Offizier. »Dies ist unsere neue Nummer Zwei, Oberleutnant Chalmers, Sir.« Chalmers grüßte ebenfalls, aber die Bewegung wirkte steif, als müsse er Kraft sparen. Er war lang und eckig, tief gebräunt, und hatte in seinem Habichtsgesicht ein Paar leuchtend blaue Augen.

Er brachte seine Meldung vor: »Hierher versetzt vom Stützpunkt Alexandria, Sir. Mein letztes Boot wurde bei der Invasion Siziliens versenkt.«

Dundas ergänzte: »Er war bis jetzt im Lazarett, Sir.«

Devane hielt ihm die Hand hin. »Ich bin froh, Sie hier zu haben. Wie ist Ihr Vorname?«

Chalmers antwortete: »David, Sir.« Devane mied Dundas' Blick. Der hagere Oberleutnant hatte also den gleichen Vornamen wie Seymour. Und er war schwer verwundet worden. Jetzt wurde er versuchsweise wieder eingesetzt – wie so viele andere.

»Gut, David. Lernen Sie das Boot kennen und besuchen Sie dann Kapitänleutnant Beresford drüben in den Diensträumen, er wird Sie mit den hiesigen Operationen vertraut machen.«

Dundas war noch nicht fertig. »Es ist Post für Sie gekommen, Sir. Ich habe sie in Ihr Regal gelegt.« Verlegen fingerte er an seinen Knöpfen. »Die Sache mit *Buzzard* hat mir sehr leid getan.«

»Ja. War verdammt unnötig!« Devane nickte Pellegrine zu, dessen ziegelrotes Gesicht soeben um das Brückenhaus spähte. »Hallo, Swain, wie sieht's aus?«

Pellegrine zog eine Grimasse. »Hab' einen Brief von meiner Frau bekommen, Sir. Ich verwette meine Pension, daß sie was im Schilde führt.« Lächelnd fügte er hinzu: »Aber das kann warten, nicht wahr, Sir?«

Devane setzte sich auf das Sofa in *Merlins* kleiner Messe, ein genaues Abbild derjenigen, die er vor kurzem verlassen hatte. Nur daß sie vielleicht sauberer war und nach frischer Farbe roch.

Er nahm die Briefe aus dem Regal und überflog sie. Zwei von seiner Mutter, dann eine Rechnung von Gieves und . . . Er zögerte ein wenig, als er auf dem letzten Brief Claudias Handschrift sah. Bedachtsam zog er seinen Regenmantel aus und nahm die Mütze ab, dann schenkte er sich ein großes Glas Brandy ein. Seine Hand zitterte ein wenig, als er ihn öffnete und sein Blick an der Überschrift hängen blieb: *Mein geliebter John . . .*

Als Dundas eine halbe Stunde später in die Messe kam, saß Devane immer noch da, ungewaschen und unrasiert, die Flasche neben seinem Arm, das Glas Brandy unberührt.

Devane blickte zu ihm auf und fragte sich, wie seine Stimme wohl klingen würde, wenn er jetzt hätte sprechen müssen.

Nichts war zu Ende. Alles war so, wie er es sich erträumt hatte. Sie liebte ihn. Sie hatte geweint, als seine Briefe angekommen waren. Eine ganze Menge mehr stand noch da, das er immer wieder lesen konnte.

»Alles in Ordnung, Sir?«

Devane nickte. »In Dorset hat sich nichts verändert. Meine Mutter strickt eifrig Socken und Wollmützen für die Seeleute, und mein Vater führt noch immer die Firma.« Er saß, daß Dundas einen Blick auf Claudias Brief warf. »Alles in bester Ordnung.«

Dundas setzte sich wie eine Marionette, deren Haltedraht durchschnitten worden war. »Ich . . . Das freut mich sehr, Sir.«

Die Erkenntnis traf Devane wie eine Faust: Dundas hatte niemanden auf der ganzen Welt. Er war früh verwaist, ein Onkel hatte seine Ausbildung bei der Handelsmarine finanziert, hatte sich aber sofort zurückgezogen und die Verantwortung abgegeben, als Dundas Kadett geworden war.

In all diesen Wochen und Monaten, während er sich an seine Hoffnung geklammert hatte, besaß Dundas nichts, wovon er träumen konnte, höchstens von der Frau eines anderen. Aber Claudias Brief hatte auch diesen Traum zerstört.

Devane schob ihm die Flasche über den Tisch. »Trinken Sie einen mit, Number One. Immerhin habe ich Sie für ein eigenes Kommando vorgeschlagen.«

Er sah das Erstaunen und die Dankbarkeit in Dundas' Augen und war froh, es ihm gesagt zu haben.

Mein geliebter John . . . War es vermessen von ihm, zu hoffen? War die Kugel, die seinen Mantel durchschlagen hatte, eine Warnung, sich zu bescheiden? Er trank und spürte die Wärme des Brandys. Zum ersten Mal seit Monaten trank er, weil er Freude daran hatte und nicht, weil er Betäubung brauchte.

Was hatte Willy Walker gesagt? *Dann waren's nur noch vier.*

Nun, notfalls würden auch diese vier genügen.

»Wo zum Teufel fahren wir hin?« Devane klammerte sich an die Tür des schlecht gefederten Dienstwagens.

Beresford grinste. »Zu Kapitän Barkers Villa. Kennen Sie die noch nicht?«

»Bin noch nie dorthin eingeladen worden.« Devane beobachtete, wie der schwache Strahl der abgeblendeten Scheinwerfer um einen gestürzten Baum und zwei Wachtposten bog. »Was hat diese plötzliche Umgänglichkeit zu bedeuten, Ralph?«

Beresford warf einen Blick auf den russischen Fahrer und sagte leise: »Die Russen machen sich fertig für den großen Vorstoß. Und *Parthian* wird daran teilnehmen.«

Devane nahm diese spärliche Information gelassen auf. »Also ein neuer Einsatz?«

Beresford lächelte und zündete sich eine Zigarette an. »Kleinigkeit für Sie, John, kein Grund zur Aufregung. Die Russen werden die deutschen Verteidigungslinien durchbrechen wie die sprichwörtliche Dampfwalze. Aber Barker braucht uns dabei, wenn auch nur für eine Show.«

Devane dachte darüber nach. Das erklärte zweifellos auch Barkers gleichmütige Reaktion auf den Verlust von *Buzzard*. Er war im Geist ganz woanders, plante wahrscheinlich bereits die Offensive.

»Mit unseren vier Booten können wir nicht viel machen.« Devane sah seinen Kameraden an. Beresford war mehr auf der Hut als üblich. »Bekommen wir endlich Verstärkung?«

»Ich glaube nicht. Noch ist nichts unterwegs. Aber wir sind bestimmt die letzten, die es erfahren würden.«

Der Wagen zwängte sich zwischen zwei umgestürzten Säulen eines Portals hindurch und bog dann auf eine kleine Auffahrt ein. Sie standen vor einer niedrigen Villa, Barkers Residenz.

»Noch eins, John.« Beresford berührte seinen Arm. »Seien Sie vorsichtig. Barker ist lange Zeit an Land gewesen und wird beinahe alles tun, was seiner Karriere nützt.«

Sie stiegen aus; es roch feucht und nach ländlicher Umgebung, aber selbst hier hörte man das ferne Murmeln des nie endenden Geschützfeuers. »Er wird Sie ablösen lassen, wenn Sie Staub aufrühren, machen Sie sich darüber keine Illusionen. Er hat sich einen Dreck um Richie gekümmert, warum also um Sie?« Beresford merkte, daß seine Worte trafen, und nickte langsam. »Sie dürfen nie aussprechen, was Sie denken: daß niemand Sie bei *Parthian* ersetzen kann!«

»Unsinn. Jeder von uns kann täglich fallen . . .« Aber im Geist hörte Devane Mackays besorgte Stimme, als er sich nach Devanes Verbleiben bei der Flottille erkundigte.

Schließlich lachte Beresford auf. »Barker ist Theoretiker, er weiß die im Kampf gewonnene Erfahrung nicht einzuschätzen. Jeder hat den Dienstgrad, den er verdient und ausfüllen kann: Das ist sein Credo.«

Devane war sich nicht klar, was er erwartet hatte, aber als sie jetzt durch zwei Türen und einen Verdunklungsvorhang geführt wurden, überraschte ihn der Glanz der strahlenden Lichter und der uniformierten Gestalten, die sich in einem langen Saal drängten. Stewards in weißen Jacken oder russische Ordonnanzen hasteten mit vollen Tabletts zwischen den Offizieren umher, und von irgendwoher erklang heitere Musik und das Klappern von Geschirr.

Beresford grinste. »Höchst eindrucksvoll, nicht wahr? Hier kommt er. Denken Sie an meine Worte.«

Barker war zierlich im Vergleich zu einigen der russischen Heeres- und Marineoffiziere, aber irgendwie schien er in seinem Glanz alle zu überragen, als er jetzt auf die Kapitänleutnants zuschritt.

»Gut gemacht. Genau pünktlich.« Er warf einen raschen Blick auf Devanes Uniform. »Sie hätten sich zwar eine Fliege umbinden können, aber jetzt...« Er fuhr herum, als einer seiner Operationsoffiziere ihm etwas zuflüsterte. »Sorokin ist gekommen.« Er kippte sein Glas Champagner, stellte es ab und wandte sich dem neuen Gast zu.

Zwei Ordonnanzen halfen Sorokin aus dem schäbigen Mantel. Als er sich dann dem Licht zuwandte, hatten seine schmucke Uniform und die vielen Ordensspangen ihn in eine äußerst eindrucksvolle Erscheinung verwandelt. Er nickte Barker und seinen Offizieren zu, musterte beiläufig seine eigenen Kameraden und Untergebenen, schien zufrieden und nahm ein Glas Champagner, bevor er mit seiner belegten Stimme sagte: »Guten Abend, Commander Devane. Sie haben eine tapfere Leistung vollbracht, mein Stab hat mir alles berichtet. Tut mir leid, daß Sie eins Ihrer kleinen Schiffe verloren haben, aber...« Vielsagend hob er die Schultern.

Auf Zehenspitzen stand Barker vor ihm, doch selbst so reichte er kaum bis zu Sorokins Kinn.

»Ich bin hocherfreut zu hören, daß Ihre Leute mit den Angriffsvorbereitungen beinahe fertig sind.« Es klang, als habe Barker noch hinzufügen wollen: ›Endlich‹.

Devane beobachtete alles sorgfältig und stellte fest, daß es sich bei diesen Worten nicht nur um höfliche Floskeln handelte. Barker wollte Sorokin offenbar zu verstehen geben, daß er mit den Angriffsplänen bereits völlig vertraut war, weil er das Vertrauen der Chefs der Stäbe in London genoß.

Sorokin strahlte. »Natürlich hätte ich Ihnen später sämtliche Einzelheiten erzählt.«

Barkers helle Augen flackerten. »Natürlich.«

Jetzt meldete sich Beresford und sagte aalglatt: »Kapitän Barker hat einen Plan, Sir: ein Kommandounternehmen unmittelbar *vor* dem Hauptangriff über die Straße von Kertsch.« Er setzte ein gewinnendes Lächeln auf. »Ich beeile mich hinzuzufügen, daß die hierfür eingesetzten Leute Ihre eigenen wären, Sir.«

Langsam atmete Sorokin aus. »Und was wäre der Zweck dieses einsamen Unternehmens?«

Barker griff ein. »Bis jetzt ist *Parthian* gut eingesetzt worden, aber lediglich als Erweiterung Ihres Gesamtkommandos. Mit dem Ergebnis, daß meine kleine Streitmacht jetzt arg beschnitten ist, statt als schlagkräftige Waffe erhalten zu bleiben.« Er räusperte sich. »Ich bin sicher, daß Ihre Chefs der Stäbe mit meinen im Hinblick auf die beabsichtigte Operation übereinstimmen. Vier Boote setzen unter dem Schutz der Dunkelheit und mit *gewisser* Unterstützung durch Ihre Patrouillenboote einen Landungstrupp von einigen hundert ausgebildeten Leuten hinter der deutschen Hauptkampflinie ab, womit wir eine solche Verwirrung und Ablenkung verursachen, daß Ihr eigener Angriff jede Aussicht auf Erfolg hat.«

Sorokin schob seinen mächtigen Unterkiefer vor. »Das geht nicht. *Mein* Volk hat gekämpft und geblutet, hat gehungert und gelitten, um unser Land zurückzuerobern und die Faschisten ein für allemal zu zerschmettern!«

Die in der Nähe Stehenden hatten aufgehört zu trinken und zu plaudern und lauschten interessiert dieser seltsamen Diskussion.

Barker wartete ungeduldig. »Orel hat nicht die richtigen Fahrzeuge zur Verfügung, aber ich.« Er wischte einen unsichtbaren Fleck von seinem Ärmel. »Wenn Korvettenkapitän Lincke, der Ihnen nicht unbekannt sein dürfte, seine Schnellboote gegen Ihre Landungsfahrzeuge und Versorgungsschiffe wirft, gerade im Augenblick der versuchten Rückeroberung der Halbinsel, wird Ihre gesamte Offensive beeinträchtigt.«

Devane erwartete, daß Sorokin explodierte, aber dieser biß sich auf die Lippen und sagte zögernd: »*Parthian* soll Lincke auf sich ziehen; ist es das, was Sie sagen wollen?«

Devane straffte sich. Er hätte es kommen sehen müssen. Es war kein schlechter Plan, vorausgesetzt, daß sie mehr Boote bekamen und Lincke nicht eine neue List ausheckte.

Barker drehte sich um und warf Devane einen scharfen Blick zu.

»Ja. Kapitänleutnant Devane kennt Lincke und wird mir recht geben.«

Devane erinnerte sich mit Verbitterung, wie Barker ihn verhöhnt hatte, als er angedeutet hatte, daß Lincke gegen *Parthian* und besonders gegen dessen neuen Flottillenchef einen Privatkrieg führte. Wenn der Krieg lange genug dauerte, würde Barker bestimmt Admiral werden.

»Und wo wollen Sie Ihren Überraschungsangriff ausführen?« Sorokins Stimme klang gefährlich ruhig.

»Mein Stab arbeitet die endgültigen Einzelheiten noch mit dem Nachrichtendienst aus. Ich kann noch nicht allzuviel darüber sagen. Wir haben außerdem Grund zu der Annahme, daß der Feind durch gewisse russische Gefangene Informationen erhält.« Freundlich sah er Sorokin an. »Sicherheit ist alles, das wissen Sie ja.«

Devane setzte sein Glas ab. Er hatte nicht einmal gemerkt, daß er es geleert hatte.

Doch unglaublicherweise lenkte Sorokin ein. Wenn Barkers Ablenkungsangriff fehlschlug, war der Feind alarmiert. Wenn man ihm andererseits die Erlaubnis verweigerte, kamen die Russen in eine noch mißlichere Lage. Dafür würden schon Linckes Flottille und die anderen deutschen Kleinfahrzeuge sorgen.

Beresford begann bescheiden, ja beinahe ehrerbietig: »Ich kann Ihnen versichern, Kapitän Sorokin, daß alles getan wird, um Ihrer Landungsabteilung den Erfolg zu sichern.« Er zögerte. »Das Gebiet, das wir ausgewählt haben, wird zum großen Teil von russischen Soldaten gehalten, die es vorgezogen haben, die Seite zu wechseln, als die deutschen Armeen vorrückten. Ich könnte mir vorstellen, daß Ihre Männer besonderen Grund hätten...« Weiter kam er nicht.

Sorokins Sektglas zerbrach unter seinem harten Zugriff, doch er schien die scharfen Splitter nicht zu spüren, auch nicht das Blut, das über sein Handgelenk lief. Wild rief er aus: »*Diese Schweine! Dieser Abschaum!*« Eine Ader pulsierte an seiner Stirn. »Auf der Krim sind sie also!« Er starrte in Barkers teilnahmsloses Gesicht. »Sie sollen Ihren Willen haben, Genosse!«

Dann packte er Barker am Ellbogen, drehte ihn herum und brüllte einige Worte in den Saal. Sofort ertönte lauter Beifall und Händeklatschen, und ein Major der Infanterie warf begeistert sein Glas an die Wand.

Beresford erklärte flüsternd: »Er sagt ihnen, daß wir, ihre Bundesgenossen, Schulter an Schulter mit ihnen gegen den gemeinsamen Feind kämpfen werden.« Grinsend fuhr er fort: »Alles sehr melodramatisch. Außerdem glaube ich, unser Kapitän nimmt es ihm übel, als Genosse eingestuft zu werden.«

Devane sagte: »Was ist mit seinem Plan? Taugt er wirklich etwas?«

Beresford musterte ihn. »Keine Ahnung. Auf alle Fälle könnte er den Krieg hier abkürzen. Barker möchte, daß Sie dabei sind, wenn er den Plan mit seinem Vorgesetzten Vizeadmiral Talents durchspricht und absegnen läßt.«

Devane starrte an ihm vorbei. »Talents ist also auch hier?«

»Nein. Der Admiral ist in Kairo. Was halten Sie davon?«

Devane betrachtete seine Hände, als erwarte er, sie zittern zu sehen. Aber es war sinnlos, sich gegen das Unvermeidliche zu sträuben.

Barker trat zu ihnen und ergriff ein neues Glas Champagner. »Verdammte Bolschewiken!« Sein Blick ruhte kurz und fragend auf Beresford.

Dieser nickte. »Nächste Station Kairo, Sir.«

»Gut. Das wäre dann also klar. Mackay kann das Kommando hier übernehmen. *Parthian* bleibt solange im Hafen.«

Als Barker wieder davoneilte, fragte Devane: »Sie haben es von Angang an gewußt, nicht wahr? Genauso wie Ihnen klar ist, daß *Parthian* nicht die geringste Chance hat, wenn wir auf Lincke treffen.«

Beresford hob die Schultern. »Einiges habe ich gewußt, einiges mußte ich mir zusammenreimen. Das ist meine Aufgabe, wie es Ihre ist, die Flottille zu führen, wie gering auch die Chancen sein mögen.«

»Das mag stimmen. Aber ich dachte, Sie wären anders. Ich hatte unrecht. Auch Sie manipulieren die Menschen nur, ihr Schicksal kümmert Sie nicht.«

Beresford grinste verlegen. »Immer mit der Ruhe. Irgend jemand muß es tun.«

»Warum haben Sie mir nicht erzählt, wie Dundas von Lincke überfallen wurde, wie Barker *Merlin* als Köder benutzte?« Haßerfüllt blickte er sich im Raum um, haßte die Gesichter, das Gelächter. »David hat deswegen seine Hände verloren.«

»Das wissen wir nicht mit Sicherheit.« Beresford musterte ihn besorgt. »Aber Sie kommen doch mit nach Kairo?«

»Sie haben sogar Claudia als Köder benutzt, nicht wahr? Weil Sie genau wußten, daß ich mitkommen würde, schon allein um sie zu sehen.« Er verbarg seine Verachtung nicht. »Es stimmt, ich muß sie sehen, möglicherweise ist es das letzte Mal. Aber Ihr Barker kann unbesorgt sein. Ich erwische Lincke, oder er erwischt mich. Und jetzt fahre ich zur Basis zurück.«

Als er kehrtmachte und zur Tür ging, rief Beresford ihm nach: »Sie sind lediglich übermüdet, John.«

Devane nahm von einem russischen Soldaten seine Mütze entgegen. »Nicht übermüdet. Angeekelt!«

Eine ganze Weile stand Beresford da und starrte die Verdunklungsvorhänge an, hinter denen Devane verschwunden war.

Barker kam zurück. »Gibt's Ärger?«

»Nein.« Beresford seufzte. »Jedenfalls keinen, den ich nicht selbst verursacht hätte.«

Barker hörte gar nicht hin. Er starrte zu Sorokins breiten Schultern hinüber, genoß die Erregung, die sein Angriffsvorschlag verursachte. Er hatte es ihnen allen gezeigt. Manche hatten an ihm gezweifelt, nachdem sein Sohn gefallen war. Aber er hatte gespürt, daß er nur den richtigen Augenblick abzuwarten brauchte, um sie in London alle von ihren Sesseln aufspringen zu lassen. Und nun flog Vizeadmiral Talents eigens nach Kairo, um sich mit *ihm* zu treffen. Das würde das Ende Whitcombes und seiner Anhänger bedeuten; es wurde auch höchste Zeit.

Draußen in der kühlen Luft sah Devane zu den blassen Sternen auf. *Mein liebster John!* Die Worte schwangen in seinem Innern nach, als hätte Claudia aus der Dunkelheit zu ihm gesprochen.

Er sah, wie ein Stabswagen zögernd auf ihn zuschwankte.

Er würde Claudia wiedersehen, würde ihr sagen, was sie ihm bedeutete, was sie später tun würden . . . Er zögerte, die Hand auf dem Türgriff. Aber für ihn gab es doch kein Später mehr. Ärgerlich schüttelte er sich. Was hatte er erwartet?

Niemand lebt ewig.

Der Wagen fuhr an und ließ die kleine Villa bald hinter sich. Vor ihm lag die See – wie üblich.

An einem kleinen Tisch der englischen Teestube saßen sie einander gegenüber. Name und Tudordekor des Lokals wirkten paradox angesichts der Fliegengitter an den Fenstern und der streitenden ägyptischen Händler davor.

Doch keiner von ihnen nahm diesen Kontrast zur Kenntnis, genausowenig wie die neugierigen Blicke einiger Frauen an den Nachbartischen. Sie hielten sich an den Händen und wechselten nur gelegentlich ein paar Worte, während sie einander anblickten, als sähen sie sich zum ersten Mal.

Leise sagte Claudia: »Ich wußte ja, daß du noch einmal herkommen würdest. Wäre ich nach England zurückgegangen, hätte ich dich nicht wiedergesehen.« Ihr Griff wurde fester. »Ich liebe dich so sehr. Wir dürfen nicht traurig sein.«

Devane dachte an seinen Flug nach Kairo, an die neue Schranke zwischen ihm und Beresford. Im Grunde hatte er nur auf *diesen* Augenblick gewartet. Die Besprechung bei Vizeadmiral Talents, die Durchsicht der üblichen Luftaufnahmen, das Händeschütteln mit unbekannten Stabsoffizieren – das alles war nur Nebensache. Jetzt waren sie zusammen, und er fand nicht die richtigen Worte, um ihr zu sagen, was er wirklich empfand. Lächelnd betrachtete er die an ihrer Stirn klebende, kleine dunkle Locke. Claudia war so liebreizend, am liebsten hätte er den Tisch mit seinen lächerlichen Kuchenstücken beiseite geschleudert und sie an sich gerissen; hätte ihr von seinen Ängsten erzählt und von seiner Sehnsucht nach ihr, die das Sterbenmüssen schrecklicher machte als je zuvor.

»Ich liebe dich auch, Claudia. Wie ist es dir ergangen?«

»Ich arbeite in der Garnisonverwaltung. Es ist kinderleicht, wenn man zu Haus ein großes Gut leiten mußte.« Devane fühlte, wie sich ihre Nägel in seine Hand gruben. »Liebes altes Dorset. Ich wünschte bei Gott, wir wären jetzt beide dort.« Dann schob sie die plötzliche Traurigkeit beiseite und sagte: »Erzähl mir von dir.«

Auf einmal merkte er, daß er dies tatsächlich tat. Das Café verschwand vor seinen Augen, die Straßengeräusche verstummten. Nur noch ihr Gesicht sah er vor sich, als er ihr erzählte, was Sydney Horne, Harry Rodger und den anderen passiert war. Einige von ihnen hatte sie kennengelernt, als Don noch lebte.

Schließlich sagte sie: »Nach diesem Besuch hier übernimmst du eine Sonderaufgabe, irgend etwas wirklich Gefährliches.« Sie lächelte ernst. »Ich habe meine Kontakte hier. Sag mir nur das eine: Ist es diesmal besonders schlimm?«

Er sah auf den Tisch hinunter, war nicht in der Lage, sogleich zu antworten. »Es wird nicht einfach sein«, sagte er schließlich.

Er rief sich das schmale Gesicht des Admirals in Erinnerung, fast war er ein zweiter Barker. Das Fazit: keine Aussicht auf zusätzliche Boote. Sie bekamen nicht mal eins mit Radarausrüstung, jedenfalls noch nicht. Und das bedeutete, daß es ohnehin zu spät kommen würde.

»Als ich Gelegenheit erhielt, nach Kairo zu kommen, waren meine Gefühle gespalten«, fuhr er fort. Noch immer wagte er nicht, sie anzusehen. »Du bist der einzige Mensch, den ich liebe, dem ich nicht weh tun möchte. Doch das eine bringt auch das andere mit sich, weil ich nur von geborgter Zeit lebe.«

Leise erwiderte sie: »Nein. Wir werden bald wieder zusammensein. Wir müssen.« Ruhig sah sie ihn an. »Erinnerst du dich an die Nacht in der kleinen Kneipe? Seitdem wußten wir, daß wir zusammengehören. Wenn du mich bitten würdest, dich zu heiraten, ich würde es hier und jetzt tun.« Sie befreite ihre Hand und berührte sein Gesicht. »Wir sind schon verheiratet, soweit es mich betrifft, Liebster.«

»Wenn mir etwas zustößt –«

Sie legte den Finger auf seine Lippen. »Sprich es nicht aus. Es wird nicht geschehen.«

Langsam erhob sie sich und strich ihr Kleid glatt. Als sie ihn wieder ansah, stand ein neues Licht in ihren Augen, ein beinahe verzweifeltes Leuchten, und sie flüsterte: »Wir können jetzt in mein Zimmer gehen. Ich will nicht hier sitzen und die Zeit totschlagen, obwohl ich mich doch so nach dir sehne.« Sie schob die Hand durch seinen Arm, genau wie damals in London. »Es ist nicht weit. Ich teile es mit einer anderen jungen Frau, deren Mann bei der Panzerwaffe ist.« Ihre Stimme bebte ein wenig. »Wir trösten uns gegenseitig.« Ihr Schritt wurde rascher, schon standen sie draußen im schwindenden Tageslicht. »Aber sie ist jetzt nicht zu Hause.«

Er sah sie an. »Mir ist, als würde ich träumen.«

»Man wird mich bald nach England zurückschicken.« Sie wandte das Gesicht ab. »Wenn wir uns also das nächste Mal wiedersehen, wird es in Devon sein.«

»Ich will's mir merken.«

»Ja, das sollst du.«

»Wenn du meine Mutter und meinen Vater siehst, dann sag ihnen –«

Heftig schüttelte sie den Kopf. »Wir werden es ihnen zusammen sagen.«

Sie kamen zu einem Haus mittlerer Größe, das in mehrere Einzelwohnungen aufgeteilt worden war. Einst hatte hier ein Heeresoffizier mit seiner Familie gewohnt, jetzt wurden in ständigem Wechsel Angestellte und Beamte der Garnison oder durchreisende Offiziere untergebracht.

Claudias Zimmer war verhältnismäßig groß. Sie schloß die Tür und lehnte sich dagegen; ihre Brüste hoben und senkten sich rasch, während sie lauschte. Dann sagte sie: »Sie ist weg. Wir sind allein. Der Raum gehört so lange uns, bis ich ihr Bescheid sage.«

Zärtlich drängte sie sich an ihn. Später, als sie auf dem Bett lagen und der Raum in seltsame Schatten getaucht war, murmelte sie: »Das war wunderschön, mein Liebster.« Vollkommen erschöpft blieben sie eng umschlungen liegen, um die Morgendämmerung zu erwarten.

Sanft strich er ihr das Haar aus dem Gesicht, als sie endlich in tiefen Schlaf fiel, den Kopf an seiner Schulter, während ihre Brüste sich gleichmäßig bewegten. In solchen Augenblicken wirkte sie mehr wie ein wollüstiges Kind: voller Verlangen und durchaus imstande, einem Mann jede Selbstkontrolle, jede Hemmung zu nehmen. Es würde, es konnte gar keine andere für ihn geben.

Devane strich über ihren Rücken und spürte, wie sie sich noch enger an ihn kuschelte; er flüsterte: »Ich komme zurück. Ich weiß zwar noch nicht wie, aber ich werde es schaffen.«

Dann war auch er eingeschlafen.

Zwölfhundert Meilen entfernt von dem Zimmer, in dem Devane und Claudia schliefen, stand sein Gegner, der Mann, den er noch nie gesehen hatte, am Fenster und blickte hinaus in die Morgendämmerung. Das Wetter war kalt und feucht, ohne Aussicht auf Besserung.

Korvettenkapitän Gerhard Lincke beobachtete den Himmel und lauschte dem fernen Sirenengeheul. Die Ostfront kam niemals zur Ruhe, aber er hatte gelernt, sich nicht unnötig ablenken zu lassen. Er wollte nachher die Gruppe *Seeadler* inspizieren. Für Drill gab es keinen Ersatz.

Er hörte die Frau im Schlaf stöhnen und warf einen Blick auf ihren nackten Körper, auf das lange Haar, das über die Bettkante hing. Sie liebte wie ein Tier und hatte mehrere Male dabei geschrien. Sie war Dolmetscherin und angeblich Polin. Aber Lincke hatte ihren Personalbogen überprüft, danach war sie in Rußland geboren; ihre Eltern und ihre gesamte Familie waren während der Revolution umgekommen. Sie hatte das Gesicht und die Figur einer Aristokratin, aber das Wesen einer Schlampe, dachte er.

Fröstelnd trat er vom Fenster zurück. Heute würde der neue Admiral die Seestreitkräfte besichtigen. Er war an Stelle des auf der *Potsdam* gefallenen Admirals hierher versetzt worden. Hoffentlich war er besser als der letzte und als der Kapitän zur See, der zur Überbrückung von Odessa heraufgeschickt worden war, um vorübergehend das Kommando zu übernehmen. Lincke spürte bei der Erinnerung an diesen Mann noch immer Ärger. Er hatte ständig darüber gejammert, daß die Großkampfschiffe nicht mehr existierten, dabei hätte er sich darüber klar sein müssen, daß dies ein Krieg der Kleinfahrzeuge war, der U-Boote, der Schnellboote und der Patrouillenboote, alle mit jungen Kommandanten besetzt.

Lincke war im örtlichen Hauptquartier gewesen, um Fotografien der russischen Versorgungsschiffe zu studieren. Auf dem Weg dorthin hatte er ein Hinrichtungskommando gesehen, das ohne größere Eile ein Dutzend zerlumpter Gestalten erschoß. Partisanen, hatte ein brutal aussehender SS-Offizier erklärt. Lincke hatte wenig Sinn für das Wüten der SS, nahm es aber hin. Alle Informationen, die sie Gefangenen abpressen konnte, waren nützlich. Wie man sie erhielt, interessierte die kämpfende Front nicht weiter.

Der Gedanke beschäftigte ihn noch, als er an das Bett trat und auf die Frau hinunterblickte. In dem schwachen Licht sah sie beinahe schön aus. Die Weißrussen müssen verrückt gewesen sein, die Unvermeidlichkeit der Revolution nicht vorauszusehen, dachte er.

Lincke zog niemals die Möglichkeit in Betracht, daß Deutschland den Krieg verlieren könnte. Der Endsieg stand für ihn außer Frage. Aber sollte einer dieser weißrussischen Patrioten – oder Verräter, je nachdem, von welcher Seite man es beurteilte – jemals in Feindeshand fallen, so helfe ihm Gott.

Ein Gedanke ließ ihn erstarren, plötzlich war ihm eiskalt. All diese Arbeit, das Studieren umfangreichen Nachrichtenmaterials, war umsonst gewesen, denn es hatte sich genau vor seinen Augen abgespielt. Ein Glück, daß keiner seiner Untergebenen zuerst daran gedacht hatte. Beinahe hätte er laut aufgelacht. Das Ganze war so abwegig, so britisch.

Die junge Frau bewegte sich und öffnete die Augen. Einen Augenblick schien sie verwirrt, ja sogar verängstigt. Dann streckte sie die Hand aus, streichelte ihn und murmelte etwas, aber Lincke hörte nicht hin. Sein Herz schlug schneller, als er die Möglichkeiten in Betracht zog, die sich aus seiner Entdeckung ergaben. Ein russischer Pilot war abgeschossen und gefangengenommen worden, bei dem man einige Karten gefunden hatte. Zweifellos war ihm bei der Vernehmung das Schlachthaus der SS gezeigt worden, das löste jedem die Zunge.

Lincke erwog den Gedanken, seinen neuen Vorgesetzten zu informieren, verwarf ihn aber augenblicklich. *Er* befehligte *Seeadler*, nicht irgendein Admiral, der nicht das geringste von seinen Leuten hier wußte. Sollte doch sein Stellvertreter heute die Boote inspizieren. Aber ihn selbst würde Max zu den Quartieren der Weißrussen fahren, die jetzt deutsche Uniformen trugen.

Lincke beugte sich hinunter und berührte die nackte Schulter der Frau; aber sein Verlangen nach ihr war bereits geschwunden. Er hatte eine Aufgabe vor sich, deswegen rief er seinen Aufklarer und Fahrer.

»Max, wir werden dem Engländer eine Falle stellen.«

»Jawohl, Herr Kapitän.« Max stellte die Maschinenpistole ab. Mit Korvettenkapitän Lincke kannte er sich niemals aus.

Lincke betrachtete ihn freundlich, dann tätschelte er ihm den dicken Oberarm.

»›Jawohl, Herr Kapitän‹. Das ist alles, was du sagen kannst, stimmt's, mein wackerer Seemann?«

Lachend ging er aus dem Zimmer.

16 Katz und Maus

Oberleutnant Dundas stieg auf die Grätings im vorderen Teil der Brücke und suchte dort schwankend nach einem Halt.

»Signal vom Chef der russischen Geleitstreitkräfte, Sir. Er zieht sich zurück wie befohlen.«

»Gut.« Devane rieb sich die Augen und starrte querab in die Dunkelheit; aber die Geleitfahrzeuge waren bereits verschwunden.

Er bemerkte, wie das gläserne Brückenkleid durch Dundas' Atem beschlug. Es war die erste Novemberwoche. Er spürte den Winter in seinen Knochen und in seinem Blut wie eine Bedrohung. Oder war es nur seine übliche Nervosität?

»Geben Sie an *Kestrel*, Mackay soll die Motorprähme überprüfen und sicherstellen, daß sie auf Station sind. Später können wir die ungeschickten Tölpel spielen, aber bis wir Land in Sicht bekommen, möchte ich eine gut ausgerichtete Formation.«

Er lehnte sich gegen die heftig stampfende Brücke und lauschte angestrengt dem Arbeiten der Motoren, die auf langsame Fahrt gedrosselt waren. Vollgepackt mit Treibstoff und zusätzlicher Munition, Wasserbomben und Ersatzteilen für Geschütze und Maschinengewehre, lag *Merlin* tief im Wasser.

November! Damit waren es vier Monate, seit er das Kommando über *Parthian* übernommen hatte, eine kleine Ewigkeit. Es kam ihm vor, als sei ihre gesamte bisherige Tätigkeit, auch Hornes Tod, nichts anderes als eine Vorbereitung auf diesen letzten Einsatz gewesen. Er lag nun nicht mehr Wochen vor ihnen, sondern nur noch Stunden.

Während sie mit den Booten den blitzartigen Überfall auf die Küste der Krim übten, hatte Devane ständig auf Neuigkeiten über seinen Feind Lincke gewartet. Aber nicht das geringste war durchgedrungen. Lediglich ein paar Sichtmeldungen von russischen Aufklärungsflugzeugen lagen vor, aber sie konnten ebensogut falsch sein. Bei den

Deutschen operierten eine Menge kleinerer Fahrzeuge. Die berühmte Dritte Minensuchflottille mit ihrem Chef Helmut Klassmann hatte sich immer wieder einen Namen gemacht, weil sie den Angriff, nicht nur die Verteidigung als ihre Aufgabe ansah. Sie hatte die Bewegungen des deutschen Heeres unterstützt, Nachschub und Vorräte gefahren, Verwundete evakuiert und die russischen Stellungen auf dem berüchtigten »Todesberg« von Noworossisk beschossen. Es war durchaus denkbar, daß auch Lincke mit seinen Booten dabei war. Andererseits war es jedoch möglich, daß er bereits vermutete, was *Parthian* vorhatte.

Die Tatsache, daß Sorokin seine vier schnellsten und modernsten Motorprähme geschickt hatte, um die Hundertschaft russischer Landungstruppen zu befördern, war ein Beweis dafür, welchen Wert er Barkers Plan beimaß.

Devane dachte an seine Besatzung und die der anderen Boote. Er hörte Carroll leise vor sich hinsummen, hörte einen Ausgucksposten mit dem Brückenmaat flüstern und schon lachen, bevor er an die Pointe kam. Oberleutnant Chalmers war auf dem Achterdeck und überprüfte die Wasserbombenwerfer. Danach würde er mit dem Obergefreiten Priest den Sechspfünder auf der Back inspizieren. Er schien niemals zu ruhen, als würde er ständig von einem inneren Zwang oder einer schrecklichen Erinnerung getrieben.

Ein Seemann stand am Ruder, und Devane vermutete, daß Pellegrine unten war und sich auf die Ablösung vorbereitete, wie er das immer tat. Der zuverlässige alte Salzbuckel. Geld und Soldbuch bewahrte er in einem Ölzeug-Brustbeutel auf, hatte auch immer eine flache Rumflasche und eine Ersatzbirne für die kleine Signallampe an seiner Schwimmweste in der Tasche. Pellegrine war stets auf alle Eventualitäten vorbereitet.

Dundas kam zurück auf die Brücke und rieb sich die Hände. »Alles überprüft, Sir. Die russischen Transporter sind auf Position. Der Seegang ist ganz schön rauh, sieht aus, als sollten wir eins auf die Nase kriegen.«

Ihm war klar, daß man Devane auf so etwas nicht aufmerksam zu machen brauchte. Sie alle schwatzten nur, um ihre geheimsten Gedanken zu verbergen.

Vier MTBs in geschlossener Formation, dicht dahinter die vier russischen Motorprähme: acht Schiffe mit sehr niedrigem Profil steuerten das Land an. Orels Kanonenboote würden vom Südosten heranschließen wie die Zangen einer Falle. Wenn Lincke den Köder annahm, würde Orel ihn fassen. Tat er es nicht, würde der Überfall immer noch genügend Panik hervorrufen, um der Hauptstreitmacht der Russen die Überquerung der Straße von Kertsch zu erleichtern.

»Uhrzeit?« Devane ging auf die gegenüberliegende Seite, um nach Mackays Boot Ausschau zu halten.

»Zwei Minuten vor Mitternacht, Sir.« Das war Carroll, wie immer auf dem Sprung.

Devane überdachte noch einmal die Situation. Das Angriffsziel war eine kleine Bucht namens Susrow, etwa zwanzig Meilen nordöstlich von Krasnoarmeisk*. Es war ein ausgesprochen sicherer Teil der Halbinsel, jedenfalls aus der Sicht des Feindes. Denn davor lagen ein Minenfeld, einige schwer erkennbare Untiefen und dahinter zwei schwere Batterien. Ihre Feuerleitstation hatten die Deutschen in einem ausgebombten ehemaligen Kirchturm eingerichtet.

Ein direkter Angriff, wie sie ihn schon mehrmals im Mittelmeer und in der Adria gefahren hatten.

Pellegrine erschien auf der Brücke und grunzte etwas Unverständliches, als er das Ruder übernahm.

»Kurs Nord zwanzig West, Swain.«

Dundas warf einen Blick auf seine Armbanduhr. »Klar zum Gefecht, Sir?«

»Ja. Die meisten werden ohnehin bereits auf Gefechtsstationen sein.« Es war immer dasselbe, der Schlaf wollte sich nicht einstellen, wenn man ihn am nötigsten brauchte.

Irgend jemand stieß einen gedämpften Schrei aus, als der Himmel plötzlich in tiefem Rot aufflammte. Später, sehr viel später, so schien es den wartenden Seeleuten, hörten sie Geschützfeuer. Viele Meilen entfernt war ein nächtlicher Angriff gestört oder gestoppt worden.

»Zwei Minuten nach Mitternacht, Sir. *Parthian* ist in Gefechtsbereitschaft.« Und dann kam der alte Witz: »Die feindliche Küste muß wohl irgendwo in der Nähe sein.«

Devane lächelte und zog den Wachmantel enger um die Schultern.

Es war so leicht, trotz der drohenden Gefahr seine Gedanken treiben zu lassen. Die Phantasie war immer bereit, ihn in Versuchung zu führen. Er spürte Claudias warme Arme, spürte, wie sie ihn enger an sich zog, geflüsterte Worte verloren sich an des anderen Haut, während sie bangend der Morgendämmerung entgegensahen. Aber auch der Abschied stand allzu klar vor ihm, das helle Haus, der blaue Himmel, die junge Frau in der Eingangstür, die ihre Augen beschattete, um ihn besser zu sehen, aber auch um ihre Tränen zu verbergen.

* Yalta

Jetzt mußte sie bereits wieder in England sein, aber sein Verstand weigerte sich, das zu akzeptieren. Für ihn lag sie noch immer dort in diesem ruhigen Zimmer und wartete auf ihn.

Ein dumpfes Poltern riß ihn in die Wirklichkeit zurück. Eine Luke war zugeschlagen worden.

Dundas lehnte neben seinem Ellbogen. »Ich gehe jetzt nach achtern, Sir.«

Devane sah, daß Chalmers auf die Brücke gekommen war. In so einer Situation war es bestimmt besser, wenn Dundas unten bei den Leuten war, die ihn kannten und ihm vertrauten. Chalmers konnte die Brücke übernehmen, wenn dem Kommandanten etwas zustoßen sollte.

»Geben Sie an den Maschinenraum, geringste Umdrehungen in etwa zehn Minuten.« Devane spürte, wie das Handtuch um seinen Hals feuchter wurde; Gischt oder Schweiß? Er merkte, daß Dundas noch immer neben ihm stand. »Stimmt was nicht, Number One?«

Dundas fummelte an seinem Pistolengürtel.

»Alles Gute, Skipper! Für den Fall . . .« Seine Stimme klang etwas unsicher. »Sie wissen schon.«

Devane war bewegt. »Ziehen Sie mal selbst den Kopf schön ein.« Es waren die Worte, die Beresford so oft zu ihm gesagt hatte. Sie erschienen ihm jetzt wie ein Vertrauensbruch. Seit jenem Abend hatten sie kaum miteinander gesprochen.

»Auf ein Neues!« Devane sah Chalmers an, aber der schien hundert Meilen entfernt. Gespannt wie eine Sprungfeder stand er vornüberge-beugt da und starrte durch sein Glas in die Dunkelheit vor ihnen. Vielleicht hatte er dieselben Worte gehört, als sein Boot vor Sizilien in die Luft flog.

Pellegrine trat von einem Fuß auf den anderen und murmelte: »Was würde ich jetzt für ein paar Gläser im ›Nelson‹ geben! Und dann zurück nach Hause, für ein bißchen von dem anderen.«

Metcalf, der als Reservemann auf der Brücke fungierte, fragte: »Von welchem anderen, Quartermeister?«

Pellegrine starrte ihn im Dunkeln an. »Allmächtiger Gott!«

Carroll und einige andere lachten, und Dundas sagte: »Stimmung bestens, Sir.« Dann stieg er die Leiter hinunter und verschwand nach achtern.

Die Minuten schleppten sich hin, und noch immer ereignete sich nichts. Der Seegang wurde ruhiger, und Devane war klar, daß das vorspringende Land an Backbord sie gegen das offene Wasser ab-schirmte. Aber noch immer barsten keine Leuchtgranaten über ihren Köpfen, keine Leuchtspurgeschosse zerrissen die Dunkelheit.

»Langsamste Fahrt voraus. Sagen Sie dem I.W.O., er soll die Transporter achteraus im Auge behalten.«

Orel hatte seine Leute selbst danach ausgesucht, wie gut sie die hiesige Küste kannten. Einige hatten hier gewohnt und fürchteten sich nun vor dem, was sie entdecken würden.

Wieder erleuchtete ein dumpfer Schein den Himmel, aber diesmal sah der Horizont anders aus. Unten zeigte sich etwas Schwarzes, Unebenes, aber Festes.

»Feindküste voraus, Sir!«

»Alle Geschütze klar zum Feuern!« Devane befeuchtete sich die Lippen. Sie fühlten sich an wie zusammengeklebt. *Komm schon, Jerry. Was zum Teufel ist in dich gefahren?*

Die Motoren klangen jetzt lauter, und er fragte sich, ob sie an der Küste immer noch niemand hörte. Auch dort waren die Geschütze besetzt und zielten wahrscheinlich auf *Parthian*, zielten auf *ihn*. Und der örtliche Flugplatz war bestimmt schon in Alarmbereitschaft.

Devane dache an Lincke und wurde plötzlich ganz ruhig. Es kam nicht darauf an, was jeder von ihnen empfand. Sie mußten sich gegenseitig etwas beweisen, mußten eine alte Rechnung begleichen, die schon zu viele Menschenleben gefordert hatte.

»Hier kommen die Motorprähme, Sir.«

Vier niedrige Silhouetten waren es, wie langgestreckte Raubtiere, dunkler als das Wasser, die ihre Geleitfahrzeuge jetzt überholten und zur Küste hinüberfuhren. Nicht ein einziger Ton oder Lichtschimmer verriet sie. Sie wirkten dadurch noch unheimlicher.

Devane hatte die Soldaten darin gesehen, zähe Burschen mit harten Gesichtern, jeder einzelne von ihnen ausgesucht und gut mit Waffen und Ausrüstung versehen. Die Russen auf der anderen Seite, die aus dem alten, noch von der Revolution herrührenden Haß die Fronten gewechselt hatten, würden bei ihnen weder Gnade noch Schonung finden.

Ein Seemann stieß hervor: »Verdammt, wie lange dauert das noch?«

Pellegrine knurrte ihn an: »Ruhe!«

Devane brachte sein Nachtglas in Stellung. In zwei Stunden würde der große Vormarsch über die Straße von Kertsch beginnen. Russische Truppen würden zum ersten Mal wieder die Krim betreten, seit dem großen Rückzug, bei dem Hunderte und Tausende von Russen und Deutschen erfroren waren.

Wenn sie erst einmal die Minenfelder hinter sich hatten, die der Feind in der Straße ausgelegt hatte, wenn sie auf der Halbinsel waren, hing alles vom planmäßigen Funktionieren des Nachschubs ab. Die Front brauchte ständig neue Munition und genügend Menschen, um die Gefallenen zu ersetzen.

Weit an Steuerbord flammte eine Leuchtgranate auf, aber sie hing über Land und bedeutete keine unmittelbare Bedrohung. Devane sah die vertrauten Gesichter ringsum plötzlich klar und hell in dem kalten Licht: Männer, die er kennen und achten gelernt hatte.

Dann hörte er plötzlich Wasser plätschern, als die Ausflußrohre der Bordwand in der langen Dünung unter Wasser gedrückt wurden. Er fuhr auf wie ein nervöses Tier, das Gefahr wittert, ohne etwas zu sehen.

Der Backbord-Maschinengewehrschütze drückte sich fester gegen seine Doppelrohre und murmelte ständig vor sich hin: »Kommt, ihr Halunken! Zeigt euch endlich!«

Neue Schatten zeichneten sich undeutlich über dem Wasser ab, und Devane begriff, daß sie allmählich dem Land so nahe gekommen waren, wie sie es im günstigsten Falle erwarten konnten. Sie mußten bald stoppen und sich orientieren. Wieder war er erstaunt, daß bisher alles so leicht gegangen war. Vielleicht fühlten sich die Deutschen auf dieser Seite der Krim besonders sicher?

Carroll flüsterte: »Die Ruskies müßten jetzt eigentlich an Land sein!«

Devane malte sich aus, wie sie in der Dunkelheit das zerklüftete Ufer erkletterten, alle Waffen einsatzbereit: Messer für die Kehle eines unachtsamen Postens, Handgranaten für die Schießscharten an Bunkern, Maschinenpistolen und Mörser für den wirklichen Kampf.

Ein Motorprahm glitt vorüber, und Devane atmete auf, denn er war bereits leer. Zumindest fünfundzwanzig Schwerbewaffnete waren also schon an Land und bisher unentdeckt geblieben.

Die Spannung wurde langsam unerträglich. Als etwas Metallisches im Maschinenraum klirrte, befürchtete Devane einen Augenblick, die Maschinengewehrschützen könnten aus Schreck mit einem Schwall Leuchtspurmunition reagieren.

Ein zweiter Motorprahm passierte sie querab, und Devane sah eine Gestalt mit etwas Weißem winken, als er vorbeifuhr. Chalmers sagte: »Der ist fein raus.«

Gerade wandte Devane sich ihm zu, als die ganze Brücke und das Vordeck von einer gewaltigen Explosion erleuchtet wurden. Ihr Zentrum lag an Land über ihnen, und einen Augenblick dachte er, sie seien von einer Küstenbatterie entdeckt worden. Dann sah er es an der ganzen Küste aufblitzen, scharf und tödlich, als Handgranaten in

Unterstände und Bunker geworfen wurden. Die erste Explosion war kaum verblaßt, als weitere grell aufzuckten. Flammen züngelten zu den Wolken empor, und Devane sah etwas den Hang herunterströmen wie flüssige Lava. Vermutlich brennendes Dieselöl.

»Steuerbord zehn, alle Maschinen langsame Fahrt voraus.«

Das Deck vibrierte, und Devane roch den Treibstoff, als Ackland vorsichtig seine Ventile öffnete.

An Land wurde jetzt heftig gekämpft; der Vormarsch schien sich fächerförmig vom ersten Brückenkopf auszubreiten und war auch weiterhin an einzelnen Feuerstößen und dem gelegentlichen Aufflammen einer Handgranate zu erkennen. Ein Mörser mußte in Stellung gebracht worden sein, denn Devane hörte den dumpfen Aufschlag seiner Granaten, die weit im Hinterland detonierten. Die zögernde Antwort einer deutschen Artilleriestellung war zu vernehmen.

Jetzt schien die Hölle los zu sein. Devane beobachtete das Aufblitzen und lauschte dem spröden Rasseln der Maschinengewehre. Ein riesiger Christbaum flammte auf und erleuchtete das gesamte Ufer, wo ein Transporter versuchte, in Position zu bleiben. Devane vermutete, daß sein Landetrupp die Funkstation in die Luft gesprengt hatte.

»Zwanzig Minuten nach Mitternacht, Sir.«

»Gut. Melden Sie mir auch die nächsten halben Stunden, Bunts.«

Das Knirschen von Kettenfahrzeugen scholl übers Wasser, vervielfältigt durch den steilen Abhang der Küste. Also eilten Panzer zur Unterstützung herbei, hatten aber noch einen weiten Weg vor sich.

Der Angriff weitete sich in beiden Richtungen aus, und Devane konnte sich den Schrecken der Verteidiger ausmalen, wenn sie plötzlich mitten unter sich russische Stimmen hörten. Das Gemetzel mußte fürchterlich sein.

Eine Detonation dicht über der Wasserfläche erschütterte den Bootskörper, und man hörte Wrackstücke an Deck und ins Wasser fallen.

»Stahlhelme auf!«

Unerschütterlich ignorierte Pellegrine diesen Befehl. Noch nie hatte ihn jemand den *bowler hat** tragen sehen, und er würde ihn auch in Zukunft nicht aufsetzen.

Die Angreifer schienen noch ein Treibstofflager entdeckt zu haben, denn wieder flammte es grell auf, und Feuerzungen flossen hinunter zur Küste, wo sie eine brennende Barriere bildeten.

* Melone

Metcalf sagte: »Sie werfen Vorräte ins Feuer, Sir.«

Devane senkte sein Glas, ihm wurde übel. Metcalf irrte sich. Durch die starken Linsen hatte er gesehen, daß es sich sträubende und zappelnde Körper waren, einige von ihnen bereits in Flammen gehüllt wie Fackeln, die in den Strom brennenden Öls geworfen wurden. Er hörte jemanden würgen und war froh, daß er noch nicht verhärtet genug war, um ungerührt zusehen zu können, wie Menschen bei lebendigem Leibe verbrannt wurden.

»Es wird Zeit, Sir.« Carrolls Stimme klang heiser.

»Gut. Geben Sie das Rückrufsignal und einen Funkspruch an *Kestrel*, er soll mit Phase zwei beginnen.« Er hörte, wie die Männer sich bewegten, dankbar dafür, daß sie etwas zu tun bekamen, das sie von dem gräßlichen Schauspiel im Flammenmeer ablenkte.

Der Brückenmaat sagte: »Ich vermute, wenn es *unser* Land wäre und wir gegen die Nazis kämpfen würden –«

»Halten Sie die Schnauze!« Chalmers' Gesicht leuchtete wild in dem reflektierten Licht. »Sie wissen nicht, wie das ist!«

Devane sagte scharf: »Ruhig, David. So hat er's nicht gemeint.«

Chalmers starrte ihn an wie ein Fremder. Dann sagte er mit mühsamer Beherrschung: »Ich konnte nicht anders, obwohl ich eigentlich darüber hinweg sein sollte.« Er beugte sich vor, als wolle er sich übergeben. »Meine Leute sind auf diese Weise umgekommen. Wir schwammen im Wasser, das Boot war bereits gesunken. Wir wollten einen unserer Zerstörer erreichen, der von einer Bombe getroffen, aber noch nicht untergegangen war. Im Wasser hörte ich das brennende Öl hinter uns herkommen.« Er stieß sich die Knöchel in den Mund. *»Ich konnte es hören!«*

Carroll rief: »*Kestrel* hat bestätigt, Sir.«

Chalmers stand jetzt langsam auf und wandte dem Land den Rücken zu. Dann sagte er: »Das Feuer holte uns ein und erwischte alle bis auf drei.« Er schien sich wieder völlig in der Gewalt zu haben.

Devane berührte ihn am Arm. »Gehen Sie nach achtern und lösen Sie den I.W.O. ab.«

Als Chalmers sich anschickte, die Brücke zu verlassen, trat ihm der Brückenmaat in den Weg.

»Tut mir leid, daß ich's gesagt habe, Sir. Nichts für ungut.«

Chalmers sah ihn an. »Schon gut. Ich müßte mich eigentlich entschuldigen.«

Tief rammte Devane seine Hände in die Taschen, als die grüne Signalrakete aufleuchtete, welche die Angreifer an den Strand zurückrufen sollte.

Carroll rief: »Erster Motorprahm ist beladen und hat abgelegt, Sir.«

Devane nickte. Mackay und Willy Walker auf der *Harrier* fuhren bereits der offenen See zu, *Merlin* und *Osprey* würden den Rückzug sichern.

Danach war es eine Sache von zwei Stunden, bis sie wußten, ob Barkers List gewirkt hatte oder nicht.

Dundas erschien auf der Brücke. »Klar zum Auslaufen, Sir.«

»Gut.«

Gott sei Dank hatte Dundas genug Feingefühl, um ihn nicht nach Chalmers zu fragen, einem Mann, den man niemals zu dieser Art Krieg hätte zurückschicken dürfen. Seine Narben saßen zu tief.

Leuchtgranaten explodierten über dem glitzernden Wasser, aber die Wolken waren zu niedrig und die Rauchschwaden zu dicht, als daß sie von Nutzen hätten sein können.

»Neuen Kurs, Number One. Rasch.«

Er sah einen weiteren Transporter, der Fahrt aufnahm und vorbeituckerte. Er sah eine Menge bandagierter Köpfe und Gliedmaßen über dem Dollbord. Während er noch hinblickte, wurde ein Körper über Bord gerollt und trieb achteraus wie Abfall. Niemals werden wir die Russen ganz verstehen können, dachte er. Nicht in tausend Jahren.

»Der letzte Prahm hat abgelegt, Sir.« Dundas beobachtete ihn vorsichtig. »Keine Ausfälle bei uns.« Er grinste vor Erleichterung. »Mal was ganz Neues.«

Devane sah auf, als eine weitere Leuchtgranate direkt über ihnen explodierte.

»Und wenn Orels Kanonenboote zur richtigen Zeit zur Stelle sind, sollte es auch so bleiben.«

»Neuer Kurs Nord siebzig Ost, Sir. *Osprey* ist achteraus auf Station.«

»Machen Sie weiter. Umdrehungen für zwanzig Knoten.«

Das Land war wieder in Schatten getaucht, nur hier und da flackerte noch ein Feuer auf, und ein Gewirr von Funken kreiste über dem Strand, wo Männer für ihren Verrat zugrunde gegangen waren. Oder für ihren Glauben.

Devane setzte sich in seiner Ecke zurecht. Warten wir das Weitere ab, dachte er.

Kapitän Barker stand stramm da, die Hände in den Taschen, und musterte seinen Operationsraum. Der war jetzt bedeutend größer, da er eine Wand hatte entfernen und den angrenzenden Vorratsraum mit einbeziehen lassen. Die Beleuchtung war so grell, daß die Karten, die farbigen Stecknadeln und kleinen Flaggen wie ein buntes Mosaik wirkten. Ein Seemann sammelte leere Teetassen ein, und Barkers neue Offiziere saßen an ihren Telefonen, Bleistift und Notizblock griffbereit.

Nur Beresford wirkte fehl am Platz. Er lümmelte an seinem eigenen Tisch herum, das Kinn in die Hand gestützt, das Haar zerzaust, als sei er soeben aus der Koje gestiegen.

Barker knurrte gereizt: »Der Angriff muß geklappt haben, sonst hätten wir schon etwas gehört.«

Ein Telefon schnarrte laut und wurde von einem der Oberleutnants abgenommen. Er sprach vorsichtig auf russisch hinein und legte dann wieder auf.

»Vom russischen Hauptquartier, Sir. Die erste Angriffswelle rollt über die Straße von Kertsch. Schwere Kämpfe werden gemeldet.«

Barker starrte an ihm vorbei auf die Betonwand, als erwarte er, den Schlachtenlärm zu hören. Aber die Meerenge war gut hundertfünfzig Meilen von seinem Bunker entfernt.

Beresford regte sich. »Orels sechs Kanonenboote werden jetzt auf Position sein, um *Parthian* zu unterstützen.« Er warf einen Blick auf die Uhr. »Ich möchte wissen, was Lincke von all dem hält.«

»Er ist nicht in der Straße von Kertsch, das steht fest.« Barkers helle Augen leuchteten. »Selbst wenn er den Verdacht hegte, daß Devanes Angriff ein Köder für ihn ist, so könnte er ihn doch nicht ignorieren.« Er fuhr herum, als das Telefon ihn unterbrach. »Ja?«

Der Oberleutnant sprach mehrere Sekunden lang hinein und deckte dann das Mundstück mit der Hand zu. »Das ist alles ein bißchen seltsam, Sir. Ich – ich weiß wirklich nicht, was vorgeht.«

Doch Beresford war schon auf den Beinen und am anderen Tisch und riß dem Oberleutnant das Telefon aus der Hand. Er sprach rasch hinein. Dann setzte er den Apparat ab und sagte: »Das war Kapitän Sorokin selbst.« Seine Stimme bebte ein wenig, dann hatte er sich wieder in der Gewalt. »*Parthians* Angriff war erfolgreich. Der Feind hat angefangen, Truppen und Panzer auf der Küstenstraße in Bewegung zu setzen, weg vom russischen Hauptangriffsziel.«

»Und? Spucken Sie's aus, Mann!« Barkers Gesicht war plötzlich totenblaß.

Beresford sagte ebenso ruhig: »Sorokin ist von seinem Kommando entbunden worden, auf Anordnung von Admiral Kasatonow. Er ist in Ungnade gefallen.«

Barker schien verwirrt. »Was hat das mit *uns* zu tun?«

»Das wissen Sie nicht?« Beresford trat an den hellerleuchteten Kartentisch. »Der Admiral hat Orels Kanonenboote zurückbeordert, braucht sie angeblich in der Straße von Kertsch. Verhärteter Widerstand oder so ähnlich.« Er blickte den bewegungslosen Oberleutnant an. »Kein Wunder, daß Sie ihn nicht verstehen konnten, er ist total betrunken. Aber er versuchte, es mir zu erklären. Orel hat zwei seiner Kanonenboote zurückgelassen, die übrigen fahren bereits so schnell sie können zur Meerenge.«

Barker starrte ihn an. »Zwei?«

»Ja, Sir, zwei. Genausogut hätten sie die ganze Flottille abziehen können.«

Barker rieb sich die Augen. »Lassen Sie mich nachdenken.« Er begann leise vor sich hinzusummen. Der Matrose, der soeben mit frischem Tee eingetreten war, stand stockstill. »Wir dürfen nichts überstürzen, Ralph. *Seeadler* wird jetzt möglicherweise ebenfalls die Straße ansteuern, haben Sie das bedacht?«

Beresford ignorierte ihn. Zu Oberleutnant Kimber sagte er ohne Umschweife: »Funkspruch an *Parthian*. Sofort, höchste Dringlichkeitsstufe, und kümmern Sie sich nicht darum, was die Russen sagen. Informieren Sie *Parthian*, daß die Deckung durch Orel zurückgezogen worden ist und lediglich zwei Boote zur Unterstützung in der Nähe stehen.«

Barker sagte scharf: »Das ist unnötig! Völlig unnötig. Wir wissen nicht –«

»Wir wissen nichts, Sir. Ich möchte nur John Devane eine Chance geben zu entkommen.«

»Entkommen? Ist das seine Hauptaufgabe?« Barker war kaum imstande, seine Erregung zu verbergen.

Beresford hielt den Blick auf Kimber gerichtet, der gerade mit seinem Signalblock aus dem Raum lief. »Natürlich nicht. Aber es muß ihm zumindest gesagt werden. Damit er eine Chance hat, wie gering sie auch ist.«

Barker fuhr herum und sah den Matrosen mit seinem Tablett voller Teetassen.

»Stehen Sie da nicht gaffend herum, Sie Idiot!« Er schrie beinahe. »Holen Sie mir das russische Hauptquartier ans Telefon, *sofort*!«

Die andere Tür wurde von einem Posten geöffnet, Sorokin trat in das grelle Licht. Alles an ihm war zerknittert, sein Uniformrock aufgeknöpft und beschmutzt. Er war offensichtlich sehr betrunken, doch trotzdem ging von ihm eine Autorität aus, die zwingend und rührend zugleich war.

Er sah Beresford an und nickte. »Ich komme zu Ihnen. Ich komme zu Ihnen, um mich zu entschuldigen. Das fällt mir nicht leicht, aber ich bin schmutzig. Beschämt.« Er formulierte das letzte Wort sehr sorgfältig, damit Beresford ihn auf jeden Fall verstand.

Beresford sagte leise: »Hier, Sir. Setzen Sie sich bitte.« Er deutete auf den erschrockenen Seemann mit Tee, aber Sorokin schüttelte sein mächtiges Haupt und ließ sich schwer in einen Stuhl fallen. Er zog eine Flasche heraus und trank in langen Zügen. Dann sagte er heiser: »Sie versetzen mich.« Er grinste, was unglaublich traurig aussah. »Nach Sibirien vielleicht, *da*?«

Beresford fragte: »Was war denn los?«

»Nichts. Politik. Feinde. Es macht keinen Unterschied. Vielleicht sind Sie daran schuld. Weil Sie hier sind, weil man Sie als meine Freunde ansieht.«

Beresford sagte traurig: »Verstehe. Es ist wegen *Parthian*, Sir ...«

Sorokin versuchte aufzustehen, fiel aber wieder in seinen Stuhl zurück. »Aber ich habe noch einen letzten Befehl erteilt. Im Stützpunkt liegt noch ein Kanonenboot, es wurde gerade repariert.« Er sah auf, sein Blick war plötzlich wieder fest. »Nehmen Sie es, laufen Sie aus und helfen Sie Ihrem Freund. Es sind schon Leute an Bord.« Er zog einen Umschlag aus der Brusttasche. »Hier ist die Genehmigung.«

Beresford sagte ruhig: »Es sind zweihundert Meilen bis dorthin. Selbst wenn wir sofort auslaufen, treffen wir niemals rechtzeitig ein. Vielleicht ist es jetzt schon zu spät.«

»Macht nichts.« Sorokin stand auf. »Ihr Freund wird wissen, daß Sie es versucht haben. Und ich werde mich nicht wie ein Verräter fühlen.« Er sah zu Barker hinüber, schien ihn aber nicht zu bemerken. »Ich gehe jetzt.« Er packte Beresfords Arm mit der Kraft eines Schraubstocks. »Laufen Sie sofort aus.«

Dann wankte er zur Tür, und sie hörten seine schleppenden Schritte, bis sie sich im Gebrumm von Buckhursts Generatoren verloren.

Barker sagte abrupt: »Mein Gott! So etwas habe ich noch nie gesehen! Kein Stolz in diesem Mann!«

Beresford öffnete seine Schreibtischschublade und holte eine Pistole heraus. Als Kimber zurückkam, sagte er: »Sammeln Sie alle verfügbaren Leute, und marschieren Sie mit ihnen zur Werft. Zeigen Sie dem Wachhabenden dort diese Ermächtigung zum Betreten des russischen Kanonenboots. Nehmen Sie außerdem alles mit, was Sie an medizinischer Ausrüstung finden können. Stehlen Sie's notfalls.«

Barker unterbrach ihn scharf: »Höre ich richtig, Ralph?« Er

blickte in ihre angespannten Gesichter. »Sie wollen ein russisches Kanonenboot übernehmen? Für welchen Zweck, um Gottes willen?«

Beresford schnallte den Pistolengurt um. »Ich bin ein gehorsamer Offizier, Sir. Wenn Sie mir Befehl geben, hierzubleiben und nichts zu tun, obwohl *Parthian* ohne die geringste Unterstützung ist, wenn Sie zulassen, daß Ihre Leute ausgelöscht werden, um irgendeine idiotische Theorie zu beweisen, dann bleibe ich. Aber, bei Gott, ich werde es in alle Welt posaunen, *warum* ich geblieben bin. Ihrer Beförderung können Sie dann Lebewohl sagen!«

Barker sah aus, als habe man ihn ins Gesicht geschlagen. Er schrie: »Wie können Sie das wagen!«

Beresford musterte ihn eiskalt. »Ich laufe also jetzt aus. Vielleicht ist es eine zwecklose Geste, aber ich fühle mich dann sauberer. Wie wir alle . . .« ›Außer Ihnen‹, schien sein Ton auszudrücken.

Sie wandten sich um, als das Schnarren des Telefons die Stille zerriß.

Der Oberleutnant stammelte: »Vom russischen Hauptquartier, Sir. Ihre Truppen sind auf der Halbinsel gelandet und stoßen ins Hinterland vor.« Er schluckte unter Beresfords kaltem Blick. »Der Nachrichtendienst meldet, daß Gruppe *Seeadler* gesichtet worden ist, mit Kurs Nordost von Balaclava auslaufend.«

Beresford nickte. »Danke. Lincke ist also nicht dort, wo wir ihn vermutet haben. Er beabsichtigt, *Parthian* von achtern zu überfallen.« Zu dem völlig verunsicherten Oberleutnant sagte er: »Geben Sie das über Funk an *Parthian*.« Er ging zur Tür, ohne einen einzigen Blick auf seinen Vorgesetzten zu werfen, wandte sich aber noch einmal um. Leise sagte er zu dem Oberleutnant: »Fügen Sie noch hinzu: *Zieh den Kopf ein, alter Junge.*«

Knirschend schloß sich die Stahltür, und alle starrten Barker an.

Dieser summte noch immer leise vor sich hin. Dann sagte er plötzlich: »Ich muß einen Funkspruch für Vizeadmiral Talents aufsetzen, um ihn über den Erfolg des Angriffs zu unterrichten. Ohne ihn hätte die russische Landung wahrscheinlich nie stattgefunden.«

Er sah sich in seinem hellerleuchteten Kommandostand um, aber dieses Mal erwiderte niemand seinen Blick.

17   Vor Sonnenuntergang

»Gehen Sie runter auf fünfzehn Knoten.« Devane tupfte sich mit einem Handtuch das Gesicht ab, wobei er schmerzlich zusammenzuckte, denn seine Haut war grau und aufgesprungen. »Es ist sinnlos, uns die Seele aus dem Leib zu schütteln.«

Rundum versuchten die Leute schweigend, mit ihren Gläsern die Dunkelheit zu durchdringen, auf der Suche nach dem ersten Zeichen einer drohenden Gefahr. Auch die Mündungen der Geschütze und Maschinengewehre waren nach vorn gerichtet. Eine Kabbelsee warf das Boot hin und her und trug noch zur Erhöhung der Unbehaglichkeit bei.

Dundas tauchte aus dem Kartenraum auf und sagte: »Möglicherweise haben wir sie verpaßt, Sir.«

Devane malte sich seine vier MTBs aus, wie sie paarweise die russischen Motorprähme begleiteten, so gut es ging. Deren Rolle war ausgespielt, das mörderische Schlachten erledigt bis zum nächsten Mal.

Unvermittelt sagte er: »Wir sollten mal stoppen und lauschen. Man kann nie wissen.«

Da hörte er Getrappel auf den nassen Grätings, und Carroll rief: »Funkspruch vom Stützpunkt, Sir: *Dringend. Russische Deckungsstreitkräfte Romeo zurückgezogen. Nur noch zwei Boote in Ihrer Nähe.*« Er zögerte, dann fügte er hinzu: »*Der russische Angriff hat begonnen. Ende.*«

Pellegrine starrte angestrengt in die Schwärze vor dem Bug. »Ende? Das stimmt aufs Wort!«

Devane stand bewegungslos, versuchte den Inhalt dieses Funkspruchs zu verarbeiten und in die Wirklichkeit zu übertragen. Was zum Teufel trieben die Russen für ein Spiel? Wußten sie etwa, daß Linckes Schnellboote schon in der Straße von Kertsch waren, dort russische Truppentransporter angriffen und keine Gefahr mehr für *Parthian* waren?

Der Brückenmaat fragte: »Soll ich von Gefechtsstationen wegtreten lassen, Sir?«

Devane überlegte rasch und angestrengt, als er das gefährliche Nachlassen der Spannung ringsum spürte.

»Nein.« Scharf fügte er hinzu: »Wir sind noch nicht über den Berg.« Er hörte das rasche Geflüster, malte sich die vielsagenden Blicke aus: *Der Skipper ist völlig durchgedreht.* Zum Teufel, sollten sie denken, was sie wollten.

Er fuhr herum: »Number One, geben Sie an *Osprey*, er soll hierbleiben und die Motorprähme decken. Der Rest von *Parthian* soll Dwarslinie bilden.« Während Dundas sich nach achtern tastete, fügte er hinzu: »Danach vollständige Funkstille, auch an Deck kein Geräusch mehr.«

Chalmers kam auf die Brücke und hörte sich Dundas' knappe Worte über Sprechfunk an. Er sagte: »Möglicherweise überraschen wir den Jerry mit heruntergelassenen Hosen. Das wäre mal was anderes.«

Devane packte das nasse Brückenkleid fester. Keine Operation war perfekt. Aber diese hier fing an, völlig schiefzulaufen. Warum waren Orels Kanonenboote abgezogen worden?

»*Osprey* hat verstanden, Sir. Andy Twiss ist begeistert, als Geleitfahrzeug eingesetzt zu werden!«

Devane hörte kaum hin. Der Funkspruch hatte ein wenig anders geklungen als sonst. Beinahe wie von Beresford, und doch...

Carroll rief: »Noch ein Funkspruch, Sir: *Deutsche Schnellboote schließen von Südwesten heran.*«

Dundas sprang vom Sprachrohr zurück. »Verdammter Mist!«

Devanes Finger wurden fast taub. »Ist das alles?«

Leise fügte Carroll hinzu: »Nein, es kommt noch ein Nachsatz. *Zieh den Kopf ein, alter Junge.*«

»Danke, Bunts.«

Langsam lockerte Devane seinen Griff. Es war ihm beinahe lieber so. Wenn die Zellentür aufgeht, weiß der Gefangene, es gibt keine Gnadenfrist mehr. Schließlich sagte er: »Klar zur Kursänderung. Steuern Sie Süd sechzig Grad West. Geben Sie's an *Parthian* weiter, Bunts, mit der Handlampe.«

Er hörte das rasche Klappern von Carrolls abgeblendeter Morselampe. Die anderen Boote hatten Beresfords Funkspruch ebenfalls aufgefangen und würden schon auf den Befehl zum Kehrtmachen und Kämpfen warten. Das war schließlich ihre Aufgabe, mit russischer Hilfe oder ohne. Selbst die beiden verbliebenen Kanonenboote waren in der verkehrten Position und konnten ihnen nichts nützen, es sei denn durch die spätere Suche nach Überlebenden.

»Boote melden verstanden, Sir.« Carrolls Stimme war nur ein Flüstern.

»Gut. Also dann: Ausführung! Geben Sie an Maschinenraum, sie sollen sich auf höchste Umdrehung vorbereiten.«

Die drei Boote drehten elegant, die Vorschiffe hoben sich und verschwanden dann im Gischt, als sie ihr eigenes Kielwasser kreuzten. In Dwarslinie brausten sie mit schäumenden Bugwellen dem unsichtbaren Feind entgegen, ließen mit jeder Umdrehung der rasenden Schrauben die vage Aussicht auf mögliche Hilfe weiter und weiter zurück.

Devane wischte zum hundertsten Mal die Linsen seines Glases sauber und preßte es wieder an die Augen. Gott helfe Andy Twiss, wenn der Feind eintrifft, bevor er wieder zu *Parthians* schwindender Streitmacht gestoßen ist, dachte er. Er war bestimmt ahnungslos.

Andererseits konnte die Sichtmeldung auch auf einem Irrtum beruhen, das kam öfter vor. Vielleicht war es auch gar nicht *Seeadler*. Es hätte Barkers Stab ähnlich gesehen, alles zu dramatisieren.

Dundas murmelte: »Wie viele Boote werden es sein, was glauben Sie?«

»Ein halbes Dutzend, vielleicht auch mehr, wenn Lincke Verstärkung durchgesetzt hat.« Devane straffte sich und starrte nach vorn, aber es war nur der tiefere Schatten eines Wellentales.

Dundas grinste unbehaglich. »Wenn's nicht mehr ist? Kinderspiel!«

Devane rief: »Bunts? Uhrzeit!«

»Fünf Minuten nach eins, Sir.«

Einmal mußte es ja sein. Das Überraschungsmoment war das einzige, was ihnen geblieben war.

»Alle Maschinen stopp. Geben Sie an alle Stellen: Stille bewahren!«

Das Brummen der Motoren erstarb, und Devane spürte, wie das Deck nach vorn und abwärts glitt, spürte den Druck des Brückenkleides gegen seinen tropfenden Überrock, als das Boot Fahrt verlor.

»Nun, Swain?« Devane blickte auf Pellegrines verbeulte Mütze. »Lassen Sie mich jetzt nicht im Stich.«

Pellegrine stützte sich auf die Speichen des Rades. »Wir müßten unsere Motorprähme jetzt schon in Sicht haben.« Unbehaglich trat er von einem Fuß auf den anderen. »Ich hoffe nur, daß Mr. Twiss nicht *uns* für Krauts hält und unter Feuer nimmt!«

Carroll murmelte: »Ich hab' die Lampe für das Erkennungssignal griffbereit, Swain, nur keine Sorge.«

Metcalf flüsterte aufgeregt: »Da! Motorengeräusche!«

»Was? Wo?« Pellegrine schien verärgert, daß der junge Seemann es früher gehört hatte als er. »Vielleicht *Osprey*.«

Devane lauschte, das Geräusch drang in sein Hirn wie Geflüster, das schon die ganze Zeit zu hören gewesen war. Als ob . . . Ärgerlich schüttelte er den Gedanken ab.

»Alle Geschütze klar zum Feuern!«

Es war kein Irrtum: das regelmäßige Drum-drum-drum schwerer Dieselmotoren. Er sah sie so klar und deutlich vor sich, als wären sie schon hier und es wäre helles Tageslicht: die flachen, rechteckigen Brücken, die langen niedrigen Bootskörper, das bekannte bedrohliche Aussehen.

Dundas murmelte: »Andy Twiss muß auch gestoppt haben. Gott sei Dank.«

Pellegrine rief: »Nein, Sir. Da draußen läuft auch ein MTB, an Steuerbord voraus.«

Devane biß sich auf die Lippen. Twiss war vielleicht umgekehrt, um einen Nachzügler zu holen oder einen Transporter in Schlepp zu nehmen, möglicherweise auch, um einige Verwundete zu übernehmen. Die deutschen Schnellboote schlossen rasch von achtern zu ihm auf, so wie es ihnen bei *Parthian* ohne Beresfords vorsorglichen Funkspruch gelungen wäre.

Dundas sagte: »Ich werde *Osprey* rufen, Sir. Vielleicht kann Andy sie so lange aufhalten, bis wir bei ihm sind.«

Devane warf einen Blick auf den erleuchteten Kompaß. »Nein. Sie würden uns einzeln fertigmachen. Dies ist unsere einzige Chance, sehen Sie das nicht? *Ospreys* Ausguck wird hoffentlich die drohende Gefahr rechtzeitig erkennen.«

Dundas starrte ihn an. »Aber er hat nicht die geringste Chance!«

Devane senkte das Glas. »Gehen Sie nach achtern, und schicken Sie Chalmers herauf. Geschütze und Wasserbombenwerfer klar zum Feuern, sowie wir in Reichweite kommen.«

Dundas tastete sich zur Brückenleiter, als Devane ihm nachrief: »Denken Sie, ich hätte das gewollt?« Es schien ihm plötzlich wichtig, daß Dundas ihn verstand. Er brauchte ihn. Dundas stammelte, einen Fuß noch in der Luft: »Ich bin froh, daß ich diese Entscheidung nicht zu treffen habe, Sir.«

»Das werden Sie aber eines Tages tun müssen, Roddy.« Seine Worte gingen unter im grellen Aufblitzen der Leuchtgranaten und Leuchtspurgeschosse, die plötzlich die Nacht zerrissen.

Die drei Boote starteten ihre Motoren und näherten sich langsam der hellerleuchteten Arena. Im Mittelpunkt der sich kreuzenden Flugbahnen wie festgenagelt, versuchte das einsame MTB Höchstfahrt aufzunehmen und wandte sich knurrend den Schnellbooten entgegen, die so plötzlich aus der Nacht hervorgebrochen waren. Ihr Überfall erfolgte auf die Sekunde genau zum richtigen Zeitpunkt.

Eine niedrige Form glitt an dem hellen Mündungsfeuer vorbei und ging dann plötzlich in Flammen auf, als Granaten den flachen russischen Truppentransporter in eine Fackel verwandelten. Ein Seemann hinter Devane fluchte greulich; wahrscheinlich dachte er an die Russen auf der Feindseite, die von diesen Leuten hier lebendig verbrannt worden waren.

Chalmers tauchte auf und richtete das Glas nach vorn. Die Mütze tief über seine Habichtsnase gezogen, meldete er: »Sechs Schnellboote, wandern von rechts nach links aus.« Diesmal blinzelte er nicht, als eine weitere Detonation die See blutrot färbte. »Da ist das Führerboot. In Rot vier-fünf.«

In der fürchterlichen roten Glut waren die Tigerstreifen klar zu erkennen.

»*Osprey* hat gestoppt und steht in Flammen, Sir!« Die Stimme des Brückenmaats klang verzerrt. »Zwei Schnellboote schließen von beiden Seiten heran.« Wie kümmerlich wirkte das Aufblitzen von *Ospreys* Abwehrfeuer gegen die schweren Wunden, die die feindlichen Geschosse rissen! Das Boot wurde gnadenlos beharkt. Aber Twiss' Geschützführer feuerten noch immer aus knapp fünfundzwanzig Yards zurück. Die beiden Schnellboote beabsichtigten offenbar, ihm den Rest zu geben und das Boot in die Luft zu sprengen.

Jetzt oder nie. Devane schrie: »*Alle Motoren äußerste Kraft voraus! Feuer!*«

Wie drei grimmig leuchtende Pfeilspitzen rasten sie aus der Dunkelheit auf die feindlichen Schnellboote zu, feuerten aus allen Rohren und verwandelten die See rings um den Feind in kochende Gischt.

»Treffer! Ich hab' ihn erwischt!« Eine andere Stimme überschlug sich vor Aufregung: »Paßt auf den auf! Um Himmels willen!« Einschläge krachten, Metall zerriß, als die deutschen Geschützführer merkten, daß *Osprey* nicht allein war, und Zielwechsel vornahmen. Devane warf einen Blick querab und sah *Harrier* vorstoßen, sah Walkers gelben Schal auswehen wie den Wimpel an der Lanze eines angreifenden Husaren.

Leuchtspurgeschosse fegten über die Brücke. Devane hörte das Poltern herabstürzender Takelage und das Klirren von Stahlsplittern. Irgendwo schrie ein Mann krächzend um Hilfe, und ein Geschützführer verfluchte seinen Ladeschützen, als dieser vor dem fast glühenden Verschlußstück zögerte.

Die Schnellboote hatten sich in zwei Gruppen aufgeteilt; die langen Bootskörper reflektierten das Feuer, als sie sich unter dem Druck der Schrauben und Ruder hart überlegten. Eins von ihnen lag gestoppt, Qualm drang aus dem Achterschiff, und winzige Gestalten rutschten und fielen übereinander bei dem Versuch, sich in Sicherheit zu bringen.

»Sagen Sie *Kestrel*, er soll ihn fertigmachen!«

Devane wandte sich rasch um, als Kugeln über die Brücke fächerten. Mackays *Kestrel* kam, aus allen Geschützen feuernd, über das aufgewühlte Wasser herangebraust. Fast berührte er das Heck des beschädigten Schnellboots, als er seine Wasserbomben direkt neben den Havaristen warf.

Zwei weitere Schnellboote kamen jetzt aus dem Qualm hervor, aber eins schwankte zur Seite, da es mit dem Rumpf des gekenterten russischen Transporters kollidiert war. Menschen zappelten im Wasser, ihre Schreie erstickten jedoch, als sie von den rasenden Schrauben angesaugt wurden.

Das Schnellboot, das mit dem Wrack des Transporters kollidiert war, drehte mit hustenden Motoren ab. Eine Morselampe blinkte eifrig, offenbar rief es sein Führerboot.

Devane schrie: »Steuern Sie diesen dort an!«

Er merkte kaum, daß sich von dem anderen heranbrausenden Schnellboot die Perlenschnüre der Leuchtspurgeschosse hoben und auf *Merlin* herabsenkten. Priests Feuererwiderung, dazu der Angriff von Walkers Geschützführern im Winkel von fünfundvierzig Grad waren genug. Das Führerboot, denn das war es, drehte ab, feuerte aber noch immer aus allen Rohren, die freies Schußfeld hatten, während der Flottillenchef seine Boote zu sammeln und die Formation wieder herzustellen versuchte.

Chalmers schrie: »Jetzt steht es drei gegen vier, das sieht schon besser aus!« Da zerriß eine gewaltige Detonation den Himmel, und Devane sah mit Entsetzen, wie das Boot von Andy Twiss auseinanderflog; die Torpedos eines vorbeibrausenden Schnellboots hatten ihm den Todesstoß versetzt.

Devane wandte sich ab, außerstande, das Herabregnen von Wrackstücken und Menschenteilen in die kochenden Kielwasser der beiden Gegner zu beobachten. Er mußte sich an Chalmers' Worte halten: Die zahlenmäßigen Gewinnchancen standen jetzt besser. Ein Schnellboot sank bereits, ein anderes hatte sich schwer beschädigt zurückgezogen. Wäre nicht die Aufmerksamkeit der Deutschen völlig auf Twiss und seine russischen Motorprähme gerichtet gewesen, hätten sie keine Chance gehabt. Aber Twiss, der Schauspieler, der nach dem Krieg die Rolle von Admiralen zu spielen beabsichtigte, war nicht mehr. Und auch Seymours Buch, in dem er all diese Ereignisse beschreiben wollte, würde vermutlich niemals geschrieben werden.

Devane rief: »Aufpassen an Steuerbord! Sagen Sie Red, er soll seinen Sektor überwachen!«

Er hörte Carroll in sein Mikrofon sprechen, hörte das Rasseln von

Maschinengewehren und Geschützen, als Briten und Deutsche versuchten, den Widerstand des Gegners zu brechen.

Chalmers schrie: »*Harrier* ist in Not!«

Devane tippte Pellegrine auf die Schulter und spürte, wie der zusammenzuckte, als erwarte er den Einschlag einer Kugel. »Schließen Sie an *Harrier* heran!«

Er sah, wie sich die Schnüre der Leuchtspurgeschosse hoben, ineinander verflochten, leuchtend grün und grausam rot, wie sie dann in Holz, Metall, Fleisch und Knochen schlugen.

Ein Geschützführer schrie wild: »Das hat gesessen!« Walkers Sechspfündergranate mußte die Brücke des Feindes durchschlagen haben, als die beiden Boote auf konvergierenden Kursen aufeinander losstürmten. Offiziere, Rudergänger, alles schien niedergemäht wie mit einer riesigen Sense.

Metcalf, der Munition zu den Maschinengewehren brachte, hielt keuchend inne und schrie verzweifelt: »Sie kollidieren!«

Devane riß Carroll das Mikrofon des Funksprechgeräts aus der Hand und rief: »*Harrier!* Hier spricht *Merlin!* Brechen Sie ab, um Gottes willen, Walker, drehen Sie ab!«

Im Flackern des Geschützfeuers sah er Leute übers Seitendeck des MTB kriechen und sich festhalten, gelähmt vom Anblick des heranbrausenden Schnellboots mit seinem zerschmetterten Brückenhaus. Die Blutstreifen auf dem grauen Stahl waren klar erkennbar, als es blindlings auf *Harrier* zuraste.

Devane hatte gerade noch Zeit, Walkers Gesicht mit seinem Glas aufzufassen, sah die im Todeskampf gebleckten Zähne, als er verzweifelt versuchte, sich ans Ruder zu schleppen. Devane stellte fest, daß sich sonst nichts mehr auf der Brücke drüben bewegte, daß Walkers gelber Schal jetzt blutgetränkt war; er sah auch die in Leuchtfarbe auf den Bug gemalte Drei, bevor die beiden Boote sich trafen und detonierten.

Devane wischte sich das Gesicht mit dem Handrücken. »Gott steh dir bei, Willy«, war alles, was er sagen konnte.

Pellegrine rief scharf: »Der Feind formiert sich neu, Sir!« Dann wirbelte er sein Rad herum und vermied knapp den Zusammenstoß mit einem überfüllten russischen Motorprahm, der es irgendwie geschafft hatte, den Kampf bisher unversehrt zu überstehen.

»Geschütze – Achtung! Klar zum Feuern!«

Devane riß sich aus seiner Betäubung und lief auf die andere Seite der Brücke. Dort kam *Kestrel* mit schäumender Bugwelle zum Führerboot geprescht.

Nun waren's nur noch zwei.

Carroll blickte ihn an. »Sind Sie in Ordnung, Sir?«

Devane nickte. Er war so außer Atem, als sei er gerannt statt hier zu stehen und zuzusehen, wie die Boote seiner Freunde in Stücke geschlagen wurden.

Überall trieben Wrackteile. Ein paar Männer schwammen noch, andere hingen bereits tot in ihren Schwimmwesten.

»Ja, Bunts. Alles in Ordnung.«

Dann plötzlich wurde die See ruhiger, das unaufhörliche Brummen der Motoren, das Rasseln der Maschinengewehre und das Dröhnen des Geschützfeuers zogen ab wie ein schrecklicher Sturm.

»Sie sind weg.« Chalmers starrte erstaunt in die Dunkelheit. »Wir haben die Halunken vertrieben!«

Devane riß sich zusammen und wandte sich wieder seiner winzigen Streitmacht zu.

»Geschwindigkeit reduzieren! Beschädigungen und Ausfälle melden! Sagen Sie Number One, er soll vorn nach Überlebenden Ausschau halten.«

Aber Dundas war bereits wieder auf der Brücke, er roch intensiv nach Pulverqualm. Als er Devane sah, ergriff er ihn spontan am Handgelenk und starrte ihn an. »Wir haben es geschafft!« Dann wandte er den Blick zur Seite. »Armer Willy, armer Andy!«

Devane versuchte, gelassen zu sprechen. »Wir alle werden bald genauso arm dran sein, wenn wir nicht aufpassen. Gehen Sie nach vorn und tun Sie, was ich sage.« Leise fügte er hinzu: »Lassen Sie Ihre Pistole besser hier.«

Dundas klammerte sich an die Brückenreling. »Meinen Sie, ich würde einen Schiffbrüchigen erschießen, nur weil er Deutscher ist?«

Devane hob die Schultern. »Ich weiß nicht recht. Ich glaube, ich könnte es nach dieser Nacht tun.«

Er sah, wie *Kestrel* mit der Fahrt herunterging. An Deck waren die Seeleute eifrig damit beschäftigt, die leergeschossenen Kartuschen beiseite zu räumen.

Das war also alles, was von *Parthian* übriggeblieben war. Die Erkenntnis legte sich ihm wie ein Stahlband um die Stirn. Und Lincke war noch immer am Leben! *Seeadler* war zwar nicht mehr unversehrt, aber nach wie vor eine scharfe Waffe. Verzweiflung und Schmerz wallten in ihm hoch mit schrecklicher, weißglühender, alles verzehrender Wut.

Er hörte Metcalf unsicher fragen: »Kann ich Ihnen etwas zu trinken bringen, Sir?«

Devane warf einen Blick über das Brückenkleid und sah die kleine Lampe einer Schwimmweste vorbeitreiben; aber der darin hängende Körper benötigte keine Hilfe mehr. Die See ringsum sah wieder friedlich aus.

»Können Sie Kakao kochen, Metcalf?«

»N – nicht sehr gut, Sir.«

Pellegrine deutete auf den Brückenmaat. »Mach du das mal, und tu einen ordentlichen Schuß Rum rein. Geht doch in Ordnung, Sir?«

Aber Devane hatte seine Aufmerksamkeit schon Dundas zugewandt, der soeben wieder die Brückenleiter heraufkam.

»Nur einen Verwundeten, Sir. Es ist Obergefreiter Bridges, er hat einen Splitter im Fuß. Beschädigungen: ein paar Einschußlöcher achtern und die Takelage samt Rahen weggeschossen. Ich verstehe nicht, wie wir das geschafft haben!« Er warf einen Blick auf Devanes gebeugte Schultern. »Einen Überlebenden haben wir geborgen, nur einen einzigen aus dem ganzen Schlamassel.« Er stieß ein kurzes bitteres Lachen aus. »Ausgerechnet einen Jerry.«

Devane nahm das Mikrofon: »Hallo, Red. Ausfälle und Beschädigungen?«

Dumpf antwortete die Stimme des Kanadiers: »Zwei Mann haben Splitterverletzungen, kein größerer Materialschaden. Nach allem, was sich ereignet hat, kann ich das kaum . . .« Er beendete den Satz nicht.

»Ändern Sie Kurs, und sagen Sie den russischen Transportern, wir fahren jetzt alle zum Rendezvous mit Streitmacht *Romeo*.« Es waren nur noch zwei Prähme übrig, Zeugen dessen, was sich ereignet hatte.

Devane warf einen Blick zum Himmel. Die Tatsache, daß sie überlebt hatten, war nicht genug. Die Arbeit war noch nicht getan.

Der kräftige süße Kakao, gut gewürzt mit einer stattlichen Portion Rum, tat ihnen gut, schmeckte besser als ein Festmahl.

Als das erste Morgenlicht die beiden narbenbedeckten Boote und ihre überladenen Landungsfahrzeuge fand, hörte man die Seeleute auf Wache oder bei den Reparaturen noch immer kaum sprechen. Sie waren sich alle darüber klar, daß es sich nur um einen Aufschub handelte.

Den ganzen Tag über, während die Boote gleichmäßig Ostkurs steuerten, saß der deutsche Überlebende auf dem Oberdeck und starrte ins Wasser. Einmal sah Devane, wie Pollard, der Messejunge aus Newcastle, bei ihm stehenblieb und ihm einen Becher Kakao anbot. Sie lächelten nicht, sprachen auch nicht miteinander, aber der Deutsche nahm den angebotenen Becher wie etwas ganz Kostbares: ein Augenblick, den er mit niemandem teilen konnte.

In der Abenddämmerung trafen sie Beresfords requiriertes Kanonenboot. Die beiden zurückgebliebenen Schiffe aus Orels Kampfgruppe *Romeo* waren anscheinend bereits zum Stützpunkt zurückgekehrt in der Annahme, daß es keine Überlebenden zu bergen gäbe.

Beresford ging an Devanes gestoppter *Merlin* längsseits und kletterte an Bord. Sein Blick schweifte umher, als könne er die geringen Beschädigungen einfach nicht fassen.

Beresford sagte leise: »Ich wollte versuchen, Ihnen zu helfen.«

Devane lächelte. Das requirierte Kanonenboot sah aus wie ein Überbleibsel aus der Zarenzeit. »Mit *diesem* Ding dort?«

Beresford blickte hinüber zur *Kestrel.* »Und die beiden Boote sind alles, was von *Parthian* übriggeblieben ist?« Er schüttelte den Kopf. »Gott sei Dank, daß Sie es geschafft haben.«

»Ich brauche Treibstoff, Ralph.« Devane schwenkte den süßen Kakao in seinem Becher. »Und alle Munition, die Sie erübrigen können.«

Beresford starrte ihn an. »Ich habe genug Treibstoff und Munition. Aber Sie wollen doch nicht etwa die Verfolgung aufnehmen?«

»Ich habe keinerlei gegenteilige Instruktionen. Erinnern Sie sich an das letzte Mal, als ich auslief, ohne auf Barkers Befehle zu hören?«

Langsam nickte Beresford. »Ich komme mit.«

Devane lächelte ernst. »Dann wollen wir beide die Köpfe schön tief einziehen.«

Beresford beobachtete ihn, als fürchte er, etwas zu verpassen. »Wo fahren wir hin?«

Devane hatte darüber nachgedacht. »Der einzige Ort, wo Lincke seine Boote jetzt reparieren lassen kann, ist Mandra.« Er dachte laut. »Zuerst wird er Treibstoff übernehmen, damit ist er die ganze Nacht über beschäftigt, während der russische Angriff auf die Krim weiterläuft. Mit etwas Glück können wir also zuerst vor Mandra sein und ihn dort erwarten.« Er sah, daß Dundas auf die Brücke kam: Fragen, Wünsche, Schwierigkeiten, die bewältigt werden mußten. »Übrigens, warum haben die Russen eigentlich das Rendezvous mit uns nicht eingehalten?«

»Der Admiral hat Sorokin gefeuert.«

Das klang so lächerlich, daß beide grinsten.

Dann erinnerte sich Devane daran, was mit *Parthian* passiert war, und sagte abrupt: »Also gut, versuchen wir zu beweisen, daß Sorokin mit seinem Vertrauen recht und der Admiral unrecht hatte.«

Drei Stunden später, als das antiquierte russische Kanonenboot und die beiden übriggebliebenen Motorprähme den Rückweg nach Tuapse antraten, machten die beiden MTBs kehrt und fuhren in entgegengesetzter Richtung davon.

»Sonnenuntergang in drei Stunden, Sir.« Chalmers blickte zum Himmel; seine Augen waren rot gerändert, und sein mageres Gesicht verriet deutlich die Anstrengung der letzten Tage.

»Gut. Sehen Sie zu, ob der Koch vorher noch eine warme Mahlzeit für die Leute zubereiten kann.«

Das war alles, was es im Augenblick zu sagen gab. Wenn sie vor Einbruch der Dunkelheit keine Feindberührung hatten, mußten sie sich eilends auf den Rückmarsch machen. Und selbst dann konnte es passieren, daß ihr Treibstoff trotz der übernommenen Zuladung nicht ausreichte.

Den ganzen Tag über waren sie nach Westen gefahren, begleitet lediglich von Mackays *Kestrel*, die sich zwei Meilen querab an Backbord hielt. Selbst auf diese Entfernung hatte er das Hämmern und das gelegentliche Dröhnen der Bohrer gehört, als Mackays Leute die schlimmsten Kampfbeschädigungen beseitigten. Die Unterwasserschäden waren ernster als angenommen.

Es erschien Devane noch immer unglaublich, daß er all die anderen verloren hatte, daß die See um sie herum so leer und trostlos war.

Er sah Dundas vorn mit dem Obergefreiten Priest und dem Matrosen Bridges sprechen, der einen Granatsplitter in den Fuß bekommen hatte. Er humpelte jetzt mit einem dicken Verband einher. Natürlich hätte er mit Oberleutnant Kimber auf dem russischen Kanonenboot nach Tuapse zurückkehren können, aber er hatte darum gebeten, an Bord bleiben zu dürfen.

Es lief eine hohe Dünung mit nur gelegentlichen weißen Kämmen. Die Wellentäler waren jetzt in dunkles Rot getaucht, am Himmel zeigten sich lange zerfetzte Wolkenstreifen.

Devane rieb sich das Stoppelkinn und bemühte sich, nicht an ein heißes Bad, eine Rasur und an ein Bett zu denken. Ein Bett, in dem Claudia ihn in die Arme nehmen und seinen Schmerz und seine Ängste besänftigen konnte.

Maschinenmaat Ackland kam steif auf die Brücke geklettert und wartete, bis Devane ihn bemerkte. Er sah noch blasser aus als sonst, Gesicht und Hände waren ölverschmiert.

»Alles in Ordnung, Chief?«

Ackland warf einen Blick ins vorbeiströmende Wasser. Vielleicht hatte er nicht erwartet, dies alles noch einmal wiederzusehen.

»Nicht schlecht, Sir. Die Pumpen spielen ein bißchen verrückt, und ich glaube, die Steuerbordaußenschraube hat leichte Beschädigungen durch Metallsplitter abbekommen.« Er sah seinen Freund Pellegrine auf einer Munitionskiste sitzen und mit vollen Backen an einem mächtigen Sandwich kauen. »Faulpelz!«

Pellegrine grinste. »Wir haben hier oben ganz schön gearbeitet, Junge. Nicht wie ihr dort unten bei eurem kuscheligen Kellerjob.«

Ackland gähnte ausgiebig. »Aber Sie wollten mich sprechen, Sir?«

Devane nickte. »Nur um mich bei Ihnen zu bedanken. Ich weiß nicht, wie Sie es immer wieder fertigbringen, dieses Boot in Gang zu halten.«

Ackland grinste. »Sie sorgen dafür, daß wir schwimmfähig bleiben, Sir. Ich besorge dann den Rest.«

Carroll rief: »Von *Kestrel*, Sir: ›Verliere Öl. Bitte um Erlaubnis, Geschwindigkeit zu reduzieren.‹«

Die Männer, die an Deck oder auf den Geschützsockeln saßen, starrten hinüber zu ihrem einzigen Begleiter. Diese Komplikation schien so ungerecht, zumal das Boot des Kanadiers schon so weit gekommen war.

»Bestätigen Sie, Bunts. Umdrehungen für acht Knoten.«

Ackland bemerkte: »Er hat einen guten Chief, Sir. Wenn *Kestrel* gebraucht wird, sind sie bestimmt fertig.«

Devane blickte zu den Wolken auf. Die Sicht war mäßig, es würde früher dunkel werden, als ihnen lieb war. Dann hieß es zurück nach Tuapse, zu Barker und seinen kostspieligen Planspielen. Er seufzte tief. Es war nicht Barkers Fehler, es war der Krieg.

Ruhelos ging Devane auf der Brücke hin und her. Jetzt, da sie mit acht Knoten für ihre Verhältnisse nur noch dahinkrochen, schlingerten sie wie Spielzeugschiffe. Aber für Mackays Besatzung mußte es noch schlimmer sein, da sie ja hart an ihren Reparaturen arbeiteten.

Beresford erschien von irgendwoher ohne Mütze; sein Haar wehte im Fahrtwind.

»Was Neues?«

»Nein. Nicht einmal ein Rückruf von Barker, den ich ohnehin nicht hören würde.«

Sie grinsten beide, ihre wiedererwachte alte Vertrautheit milderte die Spannung.

Beresford sagte: »Barker wird jetzt schon alle Einzelheiten wissen.

Ich wette, daß er nach diesem Schlamassel seinen Kopf auf den Block legen muß. Oder aber er wird zum Ritter geschlagen.«

Devane setzte seinen Teebecher ab und ging in den Kartenraum. Er war kühl und dunkel und roch nach Öl, Treibstoff, aufgeschossenem Tauwerk und feuchtem Holz: der typische Dunst des Bootes.

Devane knipste das Licht über der Karte an, studierte die Eintragungen und Berechnungen sowie die Linie der rumänischen Küste. Es blieb ihnen wirklich nicht viel Zeit. Möglicherweise wurden sie von der Luftaufklärung erfaßt oder von irgendeinem Überwasserfahrzeug gesichtet. Das war zwar nicht sehr wahrscheinlich, aber trotzdem...

Er lehnte sich zurück, da sein Kopf vornüber sank und der Schlaf ihn zu überwältigen drohte.

Schließlich erhob er sich und tastete sich zur Brückentür. Draußen sah er Chalmers und Beresford ihre Gläser auf das andere Boot richten.

»Ist etwas?«

Chalmers nickte. »Sie haben gestoppt, Sir. Haben eben gemeldet, das Leck sei beinahe dicht.« Er zwang sich zu einem Grinsen. »Bald ist *Kestrel* wieder so gut wie neu.«

Devane sah Pellegrine an. »Übernehmen Sie das Ruder, Swain. Backbord fünfzehn. Gehen Sie auf Lautsprecherabstand.« Mackay war entschlossen, bei ihm zu bleiben, und möglicherweise aus diesem Grund übereifrig.

»Wir brauchen einen zusätzlichen Ausguck. Er soll sich einen Palstek umlegen und in den Mast klettern; dort ist er immerhin ein paar Fuß höher.« Er sah Metcalf an. »Sie sind der Jüngste. Hinauf mit Ihnen. Bunts, helfen Sie ihm dabei.«

Carroll grinste. »Er könnte eigentlich immer dort oben bleiben!«

Devane vergaß die beiden, als sie sich dem anderen Boot näherten. Über Lautsprecher rief er hinüber: »Ich glaube, der Vogel ist uns entkommen, Red.« Es gelang ihm, seine Verbitterung zu verbergen. »Wir kehren zum Stützpunkt zurück, sobald es dunkel wird.«

Über der Brücke, die Beine schmerzhaft um den Mast geklammert, beschrieb Matrose Metcalf mit seinem Glas einen vollen Kreis, bevor er die Arme wieder senkte.

Es war kalt, sein ganzer Körper schmerzte von den Stunden des Wartens. Er sah Mackay und seinen Ersten Wachoffizier Durston auf der Brücke des Nachbarbootes, sah die Seeleute an der Maschinenluke arbeiten und einige schwarze Einschläge tiefer am Rumpf.

Er konnte all diese Dinge sehen und sich sogar an den schrecklichen

Kampf erinnern, ohne sich zu fürchten. Irgendwie hatte ihm diese Feuerprobe eine neue Stärke verliehen. Er hoffte wieder, nicht auf das ersehnte Offizierspatent, das »bißchen Gold«, wie Obergefreiter Scouse Hanlon es höhnisch nannte; nein, seine Hoffnung ging viel weiter. Er war wohl endlich erwachsen geworden, fühlte sich nicht mehr als Fremder zwischen seinen Kameraden. Trotz seiner unbequemen Lage lächelte er und blickte hinunter auf die quadratische Brücke unter seinen Seestiefeln.

Devane stand direkt unter ihm, sprach mit Kapitänleutnant Beresford. Auch Oberleutnant Chalmers war da, der mit den verbrannten Händen, dazu Carroll, der Signalmaat. Das war ein feiner Kerl. Aber Austräger bei einem Bäcker? Unvorstellbar.

Was würde wohl hiernach werden? Vielleicht kam er zurück nach England und unternahm einen neuen Anlauf auf das Offizierspatent. Seine Mutter würde sich darüber freuen. Er zog eine Grimasse. Sie nannte ihn immer Edwin. Er haßte diesen Namen und war insgeheim froh darüber, daß selbst Scouse Hanlon ihn »den Baron« nannte.

Er sah Devane dem anderen Kommandanten zuwinken, als die Boote wieder auseinanderscherten. Der Mast zwischen seinen Beinen vibrierte, als sei er lebendig. Kapitänleutnant John Devane – was für ein Mann! Schon hier bei ihm an Bord sein zu dürfen, war genug.

Metcalf gähnte ausgiebig und hob von neuem das Glas. Er fühlte sich nicht sehr wohl hier oben. Es war unmöglich – ...Aber dort war ja ein Schiff! Eben war es noch nicht dagewesen. Oder?

Rasch rief er: »*Schiff! Steuerbord voraus!*«

Er spürte, daß sofort alle Gesichter zu ihm emporstarrten, wagte aber nicht, das Glas abzusetzen und den Blick von dem fernen Fahrzeug abzuwenden. Er geriet beinahe in Panik, als er versuchte, es genauer zu identifizieren. Es war ein alter, sehr alter Trampdampfer mit ein paar Ladebäumen und einem einzigen Schornstein, der auf diese Entfernung so dünn wirkte wie ein Strohhalm.

Metcalf hörte das Stimmengewirr und wußte, daß die Leute unten auf die Geschütze und auf die Seitendecks der Brücke kletterten, um einen Blick auf das fremde Schiff zu erhaschen.

Dann hörte er Devanes Stimme: »Welchen Kurs steuert er?«

Metcalf bemühte sich verzweifelt, die richtige Peilung herauszufinden. »Ich – ich denke, es fährt nach Süden, Sir!« Er glaubte, den Quartermeister verächtlich murmeln zu hören: »Allmächtiger Gott!«

Die Linsen seines Glases beschlugen, und als er wieder hindurch-
blicken konnte, sah er einen winzigen Farbfleck auf der Bordwand des
Frachters, unterhalb der hohen altmodischen Aufbauten: rot, mit
irgendeiner Art Wappen im Mittelpunkt.

Er rief diese Beobachtung nach unten und hörte Carrolls knappen
Ruf: »Türkisch, Sir.«

Devane sagte: »Gut. Möglicherweise hat er uns noch gar nicht
gesichtet. Geht wahrscheinlich nach Istanbul.«

Metcalf merkte, daß Pellegrine zu ihm aufblickte. »Ein Glück, daß
er den alten Kasten gesehen hat, Sir.«

Mackays Stimme scholl übers Wasser, verärgert: »Wir sind nach wie
vor bewegungsunfähig! Es ist schlimmer, als mein Chief dachte!«

Devane winkte ihm beruhigend zu. Es war ohnehin zu spät, Lincke
hatte es wieder einmal geschafft.

»Lassen Sie Metcalf runterkommen. Der Mast eines MTB taugt
kaum als Ausguck.«

Metcalf hörte den Befehl mit gemischten Gefühlen. Devane war
zufrieden mit seiner Sichtmeldung, aber er selbst war es nicht. Er hatte
geträumt und hätte das türkische Schiff trotz der schlechten Sicht viel
früher sehen müssen. Wie konnte er jemals hoffen, wie Devane oder
Dundas zu werden? Ihnen entging nie etwas. Sie reagierten sofort auf
jede Situation.

Metcalf löste seine Beine von der Rah und warf einen letzten Blick
auf das alte Schiff. Es stieß gerade eine fettige schwarze Rauchfahne
aus, die über seinem trägen Kielwasser hing wie ein Schwanz. Ein
Neutraler. Sicher vor jedem Angriff und doch bereit, dem Feind auf
andere Weise zu helfen.

Carroll rief: »Komm runter, Junge! Beeil dich! Ich halte noch
immer die verdammte Sorgleine!«

Metcalf antwortete nicht. Er konnte nicht sprechen. Einen Augenblick lang glaubte er, daß seine Augen ihm einen Streich spielten.

Dann rief er mit bemerkenswert gefaßter Stimme: *»Drei Boote, Sir!
Selbe Peilung wie der Türke! Kommen rasch näher!«* Er war sich des
plötzlichen Schweigens unten bewußt, der Ungeheuerlichkeit seiner
Entdeckung. »Ich – ich glaube, es sind Schnellboote, Sir!«

Er fiel beinahe an Deck, als Carroll ihn auf die Brücke hinunter-
fierte.

»Sind Sie sicher?« wollte Devane wissen.

Metcalf nickte. Wenn er sich getäuscht hatte, würde er alles
verlieren. Aber energisch hob er das Kinn. Er hatte sich nicht
getäuscht.

»Drei, Sir. Sie können sie von unten nicht sehen, denn sie sind hinter dem Frachter. Halten aber auf uns zu. Zwei fahren ganz dicht beieinander.«

Beresford sagte: »Genau wie Sie dachten, John: Einer schleppt das beschädigte Boot.« Sie sahen sich an. »Der dritte ist Lincke.«

»Geben Sie an *Kestrel*: Beeilen Sie sich!« Devane trat rasch nach vorn ans Brückenkleid, jeder Gedanke an Schlaf war vergessen. »Swain, Kursänderung.« Eine kostbare Sekunde ging mit dem Blick auf den Kompaß verloren. »Steuern Sie Nord achtzig Ost. Alle drei Maschinen Achtung!«

Beresford hämmerte mit der Faust auf das Brückenkleid. »Was zum Teufel hält *Kestrel* noch auf?«

»Kümmern Sie sich nicht um ihn. Ich schleiche mich hinter diesen verdammten Frachter, das ist unsere einzige Chance. Wenn er den Jerries Signale gibt, sitzen wir in der Tinte.« Er entblößte grinsend die Zähne. »Na, wie stehen die Chancen jetzt?«

Beresford spannte den Hahn einer deutschen Maschinenpistole, die er mit an Bord gebracht hatte.

»Drei zu eins, wenn Red Mackay nicht mitmacht. Nicht allzu gut.«

»Nord achtzig Ost liegt an, Sir.« Pellegrine hatte sich ganz auf sein Ruder konzentriert, warf aber trotzdem einen kurzen Blick auf Metcalf, der neben ihm stand. »Ist alles deine Schuld. Noch dazu an meinem verdammten Geburtstag!«

Carroll rief munter: »Happy birthday to you, Swain!«

Devane packte das Brückenkleid und starrte nach vorn. Er sah das alte Schiff jetzt sehr viel deutlicher. Es schwankte von Backbord nach Steuerbord wie eine alte, häßliche Pier und hatte eine so dichte schwarze Rauchfahne, daß die Schnellboote völlig verdeckt wurden.

Schließlich befahl er kurz entschlossen: »Alle drei Maschinen äußerste Kraft voraus!«

Als der Bug sich unter dem gewaltigen Schub der Schrauben hob, meinte Devane Chalmers sagen zu hören: »Ohne *Kestrel*? Keine Chance.«

Devane packte die Reling und beugte die Knie, als *Merlin* Höchstfahrt aufnahm. Es war, als ritte er auf einem lebenden Wesen, das in mächtigen Sätzen dahinstürmte, während sein Rumpf über die Wellenkämme sprang und riesige Massen von Gischt beiseite schleuderte wie ein Schneepflug den Tiefschnee.

Beresford fragte atemlos: »Haben Sie was für mich zu tun?«

Devane sah ihn an. »Passagiere gibt's hier nicht, Ralph!« Lachend fuhr er fort: »Bridges hat einen kaputten Fuß, helfen Sie ihm beim

Backbordmaschinengewehr. Im übrigen sind Sie dran, wenn mir was passieren sollte!«

Er wandte sich wieder dem Frachter zu, verbannte alles aus seinen Gedanken bis auf Priest und den Sechspfünder. Es war, als rase er direkt auf den alten türkischen Trampdampfer zu, um ihn zu rammen.

Ein Seemann schrie erregt: »Los, komm, alter Zossen! Beweg dich!« Seine Stimme klang beinahe jubelnd, als sei dies das größte Ereignis seines bisherigen Lebens.

Devane packte die Reling fester, um seine plötzliche Verzweiflung zu unterdrücken. Guter Gott, diesmal möchte ich nicht verlieren. Wegen Claudia.

Wild hörte er Pellegrine rufen: »Ich wette, diese Türken geraten jetzt ins Schwitzen!«

Das Boot mit der leuchtendroten Nummer 1 auf dem Bug schoß mit einer Geschwindigkeit von neununddreißig Knoten auf den Frachter zu; als Devane einmal zurückblickte, war Mackays Boot nicht mehr zu sehen.

»Backbord zehn. Recht so!«

Er beobachtete, wie das alte Schiff nach Steuerbord auszuwandern begann. Schneller, schneller; *Merlin* war bestimmt noch nie höhere Fahrt gelaufen, selbst auf der Probefahrt nicht.

Er versuchte, das Glas mit einer Hand auf das Heck des Frachters zu richten. *Eine Hand für den König, eine für dich selbst.* Er lächelte, als ihm dieser Satz seines alten Ausbilders einfiel. Das schien jetzt schon tausend Jahre zurückzuliegen.

Da war das verdammte Schiff, mit Rost bedeckt wie mit Pockennarben; seine Rettungsboote sahen aus, als seien sie schon seit Jahren nicht mehr gestrichen worden. Winzige Gesichter starrten von der offenen Brücke herab, eine türkische Flagge flatterte irgendwo wie ein Talisman.

Devane ließ das Glas auf die Brust fallen und spürte, daß der Gischt ihm wie Hagel ins Gesicht stach. Wenn das Ruder jetzt klemmte, würden sie das neutrale Schiff in den Himmel jagen.

»Dicht hinter seinem Heck vorbei!«

Er warf einen raschen Blick auf seine Leute. Angespannte Gesichter, schmale Augen, die Körper vorgeneigt, als wollten sie den Aufprall abfangen, wenn das Boot auf die dichten schwarzen Rauchschwaden treffen würde.

Jetzt ragte das hohe Heck des Frachters über ihnen auf. Ein Mann mit Kochsmütze winkte und schrie zu ihnen herunter, aber nichts war zu hören. Er sah die türkische Flagge, unnatürlich sauber zwischen soviel Rost und Schmutz, hörte Chalmers husten, als sie durch den Rauch stießen. Pellegrine hatte sie so dicht an einer Kollision vorbeigesteuert, daß sie das Heck fast hätten berühren können.

»Schnellboot! An Backbord voraus!«

»*Feuer!*«

Die Geschütze donnerten, die Maschinengewehre ratterten und füllten die Luft mit ihrem Lärm, Leuchtspurgeschosse zischten hinüber und umgarnten das führende Schnellboot wie Spinnenfäden.

Devane sah, wie die beiden anderen deutschen Schnellboote auseinanderscherten, als die Schleppleine gekappt wurde und der Kommandant des schleppenden Bootes seinem Anführer zu Hilfe eilte.

Es dauerte ein Menschenalter, wenigstens schien es so, bis die Deutschen reagierten. Devane hörte, wie seine Leute schrien und fluchten, während sie feuerten und wieder nachluden, bis die Läufe fast vor Hitze glühten.

Er malte sich aus, wie die Deutschen sich fühlten. Sie waren so dicht vor dem sicheren Hafen gewesen! Nur ein verbeulter, alter Frachter lag noch dazwischen, aber da kam wie ein Racheengel das britische MTB aus allen Rohren feuernd aus der schwarzen Rauchwand gestürmt. Schiffe gingen besonders oft bei der Rückkehr verloren; die Ausgucksleute waren dann müde, die Seeleute entspannt, dankbar dafür, daß sie wieder einmal davongekommen waren. Doch plötzlich schossen aus der Sonne unerwartet Flugzeuge, oder die Blasenbahn eines Torpedos raste durch das Wasser genau auf sie zu.

Jetzt passierte das auch Lincke. Bestimmt konnten sie allein nicht drei Schnellboote besiegen, aber er würde wenigstens Lincke erwischen.

Leuchtspurgeschosse peitschten über sie hinweg und auch über den alten Frachter, der entsetzt abgedreht hatte.

Devane zeigte auf das führende Schnellboot. »Diesen da, Swain!«

Jeder neben ihm wußte, was er meinte. Von achtern hörte er das plötzliche Ballern der Zwillings-Örlikon, als ihnen das beschädigte Schnellboot antriebslos in die Quere kam.

»Hart Steuerbord! Recht so. Hart Backbord!«

Wild rollend wich *Merlin* aus und hielt im Zickzackkurs weiter auf das erste Schnellboot zu. Devane sah, wie die Granaten und Leuchtspurgeschosse auf der Brücke des Havaristen einschlugen und Panzerplatten sowie Ausrüstung in die Luft schleuderten, als sei es Pappe. Als sie vorbeistürmten, hörte Devane das Klatschen der Wasserbomben, die vom Achterdeck geworfen wurden. Er spannte seine

Muskeln an, als alle Bomben zugleich detonierten, fast längsseits des treibenden Schnellbootes.

Nur noch zwei zu eins. Das beschädigte Boot legte sich ruckartig über, einige Schlauchboote dümpelten bereits neben der Bordwand.

Devane stürzte, umgerissen vom Luftdruck der Granaten, die in den Kartenraum hämmerten. Das Krachen war geradezu betäubend, und er merkte, daß seine Beine blutüberströmt waren. Schon glaubte er, tödlich verwundet zu sein, aber es war das Blut des Brückenmaaten. Eine Granate hatte ein Loch von der Größe einer Männerfaust in seinen Körper gerissen; seine Augen starrten noch immer wild auf die Einschußstelle.

Der Rumpf erbebte von neuem, als weitere Granaten durch die Beplankung schlugen, von denen einige in der Unteroffiziersmesse detonierten. Andere hatten die kleine Kombüse durchschlagen und waren in dem dahinterliegenden Funkraum detoniert, wo sie den Funker töteten, der gerade versuchte, nach dem Feuerlöscher zu greifen.

»*Hart Backbord!*« Devane knirschte mit den Zähnen, als Maschinen-gewehrkugeln rings auf der Brücke einschlugen.

Obergefreiter Priest kroch verwundet von seinem Sechspfünder weg, und Devane sah, wie Beresford in den Geschützführersitz glitt, um ihn zu ersetzen.

Priest rollte auf den Rücken und erwartete den Tod, während das Blut im Rhythmus des Herzschlags aus seinem Körper spritzte und in ein Speigatt floß.

Das dritte Schnellboot ging qualmend mit der Fahrt herunter, seine Bugwelle erstarb, als die Doppellinie der Örlikongeschosse seine Ge-schützbedienungen niedermähte und einen Stapel Reservemunition in Brand setzte, die das obere Deck in ein Inferno verwandelte.

Devane wischte sich Gischt und Schweiß aus den Augen und starrte zu dem allein noch übriggebliebenen ersten Schnellboot hinüber, das jetzt mit voller Fahrt auf sie zudrehte. Seine Buggeschütze spuckten Granaten und Leuchtspurgeschosse, während es auf konvergierendem Kurs heranpreschte. Er sah das Wappen auf der Brücke, die Tigerstrei-fen, die aufgemalten kleinen Union Jacks und Sowjetflaggen, die Linckes Versenkungen darstellten.

Endlich trafen sie sich, und lediglich die Überlebenden in den Schlauchbooten wurden Zeugen dieser Begegnung. Die Grätings knarrten unter Devanes Seestiefeln, und er sah Rauch zwischen den Planken hervorquellen. Er spürte Brandgeruch, und ihm wurde klar, daß zwischen den beiden Decks Feuer ausgebrochen war.

Wie gebannt starrte Chalmers in den Qualm, dann schrie er: »Holt Leute vom Chief und löscht dieses Feuer!«

Eine Kugel schlug durch das Flaggenspind, und Carroll musterte das Einschußloch dicht neben seiner Hüfte. Spontan rief er: »Ich mache das!«

Chalmers taumelte bereits zur Brückenpforte. »Nein! Ich komme mit!« Dann war er verschwunden, verschluckt vom Qualm, als Pellegrine am Ruder eine neue scharfe Kursänderung vornahm. Weitere Einschläge erschütterten das Boot, aber es feuerte noch immer aus allen Rohren.

»Hart Steuerbord!« Der Qualm wurde schlimmer. Devane schielte auf das feindliche Schnellboot, das ebenfalls Kurs änderte. »Klar bei Wasserbomben!«

Aber Lincke war wachsam. Als zwei Wasserbomben detonierten und eine riesige Zwillingssäule Gischt hochwarfen, hatte er schon in voller Fahrt abgedreht, so daß sein Boot von den zusammenfallenden Wassermassen kaum noch getroffen wurde.

Pellegrine grunzte schmerzlich, weil ihm ein Holzsplitter der Brückenverkleidung die Stirn aufriß. Metcalf machte Miene, ihm zu helfen, aber er knurrte böse: »Laß das! Ich bin noch am Leben!«

Blitzschnell duckte sich Metcalf, als weitere Holz- und Stahlsplitter heulend durch die Brücke flogen; dann hörte er Devane schreien: »Hilfe für Bunts!«

Carroll war unglücklich gestürzt, ein Bein hatte sich unter seinem Körper verklemmt. Zwischen zusammengebissenen Zähnen preßte er hervor: »Glatter Durchschuß! Abbinden, schnell!« Dann schwanden ihm die Sinne.

Als *Merlin* mit donnernden Motoren wieder drehte und dem Schnellboot keinen Schuß schuldig blieb, war es, als trage jeder einzelne der Besatzung seinen ganz persönlichen Kampf mit dem Gegner aus.

In der lichterloh brennenden Kombüse schlugen sich Chalmers und ein junger Heizer mit Äxten den Weg frei, um mit Löschgeräten das Feuer zu ersticken und einen verwundeten Seemann zu bergen, den man zur Sicherheit dort hinuntergebracht hatte. Der Maschinenraum war voller Rauch und Dampf und wies bereits mehrere Einschußlöcher auf, aber die drei Motoren hielten unvermindert ihre Umdrehungszahl. Ackland flitzte in einem völlig durchnäßten Kesselanzug unermüdlich um sie herum. Sein junger Gehilfe rollte im öligen Bilgenwasser hin und her, die Arme ausgebreitet wie ein Gekreuzigter. Eine Kugel hatte ihn in den Rücken getroffen, seine Schreie waren ungehört im Lärm der Motoren verhallt, denen er so wacker gedient hatte. Der Richtschütze der Örlikon war ebenfalls tot, mußte mühsam aus den Riemen seines Sitzes gezerrt werden, bevor Torpedogast Pollard, der Junge aus den Slums von Newcastle, seinen Platz einnehmen und das Feuer wieder eröffnen konnte.

Oberleutnant Dundas kam statt Chalmers, der noch immer das Feuer bekämpfte, auf die Brücke gerannt und starrte den toten Unteroffizier und Carroll an, um dessen Bein der in Streifen gerissene Segeltuchbezug des Maschinengewehrs gewickelt war.

Er rief: »Wir machen Wasser, Sir!« Im gleichen Augenblick wandte er sich ab und übergab sich, weil eine Granate naben dem Backbordmaschinengewehr detoniert war und das Bein des Schützen wie einen Fleischklumpen in die Luft schleuderte.

Devane antwortete nicht. Das Schnellboot drehte wieder, und Lincke hatte einen Nebelvorhang gelegt, während er sich auf einen neuen Angriff vorbereitete.

Das Steuerbordmaschinengewehr schwieg plötzlich, und Devane hörte den Schützen wütend schluchzen, während er sich verzweifelt bemühte, die Störung zu beseitigen. Die Waffen waren überhitzt, hatten außerdem fast alle Munition verschossen.

Wieder ruckte das Boot heftig, wahrscheinlich hatten sie ein Wrackteil des gesunkenen Schnellboots gerammt.

Dundas lief zum pfeifenden Maschinensprachrohr und meldete dann: »Der Chief sagt, das Steuerbordruder ist weg und die Steuerbordaußenwelle überhitzt!«

»Stopp Steuerbord außen, Swain!«

Devane spürte die Havarie wie eine körperliche Wunde. Es war ja doch alles vergebens. Er sah das gestreifte Schnellboot durch den treibenden Rauch und Nebel rasch näher kommen, sah seine Bugwelle zwei Schwimmer im Wasser beiseite schleudern.

»Belege diesen Befehl! Ich brauche volle Umdrehungen!«

Devane ignorierte die erstaunten Blicke ringsum und lief hinüber zur anderen Seite der Brücke. Dort blickte er hinunter zu dem toten Maschinengewehrschützen, der über den Resten seiner zertrümmerten Waffe hing. Das aus seinem Beinstumpf strömende Blut mischte sich mit dem des Torpedogasten Kirby, der wenige Sekunden vor ihm gefallen war.

Lincke war jetzt da. *Laß ihn kommen.*

»Genau auf ihn zusteuern!«

Devane bückte sich blitzschnell, als Kugeln in die Brückenaufbauten schlugen. Eine traf Carroll und tötete ihn. Da er bereits vom Blutverlust bewußtlos war, starb er genauso ruhig, wie er gelebt hatte.

Unten im Maschinenraum beobachtete Ackland besorgt seine Meßgeräte und merkte, daß die Geschwindigkeit bereits nachließ. Ihm wurde klar, daß in jener anderen Welt dort oben der letzte Augenblick gekommen war. Er dachte an die Garage in der Northroad, in der er gearbeitet hatte, an die Tagesausflügler bei Sonnenschein und an die langweiligen Schlechtwettertage, wenn niemand kam. Devane verlangte volle Geschwindigkeit; aber das würde die Motoren zerstören und möglicherweise das ganze verdammte Boot. Er seufzte tief. Zum Teufel, sie gingen ohnehin alle zur Hölle!

Dundas rief: »Umdrehungszahl sinkt!«

Devane nickte, seine Augen brannten vor Qualm und Verzweiflung. Das große Schnellboot hatte wieder gedreht, so daß es jetzt im rechten Winkel auf sie zuzukommen schien. Es feuerte aus allen vorderen Geschützen, während die Waffen des Achterdecks schwer beschädigt zu sein schienen und nur noch sporadisch schossen.

»Der Sechspfünder klemmt, Sir!« Metcalf blickte hinunter auf die Back, seine Stimme klang heiser.

Devane sah an ihm vorbei und erwartete, daß auch Beresford gefallen sei. Aber der saß auf dem Geschütz, eine Hand auf dem Rohr, das aber nicht mehr auf den Feind gerichtet war.

»Was haben Sie vor?« Dundas versuchte, mit der linken Hand und den Zähnen ein Taschentuch um sein blutendes rechtes Handgelenk zu binden.

Devane beobachtete das näher kommende Schnellboot. Lincke war sich seines Sieges sicher. Es wurde Zeit für den Fangschuß, den er wohl bereits auskostete. Man sah sogar seine weiße Mütze auf der oberen Brücke, auf die er jetzt stieg, um alles besser beobachten zu können. So wie Devane während des Angriffs auf Mandra.

Er fordert mich nicht einmal zur Übergabe auf. Würde ich es denn an seiner Stelle tun?

Devane sah die vorderen Geschütze des Schnellboots herumschwingen, bis sie genau auf ihn gerichtet schienen. Er spürte, wie die Umdrehungen seiner eigenen Maschinen heruntergingen, hörte das unregelmäßige Schlagen der beschädigten Welle.

Schieß, du Schuft! Das ist es doch, was du wolltest: ein wehrloses Ziel!

Das Donnern von Motoren übertönte plötzlich alle anderen Geräusche. Devane, der zur anderen Brückenseite hinüberlief, sah

Mackays Boot, aus allen Rohren feuernd, wie eine Rakete durch die Rauchwand brechen.

Alles wickelte sich in Sekunden ab. Linckes Gestalt wurde herumgerissen, die Mütze flog ihm vom Kopf, während seine Brücke von *Kestrels* Leuchtspurgeschossen beharkt wurde. Das Schnellboot war doch schwerer beschädigt, als Devane vermutet hatte. Unter dem konzentrischen Feuer von Mackays Boot hoben sich seine vorderen Geschütze, die eben noch so zuversichtlich und selbstsicher auf ihn gezielt hatten, langsam himmelwärts und verblieben in dieser Lage.

Nach einer Zeitspanne, die ihnen allen wie eine Ewigkeit vorkam, hißte jemand auf Linckes Boot ein Stück weißes Flaggentuch, und ein paar Gestalten drängten von unten herauf, die Hände hoch über dem Kopf. Wartend blieben sie neben den Toten und Verwundeten stehen. Devane starrte Dundas einen Augenblick an, ehe er hervorstieß: »Alle Maschinen stopp. Beschädigungen melden.«

Er nahm die Mütze ab und blieb auf den Grätings stehen, um zuzusehen, wie *Kestrel* beim besiegten Schnellboot längsseits ging. Mackays Chief war wirklich so gut, wie Ackland gesagt hatte. Nur eine Minute länger, und... Devane musterte sein schwer beschädigtes Boot, die Überlebenden, die sich mühsam einen Weg durch zertrümmerte Planken und zerborstene Geschütze bahnten. Mackays Chief mochte gut sein, aber bestimmt war er nicht besser als irgendeiner seiner eigenen Leute.

Devane warf einen Blick auf Metcalf, der erst jetzt voller Überraschung merkte, daß er noch am Leben war. Er sah Pellegrine völlig erschöpft am Ruder lehnen, während ihm noch immer der blutige Splitter aus der Stirn ragte. Er sah Chalmers, rußgeschwärzt von Kopf bis Fuß, der sich auf die Brückenreling stützte; seine verbrannten Hände hingen entspannt herab. Er hatte das Feuer besiegt und damit zugleich seinen entsetzlichen Schock.

Beresford trat neben ihn. »Red kam im richtigen Augenblick.« Er versuchte, sich eine Zigarette anzuzünden, gab es aber grinsend auf. »Tut mir leid, hier stinkt es zu sehr nach Benzin.«

Devane musterte Dundas' Gesicht, der wieder auf die Brücke kam und meldete: »Der Chief hat die Pumpen in Gang gebracht, Sir, kann aber nur Umdrehungen für zehn Knoten schaffen.«

Devane blickte hinüber zu *Kestrel*, die jetzt am Heck des bewegungslosen Schnellboots lag. Mackay hatte Sprengladungen anbringen lassen, die deutschen Überlebenden mußten in ihre Gummiflöße gehen und dort auf Hilfe warten.

Dundas fragte: »Wollen Sie nicht hinübergehen und Lincke aufsuchen, Sir?«

»Der ist tot.« Devane beobachtete, wie *Kestrel* ablegte und zu ihnen aufschloß. »Es ist besser, die Feinde nicht allzu eingehend zu betrachten, Roddy, denn oft sehen sie genauso aus wie wir.«

Ein Licht blinkte herüber, und Devane rief: »Zeigen Sie ›verstanden‹, Bunts.« Die Worte kamen ihm wie gewohnt über die Lippen. Dann erinnerte er sich, daß Carroll gefallen war. »Tut mir leid, das hatte ich vergessen.«

Dundas ergriff die Morselampe und sagte nach kurzer Zeit: »Von *Kestrel*: ›Erbitte Befehle.‹«

Sie sahen sich beide an und wandten nicht einmal den Kopf, als die Sprengladungen an Linckes Boot detonierten.

»Sagen Sie Red Mackay: ›*Besten Dank für Ihre rechtzeitige Hilfe!*‹«

Devane warf einen Blick zum Himmel, der jetzt schon beinahe dunkel war und bald die Überbleibsel dieses Kampfes ganz verhüllen würde. »Befehle? Wir fahren nach Hause, sagen Sie ihm das.«

Pellegrine stand steif am Ruder und fingerte vorsichtig an dem Splitter herum. »Komm her, Metcalf, übernimm und halte Position neben *Kestrel*. Ich muß mich mal hinsetzen.« Langsam überzog ein Grinsen sein Gesicht. »Du hast dich gut gehalten, mein Sohn.«

Devane packte das Brückenkleid und spürte, wie *Merlin* vibrierend zu neuem Leben erwachte. Du auch, dachte er dankbar.

Die Wolken berührten bereits den Horizont; bald mußte die Nacht die beiden kleinen Schiffe auf ihrem Heimweg verschluckt haben.

Maritimes im Ullstein Buch

Frank Adam
Hornblower, Bolitho & Co.
(20754)

Bill Beavis
Anker mittschiffs! (20722)

Dieter Bromund
Kompaßkurs Mord! (22137)

Fritz Brustat-Naval
Kaperfahrt zu
fernen Meeren (20637)
Die Kap-Hoorn-Saga (20831)
Im Wind der Ozeane (20949)
Windjammer auf großer
Fahrt (22030)
Um Kopf und Kragen
(22241)

L.-G. Buchheim
Das Segelschiff (22096)

Alexander Enfield
Kapitänsgarn (20961)

Gerd Engel
Florida-Transfer (22015)
Münchhausen im Ölzeug
(22138)

Wilfried Erdmann
Der blaue Traum (20844)

Horst Falliner
Brauchen Doktor
an Bord! (20627)
Ganz oben auf dem
Sonnendeck (20925)

Gorch Fock
Seefahrt ist not! (20728)

Cecil Scott Forester
11 Romane um
Horatio Hornblower

Rollo Gebhard
Seefieber (20597)
Ein Mann und sein Boot
(22055)

**Rollo Gebhard/
Angelika Zilcher**
Mit Rollo
um die Welt (20526)

Kurt Gerdau
Keiner singt ihre Lieder
(20912)
La Paloma, oje! (22194)

Michael Green
Ruder hart links! (20293)

Horst Haftmann
Oft spuckt mir Neptun Gischt
aufs Deck (20206)
Mit Neptun
auf du und du (20535)

Heinrich Hauser
Pamir – Die letzten
Segelschiffe (20492)

Gabriele Hoffmann
Sommerhelden (20504)

Alexander Kent

Die Richard-Bolitho-Romane

Ullstein

Kurzbiographie
des Seehelden

Richard Bolitho

Historische Romanserie
von Alexander Kent

1756: Geboren in Falmouth, Cornwall, als Sohn des James Bolitho, aus einer alten Seefahrer-Familie.

1768: Erstmals im Dienste des Königs auf der *Manxman*.

1772: Midshipman auf der *Gorgon*. Siehe *Die Feuertaufe* und *Strandwölfe*.

1774: Beförderung zum Leutnant auf der *Destiny*. Siehe *Kanonenfutter*.

1775/77: Leutnant auf der *Trojan* während der amerikanischen Revolution. Siehe *Zerfetzte Flaggen*.

1778: Ernennung zum Kommandanten der *Sparrow*. Siehe *Klar Schiff zum Gefecht* und *Die Entscheidung*.
Schlacht in der Chesapeake Bay.

1782: Als Kommandant der *Phalarope* in Westindien. Siehe *Bruderkampf*.

1784: Kommandant der *Undine*. Indien und Java. Siehe *Der Piratenfürst*.

1787: Kommandant der *Tempest*. Australien und Tahiti. Siehe *Fieber an Bord*.

1793: Kommandant der *Hyperion*. Mittelmeer, Biskaya, Westindien. Siehe *Nahkampf der Giganten*, *Feind in Sicht* und *Des Königs Konterbande*.

1795: Beförderung zum Kommandanten des Flaggschiffs *Euryalus*. Verwickelt in die Große Meuterei. Mittelmeer. Beförderung zum Kommodore. Schlacht von Abukir 1798. Siehe *Der Stolz der Flotte* und *Eine letzte Breitseite*.

1800: Beförderung zum Konteradmiral. Schlacht von Kopenhagen. Ostsee und Biskaya. Siehe *Galeeren in der Ostsee* und *Admiral Bolithos Erbe*.

1802: Beförderung zum Vizeadmiral. Westindien. Siehe *Der Brander* und *Donner unter der Kimm*.

1805: Schlacht von Trafalgar. Siehe *Die Seemannsbraut* und *Mauern aus Holz, Männer aus Eisen*.

1812: Beförderung zum Admiral. Der zweite Krieg mit Amerika.

1815: Auf See gefallen.

 Ullstein